回忆主席与战友

| 吴冷西 著 |

人民出版社

　　1937年，吴冷西到达延安进入抗日军政大学学习，后进入延安马列主义研究院学习。1941年，进入《解放日报》编辑部任国际部主任。图为吴冷西与《解放日报》国际部副主任黄操良在一起。

　　1952年，吴冷西就任新华社社长。图为1952年吴冷西在新华社工作时留影。

1953年，毛主席在中南海怀仁堂后院接见新华社全国会议代表。前排右起第一人为新华社社长吴冷西。

1954年，周总理率中国政府代表团出席日内瓦会议，吴冷西作为代表团顾问和发言人随团参加。图为周总理与中国代表团成员及顾问合影。前排左起为李克农（左三）、王稼祥（左四）、张闻天（左五）、周恩来（左六）、龚澎（左八）、吴冷西（前排右一）。

1959年10月，在机场欢迎胡志明主席访华时，吴冷西同刘少奇主席谈话。

1959年庐山会议期间与胡乔木（右）、田家英（左）于庐山合影。

1961年5月召开的关于老挝问题的日内瓦会议上，中国政府代表团成员、代表团新闻发言人吴冷西与各国记者在一起。

1961年5月13日，出席老挝问题日内瓦会议的中国政府代表团举行记者招待会。图为中国代表团成员、代表团新闻发言人吴冷西（后排左二）在答记者问。

1961年，毛主席会见日本新闻界朋友，吴冷西陪同会见。前排左起第一人为吴冷西。

1962年，周总理在中南海西花厅前与吴冷西谈话，指示新华社工作。

1963年，在西郊机场欢迎刘少奇主席出访归来时，吴冷西与朱德委员长在一起。

1964年12月，周总理接见起草政府工作报告写作班子全体成员，在钓鱼台10号楼前合影。前排为王力（左一）、乔冠华（左二）、吴冷西（左三）、周总理（左四）、康生（左六）、陈毅（左七）、杨波（左九）；第二排右二为姚溱，右四为万光；第三排右一为崔奇。

1966年3月3日，以中共中央副主席刘少奇为首的中共代表团与日本共产党中央总书记宫本显治为首的日共代表团会谈。图中左侧为中共代表团成员，左起依次为廖承志（左一）、邓小平（左二）、刘宁一（左三）、刘少奇（左五）、彭真（左六）、康生（左七）、吴冷西（左八）。

1972年10月13日，周恩来总理会见英国汤姆森报业公司联合董事长汤姆森男爵。前排左起第三人为吴冷西，时任人民日报负责人。这是吴冷西在"文革"中被打倒复出以后首次参加外事活动，并见诸《人民日报》。

延安宝塔山。

1980年4月，吴冷西就任中共广东省委书记。图为1980年夏，吴冷西在广州珠岛宾馆与习仲勋（左一，时任中共广东省委第一书记、省长）、杨尚昆（左二，时任中共广东省委第二书记、广东军区第一政委）交谈。

1980年，吴冷西同杨尚昆（左二）、习仲勋（左三）一起在广州机场迎接叶剑英同志。

1980年10月，广东省省长习仲勋率中国省长代表团访问美国。图为代表团在赴美飞机上。习仲勋（前排右一）、中共甘肃省委第一书记宋平（后排左二）、中共广东省委书记吴冷西（后排左一）、驻美大使柴泽民（前排右二）。

1980年11月，吴冷西在广东工作期间，奉调回北京参加《关于建国以来党的若干历史问题的决议》的起草工作。图为1981年7月胡耀邦接见《决议》写作班子全体人员。第二排左起为吴冷西（左二）、邓力群（左三）、胡乔木（左四）、胡耀邦（左五）、胡绳（左六）、林涧青（左七）、袁木（左八）。

1982年4月，吴冷西就任广播电视部部长。图为1982年12月胡耀邦同志视察广播电视部，左一为吴冷西。

1982年12月，陪同胡耀邦同志视察广播电视部，左起第一人为吴冷西。

1984年，邓小平同志接见美国新闻界人士。图为邓小平为美国友人签字。右二为吴冷西，时任广播电视部部长、全国新闻工作者协会主席。

1991年，吴冷西与夫人萧岩在家中合影。

1995年，吴冷西在家中撰写回忆录。

前　言

　　这本纪念文集，汇集了冷西生前撰写的回忆录和纪念文章。从延安时期到社会主义建设时期，冷西始终在党的新闻战线工作。由于工作关系，使他有机会直接接受中央领导同志的工作指导，亲历了一些重要的政治、历史事件。他在回忆录中以亲身经历记述了毛泽东、刘少奇、周恩来等党和国家领导人的工作片断，记述了他与廖承志、胡乔木、艾思奇、田家英、姚溱同志的结识与共事过程。这些文章不但反映了我党领导同志们的工作思路与实践，也从一个侧面记录了历史。

　　收录进这本文集的文章都曾经分别刊出过。一部分是回忆录：《忆毛主席》，曾经由新华出版社 1995 年出版，本文集所发表的《忆毛主席》，是经过冷西生前亲自校订过的修改版，对第一版中个别文字进行了修正。《延安十年》，是冷西所著自传的一章。另一部分是他应约撰写的纪念文章：有《七千人大会中的少奇同志》、《调整时期的少奇同志》、《我对周总理印象最深的几件事》、《周总理在 1961 年至 1964 年》、《记廖承志同志领导新华社工作》、《忆乔木同志》等。

　　在他撰写回忆录期间，尽管手中的文章尚未完成，仍欣然接受了老朋友的约稿。应田家英同志夫人董边同志的要求，他撰写了《同家英共事的日子》；应姚溱同志家人的要求，撰写了《怀念姚溱同志》；应艾思奇同志家人的要求，撰写了《怀念启蒙老师艾思奇》。特别要说的是，不论是撰写对领袖的纪念文章还是对同事和朋友的悼文，他都力求准确和完整，亲自核实资料，亲笔撰写，因此相当劳累。他撰写《忆毛主席》，时断时续历时四年半。他撰写对挚友田家英同志和姚溱同志的悼念文章，曾因劳顿过度而病倒。

参加过新中国创立和建设的老一代共产党人相继离世，真实地记录下这段波澜壮阔的历史，是冷西的初衷。作为与他相濡以沫几十年的妻子，将他的这些文字整理出来，让更多的人了解老一代共产党人，了解冷西，当是我应尽的责任。

这本文集经过中央文献研究室审定。在出版过程中，得到了人民出版社和新华社领导的大力支持。在此特别向他们表示衷心的感谢。

萧岩

2015 年 6 月于家中

目　录

一、延安十年*

（一）从陌生开始

在同辈人中，我知道毛主席比较晚。我第一次听到毛泽东这个名字，是在 1935 年一二九运动之前不久。当时我在广州广雅中学读书，年方十六岁。比我高两个年级的高中同学，向我讲了"朱毛红军"长征的故事。这时我才知道有"工农红军"、"共产党"，但对"朱毛"其人则很陌生。

我是一个爱国学生，眼看东三省沦陷，日寇入侵华北，国亡无日，对共产党、工农红军主张坚决抗日，很佩服也很向往。这导致我积极响应北平学生的一二九运动，参加了一周之后的广州"一二一六"示威游行。

我从此投身抗日救亡运动，并从《生活周刊》、《世界知识》杂志、《自修大学》杂志等左翼刊物中逐渐了解抗日救国、解放劳苦大众、民族解放和社会解放的道理，也知道了世界上第一个劳苦大众当家作主的

* 本文原题为《延安十年——毛主席印象记》，原载于 2001 年《中华魂》第 8-10 期。

国家——苏联。

卢沟桥事变爆发,我从《自修大学》杂志看到介绍延安抗日军政大学,于是1937年12月初离广州去延安,要到那里学习抗日的本领。我钦慕的是共产党、红军这个整体,对领导人物几乎没有什么印象。

我到延安进入抗日军政大学。开始时只知道共产党的一些领导人的名字,包括毛泽东、朱德、周恩来、张闻天等,究竟是谁领头,不知道也不大在意。毛泽东在我心目中地位并不突出。只听说过他多次对"抗大"学生讲话,但我没有看到、听到。

我先见到的不是毛主席而是朱总司令。因为朱总司令经常到"抗大"校部球场上打篮球,我当时在校部后面的"抗大"第三期第三大队第十队学习,那里是延安师范旧址,就在篮球场旁边。朱总司令给我的初步印象是平易、敦厚的长者,乍看会误为伙夫或马夫,毫无首长的架子。

我在延安整整十年,听过毛主席多次讲话,但一直没有同毛主席直接交谈。我对毛主席从完全陌生到初步了解,主要是在新闻工作中的感受。

我第一次见到毛主席并听他讲话,是1938年3月19日"抗大"第四期开学典礼大会上。我原来从1937年12月起在"抗大"第三期学习,1938年2月底毕业后报名再入第四期军事大队学习,准备上前线打日本鬼子。校部决定,第四期军事大队(后改称第一大队)从延安搬到瓦窑堡。行前召开开学典礼大会,毛主席给我们讲话。我记得大意是:抗日军政大学顾名思义是学习抗日,要学政治,更要学军事,要政治与军事相结合。军事大队有老红军(占三分之一),也有青年学生(占三分之二),要互相学习,新老结合。要学到坚定不移的政治方向,艰苦奋斗的工作作风,机动灵活的战略战术。

毛主席的讲话,我感到很新鲜,听似浅显,细想又含意邃远。我似懂非懂,不甚了了,但听后一心一意要学好军事,准备到敌人后方去,只是学习毕业后没有分配上前线,而被推荐入延安当时的最高学府——马列学院。这次毛主席给我的印象是模糊的高大形象,伟岸而高深莫测。

我第一次在毛主席处工作是 1940 年 12 月。那是指名把我从中央宣传部借调去毛主席处编辑《时事丛书》。当时我在中宣部的编审科当干事，参加中共中央机关刊《解放》杂志的编辑工作。我接到调令马上到毛主席住处的图书馆附近的窑洞工作，任务是编辑《抗战中的抗日根据地》，由我和武新宇（全国解放后任第一届全国人大常委会副秘书长）共同负责，毛主席图书馆的同志（柴沫同志负责）给我们提供各抗日根据地的报刊和其他材料，我们从中选编。

在开始工作的时候，陈伯达向我们传达毛主席的意见，说毛主席要求加强对敌友我三方面的调查研究，已经成立了延安时事问题研究会，并陆续编辑出版《时事丛书》，已经出版了《日本帝国主义在沦陷区》，还要出版关于大后方（即国民党统治区）、根据地等国内方面和国际方面的材料。毛主席要求先把材料收集起来，以便认真研究，从中引出结论。从这里我第一次知道毛主席如何重视收集材料。

在编辑过程中，陈伯达还几次传达毛主席的意见，主要是毛主席推荐敌后抗日根据地报刊发表的文章和通讯，要我们考虑编入书中。我们早出晚归，在那里工作了三个月左右，编出了初稿。由于各根据地当时出版的刊物很少，加上敌伪封锁造成的交通困难，收集的材料很不充分，到三月初即暂时停止编辑。这中间一直没有见到毛主席本人，大概是因为毛主席这时忙于处理皖南事变。

我不知道为何把我借调去编辑《时事丛书》，可能是因为我曾经同延安"五老"之一的谢觉哉同志合写的一篇题为《陕甘宁边区农村经济的几个问题》的文章，发表在 1940 年 11 月《解放》杂志 19 期上，署名为谢觉哉、左健之（我在延安时用的笔名）。这是在谢老指导下写成的。他当时任陕甘宁边区政府民政厅长。我在《时事丛书》编辑工作暂停后，即回到中宣部继续研究国际问题，写一些时事评论。

（二）在《解放日报》的感受

我在延安了解毛主席，较多的是我从中宣部调到中央机关报《解放日报》工作时期。《解放日报》创刊于 1941 年 5 月 16 日,《解放》杂志随即停刊,我于 9 月间从中宣部调到《解放日报》国际版工作。

当时在延安,大家议论纷纷的有两大问题:一是苏德战争(《解放日报》创刊后一个多月即爆发)形势如何,苏军能否顶住希特勒的闪电战;二是日本同德国、意大利结成"反共同盟"(1940 年 9 月结盟)后,究竟向北进攻苏联,还是向南进攻美英殖民地。那时我正在《解放日报》编辑国际版,特别关心延安各方面对国际形势的看法。我从博古同志(他当时是《解放日报》社长兼新华社社长)和余光生(当时任《解放日报》副总编辑,曾留学美国,常当毛主席的英文翻译)那里听到中央领导同志、主要是毛主席的看法,我自己也经常同国际版的主编曹若茗同志(曾在巴黎《救国时报》工作)一起到第十八集团军总参谋部(驻地在离《解放日报》很近的王家坪)去参加那里的战争形势座谈会。

关于日寇北进还是南进,当时有两种看法,一种是以日共主席冈野进(即野坂参三,抗日战争爆发后从苏联到延安定居很长时期)领导的日本问题研究所为代表,认为两种可能性都有,但北进可能性较大,另一种看法以总参谋部作战局同志为代表,也认为两种可能性都有,但倾向于南进的可能性较大。我听到博古同志两次传达毛主席的看法。一次是我到报社不久,9 月间博古同志谈到整个国际形势时说,毛主席估计,如果苏联红军能顶住希特勒对莫斯科的闪电进攻,日军不敢北进。如果日本在同美国的谈判(当时正在华盛顿进行)达不成妥协,日本也不会北进,还是要南进。在这之后不久,大约在 10 月底,博古同志又传达毛主席的看法。毛主席估计:日本内阁改组,近卫下台,军部首脑东条英机上台,是发动新战争的预兆。从目前情况看,日寇南进可能性大。因为德军向莫斯科的进攻节节受阻,进展迟缓。眼看冬季在即,德军进攻困难更大。很难设想在这种形势下,日本会贸然北进。反之,美英在太平洋地区兵力单薄,易受攻击,日本很可能拣软的吃。而且太平洋地区物产丰富,正合日本胃口,而西伯利亚冰天雪地,荒无人烟,从近期说对日本没有什么好处。德、意、日三国反共同盟不一定联合进攻苏联。德国进攻西欧,也是打着"反共"旗帜。日本发动侵华战争,也是打着"反共"的旗子。要在太平洋进攻英美也可以用这面旗子。因此很可能出现中苏美英联合抗击德意日的形势,这对我国抗日战争十分有利。要扫除皖南事变后的气馁和急躁的情绪,要看到中苏美英必胜的大趋向。

一个多月以后,日本偷袭珍珠港,太平洋战争爆发,完全证实了毛主席的估计。

关于苏德战争,据博古同志传达,毛主席从苏德战争爆发开始,一直密切注视战局的发展,而且不断提出自己的独到的看法。

我记得有两次印象甚深:第一次是毛主席对德军闪电战的看法。德军从 6 月 22 日起发动闪电战,进展迅速。希特勒企图三个月内打败苏联。当时整个西方评论一边倒,认为苏军已崩溃。约在 9 月间,德军一面在北方向莫斯科进军,一面又在南方向顿巴斯地区进军。毛主席当时就指出,希特勒高估了自己的实力,兵分两路不是制胜之道。到了 10 月间,毛主席指出苏军在莫斯科以西抵抗逐渐加强,德军进展迟缓,苏军同时也在南方罗斯托夫地区阻击德军东进,整个战场形势已逐渐转向对苏军有利。到了 11 月间十月革命节时,毛主席已断定希特勒企图用闪电战打败苏军的战略失败已成定局,在冬季无法再发动攻势,相反要遇到红军的反攻。事实证明,红军在冬季里连续反攻,把迫近莫斯科的德军驱逐到一百多公里以外,证实了毛主席的预见。

(三) 传世杰作

第二次印象特别深刻的是,毛主席对斯大林格勒战役的看法。

1942 年 5 月起,德军在南方大举进攻,迅速从顿河流域指向伏尔加河并向高加索地区推进。当时全世界大为震动,大都认为德军将切断伏尔加河,占领高加索油田,迂回莫斯科后方。毛主席早在 7 月间即指出,德军企图一举追求两个目标,分兵出击,重犯去年夏季攻势的错误。到了 8 月,德军渡顿河进迫斯大林格勒,红军开始了斯城保卫战,顽强地进行逐街、逐楼、逐层的空前激烈的反复争夺。斯大林格勒保卫战吸引了全世界。那48个日日夜夜，全世界所有反法西斯人士都与斯城红军战士同呼吸，共忧乐。据博古同志说，这时毛主席天天观察和分析战局的变化。

到了10月12日，我们凌晨上班编报时，博古同志还没有吃早饭，就拿来了毛主席亲自为《解放日报》写的社论《红军的伟大胜利》。博古同志说，这是毛主席根据他在中央书记处会议上谈的意见写的。

这篇社论，用"红色凡尔登"例比斯大林格勒破题，下笔惊人。毛主席提出，第一次世界大战中德皇发动凡尔登战役失败，从此走下坡路。社论然后泛论：历史上敌对双方在激烈斗争中，一方对另一方的最后挣扎往往未能及时识破其外强中干的实质，这屡见不鲜。再指出，第一次世界大战中英法联军未能看出德军发动凡尔登战役是最后挣扎，现在人们也未能看出斯大林格勒保卫战是苏德战场上战略形势的转折点，而且是这次世界反法西斯战争的转折点，是人类历史的转折点。毛主席开篇高屋建瓴。

接着，毛主席在社论中分析斯城保卫战的48天变化，分析希特勒发动对苏战争以来的三个阶段的战局变化，指出：斯城战役将是第三阶段的结束，第四阶段的开始，即红军从战略防御转入战略反攻、德军从战略进攻转入战略防御的新阶段开始。并且预言：红军将在顿河南北敌军最突出的地带两翼发动反攻，钳击德军危险部位。冬季将临，德军当务之急是赶快结束进攻转入防御。

毛主席在社论中又进一步分析斯大林格勒保卫战与去年莫斯科保卫战之异同，指出：如果斯城战役停止了法西斯的进攻，这一战役就是带着决定性的。这种决定性是关乎整个世界战争的。法西斯的生命在于进攻，一旦进攻完结，它的生命也就完结了。从此希特勒将面临苏联、英美、欧陆人民三面战线的夹击，这是斯城战役以后的伟大历史进程。

毛主席在结束这篇社论之前，又以拿破仑为历史殷鉴，指出拿破仑政治生命终结于滑铁卢，而其决定点则在进攻莫斯科失败。希特勒今天正是走的拿破仑道路，斯大林格勒一役是其决定点。结束语是："一切对世界形势作悲观观察的人们，应将自己的观点改变过来。"余韵绕梁，意味无穷！

毛主席在这篇社论中的分析、论断和预见，它们的科学性和历史观、战略眼光与远见卓识，都为而后的战争进程——证实。而且其行文之开门见山，既提笔洒脱，又思路贯通，流畅、跌宕而首尾相应。无论从哪一方面说，此文堪称时事评论的传世杰作。我当时确实为之倾倒。现在重读编入《毛选》的这篇社论（题目改为《第二次世界大战的转折点》），仍然击节三叹！

就在10月12日《解放日报》刊登毛主席这篇社论的当晚，新华社收到了德国海通社播出的柏林德军统帅部发言人于10月12日（德国时间，比中国时间晚7小时）发表的声明，宣布"德军已由攻势转入守势"。新华社副社长吴文焘立即报告博古，博古马上打电话报告毛主席。第二天，新华社和《解放日报》的所在地清凉山，人们到处奔走相告：毛主席赛过诸葛亮。

毛主席在13日和15日接连写了两篇社论：《历史教训》和《评柏林声明》，前者为评述斯大林格勒战役中苏军的正确战略战术和勇猛抵抗，后者评论世界战争形势已发生根本变化，指出法西斯国家已完全丧失了主动地位。11月7日，《解放日报》又发表毛主席为纪念十月革命节写的社论，进一步论述苏联及其红军胜利的伟大意义。

在这之后，苏军于11月19日开始发动反攻，地点果然在毛主席10月12日社论中预言的斯大林格勒南北顿河两岸。在这一地区的德军陷入多重包围，至1943年2月2日被歼23万人，飞机1500架，坦克5000辆，著名的德军元帅鲍利斯率领的精锐兵团全军覆没。红军从而实行全面的战略反攻。

（四）夜以继日的关注

毛主席对国际形势的密切关注，是一贯的、经常的，有时是不分昼夜的。不但是前面所说的他从新华社很快得到德军统帅部转入守势的声明，而且，据新华社原社长向仲华同志告诉我，从红军到达陕北后，毛主席经常夜间提着马灯到新华社抄收电讯的窑洞里来询问有什么新消息。我后来又知道，就在斯大林格勒战役期间，毛主席每天把《参考消息》上刊出的外国通讯社的重要国际新闻抄录下来，从 1942 年 11 月到 1943 年 1 月，历时三个月不中断，实在惊人！

把最新消息报告毛主席，成了新华社的工作守则，也是传统。后来，美英军队在法国诺曼底登陆开辟第二战场、苏军占领柏林、苏军出兵东北参加对日作战、日本天皇宣布无条件投降等重大新闻，毛主席都在外国通讯社播出后半小时内即从新华社得到消息。其中关于苏军出兵东北，据当时任《解放日报》总编辑的陆定一同志后来告诉我，我党中央事先毫不知情，没有从苏联方面得到任何通知，幸好在第一时间从新华社获悉，赶紧作出相应部署。

由于我开始参加工作就研究国际问题，当时又在《解放日报》国际版工作，毛主席分析国际形势的敏锐和精当，可以说把我这个青年知识分子完全征服了。从这以后，我才比较刻苦和认真地研究国际问题，比较有计划地撰写国际时事评论。我同国际版（后来改组扩大为国际评论部）的同志们合作，从 1942 年 5 月起撰写《国际述评》专栏，每月两次，至 1946 年 8 月，其后又改为每周一次的《国际一周》，每次一千字左右，直到从延安撤退。

我一生首先是这样通过国际新闻评论了解毛主席并为之倾倒的。这也是我漫长的新闻工作道路的开始。

（五）整风、改版和思想改造

我是在毛主席第一次作整风报告（1941 年 5 月《改造我们的学习》）之后不久到《解放日报》工作的。1942 年初开始的《解放日报》改版，是以毛主席为首的党中央领导的我党整风运动的一个重要组成部分。

我当时是一个小小的编辑，而且是搞国际新闻的编辑，没有参加党中央组织的高级干部的整风运动（主要是清算内战时期王明的"左"倾机会主义和抗战时期王明的右倾机会主义）。那时候的延安，组织纪律非常严格，大家都认真遵守保密纪律。没有参加高级干部整风的同志几乎听不到有关高干整风的"小广播"。几年以后看到的《"六大"以来》等高干整风的主要文件，当时压根儿不知道。

我那时参加整风是学习 18 个文件（后来增加到 22 个），这从 1942 年 2 月就开始了，但很快就转入《解放日报》改版。这是毛主席早在 1941 年 9 月即提出，1942 年 1 月 24 日、2 月 11 日和 3 月 11 日在中央政治局会议再三详细讲到要改变《解放日报》的办报方针。这次整风惯称"改版"，实际上是改变原来的办报方针，要把《解放日报》从"社报"改变为"党报"，从"不完全的"办成为"完全的"党中央机关报。

原来《解放日报》是以国际问题为主，第一版的主要篇幅是国际新闻和国际评论；第二版全部为国际问题；第三版为国内问题；第四版陕甘宁边区新闻和副刊各占一半。毛主席在 2 月 1 日和 2 月 8 日在中央机关干部大会上所作两个关于整顿三风的报告，只在第三版下方发表一条新闻。我到报社工作后，也感到这样做不太合适，因为我此前在《解放》杂志工作时，每期内容都是以国内问题为主，但我并没有认识到这是办报方针问题。而且我还以苏德战争正在激烈进行、太平洋战争刚刚开始为由，认为这样的编排也有一定道理。

毛主席在政治局会议上一针见血地指出，《解放日报》没有充分表现应有的党性，不是"党报"而是"社报"，不代表党中央，没有贯彻党的路线和政策，很少反映党的活动和中央的决定，不是以我为主，反而大量登载国际新闻，把大部分版面让给外国通讯社，甚至不加改动地全文转载外国通讯社的稿件，成了他们的义务宣传员。

毛主席指出，党报是集体的宣传者与组织者，是党的最尖锐的武器，对内对外影响很大。要达到整顿党的目的，首先要改造党报。党报要宣传党的政策，要反映群众。党性是阶级性的彻底表现。党报要有坚强的党性，代表党的利益，无论发表什么消息和文章，都要首先考虑对党是否有利。

中共中央政治局根据毛主席的建议作出了改进《解放日报》工作的决定。

中央决定是 2 月 21 日作出的。报社的编委会关门讨论了好些天，我们这些小编辑一无所知。直到 3 月 17 日，报社社长博古同志才召开编辑部大会，传达毛主席的意见和中央政治局的决定，作了自我批评，并提出改进的办法，发动大家讨论。

毛主席对改版抓得很紧，他同博古商量好在 4 月 1 日改版，并在改版前夕召集了改进《解放日报》工作的座谈会。延安各方面负责人和名流几十人参加。朱总司令、徐特立、谢觉哉、柯仲平以及党外人士李鼎铭、柳湜、肖军等都发言，提出批评和希望。毛主席在会上提议中央和西北局各部门充分利用报纸宣传党的政策，利用报纸来整顿三风，改进工作，要正确地进行批评和自我批评，要充分反映群众生活和意见。

《解放日报》在 4 月 1 日改版当天发表社论，提出了本报改版方针是增强四性，即党性、群众性、战斗性和组织性，并指出这是党报必须具备的四个品质。改版后的版面重新安排固定：一版为重要新闻和评论，内容以国内问题为主，包括抗日战争和抗日根据地建设；二版为陕甘宁边区版；三版为国际版；四版为副刊。这就实现了以我为主的办报方针。其中国际新闻，我们根据毛主席的批评，从过去照发或稍加删节外国通讯社稿件的错误做法，逐步改变为重新改写为综合报道。

改版后不久，毛主席又决定在《解放日报》上开辟《学习》专刊，推动延安整风运动，每三日一次，调陆定一同志任主编。定一同志其后又出任《解放日报》总编辑，协助博古同志贯彻中央关于改版的决定。据他到任后召开的编辑部会议时传达，毛主席在 8 月间中央会议上讲到：《解放日报》改版以来四个月中有进步，但还没有做到成为完全的中央机关报，还需要做很大的努力。《解放日报》无论发表新闻和评论，是代表中央向人民说话，个人署名发表文章也有很大影响，今后发表有关日常政策问题的稿件，小至消息，大至社论，都要向中央请示，要做到与中央息息相关、呼吸相通，不能闹独立性，一字一句也不能闹独立性，报社内不能允许自由主义存在。博古同志也对自己没有完全按照毛主席的意见办报作了检讨。

毛主席 9 月 15 日同博古同志谈话，指出报社工作有进步，有希望由"不完全的党报变成为完全的党报"。要主动同中央各部门和西北局加强联系，吸引他们充分利用报纸推动和改进工作。为此，毛主席亲自替《解放日报》第四版（副刊）拟订征稿办法，并召集征稿座谈会，分配写稿任务。

从这时候起，我开始不仅仅把毛主席看作是最卓越的国际形势评论家，而且通过一系列具体事件，认识到毛主席是新闻工作的行家里手。他对新闻工具的重视和运用，他关于党报的性质、任务的理论及其身体力行的、丰富多彩的实践，给我越来越深刻的感受。

《解放日报》从改版开始发表一系列的社论，如《致读者》、《党与党报》、《政治与技术》、《报纸和新的文风》、《新闻必须完全真实》、《我们对于新闻学的基本观点》等，都是毛主席指导撰写和修改定稿的。这些文章使我学到了马克思主义新闻学基本原则，可以说是我一生从事新闻工作的启蒙。

在改版过程中，我同报社一些同志发生过争论，主要是对报纸的四性问题的理解。我当时觉得，四性（即党性、群众性、战斗性和组织性）缺一不可，但又不是同等重要，最重要的是党性。我认为党报是党的机关报，而党是无产阶级先锋队，无产阶级阶级性的最高表现就是党性，党性是党报的根本特性。一些同志赞成我的看法，另一些同志不赞成。开始时我说服不了一些同志。后来我找到了当年七一党中央关于增强党性的决定，那个决定讲的增强党性，包括了要求全党在思想上、政治上、组织上完全巩固。我以此来说明党性是根本，其他三性是从党性派生出来的。这也算我从毛主席领导的《解放日报》改版中得到的一点体会。想不到三四十年后我国新闻界对这个问题又重起争论。

与改版同时，报社开始了联系个人思想作风进行整风学习。我参加的是一般干部的整风学习，不同于党中央直接组织的高级干部学习。那种高干学习是学习《"六大"以来》为主的整风文件，是检讨王明"左"倾路线的，报社只有编委以上参加，一般干部不参加。我那时是一般编辑，参加学习中央规定的18个整风文件，其中包括毛主席关于整风运动的三个讲话、刘少奇同志的《论共产党员的修养》、陈云同志的《怎样做一个共产党员》等。

当时报社的大多数是青年知识分子，尤其是在编辑部。我们这些人学生出身，从爱国主义走上共产主义道路，虽然入党时宣誓为共产主义奋斗终身，但入党后仍然有许多小资产阶级思想。所以中央机关布置一般干部整风学习时强调，在整风中要用无产阶级思想克服小资产阶级思想。

但是，许多同志，包括我在内，开始时并不知道自己有哪些小资产阶级思想。在整风学习开始，结合改版给领导（编委会成员）提意见的时候，许多同志在编辑部墙报（名字叫《春风》）上发表文章，批评领导同志和报社一般工作中的缺点。其中有许多正确的意见，但也有不少杂文式的冷嘲热讽。我写过一篇墙报，批评报社7月8日社论有片面性。那篇社论讲的是我党关于国共合作方针，当时叫"和国政策"，论述有政治错误。这篇墙报引起编辑部广泛议论。但我还写了一篇内容是批评领导不民主的墙报，提出应让编辑参加编委会会议，编委会的决定应在编辑部大会上通过。我特别提到这次改版，编委会关门讨论中央指示，对一般编辑纹风不露，神秘兮兮，太不应该。行文特别挖苦，引起了一些同志响应，有不可收拾之势。后来总支书记邹肇基和副总编辑余光生先后找我谈话，批评我这样做是错误的。我虽然服从组织，答应不再写墙报议论这个问题，但并不真正知道自己错在哪里。

直到8月间，陆定一同志来报社担任总编辑，在编辑部大会上传达毛主席的意见，批评延安不少单位的年轻人发表许多带有"极端民主思想"和"绝对平均主义"严重错误倾向的议论。他说，毛主席提出，一般干部整风着重改造思想，用无产阶级思想克服非无产阶级思想。许多青年知识分子组织入党但思想未入党，思想中仍然是小资产阶级占优势。小资产阶级思想表现为个人主义、自由主义、无政府主义，当前主要表现为极端民主思想和绝对平均主义。不能依他们的意见办，不能让小资产阶级思想改造无产阶级政党。这次整风中要着重解决这个问题。定一同志要求编辑部的同志重视毛主席提出的这个问题，正视整风中的错误表现，深刻反省，切实改正，从小资产阶级立场上转到无产阶级立场上来。

这时我才开始认真学习整风文件，对照检查思想。先从个人主义检查，检查个人主义在自己身上的特点及其具体表现，由此而深入检查阶级立场和小资产阶级思想的各种表现及其实质。我觉得毛主席指出的当前小资产阶级思想的主要表现之一的绝对平均主义在我身上不那么明显（也许是知识分子的"清高"感），但极端民主思想却是很突出。我在《春风》墙报上写稿要求普通编辑参加编委会和编委会决定要在编辑部大会通过，就是证明。我在编辑部大会上作了检讨，并表示要认真清理小资产阶级思想，把立场转变到无产阶级方面来。在这次整风学习中，我从编辑部许多同志的检讨中也得到很多教益，深刻体会到转变阶级立场的重要。如果说延安整风运动的重大意义，对我来说，最关键的收获是改变小资产阶级立场，站稳无产阶级立场。这是共产党员的最根本的思想改造。也可以说，这对所有知识分子来说都是这样。整风运动给我一生奠定了作为一个无产阶级先锋队一员的思想基础。我对当时（1943年7月初）少奇同志和王稼祥同志先后提出学习毛泽东思想，没有感到突然，反而有亲身经历的亲切感。

经过改版和整风学习，我对毛主席已不像过去那样陌生，而是有了相当程度的了解了。

在这以后，随着蒋介石调动兵力准备进攻陕甘宁边区，延安形势逐渐紧张，原先布置的整风运动转入"抢救运动"，即"抢救"失足沦为"国民党特务"的人。顿时风声鹤唳，草木皆兵，"特务"如麻。康生直接指挥的这次"抢救运动"是一个严重错误，是对受"抢救"同志的严重创伤。幸亏毛主席及时察觉和纠正，指出要严禁"逼供信"，不能重犯土地革命时期抓"AB团"的错误，并提出所有机关、部队，对"有问题"的人"一个不杀、大部不抓"，这才把"抢救风"刹住。这又一次显示毛主席的英明果断。我参加这次"抢救运动"，同许多同志一起，凭着对党的忠诚，对所谓"失足者"一股热情，苦苦规劝他们"坦白"。许多同志流着泪劝说，我也同样，真心实意地"抢救"。事后证明那样做是错误的，毛主席的纠正实在太及时了。但是，那时参加"抢救"的许多同志的劝说的确出于真情、同情和热情，是整风中思想改造活动中的一次纯朴的表现。

《解放日报》的改版，以发表社论《本报创刊一千期》为标志，1944年2月16日告一段落，历时一年零十个月。报社内的整风运动，也在这之后不久以全社选举模范工作者为结束。

在延安《解放日报》工作时期，我有两次见到毛主席，并听了他的讲话。一次是1944年10月，毛主席接见《解放日报》和新华社全体工作人员大会上；一次是1945年1月间，在陕甘宁边区劳动英雄和模范工作者大会上。后一次在边区政府大礼堂，到会人很多，毛主席讲话主要内容是如何做好经济工作。我因被中央直属机关英模大会选为陕甘宁边区模范工作者参加，印象不深。前一次在清凉山，印象很深。

那是深秋的一个上午，我正在印刷厂看当天报纸的校样。几位工人跑来车间招呼大家，说毛主席来参观咱们工厂了。原来是毛主席在博古同志陪同下来清凉山会见《解放日报》、新华社和印刷厂的全体人员，地点就在清凉山靠延河岸边的半山上的河神庙，这个庙已改成救亡室，亦即经常开会用的俱乐部。我赶到那里的时候，会见刚刚开始，这是我第一次在近距离内见到毛主席，过去只是在很大的会场上远远望见。我看到毛主席这时比过去（1938年春）胖了许多，同在他身旁的博古同志相比，显得格外高大魁伟，后者修长而消瘦。

毛主席操着湖南腔的普通话向大家问好。他不快不慢地对大家说，《解放日报》和新华社经过整风、改版，有很大进步；工厂生产也很好，印刷了许多书，特别是同整风有关的书籍；机关生产也很有成绩，基本上实现了"自己动手，丰衣足食"，整风、生产两丰收。毛主席勉励大家要百尺竿头更进一步，要更上一层楼。

毛主席说，党报和通讯社是党组织各项工作的武器，是反映政治、军事、经济、文化又指导政治、军事、经济、文化的武器，组织群众和教育群众的武器，党中央对全国各地工作的领导和指示，除一些日常性的指示外，许多大政方针是通过《解放日报》和新华社，传达到各地和人民群众中去的。中央了解国内外情况渠道很多，但主要是通过《解放日报》和新华社了解。所以你们肩负着重大的任务。你们要努力进一步把党报和通讯社办好。新闻工作者要全心全意为人民服务，三心二意不行，半心半意也不行，一定要做到全心全意。

毛主席的会见和讲话，给清凉山上的同志们很大鼓舞和激励。我当时感到，总算在近距离看清毛主席了，总算听到他亲口说的对党报和通讯社以至整个新闻工作的指示了，这些指示是如此概括又如此亲切，既是对报社整风以来工作的评价，又是对报社所有同志的嘱咐和期待。我深感真正做到毛主席要求的那样全心全意为人民服务很不容易。

＊　　＊　　＊

七大（1945年4月23日至6月11日举行）是我党历史上的里程碑。由于我既非七大代表，又没有参加会务工作，事后听陆定一同志的传达才知道七大的简要内容。毛主席、朱总司令在大会上的报告和讲话，新的党章和少奇同志的报告，关于党的若干历史问题的决议，都是在会后知道的，只记得大概，印象不深。但是，通过这次大会确立毛主席在我党的领袖地位，对我来说是清楚明确的，同时在我看来也是顺理成章的。我自己在延安学习和工作的八年中，毛主席的形象逐渐明晰，在我心目中从完全陌生到比较了解，从淡漠到折服，觉得毛主席在七大受到如此尊敬和拥戴是自然而然的事情。同我一起到延安的许多知识分子，或多或少都带有清高、孤傲的习气，不大容易佩服别人，更不大容易拥戴别人为领袖。这次我同许多青年同志一起很自然地甘心情愿地要当毛主席的好学生。这件事情本身包含着重大历史意义，它标志着我们党在政治上、思想上和组织上的成熟，表示着我们党和它的领袖毛主席赢得了"三八式"年轻干部的心。这样，我们党不仅拥有土地革命战争时期的老一代的骨干，而且拥有抗日战争时期的新一代的骨干，这两代人是中国革命的精华，体现了广大中国人民的意志和信念。

（六）从日本投降到延安撤退

在延安的最后三年，从1945年到1947年，我遇到了有历史意义的两大突然：一个是日本投降太突然，来得太快，出人意料；一是国共和谈太突然，来得快，破裂得也快。我深感毛主席在这两个突然中洞察一切，胸有成竹，胜利把握住这两大转折。

1945年8月，日本宣布无条件投降。新华社在当天傍晚收到路透社的特快电讯，立即打电话告诉毛主席本人，随后又从电话中传来朱总司令签署的延安总部的第一号命令，勒令日伪军向八路军、新四军投降，新华社马上播出。第二天一清早，延安一片欢腾，庆祝抗日战争的最后胜利。但是由于胜利来得太快、太突然，我同编辑部的许多同志一样，在欢庆的同时又不免有些茫然不知所措。中国的前途怎么样？我们应当怎么办？都说不清楚。

正是在这种情况下，博古同志向我们传达了毛主席在延安高干会议（大约是8月13日举行）上的报告，使我豁然开朗。毛主席在报告中分析了日本投降后的形势，还提出了我党的方针。毛主席指出，日本投降，标志抗日战争历史阶段告一结束。现在我们正进入一个新的历史阶段。这几天的情况表明，蒋介石积极准备向我解放区"收复失地"，争夺抗日胜利的果实。他过去远远躲在峨眉山上，现在要下山来夺取胜利果子了。我们的方针是针锋相对，寸土必争。毛主席说，我们党一贯反对内战，现在仍然努力制止内战。但蒋介石要打内战，过去是这样，现在是这样，将来也必然会这样，内战危险严重存在着。七大就充分估计到内战的危险，并作了充分的思想准备。蒋介石左手拿着刀，右手也拿着刀。我们就按照他的办法，也拿起刀来。

毛主席强调：人民得到的权利，绝对不允许轻易丧失，必须用战斗来保卫。我们党有过在1927年被蒋介石打下去的血的教训，现在要有清醒头脑和正确方针，不要再犯机会主义的错误。我们的方针要放在自己力量的基点上，叫作自力更生。世界各国都有我们的朋友，我们并不孤立，但我们强调自力更生，不相信帝国主义的好话，也不怕帝国主义的恐吓。

毛主席说，从抗日战争时期到新时期，有一个过渡的历史阶段，在这个阶段中的斗争，就是反对蒋介石篡夺抗战胜利果实的斗争。我们要充分准备对付蒋介石发动内战，要准备着他明天就打全面内战，也要准备在一段时间内打局部内战，两条都准备着，局部内战现在就有。

毛主席在这个报告中提出的"针锋相对、寸土必争"的方针，早在日本宣布投降的当天，朱总司令给第十八集团军（包括八路军、新四军）全军命令中就开始实行了。延安总部下令所有部队向驻区内日军和伪军发出最后通牒，限令他们放下武器投降。八路军、新四军对所有日伪占领的城镇和交通线积极作战，派兵接收或进攻占领。朱总司令还在 8 月 13 日致电蒋介石，抗议蒋只命令国民党军队"积极推进"受降，反叫第十八集团军"驻防待命"，重申延安总部命令所部向日伪占领区进军受降或攻占。

毛主席在作这个形势报告的同时，还接连写了两篇新华社社论，即 8 月 13 日的《蒋介石在挑动内战》和 8 月 16 日的《评蒋介石发言人谈话》，揭露蒋介石准备发动全面内战。

当时在延安，不仅参加七大的高级干部对发生最坏情况（即全面内战等人祸、天灾）和争取最大的胜利是有思想准备的（毛主席在七大总结中提出 17 种可能发生的困难），连像我这样的年轻人也认为内战难于避免。但是，对于毛主席指出的走向新时期的过渡阶段究竟会出现什么情况，许多人并不清楚。因此，当我们从中央社得知蒋介石请毛主席去重庆谈判的消息时，感到非常突然，更感到意外的是毛主席由美国大使陪同，离开延安飞重庆同蒋介石举行和平谈判。我想到：不过是一个月以前，毛主席亲自为新华社写了一篇社论，题目是《赫尔利政策的危险性》，指出：美国新任驻中国大使赫尔利在华盛顿发表声明，声称美国只同蒋介石合作，不同中共合作。评论说，赫尔利提出的这种对华政策是错误的也是危险的，它增大中国内战的危机。现在，正是这个赫尔利，居然从重庆飞到延安来，陪同毛主席去重庆跟蒋介石谈判。情况变化之快，真是使人晕头转向。

后来博古同志传达中央的意见，中央反复分析了国内和国际形势，认为：抗战打了八年，人心向和；美国和苏联等大国才打败德意日，也不愿因中国问题迎面相撞；我党领导的抗日根据地经八年消耗，也需时日休养生息。形势也利于和平谈判，至少可以推迟全面内战爆发的时间。毛主席在中央会议上多次谈到：同蒋介石谈判，一种可能是谈成，应尽力争取，为此可以在不损害人民根本利益的原则下作一些妥协。另一种可能是谈不成，对我亦无损失。我们经过和谈努力，也会使人民知道我要和蒋要打。我们也赢得时间准备对付蒋介石发动全面内战。

毛主席离延前特别强调，我们的基点放在对付蒋介石全面内战上。现在蒋介石在不少地区向我解放区进攻，我们要把入侵蒋军统统打回去，我们打得越好，歼蒋军越多，越有利于国共和谈。

从 8 月 28 日到 10 月 10 日，毛主席在重庆同蒋介石会谈。这期间延安各界几乎无人不谈国共和谈。在我们报社，每日从外国通讯社收到各种消息，有时甚至是彼此完全相反的传闻，对和谈结果忧心忡忡，特别担心毛主席的安全。我当时特别注意美国的动态。有一些据说是有相当声望的美国议员，发表一些赤裸裸的干涉中国内政的言论。到了 9 月底，美军竟然在塘沽和秦皇岛登陆，这是明显地介入中国内战的侵略行动。我当时同报社一些同志议论，中国正发生"斯科比事件"，面临美军参加中国内战的严重危险。所谓"斯科比事件"，就是在第二次世界大战后期，1944 年 10 月，英国将军斯科比率领一支英军在希腊登陆，以开辟东南欧对德作战战场为借口，行镇压希腊游击队之实。有些同志不以为然，认为美国介入国共谈判对我亦有可利用之处。如前此不久，我们就利用美军飞机，把太行、山东、苏北等地来延安参加七大的主要将领送回到各根据地（即后来通称的各解放区）去了。

10 月 10 日，我党同国民党会谈纪要签字，第二天毛主席即从重庆飞返延安。当时我们站在清凉山半山腰的《解放日报》编辑部山坡上，看着毛主席乘坐的四个引擎的大型美军飞机从延安城南门外飞来，低飞得几乎与清凉山一般高，安稳地降落在东门外飞机场上。大家心头的石块终于落地了。

毛主席向中央报告了谈判经过。据博古同志传达，毛主席在重庆开始谈判时坚持原则，顶住蒋介石的压力，然后放低调，作些让步。蒋方企图得寸进尺，谈判僵持。我即向民主党派人士放风，说明蒋要打，我要和。双方僵住了。这些民主人士一心要和，要求非常强烈，这对蒋形成压力。美国人帮蒋，但又怕谈判破裂。毛主席估计，赫尔利的主意是把八路军、新四军"整编"（即大加压缩）入国民党军队，取消各解放区。他们目前主张谈判，为的是争取时间，以便运送国民党军到各大城市和交通干线，也使美国军火能有时间运到前线。毛主席说，就在国共会谈纪要签字的当天，美军在青岛登陆，美军飞机进驻北平、青岛。因此全面内战危险依然存在，而且美军有可能介入。我们对此要有充分准备，这是我们的立足点。但会谈纪要既然已签订，我们争得与国民党平等的地位，而且又对若干问题达成协议，我们也应争取协议的实现，力争和平民主建国的前途。所以周恩来同志仍留重庆继续同国民党会谈。当然也不能抱有不切实际的幻想。如果蒋介石发动全面内战，他就在全国人民面前输了理。我们就更有理由进行自卫战争打败他们。我们的方针是保卫人民的基本利益。在不损害人民的基本利益的原则下，可以作些让步，去换取人民迫切需要的和平与民主。人民的武装，一支枪，一粒子弹，都要保存，不能交出去。据博古同志说，毛主席提出各解放区赶快组织野战军，准备迎击国民党的进攻。其后不久，毛主席又指示新华社发表新闻，揭露蒋介石下达发动内战的七项密令和《国民党进攻解放区的番号及进攻事略》。

我听了博古同志的传达，深感毛主席胆略确非常人所及，既全局在胸，敢入虎穴，又能以柔制刚，进退自如。

到了1946年1月，我党和国民党达成协议，双方同时下达"停战令"，并成立国共两党和美方代表组成的军事调处执行部，监督停火的实施。接着又召开了政治协商会议。国共和谈在大约半年中先后达成两个协议，当时的和平民主建国空气比较浓。

当然大家也看到，蒋介石不会洗心革面、立地成佛。马歇尔以"美总统特使"头衔来华，来者不善，究竟前途如何，大家也心存疑虑。当时的情势表明，蒋介石军队加速海、空两路运到东北，争夺东北之战开始，我也以"东北民主联军"名义开进齐齐哈尔、哈尔滨、长春等城市。关内形势也逐渐恶化。我党中央派到重庆去的谈判代表王若飞、博古同刚从狱中获释的新四军军长叶挺等，在4月8日飞返延安途中，因飞机失事遇难。原来从延安派干部到北平设立的新华分社和《解放》三日刊也被国民党禁止了。内战的危险也同气温一样逐日上升。当时我军绝大部分内线作战，唯独中原部队（以河南驻马店为中心）被蒋军四面包围。据传达，中央担心蒋军很可能先把我中原解放区吃掉。

果然，1946年6月底，蒋军突然大举进攻我中原解放区，这是全面内战的开始。

当时毛主席估计，蒋介石可能采取关外缓兵（运兵不足）、关内先打的方针，因此我应针锋相对，准备大打，但尽力推迟，争取一面早日增兵东北，占领地盘，一面调整华北部署，先在内线作战，也准备打到外线去。

7、8两月，情况已明朗，蒋军除拔掉我中原钉子外，着力先向威胁南京、上海的苏中、苏北解放区进犯，同时又血腥镇压其后方的民主运动，先后杀害著名民主人士李公朴和闻一多。全面内战势已燎原。据余光生同志传达，毛主席说，较场口的一声枪响（指国民党反动派杀害爱国民主人士李公朴），使人们从和平梦中惊醒过来。

毛主席一面部署刘伯承、邓小平所部出击陇海路，一面指示《解放日报》写社论，动员解放区军民起来粉碎蒋军进犯。社论《全解放区人民动员起来，粉碎蒋介石的进攻!》在8月16日发表。

9、10两月，我军初战连胜（苏中七战七捷、刘邓出击陇海等）后，蒋军集中兵力，开始实行东西两翼（山东和陕甘宁）重点进攻战略。毛主席权衡全局，决定全线略向后缩，发挥内线作战的有利条件（地利、人和等），集中优势兵力，各个歼灭敌人有生力量，不在乎一城一地之得失。

以上情况给我很大的启发，即每当时局转折的关头，当一般人对形势和决策感到迷茫的关头，首先是毛主席为首的党中央高瞻远瞩，把握形势，统揽全局，抓住关键，果断决策，使党和人民渡过转折，继续前进。这中间显露的马克思主义的洞察力、分析力、决策力，无论怎样的高度评价，也不算溢美之词。

毛主席不仅在全局上远见卓识，而且牢牢地掌握新闻工具，使之有声有色地为全局服务。

在我记忆中，在抗日战争时期，在国民党发动第一次、第二次反共高潮中，毛主席亲自写新闻、写社论，揭露国民党反动派的阴谋，驳斥他们的谬论邪说。到了抗战胜利后的过渡时期，毛主席从8月中起，为新华社写了几篇评论，揭露蒋介石和美国准备打内战的阴谋，如《蒋介石在挑动内战》（8月13日）、《评蒋介石发言人的谈话》（8月16日）、《新华社奉命驳斥和谣》（9月3日）等。这表示毛主席善于运用新闻工具。

特别令我赞叹的是，毛主席早在 1946 年 4 月间指示《解放日报》和新华社实行大改组，以适应新的形势。毛主席提出，自卫战争将全面展开，情况紧张又交通不便，党的新闻工作力量配置，应从以报纸为重点改变为以通讯社为重点，即战时主要通过新华社（包括广播电台）发布党中央的方针、政策、指示和传播解放区军民作战和生产的成绩。用毛主席的话来说，应从"全党办报"改变为"全党办社"。根据毛主席指示，经过认真讨论，5 月间决定将《解放日报》和新华社合并，统由社长（5 月间由余光生任新华社代理社长兼总编辑，10 月间即由从南京回延安的廖承志任社长）为首的社务委员会（包括艾思奇、陈克寒等）领导，主要干部集中在新华社系统，《解放日报》留下新闻编辑部（主管版面编排并编辑国际新闻）和副刊部，新华社下设解放区新闻编辑部、国民党区新闻编辑部、国际部（只管评论不管新闻）、口语广播部、英文广播部等机构，我当时主持国际部工作。同时，加强各解放区新华社地方分社建设和尽快建立野战分社，逐步形成战时新闻通讯网络。

到了 10 月间蒋军布置向陕甘宁边区和山东解放区发动重点进攻时，毛主席这一富有远见的决策，适应了全面内战的新形势。中央决定新华总社从延安疏散，先疏散老弱妇孺到延安东北的瓦窑堡附近。1947 年 1 月间中央决定将主要干部一分为二，半留延安，半去瓦窑堡，2 月间再进一步决定在延安只留小部分（约二十位编辑记者），由范长江和我带队，称"留守分队"，3 月初又调范长江组织小分队随部分中央同志北撤，由我只带十多个人留延待毛主席最后撤退。那时毛主席已从枣园搬回王家坪解放军总部。

毛主席在 3 月 18 日（即蒋军进占延安的前一天）从王家坪撤退。新华社留守分队奉命同时撤退。我写完了最后一期《国际一周》后，17 日在夜幕重重中从清凉山经延安东门外飞机场去瓦窑堡，结束跨历十个年头（实际是九年又三个月）的延安生活。

从日本投降到延安撤退这段时间，毛主席作为伟大中国革命的掌舵人的无与伦比的革命气质，给了我终生不可磨灭的深刻印象。我那时因为没有接触中央领导核心，对毛主席在国共和平谈判中的灵活策略了解很少，但我切身体会到，他在革命转折的关头，从抗日战争转变到解放战争的过渡时期，在国共两党对立的复杂多变中，始终站稳阶级立场，高度警惕蒋介石亡我之心不死，把立足点放在自力更生、准备打仗上，放在从思想上、政治上、特别是军事上充分准备迎击蒋介石发动全面内战的基点上，这是我党在革命紧要关头胜利完成转变的关键所在。

2001 年《中华魂》第 8-10 期

二、忆毛主席[*]

（一）从评价斯大林说起

初进颐年堂

1956年3月17日，晚饭后，我乘车从国会街的新华社总部出发，沿着华灯初上的西长安街东驶，由新华门进入中南海。汽车沿着南海西岸往北开。沿湖灯光水影，很是别致。北京3月，寒冬将尽。我在丰泽园下车时，已感早春在即。

丰泽园是毛泽东主席住处的总称，背靠中海，南濒南海，东与勤政殿相连，西为静谷，景色清秀而幽雅。丰泽园本身包括颐年堂（会议厅）、菊香书屋（住所）、春藕斋等建筑，始建于清初，通称为"西苑"的一部分，原是清朝皇帝每年春季举行亲耕仪式（在先农坛）之前来此演习农耕的地方，后来才陆续建筑一批又一批的殿堂。

我从南面走过一个不大的门廊，进入开阔的庭院。东西两面是厢房

＊ 本文为作者所著《忆毛主席——我亲身经历的若干重大历史事件片断》。写于1990年12月至1994年6月，由新华出版社1995年出版。

和回廊，北面是高大的正堂，这就是颐年堂。毛主席经常在这里召开中央书记处和政治局会议。这是我第一次来参加毛主席亲自主持的中央书记处会议。党的八大前的中央书记处，相当于八大后的中央政治局常委会。

在这以前，我作为新华社社长，曾经常参加少奇同志主持的政治局会议（在中南海西门附近的西楼会议厅）和邓小平同志主持的秘书长会议（在丰泽园北面的居仁堂），也参加过毛主席主持的党的中央全会和中央工作会议（一般在怀仁堂）以及最高国务会议（大多数在勤政殿），但从未到颐年堂参加过他主持的中央书记处会议，这是党的最高领导核心会议。

颐年堂由中央一个大厅，东西两个小厅组成，均以紫檀木雕刻装饰。大厅约 70 平方米，正面是一个镏金的大屏风，中间摆着足够二三十人开会的大长桌，铺着深绿色的呢绒。整个布置朴素大方。毛主席召开政治局会议就在这里。政治局委员和列席会议的有关负责人一般达二十多人。西边的小厅，一般是毛主席召开中央书记处会议和后来的中央政治局常委会议的地方，那里有十二张沙发围成一圈。东边的小厅一般是毛主席请客人吃饭的地方。我先后几次陪斯特朗等美国朋友出席毛主席的便宴就在那里。

颐年堂东边有一小门，通毛主席的住所菊香书屋。毛主席来颐年堂开会时，走出菊香书屋的西门，便到颐年堂的东门。

毛主席主持这次书记处会议，议题是赫鲁晓夫在苏共二十大上的反斯大林报告。这个报告是在苏共二十大的最后一次秘密会议上作的。我党参加苏共二十大的代表团没有参加那次会议。苏共中央是在会后派人向我代表团通报的。所谓通报就是只向我们把报告宣读一遍就拿走了。但是，在苏共二十大结束不久，西方通讯社就陆续透露这个报告的内容。《纽约时报》在 3 月 10 日发表了这个报告的全文，距苏共二十大结束不到半个月。新华社收到《纽约时报》后马上组织大量人员翻译，译出一部分即印出一部分，全部译完后再装订成本，按照中共中央办公厅开列的名单，分送中央负责同志。这是新华社一贯的做法。我们广泛收集各外国通讯社的电讯和报刊文章，尽到了中央耳目的职责。毛主席和周总理多次说过，新华社汇集这些材料的每日两大本《参考资料》（上午版和下午版），是他们每天必读的。

当我到达颐年堂时，杨尚昆（他当时是中央办公厅主任）、胡乔木（中央宣传部副部长）、张闻天（外交部常务副部长）、王稼祥（中央联络部部长）已经坐在西边小厅里，少奇同志、周总理、小平同志、彭真同志也陆续到来。

毛主席在8点左右来到颐年堂。毛主席刚坐下就问我：赫鲁晓夫报告全文已分发给哪些同志。我向他报告，已分发了所有政治局同志和有关负责同志。他接着又问大家看了没有，好几位中央负责同志都说看到了但没有看完。毛主席也说，他刚开始看，很费力，还没有看完。他问大家看了有什么意见。

小平同志接着谈了我党代表团在莫斯科参加苏共二十大时听到苏共中央联络部一位联络员通报赫鲁晓夫秘密报告的情况。小平同志说，当时只听翻译读了一遍，感到内容很乱，逻辑性差，说了一大堆关于斯大林破坏法制、肃反中杀错了很多人、对苏德战争毫无准备、在战争中靠地球仪指挥，等等，还讲了一个南斯拉夫问题，其他政策性的问题无甚印象。当时，他向苏共中央联络员表示，此事关系重大，要报告中央，没有表态。小平同志说，现在再看全文，还没有看完，印象还是不好。现在全世界都议论这个报告，许多兄弟党已表示了态度，恐怕我们党也要表态，采取什么方式可以考虑。

会上大家议论纷纷。首先对苏共事先不同兄弟党商量就批判斯大林这位国际共产主义运动的重要人物很不满，认为这是对各国党的突然袭击，使他们在毫无准备的情况下出现严重混乱；同时认为赫鲁晓夫报告中全盘否定斯大林是严重错误。

毛主席说，我们党从一开始就对苏共二十大有保留。我们《人民日报》发表了两篇社论。第一篇是根据大会开始时赫鲁晓夫的公开报告写的。那时我们不晓得他会大反斯大林，从大局考虑给予支持。但社论中只谈了和平共处与和平竞赛问题，没有谈和平过渡问题，因为我们对这个问题有不同意见。苏共二十大结束的第二天，中央收到代表团发来电报，报告赫鲁晓夫大反斯大林，但不了解详细内容，不好仓促发表意见。所以在第二篇社论中,我们采取王顾左右而言他的方针,只讲他们的第六个五年计划,笼统地表示支持。

毛主席说,赫鲁晓夫的秘密报告值得认真研究,特别是这个报告所涉及的问题以及它在全世界所造成的影响。现在全世界都在议论,我们也要议论。现在看来,至少可以指出两点:一是他揭了盖子,一是他捅了娄子。说他揭了盖子,就是讲,他的秘密报告表明,苏联、苏共、斯大林并不是一切都是正确的,这就破除了迷信。说他捅了娄子,就是讲,他作的这个秘密报告,无论在内容上或方法上,都有严重错误。是不是这样,大家可以研究。大家昨天才拿到全文,还没有看完。希望仔细看一看,想一想,过一两天再来讨论。

17日晚上的书记处会议就这样结束。可以说,对赫鲁晓夫的秘密报告,毛主席的两点意见作了"破题"。

我首次参加中央书记处会议,印象终生难忘。

一论无产阶级专政的历史经验

《人民日报》1956年4月5日发表的《关于无产阶级专政的历史经验》一文,是由毛主席主持的中央政治局会议多次讨论和修改写成的。

在3月17日的中央书记处会议后,毛主席在3月19日和3月24日先后召开了中央政治局会议,全体政治局委员都出席了会议,列席的除上次参加中央书记处会议的王稼祥、杨尚昆、胡乔木和我外,又增加了陆定一、陈伯达、邓拓、胡绳等。

在这两次中央政治局扩大会议上,大家就赫鲁晓夫报告的内容及其影响、斯大林的错误、中苏两党的关系、个人迷信等问题展开了讨论。少奇同志对斯大林主要的错误作了系统的发言,周总理讲了斯大林同我党历史上几次重大错误有关,小平同志着重谈了反对个人迷信问题,王稼祥同志详细分析了赫鲁晓夫报告内容矛盾百出。

毛主席也谈到了斯大林在抗日战争开始时支持王明的"一切通过统一战线"、"一切服从统一战线"的右倾路线,在抗日战争结束后又要中国党不要反击国民党发动的内战,在他1949年底访苏期间开始时不愿签订《中苏友好同盟互助条约》，直到中国志愿军抗美援朝后才相信中国党是国际主义的共产党。

毛主席在会上着重讲了四点意见：

第一，共产主义运动，从马克思和恩格斯发表《共产党宣言》算起，于今只有一百年多一点。无产阶级专政的历史，从十月革命算起，还不到四十年。实现共产主义是空前伟大又空前艰巨的事业。不艰巨就不能说伟大，因为很艰巨才很伟大。在这艰巨斗争的过程中，不犯错误是不可能的。因为我们走的是前无古人的道路。我历来是"难免论"。斯大林犯错误是题中应有之义。赫鲁晓夫同样也要犯错误。苏联要犯错误，我们也要犯错误。问题在于共产党能够通过批评和自我批评克服自己的错误。

第二，社会主义社会，仍然存在着矛盾。否认存在矛盾就是否认唯物辩证法。矛盾无所不在，无时不在。斯大林的错误正证明了这一点。有矛盾就有斗争，只不过斗争的性质和形式不同于阶级社会而已。

第三，斯大林犯过严重错误，但他有伟大功绩。他在某些方面违背马克思主义的原则，但他仍然是一位伟大的马克思主义者。他的著作虽然包含某些错误，但仍然值得我们学习，只不过在学习时要采取分析的态度。

第四，赫鲁晓夫这次揭了盖子，又捅了娄子。他破除了那种认为苏联、苏共和斯大林一切都是正确的迷信，有利于反对教条主义。不要再硬搬苏联的一切了，应该用自己的头脑思索了。应该把马列主义的基本原理同中国革命和建设的具体实际结合起来，探索在我们国家里建设社会主义的道路了。至于赫鲁晓夫秘密报告的失误，我们要尽力加以补救。

会议结束前，毛主席提出，对于赫鲁晓夫大反斯大林，我们党应当表示态度，方式可以考虑发表文章，因为发表声明或作出决议都显得过于正式，苏共还没有公布赫鲁晓夫的秘密报告而且此事的后果仍在发展中。政治局全体成员表示赞成。

毛主席最后说，这篇文章可以以支持苏共二十大反对个人迷信的姿态，正面讲一些道理，补救赫鲁晓夫的失误；对斯大林的一生加以分析，既要指出他的严重错误，更要强调他的伟大功绩；对我党历史上同斯大林有关的路线错误，只从我党自己方面讲，不涉及斯大林；对个人迷信作一些分析，并说明我党一贯主张实行群众路线，反对突出个人。他说，文章不要太长，要有针对性地讲道理。他要求一个星期内写出来。

会议决定由陈伯达执笔，中宣部和新华社协助。会后，我帮助陈伯达收集和整理一些西方国家官方人士和共产党的议论。

文章的初稿在 3 月 29 日写出。小平同志要陈伯达邀集陆定一、胡乔木、胡绳和我一起讨论。我们在 3 月 29 日和 30 日开会讨论，最后又由陈伯达修改，4 月 1 日送毛主席和中央其他同志。

4 月 3 日下午，少奇同志在西楼会议厅主持召开政治局扩大会议。会议开始时，少奇同志说，毛主席委托他召开这次会议，要大家充分讨论如何修改。大家在会上提了很多意见，主要的有：

（1）少奇同志提出，文章在谈到错误不可免时，应补充领导人的责任是力求使某些个别的、局部的、暂时的错误不至于变成全国性的、长时期的错误；还要指出剥削阶级无法克服它的错误直到最后灭亡，无产阶级能够克服自己的错误不断前进。

（2）少奇同志提出，斯大林的错误不能统统归结为个人崇拜，从根本上说还是主观不符合客观，脱离实际和脱离群众，是思想方法问题。现在翻译用"个人崇拜"这个词，从贬义上说，用"个人迷信"更贴切，但现在报上已习惯用"个人崇拜"，不改也可以。（按：这篇文章发表时仍用"个人崇拜"，后来写《再论无产阶级专政的历史经验》才改用"个人迷信"。）

（3）周总理提出，谈到反对教条主义时，只讲中国党自己反对教条主义，避免使人认为我们广泛号召反教条主义。但可以批判斯大林提出的中间势力是基本打击方向的观点，并说明中国党受王明路线统治时曾因搬用这个观点吃了大亏。

（4）小平同志提出，对个人崇拜应多加分析，强调我党一贯提倡群众路线和集体领导，反对个人突出和独断独行。

（5）朱总司令认为对斯大林的历史功勋，还要写得充实些。全文的主要锋芒不是针对苏联，而是回击帝国主义。

除以上意见外，会上还提了许多文字上的意见。

会议结束时，少奇同志要求起草小组赶快根据大家意见修改，改完后重排清样，将修改的地方画出送毛主席审阅。

会后，陈伯达、陆定一、胡乔木、胡绳和我，连夜修改，于4月4日凌晨打出清样送毛主席。

毛主席在审阅过程中作了多处重要修改。一是明确指出斯大林的主要错误，并且指出产生这些错误是由于他思想方法上的主观主义和片面性，脱离实际和脱离群众，违背群众路线和集体领导；二是加强了关于社会主义社会仍然存在矛盾一段；三是在有关中国党历史上的路线错误段落中，突出了两次王明路线；四是强调应以历史的观点看待斯大林，对他的正确方面和错误方面作全面的分析，明确指出斯大林是伟大的马列主义者，是一个犯了几个严重错误而不自觉其为错误的马列主义者。我们应从中吸取教训。

4月4日下午，毛主席召开中央书记处会议。他首先解释他对稿子的修改，然后征求大家还有什么意见。会上少奇同志、周总理、朱总司令和小平同志都提了一些修改意见，毛主席要我们在会上边讨论边修改。会议讨论结束不久，我们就修改完毕，因为这些意见大多数是属于文字性质的，实质性的意见在上次政治局会议已经谈过，而且已吸收在稿子中了。

在会议快结束的时候，毛主席还说了一番话。他说：发表这篇文章，我们对苏共二十大表示了明确的但也是初步的态度。议论以后还会有。问题在于我们自己从中得到什么教益。他认为最重要的是要独立思考，把马列主义的基本原理同中国革命和建设的具体实际相结合。民主革命时期我们在吃了大亏之后才成功地实现了这种结合，取得了中国新民主主义革命的胜利。现在是社会主义革命和建设时期，我们要进行第二次结合，找出在中国怎样建设社会主义的道路。这个问题我几年前就开始考虑，先在农业合作化问题上考虑怎样把合作社办得又多又快又好，后来又在建设上考虑能否不用或者少用苏联的拐杖，不像第一个五年计划那样照搬苏联的一套，自己根据中国的国情，建设得又多又快又好又省。现在感谢赫鲁晓夫揭开了盖子，我们应从各方面考虑如何按照中国的情况办事，不要再像过去那样迷信了。其实，过去我们也不是完全迷信，有自己的独创。现在更要努力找到中国建设社会主义的具体道路。

应当说，当时毛主席自己正在实践他自己提出的任务。他在1956年初找中央十几个部的同志谈话。他根据这些调查研究，在这篇《论无产阶级专政的历史经验》一文完成后不久，就发表了著名的《论十大关系》的讲话；在《再论无产阶级专政的历史经验》一文完成之后，1957年2月又发表了《关于正确处理人民内部矛盾的问题》的讲话。

毛主席看了我们的修改，将文章的题目改为《关于无产阶级专政的历史经验》，并且在题目的下面加上："（这篇文章是根据中国共产党中央政治局扩大会议的讨论，由人民日报编辑部写成的）"，不用社论的形式，改用"人民日报编辑部"署名。这种方式很特别，更加引人注意。

毛主席决定这篇文章由新华社在当天晚上广播，《人民日报》第二天（4月5日）发表。因为米高扬将在4月6日率苏联政府代表团到达北京。

苏波关系恶化

1956年10月20日上午，我接到中央办公厅会议科通知，要我参加下午在颐年堂召开的政治局会议。这是党的八大以后我第一次参加新选出来的中央政治局会议。

我估计这次会议可能讨论苏联和波兰的紧张关系。因为在这之前三四天，从10月17日开始，外国通讯社就传说，苏波关系突趋紧张，波境苏军调动频繁，苏波边境地区苏军向波兰东部移动，苏联波罗的海舰队正向波兰海域前进，华沙空气非常紧张。

当时任中央办公厅主任的杨尚昆同志（他在八大被选为中央委员，一中全会被选为中央书记处候补书记）18日曾打电话通知我，要新华社注意收集这方面的消息，迅速报告中央。从这一天起，我布置新华社社长办公室、《参考资料》编辑部、国际部、对外部一天二十四小时加强值班，一有重要消息，马上报告总理办公室和中央办公厅，然后译出，打清样送中央领导同志。

20日我得到中央办公厅的会议通知后，马上到参编部去了解当天收到的最新消息，下午3时提前到达颐年堂。到会的除新选出的政治局委员和候补委员大部分到会外（林彪、林伯渠、刘伯承、康生因病长期请假），王稼祥、胡乔木、杨尚昆、田家英和我列席。

毛主席主持会议。他身穿睡衣，一开始就说明：苏共中央给我党中央发来一份电报，说波兰反苏势力嚣张，要苏军撤出波兰。苏联根据华沙条约有权力驻兵波兰，有义务保卫东欧社会主义国家的安全。苏联不能允许反苏事件继续发展，准备调动军队来解决问题。苏共在通知中表示想知道我们党对此有何意见。毛主席说，看来苏联要对波兰实行武装干涉，但还没有下最后决心。情况很严重，很紧急，所以召开政治局会议，讨论如何答复苏共中央。

毛主席接着问我，有什么新消息？我汇报当天上午收到外国通讯社的消息，说波兰军队已动员，保安部队也处于紧急状态，华沙工人也纷纷拿起武器。同时从斯德哥尔摩、赫尔辛基传出消息，苏联军舰已到达波兰港口格但斯克港外，原驻在苏联西部和民主德国东部的苏军也在调动中。

毛主席听后说，现在情况非常紧急，我们要早定方针。儿子不听话，老子打棍子。一个社会主义大国对另一个社会主义邻国武装干涉，是违反最起码的国际关系准则，更不用说违反社会主义国家相互关系的原则，是绝对不能允许的。这是严重的大国沙文主义。

这时会上议论纷纷。大家一致认为这是亲痛仇快的严重事件。我党中央一定要坚决反对，尽最大努力加以制止。大家一致建议中央采取紧急措施，向苏共中央发出严重警告，表明我党中央坚决反对苏联武装干涉波兰。

在会议进行中，我又接到我的秘书从新华社打来的电话，说外国通讯社报道苏联一个代表团到达华沙与波兰谈判（后来才知道这个代表团是以赫鲁晓夫为首，包括苏共中央主席团的主要成员）。我马上把这个消息告诉毛主席。毛主席说，事不宜迟，我们应马上警告苏方，坚决反对他们对波兰动武。会议一致同意这个决定。毛主席即说，会议到此结束，马上约见苏联驻华大使。他要胡乔木和我留下作陪。

毛主席这时仍穿着睡衣，乔木建议他是不是换穿中山装。毛主席说，就这样也没什么关系。

约半个小时后，毛主席在菊香书屋的卧室里接见苏联大使尤金。尤金原是毛主席的朋友，过去两人多次在一起讨论哲学问题。现在两人都表情严肃，尤金似乎预感到这次紧急接见非比寻常。

毛主席劈头就直截了当地对尤金说，我们的政治局刚才开过会，讨论了你们中央发来的通知。我们政治局一致认为，苏联武装干涉波兰是违反无产阶级国际主义原则的。中共中央坚决反对苏共中央这样做，希望你们悬崖勒马。如果你们竟然不顾我们的劝告，胆敢冒天下之大不韪，中共中央和中国政府将公开谴责你们。就是这几句话，请你立即打电话告诉赫鲁晓夫同志。情况紧急，时间无多，谈话就此结束。请你赶紧去办。

尤金满头大汗，连声"Да！Да！"，迅速退走。

最后，毛主席对我们说，你们也没事了。新华社要密切注意情况发展，有新消息随时报告。

20日整夜，我守候在新华社办公室，直到21日凌晨6时（那是华沙时间20日午夜）才回家睡觉。

从这时起，几乎每天下午或晚上，毛主席都在他卧室召集政治局常委会议。苏共中央21日来电邀请我党派代表团去莫斯科参加苏共中央和波党中央会谈。常委决定派少奇同志和小平同志于22日前往，任务是调解；方针是着重批评苏共的大国沙文主义，同时也劝说波党顾全大局；方式是只分别同苏共或波党会谈，不参加他们两党会谈。代表团22日晨即乘苏方派来的专机去莫斯科。从此每天周总理都同代表团通电话，代表团也来电报告会谈进展情况。每天毛主席召开常委会，决定给代表团的指示。经过激烈的辩论和耐心的说服，代表团终于完成了劝和的任务。苏波双方一致同意：尽快举行两党正式会谈，改善和加强波苏关系；苏联政府单独发表改进社会主义国家关系的宣言（即10月30

日发表的宣言），承认苏联过去在这方面有错误，并决心加以改进。我党代表团同苏波两方商定，一旦苏方发表宣言，我政府将发表声明予以支持。这就是我国政府于11月2日发表的声明。

匈牙利事件

然而，无独有偶，国际形势的发展不以人们意志为转移。正当苏波两党在我党从旁劝说下趋向和解之际，又发生了匈牙利事件。从10月下旬起，匈牙利局势混乱，军警同示威群众不断发生冲突。反革命分子乘机挑拨；国外帝国主义势力也大肆鼓噪，情况越来越复杂而紧张。匈牙利政府出于无奈，邀请驻匈境内苏军协助恢复秩序。这时，国内外反革命势力进一步策动匈牙利军队叛乱，到处发生反革命复辟。在这严重的局势面前，苏共领导决定从匈牙利撤出苏军。我代表团在莫斯科获悉此事后，在向北京报告苏波达成协议的同时，也报告了苏共决定撤退驻匈境苏军。

毛主席在10月30日晚召开常委会时，除同意中国政府发表声明支持苏方外，还特别电告我代表团：立即约见苏共中央主席团，声明受中共中央委托，反对苏军从匈牙利撤退。少奇同志在10月31日会见苏共中央主席团全体成员时，严厉地指出：苏共这个决定是对匈牙利人民的背叛。苏共中央如果抛弃社会主义匈牙利，将成为历史罪人。苏共中央当时仍坚持要撤退驻匈境苏军。第二天，11月1日，赫鲁晓夫在送少奇同志去飞机场的汽车上，眉飞色舞地告诉少奇同志：苏共中央主席团开了一整夜的会，最后决定苏军仍然留在匈牙利，帮助匈牙利党和人民保卫社会主义。在我党代表团上飞机之前，苏共中央主席团全体成员到机场热烈欢送，纷纷感谢中国党先在波兰问题上帮助他们，现在又在匈牙利问题上帮助他们。

11月2日晚，毛主席在颐年堂召开政治局会议，听取刚从莫斯科回北京的少奇同志和小平同志汇报。我在南苑机场参加迎接代表团后就直奔颐年堂。这次会议同前几次会议的严肃紧张完全不同。整个会议过程洋溢着兴高采烈的气氛。少奇同志首先汇报赫鲁晓夫送他去飞机场路上在汽车上的谈话和上飞机前热烈的欢送场面。然后，他和小平同志着重谈了访苏十天的观感。

少奇同志指出，这十天的活动中，感到苏联同志的大国沙文主义由来已久，表现十分突出，由此而引起兄弟党对他们的强烈不满。东欧国家的民族主义情绪也由来已久，于今尤烈。苏共二十大大反斯大林带来的恶劣影响，现在已相当充分地暴露出来。

小平同志说，波兰同志在莫斯科向我们诉苦，情绪激动，有时简直有点像我们土改时贫雇农"吐苦水"。从波兰和匈牙利的情况看，已经出现了否定苏联的一切以至否定十月革命的倾向。各自夸大民族特性，否定国际共性。苏共领导人虽然开始感到过去大国主义一套不灵，但并未觉悟到必须改辕易辙。我们帮人要帮到底，今后还需要向两方面多做工作。

这次会议时间不长。因代表团长途飞行劳累，毛主席宣布暂时休会，改日再开。

酝酿再论无产阶级专政的历史经验

11月4日，毛主席又在颐年堂召开政治局会议，讨论匈牙利局势。这时，苏军已重新返回布达佩斯，协助匈牙利政府恢复秩序。

会上，周总理首先谈了当前西方世界利用匈牙利事件大肆反苏反共，各兄弟党内出现动摇分子以至变节分子。总理认为，苏共领导人表现软弱无力。我们党应作中流砥柱，力挽狂澜。

毛主席在会上强调：我们早就指出，苏共二十大揭了盖子，也捅了娄子。揭了盖子之后，各国共产党人可以破除迷信，努力使马列主义的基本原理同本国革命和建设的具体实际相结合，寻求本国革命和建设的道路。我们党正在探索，其他兄弟党也没有解决。捅了娄子的后果是全世界出现反苏反共高潮。帝国主义幸灾乐祸，国际共产主义队伍思想混乱。我们要硬着头皮顶住，不仅要顶住，而且要反击。

毛主席说，苏共二十大后，我们4月间曾经写过一篇《关于无产阶级专政的历史经验》的文章，回答当时已经暴露出来的问题。现在，经过半年之后，事实证明我们的观点是正确的，但又出现许多新的问题需要作出回答。可以考虑再写一篇文章。

毛主席提出这个问题后，会上发言活跃，大家纷纷提出当前需要回答的问题，有一些是西方宣传机器污蔑攻击的问题，有一些是属于国际共产主义队伍内部的问题。大家还发表了不少好的见解。

毛主席说，赫鲁晓夫秘密报告泄露后，各兄弟党先后发表声明和文章，或作出决议。我们已收集起来出版两本集子。这些都是正式表达他们的观点的。我们可以仔细研究。还有，最近波兰和匈牙利问题发生后又有许多材料需要研究，看看有哪些主要问题需要回答和如何回答，以后再开会讨论。

毛主席在会议结束时交代胡乔木、田家英和我，要我们预先准备，开过二中全会（11月10日至15日举行）之后再议。

二中全会期间，在一次会议中间休息的时候，我到政治局常委休息室去，毛主席正同常委议论铁托在普拉（南斯拉夫西部沿海城市）的演说（11月11日），胡乔木也在座。毛主席叫我要新华社把铁托的讲话全文译出来（当时在《参考资料》上只刊出西方通讯社的摘要报告），并要胡乔木和我研究起草文章回答。铁托在普拉的演说中，从匈牙利事件讲起，大肆攻击所谓"斯大林主义"和所谓"斯大林主义分子"，并号召把各国党的"斯大林主义分子"赶下台。

从11月25日起，毛主席差不多每天都召开政治局常委会议。会议大多数在菊香书屋毛主席卧室举行，有时也在颐年堂西边小会议厅。在毛主席卧室开会时，毛主席通常都是穿着睡衣，靠着床头，半躺在床上。中央其他常委在床前围成半圆形。一般习惯是，靠近床头右边茶几坐的是小平同志，他耳朵有点背，靠近便于听主席说话；依次从右到左是彭真、少奇、总理、王稼祥、张闻天、陈伯达、胡乔木等，我坐在最左边，靠着毛主席床脚的小书桌。一般都是十人左右。这些常委会，朱总司令一般不参加，他年纪大，早睡早起，会议多在晚间召开；陈云同志主持经济工作，一般也不参加。（林彪那时还不是八大选出的常委，没有参加，1958年5月五中全会增选为常委后，长期请病假，很少参加常委会议。我参加的常委会议一次也没有见过他。）

在 11 月 25 日、27 日、28 日、29 日这四天的常委会议上，广泛讨论当前国际形势，从匈牙利事件到英法侵略埃及（10 月底），从东欧党到西欧党，从铁托到杜勒斯，认真研究对各种现象和观点如何分析和回答。大家认为，英法侵略埃及激起全世界人民反对，苏军帮助匈牙利平息叛乱，两台锣鼓一起敲，都是好事。现在帝国主义和反动派极力攻击苏联，共产党内也有人把英法侵略埃及和苏联帮助匈牙利混为一谈，不分敌我，不分是非。一些国家的共产党员发生动摇甚至变节。这些是坏事。但是坏事也不见得完全没有一点好处。一旦思想混乱得到澄清，动摇分子吸取教训，变节分子离开了党，党的队伍不是更弱而是更强了。

大家还认为，铁托提出的反对"斯大林主义"和"斯大林主义分子"完全搬用了西方资产阶级的污蔑，是完全错误的。这种污蔑，是帝国主义分裂共产党、分裂社会主义阵营的阴谋。毛主席指出，所谓斯大林主义，无非是斯大林的思想和观点。所谓斯大林主义分子，也无非是指赞同斯大林的人。那么请问，斯大林的思想和观点怎样？我们认为斯大林的思想和观点基本上是符合马克思列宁主义的，虽然其中有些错误，但主要方面是正确的。斯大林的错误是次要的。因此，所谓斯大林主义，基本上是正确的；所谓斯大林主义分子，基本上也是正确的，他们是有缺点有错误的共产党人，是犯错误的好人。必须把铁托的观点彻底驳倒，否则共产主义队伍就要分裂，自家人打自家人。斯大林主义非保持不可，纠正它的缺点和错误，就是好东西。这把刀子不能丢掉。

共同道路和民族特点

经过四天的讨论，毛主席把大家意见归纳为以下的要点：

第一，十月革命的道路是各国革命的共同道路，它不是个别民族现象，而是具有时代特征的国际现象。谁不走十月革命道路，谁就不是马克思主义者。

第二，各国有不同的具体情况，因此各国要用不同方法解决各自的问题。这正如每个人的面目不一样，每棵树长的也不一样。要有个性，没有个性，此路不通。但条条道路通莫斯科。所有道路都有它们的共性，这就是苏联的基本经验，即十月革命的道路。

第三，苏联建设时期，斯大林的基本路线、方针是正确的，应加以明确的肯定。他有缺点、错误是难免的，可以理解的。斯大林过分强调专政，破坏了一部分法制，但他没有破坏全部法制，破坏了部分宪法，但没有破坏全部宪法，民法、刑法也没有全部破坏，专政基本上还是对的。民主不够，但也有苏维埃民主。有缺点，有官僚主义，但他终究把苏联建设成为一个工业化的国家，毕竟打败了希特勒。如果都是官僚主义，都是官僚机构，能够取得这么大的成功吗？说苏联都是官僚阶层是不能说服人的。

第四，区别敌我矛盾，不能用对待敌人的方法对待自己的同志。斯大林过去对南斯拉夫犯了错误，把对待敌人的方法对待铁托同志。但后来苏共改正了，用对待自己同志的方法对待铁托同志，改善了苏南关系。现在铁托同志不能采取过去斯大林对他的方法对待犯错误的同志。在我们共产党人之间，在社会主义社会内部，存在着矛盾，这是人民内部矛盾，不能用处理敌对矛盾的方法处理。

毛主席说，文章的题目可以考虑用《全世界无产者联合起来!》，这是马克思、恩格斯在《共产党宣言》中提出的口号，现在仍有重大现实意义。我们的目的是加强全世界工人阶级和共产党人的团结。

这时毛主席以深沉的语调说了一大段话。他说：现在还是离不开斯大林问题。我一生写过三篇歌颂斯大林的文章。头两篇都是祝寿的，第一篇在延安，1939年斯大林六十寿辰时写的；第二篇在莫斯科，是1949年他七十大寿时的祝词。第三篇是斯大林去世之后写的，发表在苏联《真理报》，是悼词。这三篇文章，老实说，我都不愿意写。从感情上来说我不愿意写，但从理智上来说，又不能不写，而且不能不那样写。我这个人不愿意人家向我祝寿，也不愿意向别人祝寿。第一篇我抛弃个人感情，向世界上第一个社会主义国家的领袖祝寿。如果讲个人感情，我想起第一次王明"左"倾路线和第二次王明右倾路线都是斯大林制定和支持的，想起来就有气。但我以大局为重，因为那时欧战已经爆发，苏联为和缓苏德关系而同希特勒德国签订了互不侵犯条约，受到西方国家舆论的攻击，很需要我们支持。因此那篇文章写得比较有生气。抗日战争结束后，国民党发动内战，斯大林要我们不要自卫反击，否则中华民族会毁灭。新中国成立之后，斯大林还怀疑我们是不是第二个铁托。1949年我去莫斯科祝贺斯大林七十大寿，不歌颂他难道骂他吗？我致了祝词，但斯大林仍对我们很冷淡。后来我生气了，大发了一顿脾气，他才同意签订《中苏友好同盟互助条约》。斯大林去世以后，苏联需要我们支持，我们也需要苏联支持，于是我写了一篇歌功颂德的悼文。斯大林一生，当然是丰功伟绩，这是主要的一面，但还有次要的一面，他有缺点和错误。但在当时情况下，我们不宜大讲他的错误，因为这不仅是对斯大林个人的问题，更重要的是对苏联人民和苏联党的问题，所以还是理智地那样写了。现在情况不同了，赫鲁晓夫已经揭了盖子，我们在4月间的文章，就不单是歌功颂德，而是既肯定了斯大林主要的正确的方面，又批评他次要的错误方面，但并没有展开讲。现在要写第二篇文章，就是进一步把问题讲透，既肯定他的功绩，也分析他的错误，但又不是和盘托出，而是留有余地。

毛主席最后说，以上意见请大家考虑，过几天再来讨论。他交代胡乔木先起草一个提纲给他看看。

毛主席的提纲

过了三天，12月2日晚上，毛主席又召开政治局常委会。会议在颐年堂西边小会议厅举行。毛主席一上来就系统地提出他对整篇文章的设想。他说，文章的题目可以仍然是《全世界无产者联合起来！》，也可以考虑同4月间写的文章衔接，用《再论无产阶级专政的历史经验》，表明我们的观点是一贯的，是4月间文章的续篇。

毛主席又说，胡乔木拟的提纲使他的想法进了一步，整篇文章可以更富理论色彩，但政论的形式不变。接着他提出以下要点：

（1）要讲世界革命的基本规律、共同道路。先讲一定要遵循十月革命的基本规律，然后讲各国革命的具体道路，讲马列主义基本原理同各国革命具体实际相结合。二者不可偏废，但十月革命的基本规律是共同的。

（2）讲清楚什么是"斯大林主义"，为什么把共产党人分为"斯大林分子"和"非斯大林分子"是错误的。应明确指出，如果要讲"斯大林主义"，那它就是马克思主义，确切地说是有缺点的马克思主义。所谓"非斯大林主义化"就是非马克思主义化，就是搞修正主义。

（3）讲清沙文主义。大国有沙文主义，小国也有沙文主义。大国有大国沙文主义，小国对比自己小的国家也有大国沙文主义。要提倡国际主义，反对民族主义。

（4）首先要分清敌我，然后在自己内部分清是非。整篇文章可以从国际形势讲起，讲苏波关系、匈牙利事件，也讲英法侵略埃及事件。要分清两种事件的性质根本不同，说明当前反苏、反共浪潮是国际范围的阶级斗争尖锐化的表现。要区别敌我矛盾和我们内部是非，两者性质不同，要采取不同的方针和不同的解决办法。

（5）既要反对教条主义，也要反对修正主义。要指出，斯大林的著作仍然要学，苏联的先进经验还要学，但不能用教条主义的方法学。可以讲中国党吃过教条主义的大亏，不讲别人如何。我们党一贯反对教条主义，同时也反对修正主义。苏共二十大大反斯大林的某些观点和做法，助长了国际范围内修正主义的泛滥。

（6）文章从团结讲起，以团结结束。没有理由不团结，没有理由不克服妨碍团结的思想混乱。

毛主席最后说，整篇文章包含着肯定与否定这两个方面，肯定正确的，否定错误的。对敌对营垒好办，问题是内部是非，要讲究方法。比如对斯大林和铁托，都要加以批评，达到团结的目的，我们的批评要合乎实际，有分析，还要留有余地。这里用得着中国古人做文章的方法。一个叫作"欲抑先扬"，一个叫作"欲扬先抑"。所谓"欲抑先扬"，就是说，你要批评他的错误时，先肯定他的正确方面，因为批评的目的还是要他变好，达到团结的目的。对铁托适宜采取这个方法。对于斯大林，现在全世界都骂斯大林，我们要维护他，但方法宜于"先抑后扬"，即在论述他的功绩以回答对他全盘否定时，先要讲斯大林有哪些错误，这样才能说服人，使人易于接受。

会议结束前，毛主席在征求大家意见后，指定胡乔木和我起草这篇文章，田家英也参加，在 12 月 12 日前写出初稿。

会后我们三人先商量好分工，分头各写一部分，然后由胡乔木通篇修改一遍。由于事前讨论多时，又有毛主席提示要点，写起来比较容易，终于在 12 月 11 日印出了初稿。

集思广益

12 月 13 日下午，毛主席主持政治局会议，讨论初稿。大家对初稿意见较多，主要是：正面阐述不充分，辩解过多。

大家认为，正面论述中对十月革命的共同道路没有讲清楚，不能给人以鲜明的深刻的印象。会上大家建议把苏联的基本经验明确概括为几条，作为十月革命的基本规律和共同道路。

对于铁托，大家认为文中多处引用他的普拉演说，然后加以反驳，给人印象不仅太重视了铁托，而且显得我们似乎很被动。毛主席指出，其实我们不过是以铁托演说为由头，批判当前国际上比较流行的谬论。铁托提出反斯大林主义，当然应当批判，但他的话不宜引用过多。

大家还指出，对斯大林的评价，应比 4 月间的文章讲得深一些，要分析错误的原因，要进一步讲思想原因，还要讲社会历史原因。

大家也认为，文章对教条主义和修正主义都讲得不充分，这一部分应多费些笔墨。少奇同志提出，修正主义者现在大讲"社会主义民主"，其实他们是不要无产阶级专政。也有把马克思主义当作教条主义加以反对的。要把这个问题说透。

大家还认为，在加强团结方面，应充分利用苏联 10 月 30 日的对外关系宣言，大讲社会主义国家和各国共产党关系准则，要展开讲独立、平等、互不干涉内政等，讲爱国主义和国际主义相结合。

会上这些意见，比较原则，也比较重要。胡乔木、田家英和我，经过四五天的努力，拿出修改稿。

毛主席在 12 月 19 日、20 日两天的下午和晚上连续召开政治局会议讨论修改稿。政治局和书记处的大多数成员都出席了。会上大家发表了很多意见，有原则性的，也有文字表述的。主要的意见集中在以下五个问题上：

第一，关于匈牙利事件，不宜写得太细，不必在文章中就这个问题展开辩论，否则就转移了文章的重心，减弱了文章的理论价值。对于匈牙利事件是否可以避免，这个问题的提出和分析显得脱离现实，过于"事后诸葛亮"。须知，匈牙利事件是由各种内外因素形成的，是国内外反革命势力利用群众的不满，煽动闹事直至策动叛乱。工人、学生和其他群众是无罪的。如果匈牙利党始终坚强，不自乱阵脚，10月23日的事件也许可以避免，也许可以不用请求苏军协助平叛。《华沙条约》有规定可以派兵援助，这也要看具体情况，不是什么时候都要派兵。但是，有些重要因素却不是匈牙利党自己可以决定的，国外帝国主义势力和国内反革命势力是匈牙利党指挥不了的，阶级斗争是不以人们意志为转移的客观存在。总之，对匈牙利事件，只作总的性质论定就行，不必为每一件事情辩论。

第二，关于苏共二十大，应该肯定这次大会有积极意义，批判斯大林的错误是对的，但是赫鲁晓夫全盘否定斯大林是错误的。不肯定斯大林的正确方面，就造成了右倾危险。结果果然来了修正主义思潮的大泛滥。因此对苏共二十大应有分析。当前的问题是教条主义还没有肃清，又来了修正主义思潮，而且来势凶猛。毛主席强调，文章的主要锋芒是反对修正主义，捍卫马列主义的基本原则，捍卫十月革命的共同道路。

第三，文章要从当今世界两大基本矛盾——帝国主义阵营和社会主义阵营的矛盾讲起，分清敌我矛盾和人民内部矛盾。毛主席反复谈到，4月间的文章中讲了社会主义社会存在矛盾，现在的文章要进一步讲分清两类性质不同的矛盾应当采取不同的方法解决，指出社会主义国家之间和共产党之间的矛盾应当采取处理人民内部矛盾的方法解决，以便协同一致地反对帝国主义侵略势力。文章的出发点是站在社会主义立场上向帝国主义斗争，在这个大前提下讨论各国共产党之间的内部是非问题。

第四，要充分论述苏联革命和建设的基本经验是各国革命和建设的共同道路。先要明确指出苏联的基本经验是合乎马克思主义基本原理的，是正确的，然后又指出苏联在建设社会主义过程中有曲折，有错误。要批评教条主义不承认有错误，不接受教训，不纠正错误，不考虑历史和民族的特点而全盘照搬。也要批判修正主义只讲苏联的错误，不讲苏联的建设基本上是成功的，不讲它的基本经验是值得学习的，从而否定一切。

第五，关于斯大林问题。当前全世界议论纷纭繁杂，但焦点都离不开斯大林问题。对苏联的评价，也就是对斯大林的评价。文章应毫不含糊地肯定斯大林的伟大功绩，因为这是历史事实。当然也要指出他有唯心主义、形而上学的思想方法和个人专断的工作方法所造成的不少错误。现在世界上议论最多的，一是肃反扩大化，一是大国沙文主义。但无论在对待反革命分子问题上或对外关系方面，斯大林都有他正确的方面。人杀多了，但对那些真正的反革命分子是杀对了，错在扩大化，错杀了好人。在对外关系方面，多数情况下，斯大林还是实行国际主义的，他援助兄弟党和兄弟国家，援助全世界被压迫民族和人民。大量历史事实都证明这一点。当然在这方面也无须掩饰他有大国沙文主义的错误。苏联政府 10 月 30 日声明已自己承认了。在这里，文章特别要讲清楚斯大林的错误不是社会主义制度造成的。当然应当承认社会主义制度很年轻因而不完善，但制度不是万能的，它要人们运用，运用的结果因各人的思想方法和工作方法的不同而不同。因此要着重分析斯大林的错误在思想方法和工作方法上的原因，然后讲社会根源。

毛主席特别指出，对斯大林要作认真分析：第一，先讲他的正确方面，不能抹煞；第二，再讲他的错误，强调必须纠正；然后，第三讲实事求是，不能全盘否定，这叫作"三娘教子"，三段论法。对他犯错误的社会原因，如搞社会主义没有先例，国内外情况复杂等等，但不宜过分强调。因为列宁在世时的社会条件不比斯大林好，但他没有犯斯大林那样的错误。同样的社会条件下，有人可能多犯错误，有人可能少犯错误。这里，个人的因素，个人主观是否符合客观，起着重大作用。赫鲁晓夫一棍子把斯大林打死，结果他搬起石头打了自己的脚，帝国主义乘机打他一棍子，无产阶级又从另一边打他一棍子，还有铁托和陶里亚蒂也从中间打他一棍子。斯大林这把刀子，赫鲁晓夫丢了，别人就捡起来打他，闹得四面楚歌。我们现在写这篇文章，是为他解围，方法是把斯大林这把刀子捡起来，给帝国主义一刀，给修正主义一刀，因为这把刀子虽然有缺口，但基本上还是锋利的。

这两天政治局会议，讨论得比较详细和深入。根据大家的意见，乔木同志精心设计了修改方案，先按原来的分工分头修改，然后由乔木同志凭他擅长的逻辑思维和词章功力通改一遍。

12月22日，毛主席主持政治局常委会议，对修改稿提了一些意见后，认为基本可以，决定提交政治局再加讨论。

政治局会议的讨论

12月23日和24日，毛主席又在颐年堂主持政治局会议，讨论经过修改的稿子。会上采取读一段讨论一段的方法，原则性的意见和文字上的意见都在读完一段之后提出来。因为大家都认真斟酌、仔细推敲，意见还是不少。归纳起来有以下几个方面：

关于反对教条主义和修正主义问题。大家强调：教条主义还相当顽固，一定要继续反。各国革命基本点相同，但各有民族特色，应有自己的具体道路。不能照搬苏联那些具有民族特色的做法，更不能照搬那些已证明为错误的做法。毛主席说，人家犯了的错误你还要犯吗，人家丢掉不要的坏东西你还要捡起来吗？今后不要迷信苏联一切都是正确的了，凡事都要开动自己的脑筋想一想了。别人有无教条主义，我们不讲，只讲我们自己要吸收我党历史上犯教条主义错误的教训。大家又认为，修正主义也不能听任泛滥。他们集中攻击无产阶级专政和民主集中制，其结果必然导致瓦解社会主义国家和共产党。匈牙利事件，不是因为实行无产阶级专政，而恰恰是因为无产阶级专政软弱无力，没有肃清反革命势力，也没有能力制止反革命势力挑动群众闹事。斯大林的错误，恰恰在于他没有执行民主集中制，实行个人专断，不是因为民主集中制本身不对。在这些问题上，要批判修正主义，讲清楚无产阶级专政包括在人民内部实行民主和对阶级敌人实行专政两个方面。

关于加强社会主义阵营和国际共产主义运动的团结问题。大家认为，赫鲁晓夫大反斯大林以来，在不少人心目中，社会主义阵营是否以苏联为首，国际共运是否以苏共为中心，都成了疑问。文章中对大国沙文主义要批判，但对苏联为首和苏共为中心应加肯定。因为这是历史形成的事实和当前的现实的需要。当然，文章也应说明，"为首"和"中心"不是领导者与被领导者的关系，不是父子党的关系，要强调相互之间独立、平等、互不干涉内政、互相帮助和支援。要讲清国际主义和爱国主义相结合。可以稍微点一下有些党的同志对待苏联、苏共不公平。

关于从历史长河的观点来考察当前国际共产主义运动的问题。大家指出，在 4 月间的文章中，提到国际共运的历史还比较短，比较年轻，前途光明。现在这篇文章还可以把这个观点进一步发挥，说明国际共运发展中遇到暂时的挫折并不奇怪，资产阶级革命在历史上也经过多次复辟而后取得成功，无产阶级在经过不可避免的波折之后会变得更加强大。要使人看了文章之后信心倍增。

毛主席在这两天会议上着重讲了两个问题。一是上层建筑与经济基础的矛盾，生产关系与生产力的矛盾。他说，上篇文章讲社会主义社会存在矛盾，现在的文章要进一步讲这些矛盾不仅存在，而且在一定条件下可能从非对抗性矛盾转化为对抗性矛盾，苏波关系和匈牙利事件都证明了这一点。二是我们要为苏联两个阶段的历史辩护，不仅要维护苏联革命阶段的伟绩，还要维护苏联建设阶段的伟绩。苏联的革命和建设，不仅是一国的民族现象，而且是具有时代特点的国际现象。它的伟大意义远远超出了一国范围，是马克思主义和国际共运的财富。既然苏联的革命与建设取得伟大的成就，如果说它是斯大林主义的，那么，这个斯大林主义就是好的主义，斯大林主义分子就是好的共产党人。

提交政治局会议讨论的修改稿中，有一段专门讲和平过渡问题，因为这个问题是赫鲁晓夫在二十大的正式报告中提出来的，我们党一开始就对他的观点有不同意见。几次会议上对这一段都没有意见。但毛主席考虑再三，认为这个问题是中苏两党的重要分歧之一，在目前情况下，中苏要共同对敌，不宜向全世界公开这个分歧。最后还是决定删去了这一段。毛主席说，要留有余地，以后还有机会提出来。

政治局会议最后原则通过这篇文章，要求我们根据两天会议提出的意见修改后，提交政治局常委最后审定。会议还同意毛主席建议文章的题目为《再论无产阶级专政的历史经验》。

两天会议之后，胡乔木、田家英和我抓紧用一天一夜的时间在乔木家中共同对稿子逐段修改。因为毛主席交代，这篇文章要在今年内发表，把1956年的事作个了结。

常委会议定稿

12月27日下午，毛主席召开政治局常委会，讨论我们再度修改的稿子。常委提了一些意见，大多是文字上的。毛主席已在稿子上修改了三四段。毛主席最后说，两篇文章都是围绕斯大林问题。这个问题的争论还没有完，估计本世纪内、甚至21世纪还有争论，因为这是关系到马列主义基本原理问题，我们要准备长期论战。

毛主席要我们马上动手修改，修改一段送他一段，当晚要定稿，明日登报，今年的事今年了。我们三人在会议结束后没有回家，就在中南海食堂吃了饭，立刻到毛主席住所背后的居仁堂（当时是中央书记处的办公楼），开始工作。我们修改完一段，由田家英给毛主席送一段。毛主席一直在卧室等着我们修改的稿子，随到随看随定稿。就这样紧张地工作了一个通宵。最后我们三人一同到毛主席卧室，把最后几段送毛主席审定。毛主席只改了几个字，对最后的结束语特别满意。他交代，要马上将修改处告诉翻译同志，中文已定稿，译文也可定稿。他还确定，新华社于28日晚发稿，中英文广播也同时播出，《人民日报》在12月29日见报。

我们从毛主席卧室出来，已是上午9点多了。迎面一阵寒风，倒也觉得凉爽。

（二）新闻的阶级性

1957年党中央决定开始整风后不久，5月18日晚上，毛主席在他住所——中南海丰泽园菊香书屋，召开政治局常委会议。当我得到通知赶到毛主席的卧室时，少奇同志、周总理、小平同志（他们都是常委）和彭真、陆定一、胡乔木等同志都已在座。

这是我年初出国访问（1月15日至3月21日，主要是考察英国、法国、埃及、巴基斯坦、印度、印度尼西亚等国的通讯社）归来后第一次参加政治局常委会议。会议的气氛还是和过去一样融洽、随便。

我进门就在毛主席的大木板床床脚靠左一边，紧挨小书桌坐下（可以说，这是我惯常坐的位置，既是末座，又可就近书桌写点什么）。毛主席右手拿着香烟，左手扬起一张报纸，冲着我问："你看过5月13日的《新民报》没有？报上有一篇文章，题目叫作《先锋何在?》，署名林放即赵超构，内容相当尖锐，但文笔比较客气。"

我回答说，"没有看，这几天又是布置机关内整风，又是报道全国大鸣大放。"

毛主席说，搞新闻工作的再忙也要每天浏览全国报纸。上海的《文汇报》、《新民报》，北京的《光明日报》，尤其非看不可，而且要仔细看，看他们有什么议论，有什么独家新闻，编排怎样，从中可以看出政治思想动向。你们的新闻工作者协会正在开座谈会，昨天《人民日报》报道了。现在新闻界有许多议论。

四点意见

毛主席把当时新闻界已发表的议论归纳为四点：

一、他们说，新闻要新。现在新闻太少，旧闻太多。

毛主席说，新闻要新，这应当不成问题，因为不是写历史。但是不能没有"旧闻"，也还要有"无闻"。这个问题，我在3月全国宣传工作会议期间谈过，说要作具体分析。一般讲新闻要新、要快是对的，但有的事情发表太快副作用就很大。比如1955年底，北京市几天时间就实现了全行业公私合营，宣布进入社会主义，在天安门开庆祝大会。这样的新闻本来要慎重考虑，但当天就广播了，以致全国各地一拥而上，照北京的办，工作草率、粗糙。所以新闻太快了有时就出毛病，不如慢一点好。这个问题看来思想上未解决。

二、他们说，现在新闻自由太少，统制太多。新华社和《人民日报》包办一切。

毛主席说，我们的新闻统制，是否比国民党更厉害？很难说。我们在全国解放后的头几年，新闻统制比较严，很有必要，因为政权刚拿过来，还不稳固，既搞土改、镇反，又要抗美援朝，死板一点好，就是一家独鸣。现在社会主义改造已基本完成，情况有了变化，应当研究一下，统制太多、太严要有所改变。

三、他们说，记者应当是先锋，"先天下之放而放，先天下之鸣而鸣"。过去出过许多名记者，现在没有，个个都是廖化。

毛主席说，《先锋何在？》一文中说的就是这个意思。记者是先锋，这在原则上不能说不对，问题是怎么样的先锋。蜀中无大将，廖化当先锋。说现在没有真正的先锋，个个都是滥竽充数，这恐怕不好说。

四、他们说，现在报纸文风不好，教条主义，党八股，引不起读者兴趣。

毛主席说，教条主义很讨厌，我也不喜欢。我在延安整风开始时就数了党八股的八大罪状。我在3月全国宣传工作会议期间，跟新闻出版界人士座谈时也说到，报纸要搞得生动活泼，登些琴棋书画之类，我也爱看。当时《新民报》赵超构提出要"软些、软些、再软些"。我也反对太硬，太硬了读者不爱看。但是我也担心太软了不好，黄色的东西会出来，所以说两个"软些"就行了。上个月去上海，看了几天《新民报》，办得还是比较严肃的。赵超构是有见解而又诚实的人，他1944年访问延安，我同他谈过话，他回去后写了《延安一月》，在国民党统治区影响很大。（看来，毛主席对赵先生的印象比较好，他后来在反右斗争中扬"新民"而抑"文汇"不是无因的。6月间，毛主席还特意接见了赵先生，勉励他继续进步。）

毛主席原来靠着床头斜躺着，这时直起腰来坐在木床上，用右手扳着左手的指头说，看来现在新闻界有三条路线，一条是教条主义，一条是修正主义，一条是马克思主义。现在教条主义吃不开，修正主义神气起来，马克思主义还没有真正确立领导地位。许多人不懂得什么是马克思主义新闻学。

两种新闻学

毛主席说，马克思主义新闻学的立足点是新闻有阶级性、党派性。资产阶级新闻学是以资本主义经济为基础。自由竞争，你死我活，无政府状态，是资产阶级新闻界的特点，但它们有一点是共同的，即对资产阶级的阶级利益有害的东西，他们都不发表。现在许多人都说解放前的报纸如何好。其实，《大公报》、《申报》从清朝、北洋军阀到国民党统治时期都是适应当时政权的需要。当然，资产阶级报纸有些东西还是要学习的，不能根本割断传统，像电影那样，有些好东西还要继承和发扬。共产党是把人类有史以来的优秀文化遗产都继承下来，加以发扬光大。但是，我们无产阶级新闻学是以社会主义经济为基础的，这同资产阶级新闻学根本不同。在学习资产阶级报纸的好东西时，只讲一致，不讲区别，忘记了无产阶级的新闻政策，那是不对的。无产阶级的新闻政策，同资产阶级的自由竞争、无政府状态不同。在我们国家里，无论哪一种报纸，都纳入国家计划，都要服从无产阶级利益，都要接受共产党的领导。这是宪法规定的，因为无产阶级最能代表全体人民的根本利益和长远利益，共产党是无产阶级先锋队。

毛主席说，无产阶级的新闻政策和资产阶级的新闻政策，有一个共同点，这就是新闻有阶级性、党派性。资产阶级报纸只登对他们有利的东西，不登对他们不利的东西。无产阶级和人民大众的报纸也不登对我们有害的东西。这都是阶级利害关系，是普遍规律。赫鲁晓夫的反斯大林秘密报告，资产阶级报纸大登特登，我们报纸就一字不登。西方通讯社有些消息，我们就不采用。它们也不采用我们的东西。倒是我们办了一个《参考消息》，登了许多西方官方和报刊骂我们的东西，可以说天天替帝国主义作义务宣传，目的是使我们的干部接触细菌，增强免疫力。中央决定《参考消息》扩大发行40万份，过一段时间，总结一下经验，加以改进，进一步扩大发行。这是"有闻"、"无闻"的问题，涉及阶级利益的问题。

这时大家议论纷纷，对西方报纸封锁我们的消息举了许多实例，也谈到了西方许多对我们有害的东西我们也不刊登。大家还很关心《参考消息》扩大发行的情况。我作了扼要的汇报。我还谈到苏联及东欧社会主义国家，也有类似《参考消息》的内部刊物，不过发行范围很小，一般干部和大学生看不到。

毛主席接着又说，有些消息，是我们自己做的事情，不登报、不广播。如禁止鸦片烟，又如轰轰烈烈的新区土地改革，我们就没有发消息，这也是一种"无闻"。我的一些讲话，当时并没有公开发表。1955年关于农业合作化的讲话，过了三个月才发表；今年2月在最高国务会议上的讲话，已经过了三个月，还在修改，也许下个月才能发表。这不是"旧闻"吗？还有去年4月讲的"十大关系"，已经一年多了，也还不准备发表，将来发表也是"旧闻"。我这个人就是不想冒险，先讲一讲，看一看反应，再作修改，然后发表。有时修改多次还不满意，只好不发表。这是因为新闻观点不同，每个阶级都有自己的新闻观点和新闻政策。

毛主席说，有"新闻"，有"旧闻"，有"无闻"。第一有自由，凡是符合人民利益的都有自由；第二无自由，凡是不符合人民利益的都无自由，即有限制。世界上没有绝对的新闻自由，只有相对的新闻自由，不自由的情况依据不同的阶级利害关系而不同。因为有自由，先锋总是要出的，不会只是出廖化。有新闻，就可以出先锋，旧闻也不是不能出先锋。发表《先锋何在?》一文的作者本人就起了先锋的作用。

毛主席说，根本问题是新闻本来就是有阶级性的。新闻的形式并没有阶级性，正同话剧的形式也并没有阶级性一样，汉奸也可以演话剧。白话体裁国民党用，我们也用。我有时也写些旧体诗。但是，问题在于内容，表现什么思想、什么主题、什么倾向，赞成什么、反对什么，这就有阶级性了。报纸同政治关系密切，甚至有些形式，有些编排，就表现记者、编辑的倾向，就有阶级性、党派性了。

毛主席最后说，现在新闻界议论很多，把教条主义攻一下有好处，不攻一下就只能出廖化，不能出先锋。我们要接受正确的批评，认真改进新闻工作。

毛主席这次谈话，是在党中央决定开始整风，并邀请党外民主人士帮助共产党整风，大鸣大放展开时讲的。当时新闻界知名人士参加过3月间全国宣传工作会议，得风气之先，首先鸣放起来。中华全国新闻工作者协会，从5月16日起在北京邀集全国新闻界代表人物开座谈会，征求对新闻工作的意见。第一次座谈会的意见，发表在5月17日《人民日报》第一版上。毛主席以他特有的政治敏感，觉察到新闻界存在三条路线，并指出归根到底是新闻的阶级性和党派性，不同的阶级有不同的新闻学、新闻观点、新闻政策。

在这以后，6月间展开了反右斗争。新闻界一些代表性人物和资产阶级新闻观点受到了批判。有些批判是必要的、正确的，但是有些批判扩大化了，绝对化了，是错误的，其恶果是伤害了许多有才华的只是有某些思想毛病的同志，把许多人错划成右派。

毛主席这次谈话，是他继三天前（5月15日）写的《事情正在起变化》那篇文章之后，专门谈新闻问题。毛主席在那篇文章中已经谈到党内一些有修正主义思想的人，否认报纸的党性和阶级性，混同无产阶级新闻事业与资产阶级新闻事业的原则区别，欣赏资产阶级自由，反对共产党的领导，赞成民主，反对集中，反对为了实现计划经济所必需的对于文化教育事业（包括新闻事业在内）必要的但不过分集中的领导、计划和控制。毛主席这次谈话，着重讲了新闻的阶级性问题。对于新闻界当时的各种议论，他采取分析的态度，择其善者而从之，并认为攻一下教条主义有好处，可以使我们认真改进新闻工作中的缺点。这次谈话在新闻理论和工作实践上，都有重要意义。

（三）政治家办报

6月7日，即上次谈话半个月之后，毛主席找胡乔木和我到他家中谈话。当我们一起到他卧室时，发现没有其他人参加这次谈话。

从卢郁文事件说起

我们刚坐下来,毛主席就兴高采烈地说,今天报上登了卢郁文在座谈会上的发言,说他收到匿名信,对他攻击、辱骂和恫吓。这就给我们提供了一个发动反击右派的好机会。

毛主席这里指的事情经过是这样:国务院秘书长助理卢郁文在5月25日民革中央的座谈会上发言,指出一些人提的意见有摆脱党的领导的意思,主张党和非党之间的"墙"应由两方面共同来拆,并批评了民盟中央副主席章伯钧提出的"政治设计院"的主张。在这以后,卢郁文收到了匿名信,信中攻击他"为虎作伥",辱骂他是"无耻之尤",并恫吓他如不"及早回头"就"不会饶恕"他。卢郁文在6月6日的座谈会上宣读了这封恫吓信,并表示他不怕辱骂,不怕威胁,他还要讲话。

毛主席说,这封恫吓信好就好在他攻击的是党外人士,而且是民革成员;好就好在它是匿名的,它不是某个有名有姓的人署名。当然署名也可以作为一股势力的代表,但不署名更可以使人们广泛地联想到一种倾向,一股势力。本来,这样的恫吓信在旧社会也为人所不齿,现在我们邀请党外人士帮助共产党整风,这样的恫吓信就显得很不寻常。过去几天我就一直考虑什么时候抓住什么机会发动反击。现在机会来了,马上抓住它,用《人民日报》社论的形式发动反击右派的斗争。社论的题目是《这是为什么?》,在读者面前提出这样的问题,让大家来思考。虽然社论已经把我们的观点摆明了,但还是让读者有个思想转弯的余地。鲁迅写文章常常就是这样,总是给读者留有余地。

毛主席说,写文章尤其是社论,一定要从政治上总揽全局,紧密结合政治形势。这叫作政治家办报。

毛主席谈到这里,话题一转,直截了当地对我说,今天找你来,主要不是谈这些,而是中央想调你去《人民日报》主持编辑工作,看你是不是愿意去。

毛主席话题这么一转,我感到很突然。我事前毫不知情,就是乔木通知我去主席处谈话时也没有透露半点信息。所以我当时冲口而出说了一句话："我毫无思想准备。"

四月的批评

毛主席看看我又看看乔木，接着就谈到《人民日报》任务很繁重，很需要增加领导力量。他说到，两个月前他曾经批评《人民日报》没有宣传他在最高国务会议上讲话的精神。他说他批评《人民日报》对最高国务会议无动于衷，只发了两行字的新闻，没有发社论，以后又不宣传。全国宣传工作会议甚至连新闻也没有发。结果《文汇报》、《新民报》和《光明日报》把旗帜抓了过去，大鸣大放。真是百家争鸣，唯独马家不鸣（按："马家"指的是马克思主义这一家）。他在上海（按：毛主席在3月下半月离京，南下天津、济南、南京、上海等地视察）发现这个情况，感觉很不妙，就回北京来查此事。他先找胡乔木谈，第二天（4月10日）又找《人民日报》总编辑和副总编辑谈。毛主席说，他当时说得严厉了一些，说他们不仅不是政治家办报，甚至也不是书生办报，而是死人办报。这样猛击一掌，为的使他们惊醒过来。毛主席说，他当时列举几个例子证明他的看法。他指出《人民日报》当天的社论（按：指4月10日的社论《继续放手，贯彻百花齐放、百家争鸣的方针》）和前几天的社论（按：指4月6日的社论《教育者必须受教育》）都没有提最高国务会议和宣传工作会议，好像世界上根本没有发生这回事。

毛主席对着胡乔木说，中央党报办成这样子怎么行？写社论不联系当前政治，这哪里像政治家办报？乔木解释说，这件事情他也有责任。《人民日报》在最高国务会议后订了宣传计划，也起草了几篇社论，但他感到写得不好，修改了几次，仍然没有把握，所以就耽误下来了。

这次谈话中，毛主席没有当场决定我去《人民日报》。他要我再考虑考虑，十天后再谈。他在那篇《这是为什么?》的社论上又改了几个字，要胡乔木在第二天（6月8日）《人民日报》上发表，要新华社在当天晚上向全国广播。这样我和胡乔木就各自回家了。

还不到十天，6月13日下午，毛主席的秘书电话通知我：主席要找我谈话，要我马上就去。当我到达毛主席的卧室时，胡乔木已经在座。

毛主席一开始就告诉我，中央已经决定调我去《人民日报》，同时还兼新华社的工作。

四点改进意见

毛主席接着又重提他4月10日同《人民日报》同志的谈话。毛主席说，他在那次长达四小时的谈话结束时，曾归纳了四点意见：

一、报纸的宣传，要联系当前的政治，写新闻、文章要这样，写社论更要这样。如2月间的最高国务会议和3月间的全国宣传工作会议及其以后的发展，报纸的宣传要围绕这个当前最重要的政治来做。

二、中央的每一重要决策，报纸都要有具体布置，要订出写哪些社论、文章和新闻的计划，并贯彻执行。2月间在最高国务会议上的讲话，当时来不及整理发表，但可以根据讲话要点写文章、社论来宣传，在这方面，《人民日报》有充分的条件可以得风气之先。现在这个讲话已作了多次修改，差不多了，只有几个地方还要斟酌一下，再过几天就可以发表。《人民日报》就要准备作系统的宣传。

三、《人民日报》要在现有条件下努力改进工作，包括领导工作。编委会可以扩大些，开会要讨论政治上和思想上的实质问题，可以争论。报纸的编排和文风，不要刻板，要生动活泼。文章要写得短些、通顺些，标题要醒目些，使读者爱看。

四、要吸收报社以外的专家、学者、作家参加报纸工作，要团结好他们。理论版和文艺版要设专门的编委会，请报社外的人参加，属半独立性质。

谈到这点意见时，毛主席讲了一段很长的话。他从领导的任务一是决策、一是用人讲起，评说汉代几个皇帝的优劣。他称赞刘邦会用人。他说汉高祖刘邦比西楚霸王项羽强，他得天下一因决策对头，二因用人得当。据《史记》载，刘邦称帝之初，曾问群臣：何以他得天下而项羽失天下？群臣应对不一。刘邦均不以为然。毛主席这时背诵《史记》中刘邦说的一段话："夫运筹策帷帐之中，决胜于千里之外，吾不如子房。镇国家，抚百姓，给馈饷，不绝粮道，吾不如萧何。连百万之军，战必胜，攻必取，吾不如韩信。此三者，皆人杰也，吾能用之，此吾所以取天下也。项羽有一范增而不能用，此其所以为我擒也。"毛主席接着说，高祖之后，史家誉为文景之治，其实，文、景二帝乃守旧之君，无能之辈，所谓"萧规曹随"，没有什么可称道的。倒是汉武帝雄才大略，开拓刘邦的业绩，晚年自知奢侈、黩武、方士之弊，下了罪己诏，不失为鼎盛之世。前汉自元帝始即每况愈下。元帝好儒学，摒斥名、法，抛弃他父亲的一套统治方法，优柔寡断，是非不分，贤佞并进，君权旁落，他父亲骂他"乱我者太子也"。

毛主席说，领导的任务不外决策和用人，治理国家是这样，办报纸也是这样。

毛主席这时又回过头来就调我去《人民日报》工作的问题对我说，你先作为乔木同志的助手去试试看。今晚就同乔木一道去上班，拿这篇文章去。

这时，毛主席递给我一篇打字稿。我看是一篇用"人民日报编辑部"署名的文章，题目是《文汇报在一个时间内的资产阶级方向》。这样的署名很少用，我一下子就想起了去年（1956年4月和12月）先后发表的《论无产阶级专政的历史经验》那两篇文章。那两篇文章在我们起草时不是用这个题目，也不是用"人民日报编辑部"署名，都是在差不多定稿时由毛主席提议修改并经政治局同意的。

毛主席接着说，上次批评《人民日报》时，我曾许下诺言，说我辞去国家主席后可以有空闲给《人民日报》写点文章，现在我还没有辞掉国家主席，就给《人民日报》写文章了。（按：毛主席要辞去国家主席职务，早在1956年八大之前就在中央内部提出过。1957年4月30日毛主席邀集各民主党派负责人商谈帮助共产党整风时又对他们讲到他想辞去国家主席。事后陈叔通和黄炎培联名写信给少奇同志和周总理，力陈不赞成毛主席辞去国家主席。毛主席把这封信批给中央政治局同志传阅，他在批语中说，他要从1958年起摆脱国家主席职务，以便集中精力研究一些重要问题。5 月 8 日，政治局专门召开会议，讨论了陈、黄的信和毛主席的批语，一致同意毛主席的意见。此事经党内充分酝酿，1958 年 12 月八届六中全会才作出决定。1959 年 4 月第二届全国人民代表大会才改选刘少奇同志担任国家主席。）

毛主席最后严肃地对我说，要政治家办报，不是书生办报，就得担风险。你去《人民日报》工作，会遇到不少困难，要有充分的思想准备，要准备碰到最坏的情况，要有五不怕的精神准备。毛主席扳着指头说这五不怕是：一不怕撤职，二不怕开除党籍，三不怕老婆离婚，四不怕坐牢，五不怕杀头。毛主席接着逐条作了解释，讲了很长的一大段话。（详情见我写的《五不怕及其他》一文，附后）

（四）批评"反冒进"

南宁会议

1958 年元旦过后不久，我到中央书记处的办公地点——中南海居仁堂开会。

居仁堂是一座小巧玲珑的宫殿，相传清末西太后经常在此接见外国使节，坐落在中海和南海交界处，毛主席住地丰泽园的北面。因年久失修，1961 年拆除，准备重建办公楼。后来考虑到经济困难，工程一直没有开工。现在是一块平地，只在附近盖了一座毛主席晚年居住的 202 号楼。

书记处会议由小平同志主持，主要内容是传达毛主席在杭州会议上的讲话。会议开始不久，彭真同志递给我一个召开南宁会议的通知，是毛主席亲笔这样写的：

"吴冷西、总理、少奇、李富春、薄一波、黄敬、王鹤寿、李先念、陈云、邓小平、彭真、乔木、陈伯达、田家英、欧阳钦、刘仁、张德生、李井泉、潘复生、王任重、杨尚奎、陶铸、周小舟（已到）、史向生、刘建勋、韦国清、毛泽东，共廿七人，于十一日、十二日两天到齐，在南宁开十天会，廿号完毕（中间休息两天到三天，实际开会七到八天）。谭震林管中央，总司令挂帅，陈毅管国务院。"

我看了很吃惊，为什么通知把我的名字放在最前面？我当时是《人民日报》总编辑兼新华社社长，很自然地想到是不是这次会议特别同报纸和通讯社有关。我首先联想到，《人民日报》在几天前发表的元旦社论《乘风破浪》，只经少奇同志和周总理审阅定稿，没有送毛主席（他当时在杭州）审阅，是不是有什么问题？这篇社论明确提出从1958年起把重点转移到技术革命方面来，用十五年时间赶上和超过英国，发表后在国内外影响很大。这是根据毛主席在莫斯科参加兄弟党会议时的几次讲话的精神写的，我想不致有什么大问题。接着我又想到，在1957年11月兄弟党莫斯科会议后，《人民日报》还发表过两篇较有分量的社论。一篇是11月18日的社论，指出随着农业合作化高潮的到来，必然会带来农业生产高潮，还会带来工业生产高潮，出现生产大跃进。这是在我们报纸社论中第一次出现"大跃进"这个后来震动国内外的名词。这篇社论是《人民日报》编辑部自己写的，我看大致没有什么问题。另一篇是12月12日的社论，是论述毛主席在农村合作化高潮一书的序言中提出的多快好省的建设方针。这一篇社论是经毛主席在莫斯科参加兄弟党会议时亲自修改定稿的，当然不会有什么问题。

我听了传达毛主席在杭州会议的讲话，其中谈了17个问题，都没有涉及报纸和通讯社。我问胡乔木和杨尚昆，他们说不了解开会通知的名单排列有什么特别的意义，但胡乔木的神态似乎流露他担心发生什么事情。

这个谜一直到南宁会议上才逐步解开。

1月12日，南宁会议开始，毛主席一上来就讲他建国八年来一直为工作方法而奋斗，1956年"反冒进"是错误的。这里说的"反冒进"，是指1956年6月到11月中央一些同志发现不少地方和部门的基本建设规模（包括农田水利建设）过大，造成财政赤字，原材料非常紧张，因而提出反对急躁冒进。

这样，南宁会议就成为一次以批评"反冒进"为中心的讨论工作方法的会议，为同"反冒进"相对立的"大跃进"在政治上、思想上作准备的会议。

毛主席认为，一个时候搞得快一点、多一点，调整一下是可以的，但不要提出"反冒进"的口号。"反冒进"挫伤干部和群众的积极性，特别是农民的积极性，是错误的方针，是反对多快好省的方针的。他严厉地批评了国务院的政府工作报告、财政工作报告和计划工作报告，也指出《人民日报》1956 年 6 月 20 日"反冒进"的社论（题目叫作《要反对保守主义，也要反对急躁情绪》）是非常错误的。这时我才开始悟到会议通知中毛主席点我的名的一个因由。

散会后我马上找乔木同志，问他毛主席指的《人民日报》社论是怎么回事。他说他也不完全清楚。我们商量后当天晚上就打电话回北京，要《人民日报》编辑部把 6 月 20 日社论的全部过程稿送到南宁，并要他们写一个关于社论起草与修改、定稿过程的简单说明。

我 13 日收到《人民日报》编辑部送来的材料后，同乔木同志一起查看整个起草过程。原来这篇社论最初是由《人民日报》编辑部起草的。在中宣部讨论时陆定一同志认为不能用，要重新起草。他请示了少奇同志。少奇同志要他根据政治局会议的精神亲自组织中央宣传部的同志起草。初稿由王宗一同志起草，在中宣部多次讨论、修改后由定一同志送少奇同志和周总理审阅。他们两位都作了一些修改，并提出再加斟酌的一些意见。定一同志根据这些意见又作了修改，最后送少奇同志和毛主席审定。少奇同志在个别地方作了修改后送毛主席。我们在最后定稿的清样上看到，毛主席圈了他的名字，写了"不看了"这几个字。我同乔木商量，整个过程清楚，但不好在会议上讲，免得使事情尖锐化，因为会议从一开始空气就非常紧张了。

批判《人民日报》社论

毛主席把《人民日报》社论的摘要在会议上印发，并且加上批语："庸俗的马克思主义，庸俗的辩证法。文章好像既反'左'又反右，但实际上并没有反右，而是专门反'左'，而且尖锐地针对我的。"

毛主席在会议过程中，多次批评《人民日报》的社论，并且把这篇社论作为当时中央一些同志"反冒进"的证明。他逐段逐段地批判这篇社论。

毛主席指出,《人民日报》的社论是6月20日发表的,距离李先念同志在第一届人民代表大会第三次会议上的报告只有五天。那个报告是"反冒进"的,社论发挥了"反冒进"的思想。毛主席念了社论中的一段话:"急躁情绪成为当前的严重问题,因为它不但存在于下面的干部中间,而且首先存在于上面的各系统的领导干部中间,下面的急躁冒进有很多是上面逼出来的。《全国农业发展纲要四十条》一出来,各系统都不愿别人说自己右倾保守,都争先恐后地用过高的标准向下布置工作,条条下达,而且都要求很急。各部门都希望自己的工作很快做出成绩。中央几十个部,每个部一条,层层下达,甚至层层加重,下面便受不了。现在中央已经采取一系列措施,纠正这种不分轻重缓急、不顾具体情况的急躁情绪。"毛主席在念完这段话后说:"这是说,中央已经下决心反冒进了。"

毛主席再念了社论的一段话:"现在中央已经采取措施纠正这种情况了,各部门、各地方工作中的冒进倾向,有些已经纠正了,有些还没有纠正,或者纠正得不彻底,但作为一种思想倾向不是一下子所能彻底克服的,需要我们今后经常注意。"接着,毛主席评论说,这些话的意思是说还要继续"反冒进"。

毛主席说,急躁冒进究竟从何而来?《人民日报》的社论说,"在反对保守主义之后,特别是中央提出又多又快又好又省的方针和发布全国农业发展纲要草案后,在许多同志头脑中就产生了一种片面性(急躁冒进)。"毛主席评论说,这一段话是尖锐地针对我的。

毛主席说,这篇社论说的是既反右又反"左"。你不能说它一点马克思主义也没有,好像有一点。社论说,"右倾保守思想对我们的事业是有害的,急躁冒进思想对我们的事业也是有害的,所以两种倾向都要加以反对。今后我们当然还要继续注意批判和克服右倾保守思想的各种表现,以保证社会主义建设事业不受阻碍地向前发展。"你说这些话不对?这是对的啊!但是,这是庸俗的马克思主义。你看,这篇社论下面接着就说,"但是在反对右倾保守思想的时候,我们也不应当忽略或放松了对急躁冒进倾向的反对。只有既反对了右倾保守思想，又反对了急躁冒进思想，我们才能正确地前进。"毛主席说，这篇社论的落脚点是落在反对急躁冒进，反"左"而不是反右上面。社论的作者把文章做在"但是"后面。

毛主席还说，社论引用了我在《中国农村的社会主义高潮》一书序言的话。看来作者的用意一来不要冒犯我，二来是借刀杀人。但引用时又砍头去尾，只要中间一段，不引用全文，因为一引用全文就否定作者的观点了。我写的序言全文的主要锋芒是对着右倾保守的。社论引了我说扫盲用急躁冒进的办法是不对的这些话，用来作为反对急躁冒进的根据。社论表面上既反"左"也反右，没有重点。实际上重点落在"反冒进"上面。作者引用我的话来反对我。

宋玉的辩才

毛主席说，他并不反对对某些搞过了头的东西加以纠正，但反对把一个指头的东西当作十个指头的东西来反。对过急过多的东西加以调整是必要的，但在全国范围内把急躁冒进当作主要倾向来反对就错了，这实际上是反对多快好省的方针。《人民日报》的社论"反冒进"，使用的是战国时代楚国一位文学家宋玉攻击登徒子大夫的手法，攻其一点，不及其余。毛主席详细地讲了宋玉的故事：起因是登徒子大夫在楚襄王面前说宋玉此人"体貌闲丽，口多微辞，又性好色"，希望楚襄王不要让宋玉出入后宫。有一天楚襄王对宋玉说，登徒子大夫说你怎么样怎么样。宋玉回答说，"体貌闲丽，所受于天也。口多微辞，所学于师也。至于好色，臣无有也。"楚襄王问，你说自己不好色，有什么理由呢？宋玉回答说，"天下之佳人莫若楚国，楚国之丽者莫若臣里，臣里之美者莫若臣东家之子。东家之子，增之一分则太长，减之一分则太短；着粉则太白，施朱则太赤；眉如翠羽，肌如白雪，腰如束素，齿如含贝，嫣然一笑，惑阳城，迷下蔡。然此女登墙窥臣三年，至今未许也。"宋玉说这样一个绝代佳丽勾引他三年，他都没有上当，可见他并非好色之徒。接着，宋玉攻击登徒子说，"登徒子则不然，其妻蓬头挛耳，龂唇厉齿，旁行踽偻，又疥且痔。"意思是说登徒子的老婆头发蓬蓬松松，额头前突，耳朵也有毛病，不用张嘴就牙齿外露，走路不成样子而且驼背，身上长疥疮还有痔疮。宋玉问楚襄王：登徒子的老婆丑陋得无以复加，登徒子却那么喜欢她，同她生了五个孩子。请大王仔细想想，究竟是谁好色呢？毛主席说，宋玉终于打赢了这场官司。他采取的方法就是攻其一点，尽量扩大，不及其余的方法。整个故事见宋玉写的《登徒子好色赋》。昭明太子把这篇东西收入《文选》，从此登徒子成了好色之徒的代名词，至今不得翻身。

第二天，毛主席把宋玉这篇赋印发给大家看。

乘风破浪

在15日的会议上，毛主席谈到什么时候都要鼓干劲、争上游时又提到《人民日报》。他说，《人民日报》的元旦社论写得好，因为它的主要精神是鼓起干劲，力争上游，乘风破浪，这也是思想方法和工作方法的问题。

当天晚上，毛主席找我和胡乔木到他住处去谈话。他的住处离我们住的广西省政府交际处大楼不远，是经常接待越南胡志明主席的别墅式的高大平房。毛主席主持的会议就在这间大平房的客厅里举行。当我们到达那里时，毛主席开始就问元旦社论是谁写的。乔木说是《人民日报》的同志写的。我补充说，这篇社论经乔木同志作了较多的修改，并经少奇同志和周总理定稿。乔木说，当时毛主席不在北京。少奇同志说定稿时已打电话报告了主席。毛主席说，社论写得好，题目用《乘风破浪》也很醒目。南北朝宋人宗悫就说过"愿乘长风破万里浪"。我们现在是要乘东风压倒西风，十五年赶上英国。你们办报的不但要会写文章，而且要选好题目，吸引人看你的文章。新闻也得有醒目的标题。

接着，毛主席又重提1957年春天《人民日报》不宣传他在最高国务会议上的讲话精神。他说，《人民日报》能结合形势写出这样好的元旦社论，为什么去年就成了死人办报？他对乔木说，我当时很生你的气。我先一天批评你，第二天批评总编辑、副总编辑。当时在气头上，说话有些过重，很不温文尔雅，因为不这样就不能使你们大吃一惊，三天睡不着觉。去年四、五、六月，实际上是我当《人民日报》的总编辑。你也上夜班、看大样，累得不行。后来我想这也不是办法，才找人给你做帮手。找不到别人，就派吴冷西去。这时，毛主席转向我说，当时我对你说过，如果在《人民日报》呆不下去，就回到我这里当秘书。看来派你到《人民日报》去没有错。现在大家对《人民日报》反映比较好，认为有进步。评论、新闻都比较活泼。但是还要努力，不要翘尾巴，还是要夹着尾巴做人。

写评论和到地方上去

我向毛主席汇报了现在《人民日报》采取各编辑部包干写评论的办法。毛主席说，《人民日报》的评论要大家来写，各编辑部在他们分工的范围内包干的办法是好的。但包干也要有个统帅，你这个总编辑就是统帅。你的任务是组织大家写，自己也写。有一些比较重要的评论你要亲自主持写，像我们前年起草《论无产阶级专政的历史经验》那两篇编辑部文章那样，是我亲自主持写的。

谈到这里，毛主席提起他几天前（1月12日）写给广西省委书记刘建勋、韦国清的一封信，信中是谈办好省报问题的。信中说："送上几份地方报纸，各有特点，是比较编得好的，较为引人看，内容也不错，供你们参考。省报问题是一个极其重要的问题，值得认真研究，同广西报的编辑们一道，包括版面、新闻、社论、理论、文艺等项。钻进去，想了又想，分析又分析，同各省报纸比较又比较，几个月时间就可以找出一条道路来的。精心写作社论是一项极重要任务，你们自己、宣传部长、秘书长、报社总编辑要共同研究。第一书记挂帅，动手修改一些最重要的社论，是必要的。一张省报，对于全省工作、全体人民，有极大的组织、鼓舞、激励、批判、推动的作用。请你们想一想这个问题，以为如何？"毛主席说，他之所以写这封信，是鉴于《人民日报》的经验教训，不仅中央报纸，而且省级报纸，也要认真办好，关键是党委要抓紧。

毛主席又说，你们采取包干的办法写社论，可以避免一个人独揽一切，既有分散、又有独揽，这也是一种生产关系，一种工作方法。总编辑同各编辑部主任的关系应该这样，有统有分。各编辑部和各版可以展开竞赛，半年或一年评比一次，看谁搞得好。毛主席还强调说，写评论要结合形势，结合当时的政治气候。要看得准、抓得快、抓得紧、转得快。要像今年元旦社论这样，不要像去年二、三、四月那样，对我在最高国务会议的讲话毫无反应，闻风不动。评论要写得中国化，有中国气派，不要欧化，不要洋八股，不要刻板，要生动活泼。形式要多样化，有编者按语，有短评、时评，有专论、社论，有评论员文章、观察家文章、编辑部文章，等等。评论是说理的，但不排斥抒情，最好是理情并茂。

毛主席问我，最近有没有到地方上走走。我回答说，我到《人民日报》后一直忙于内部工作，还没有到地方上调查研究。毛主席严肃地说，《人民日报》和新华社的头头，一定要经常到地方上去，呼吸新鲜空气，了解下面的实际情况，搞好同省委的关系。你二月份就下去，到两广和福建跑一跑，既当记者，又做地方工作，你不要老呆在北京。北京官气重，只能作加工厂，没有原料，原料来自下面。你的位置应该活动一些，经常到各地跑跑。二月份下去一个月或两个月都可以，八大二次会议时再回来。《人民日报》是中央一个部门，有任务经常联系地方，还有任务经常转载地方报纸上的好东西。这对地方报纸是鼓励，也使地方上的同志非看《人民日报》不可，而且还可以把一个地方的好东西向全国推荐。你们前些日子介绍上海梅林食品厂和浙江桐庐县的经验就很好。毛主席接着就谈到了上海、广东和浙江省委的三个报告，要《人民日报》考虑转载。他说这三个报告也不是都写得很好，报纸可以摘要发表。

我向毛主席汇报《人民日报》准备有计划地在第五版发表一些思想评论。毛主席听后说，《人民日报》是中央机关报，不能简单地报道各项具体工作、具体业务，它的主要任务是从思想上、政治上影响全国。我赞成你们写思想评论，而且要当做一项重要的思想政治工作来做，认真做好。比方说，红与专的关系是一个重大问题，你们可以就这个问题展开讨论，要号召全国各地、中央各部门，党政军民学都来注意红与专的问题。

毛主席还问了《人民日报》内部的一些情况。我向他汇报《人民日报》干部情况后，他说，要学会用人。金无足赤，人无完人。每个人都有长处和短处。要善于用他的长处，帮助他克服短处。你不要搞一言堂，要让不同的意见能充分发表。古人就提倡"兼听"，共产党人应该更能"兼听"。"兼听则明"，听到各方面的反应，就能够从中吸取各方面的营养，减少工作中的失误。

在谈话过程中，胡乔木同志主要谈了他在去年初没有抓紧宣传主席讲话，并说主席批评他浅、软、少是对的。他只简单地谈到1956年6月《人民日报》社论的大概情况，并说他那时正起草八大政治报告，无暇顾及此事。毛主席说，这不关你的事。那篇社论写好后曾送给我看。我在清样上写了"不看了"三个字，骂我的东西我为什么要看。后来乔木同志在会议上只检讨1957年的事，没有谈1956年的事。

谈话进行了将近两个小时，毛主席毫无倦意。最后他说他还要准备明天在会议上的讲话，谈话到此结束。

第二天（1月16日）上午，毛主席作了长篇讲话，主要谈学习问题。他开头就说，任何一个部门，任何一个省委，任何一个军委，特别是报纸，一定要学理论，做理论工作。各个部门、党委和报纸的主要负责人，要经常挤出时间来学习理论，学习各方面的知识。毛主席说，这次我特意指定吴冷西来参加会议，因为他是党中央机关报的总编辑，他应该了解全面的情况。报纸是新闻纸，对许多事情的反应要快，但勉强求快就会出错。现在《人民日报》反映中央的意见比较快，比较好，但还要进步。有些重大问题自己没有把握，就应多加斟酌，不可草率从事。不仅报纸的重要文章要多加斟酌，中央各部门、各地方党委给中央的文件，应该像中央前年写《论无产阶级专政的历史经验》那两篇文章那样认真讨论，认真修改。如果不这样认真，那么你这个部长，你这个省委书记，早晚有一天要垮台。毛主席又说，现在大家都说很忙，为党为国，夜以继日，但是只搞些数字，不搞理论，不搞辞章学，不搞考据学，不搞逻辑学，写出来的东西就是一大堆数字、材料，没有把心思放在理论方面，这种情况很不好。《人民日报》总编辑更要重视理论，不要被日常流水一般的新闻报道淹没了。

历史表明，毛主席批评"反冒进"是错误的，"反冒进"是对的，根据少奇同志和周总理的思想撰写的《人民日报》1956年6月20日社论也是对的。把南宁会议上毛主席批评《人民日报》社论的讲话，作为历史教训，记录下来，看看毛主席五十年代后期起的错误指导思想早期轨迹如何，我以为还是有益的。至于他在这次会议期间关于如何办好报纸的意见，无疑是仍然值得我们重视的。

（五）鼓足干劲与压缩空气

根据南宁会议的精神，我在2月间接连主持起草了几篇较重要的社论，如《鼓起干劲，力争上游》、《打破旧的平衡，建立新的平衡》等。从这时起，《人民日报》的宣传向"左"倾斜。

同样根据南宁会议精神，我主持《人民日报》编委会制定了全面改进《人民日报》工作的二十三条纲要，对宣传中央路线方针政策、评论工作、新闻报道、版面和标题、干部队伍，以及同各地省、市委的关系等等，都提出了要求，其中有些是适当的合理的，有些则是要求过高、过急。我赶在成都会议之前把这二十三条纲要报送毛主席，请他给予指示。

成都会议

成都会议于3月9日召开，那是在成都郊外金牛坝宾馆举行，各部部长和省委书记住在四层楼的宾馆，中央政治局常委住在各个小别墅。这次跟南宁会议一样，也是政治局常委的扩大会议，到会的中央有关各部部长和东北、华北、西北、西南各省的省委第一书记。中南和华东只有个别省委书记到会，其余的将参加在武昌召开的会议。

武昌会议（4月1—9日）可以说是成都会议的下半部，主题都是传达和讨论南宁会议的精神，各省汇报本省的规划。也可以说这两个会议是南宁会议的继续。

在成都会议上，毛主席始终处于兴奋状态。他在十八天的会议中，除了在听各省汇报时不断插话外，一连发表了六次长篇讲话（3月9日，10日，20日，22日，25日，26日），那气势真可谓思如泉涌，气若长虹，高屋建瓴，势如破竹。

他一开头就提出现在我国进入技术革命时代，但接着又两次提出社会主义社会仍然存在两大剥削阶级和两大劳动阶级，阶级斗争并没有结束。

他指出我国当前社会主义建设高潮的出现及其原因，认为鼓足干劲、力争上游、多快好省地建设社会主义总路线正在创造中，还有待证明。

他分析教条主义在我党历史上所造成的危险及其产生的原因，提出要继续反对教条主义。

他大讲尊重唯物论、尊重辩证法，大讲矛盾的互相转化，大讲建设社会主义的两种方法，认为"冒进"是马克思主义的，"反冒进"是反马克思主义的，砍掉了多快好省的方针、《农业四十条》和促进会这三个东西，担心会不会再来一次"反冒进"。

他提倡坚持原则与独创精神相结合，特别是批评京戏《法门寺》里贾桂式的"奴才习惯"，表扬《西厢记》里普救寺和尚惠明挺身突围请援兵，欣赏《红楼梦》里凤姐说的"舍得一身剐，敢把皇帝拉下马"的风格，称赞《苏报案》中邹容写的《革命军》把清朝帝制批得痛快淋漓和章太炎指名大骂光绪帝"载湉小丑，不辨菽麦"的气概，并列举古今中外著名人物，说明总是青年人胜过老年人，学问少的人胜过学问多的人，总是后来居上，号召解放思想，破除迷信，要有六不怕的精神。

这次会议上，除了印发中央各部门和各省的工作报告及有关决议草案外，毛主席还亲自批示印发了《华阳国志》、《都江堰》、唐宋诗人有关四川的诗词五六十首、明朝人的入蜀诗十八首、《苏报案》等等以及马克思主义经典作家著作的摘录。

会前我送给毛主席的《人民日报苦战三年工作纲要》草案也由毛主席批印给会议了。

干劲要鼓足

毛主席在会议的第一天讲话（3月9日）时即谈到："报纸如何办？中央、省、专区的报纸如何改变面貌，办得生动活泼？《人民日报》提出二十三条，有跃进的可能。我们组织和指导工作，主要依靠报纸，单是开会，效果有限。"这同他在南宁会议时专门写信要刘建勋和韦国清同志抓好报纸一样，毛主席很重视办好报纸。

在会议过程中，有一次在散会的时候，可能是3月20日，毛主席讲完话从会议厅出来，我赶上前去问毛主席：这次会议讨论不讨论《人民日报》的二十三条？毛主席想了一下回答说，这次会议讨论很多问题，光印发的工农商方面文件就有两大堆，文教方面的人没有来，《人民日报》的问题以后有机会再讨论。

很显然，毛主席在会议过程中讲话的上述主要之点，也是《人民日报》宣传报道的纲目。特别是毛主席在他主持的政治局常委会议上（大约在3月15日左右）谈到总路线时，提醒我说，《人民日报》2月3日的社论题目叫作《鼓起干劲，力争上游》，这两句话很好，但还不够。广大干部和群众的干劲，在去年反击右派以后，早就"鼓起"来了，现在的问题是鼓得够不够，责任在领导。这里有一个数量问题，是鼓起三分、五分还是七分、八分？领导的责任是因势利导，使干部和群众的干劲鼓得足足的。所以我们的总路线，应该叫作"鼓足干劲、力争上游、多快好省的总路线"，这就比较完全了。毛主席的这些话，连同他后来谈总路线开始形成的话，给我深刻的印象是宣传要强调鼓劲，就是毛主席所说的气可鼓而不可泄。

还有两件事给我印象深刻。一是毛主席在3月22日讲话中谈到"提高风格，振作精神"时，批评陈伯达过去死也不肯办一个理论刊物，胆子太小，这次才振作精神，下决心办。另一件是毛主席在3月25日讲话中批评卫生部，说他们替《人民日报》写的关于除四害的社论，写了很久还是没有写好，替中央起草的除四害指示根本不能用。毛主席说，卫生部不卫生，思想上并不相信四害真的可以除掉。后来还是胡乔木同地方上的同志合作，才把中央指示写成了，社论也写好了（按：指《人民日报》2 月 13 日的社论《一定要在全国除四害》）。这两件事都说明办报纸要提高风格、振作精神。他在批判教条主义时，还指出《人民日报》过去学《真理报》，照搬洋教条一套，连标题也模仿，不独立思考，像三岁孩子一样，处处要人扶，否则就丧魂失魄，没有主见，没有独创，连中国人办报的好传统（如讲究版面的编排和标题等）也丢掉了。后来才有所改变。

留有余地

当然，在会议过程中，毛主席也多次讲到办事要留有余地。本来，南宁会议议定的《工作方法六十条》中，曾规定：苦战三年，争取大部分地区基本改变面貌。到了成都会议，毛主席一开始就提出究竟要多久完成十年农业计划和工业计划？他开始设想：苦战三年，基本改变本省面貌，争取七年内实现《农业四十条》，五年实现农业机械化。他请各省研究。在会议过程中，毛主席看到河南的计划是苦战一年，实现四五八、水利化、除四害和消灭文盲，辽宁要一年实现三自给（即粮、菜、肉本省自给）。他说，也许你辽宁是对的，我怀疑是错的，你是马克思主义，我是机会主义。河南今年办四件大事，有些可能做到，有些可能做不到，就算全都能做到，可不可以还是提五年做到。今年真的全做到了，也不要登报。《人民日报》硬是卡死。否则这个省登报，那个省登报，大家抢先，搞得天下大乱。一年完成不登报，两年完成恐怕也不要登报。各省提口号恐怕时间以长一点比较好。我就是有点机会主义，要留有余地。各省不要一阵风，不要看河南说一年完成，你也说一年完成。就让河南今年试一年，灵了，让它当第一。你明年再搞。只差一年，有什么要紧。毛主席说，此事关系重大，他到武昌时要找吴芝圃谈谈。他还说，1955 年合作化高潮时周小舟看见别的省一年实现高级社，紧张得不得了。其实不要紧。李井泉就是从容不迫，四川实现高级化不是五五年，也不是五六年，而是五七年，不是也蛮好吗？

毛主席说，现在报纸宣传报道上要调整一下，不要尽唱高调，要压缩空气，这不是泼冷水，而是不要鼓吹不切实际的高指标，要大家按实际条件办事，提口号、定指标要留有余地。

毛主席这些话我虽然听到了，但是被前面所说的关于解放思想、提高风格、敢于创新等等大量的议论压倒了，因而没有足够的重视。随着"大跃进"高潮的到来，也冲昏了头脑。

毛主席在会议结束前的讲话中还说，希望各省第一书记，恐怕还要加一个书记及其他某些同志，从繁忙工作中解放一点出来，做一些研究工作，注意一些重大的问题。比如吴冷西同志，我们谈过几次，要他学《大公报》的张季鸾，到处串门子，打听消息，聊聊天，看看市场，参加这样的会议。中央的报纸也好，省市的报纸也好，总主笔不能每天沉埋在那些事务工作里头，必须解放一点。如何解放法，大家去研究。总而言之，少管一点事，少管一点就能多管一点。

成都会议可以说是继续南宁会议的批判"反冒进"。毛主席看到会议开始阶段务实较多（主要是讨论"两本账"）后，提出会议最后几天务虚、整风、开思想座谈会。从3月24日上午起采取召开大组会议（差不多是全体会议），由少奇同志主持，毛主席不出席。大家漫谈思想，结果又走向总结1956年的所谓"反冒进"的教训。发言的人差不多都作了自我批评，不仅各大协作区区长都讲了（柯庆施很活跃，连插话讲了三次，总是带着教训人的口气），到会的政治局委员也讲了，周总理、少奇同志、陈云同志、小平同志都谈了经验教训，彭老总也说很受启发。

成都会议就是在大家检讨"反冒进"的空气中结束，广度和深度都超过南宁会议，是党的八大二次会议之前的思想准备会议。历史地看，经过南宁会议和成都会议，指导思想上"左"的倾向已经抬头了。这也反映在《人民日报》的宣传报道上。

过三峡，下武昌

在成都会议结束的当天，晚饭的时候田家英告诉我：毛主席说，

《人民日报》的二十三条改进工作纲要，这次会议来不及讨论。毛主席说他将去武汉，要我随他一道去重庆，下三峡，将在武昌议一议《人民日报》的问题。

3月27日，我和田家英随毛主席乘专列从成都到重庆。这是过去蒋介石专用的专列，样式和布置都已陈旧。参加会议的中南和华东的协作区长们另乘专列先行。毛主席的专列当晚抵达重庆。

3月29日，毛主席乘"江峡轮"从重庆出发。随毛主席乘船的除了警卫人员（由王敬先同志率领）和服务员外，只有田家英和我。原来计划同毛主席一起到武昌开会的一些省委书记已乘客轮先行出发。我和田家英估计，毛主席意在畅游三峡，借以稍事休息，排遣一个月来连续开会的劳累。据毛主席的服务员告诉我和田家英，毛主席正在填一首词，铅笔写的，尚未完成，放在床头，可惜他匆忙间没有记住。

"江峡轮"29日晚抵白帝城，已是夜色苍茫，但闻隐隐涛声。30日早饭后，"江峡轮"起航进入瞿塘峡。快到巫峡时，毛主席披着睡衣来到驾驶室，一面欣赏三峡风光，一面同船长和领航员谈及有关三峡的神话和传说。毛主席还从船长手中接过望远镜，留意从几个侧面观看了神女峰。他对我们说，宋玉在《神女赋》中说，"夫何神女之姣丽兮，含阴阳之渥饰。被华藻之可好兮，若翡翠之奋翼。其象无双，其美无极。毛嫱鄣袂，不足程式。西施掩面，比之无色。"其实谁也没有见过神女，但宋玉的浪漫主义描绘，竟成为后世骚人墨客无限的题材。

直至快过完西陵峡，毛主席才回到舱内客厅，同田家英和我闲谈。他从田家英的同乡革命军马前卒邹容谈起，纵论苏报案中的章太炎、章士钊等人，进而泛论中国资产阶级民主派也曾经是生气勃勃，勇于革命的壮士（详见拙作《五不怕及其他》）。

武昌会议

4月1日至9日，毛主席召集华东和中南一些省委书记到武昌开会，一方面让他们了解成都会议的情况，另一方面听取他们（主要是河南的吴芝圃和安徽的曾希圣）汇报"苦战三年"的打算。大体上每隔一天开半天会，其余的时间让大家看成都会议的文件，并由谭震林、柯庆施和陶铸介绍成都会议的情况。

毛主席在听各省汇报时，作了很多插话。

在吴芝圃谈到河南正处在全面"大跃进"时，毛主席说，这可能是冒险主义，也可能是马克思主义。后来，毛主席又说，河南的工作做得还是好的，不要说他们过火了，只是要压缩一下空气，做得切实些，一些口号在登报时要注意一下。

在曾希圣谈到安徽大搞水利工程时，毛主席说，现在说苦战三年改变面貌，其实三年之后还要苦战五年，才能完成《四十条》。提口号要注意留有余地。苦战三年只能算是初步改变面貌。对于下面报上来的成绩，不可不信又不可全信。凡事有真必有假，要打个折扣才稳当一点。对工程师、科学家，要又信又不信，要相信科学，但要破除迷信。

在舒同谈到山东三年实现《四十条》有把握时，毛主席说，今年是空前的一年，这样的"大跃进"在历史上未曾有过，我们没有经验。今年要看一年，明年胆子可能大一点，现在还是要小心谨慎，不要把事情说满了。

在周小舟谈到湖南也处于高潮时，毛主席分析全国出现高潮的原因：一是从前（1955 年到 1956 年上半年）有过一个高潮；二是 1956 年 6 月起"反冒进"，又有了"反面经验"；三是 1957 年三中全会恢复了《四十条》、多快好省和促进会；四是整风、反右调动了群众的积极性，这是最重要的。毛主席还说，他现在担心是不是会再来一个"反冒进"。

毛主席又讲了现在存在两个剥削阶级和两个劳动阶级（工人和农民）。一个剥削阶级是帝国主义和官僚资本主义、封建主义的残余，未改造好的地富反坏加上一个右派。另一个剥削阶级是民族资产阶级及其知识分子，不同于前一个剥削阶级。我们的方针是团结后一个剥削阶级，孤立前一个剥削阶级。阶级斗争依然存在，还会有反复。这里又一次流露了毛主席重提阶级斗争的想法。

省委对《人民日报》的意见

4 月 7 日上午，根据毛主席的意见，由柯庆施主持会议，专门讨论

《人民日报》二十三条改进工作纲要。会上，我先介绍了起草这个纲要的想法，希望各省委书记多提意见。到会的九个省、市（上海）委书记都提了意见，归纳起来主要是：

1. 对毛主席和中央的意图，《人民日报》得风气之先，希望能及时告诉各省报和省委，同时在报纸上用评论的形式加以宣传。过去《人民日报》在这方面做得不好，宣传过渡时期总路线和反右斗争时做得比较好。

2. 《人民日报》宣传大好形势的主流不够，而对支流则讲多了，特别是对一些群众有意见而又难于解决的问题（如职工福利、房子、两地分居等等）讲多了。

3. 最近一个时期的宣传，希望在压缩空气时注意避免影响士气，避免泄气，要保护群众的积极性。

4. 第七版的理论文章，希望能正确阐述中央同志提出的理论问题，把实际生活中的问题加以理论阐述，对争论的学术问题应适时反映并且要表明态度。

5. 报纸的版面，希望能照顾全国各省，避免各省登报不平衡。

6. 过去报纸对有些省工作中的问题，批评不够实事求是，至今仍有意见。

7. 报社派驻各地记者要提高政治思想水平，过去有些记者对问题看不准，抓不起，也写不清，希望能继承全国解放前的好传统，可以考虑由省委一位常委兼任记者站或新华分社的社长。希望能编印毛主席写的一些新闻、社论，供记者编辑学习。

当天下午开会时，毛主席问柯庆施：上午谈《人民日报》的问题谈得怎样。柯庆施只简单说，大家提了一些意见，吴冷西都记下了。毛主席说，《人民日报》要经常注意搞好同全国各省委的关系，多听省委的意见，认真研究和解决他们提出的问题。《人民日报》要办得好，不仅要同中央各部门搞好关系，还要取得各省的支持和帮助。《人民日报》是党中央的机关报，中央自然得管，各省委也有责任帮助把它办好。我们的一贯方针是全党办报。毛主席还说，《人民日报》的二十三条改进工作纲要，可以作为草案先实行起来，到年底再总结经验，加以修改。《农业四十条》写于1955年，其后经过多次修改，还要再修改才提到八大二次会议去。

会议结束后，毛主席仍留在武昌东湖湖滨别墅休息，我和田家英也停留了几天。那时的湖滨别墅，同后来重建的东湖宾馆不同，是一栋石头建筑，并不很大，坐落在东湖岸边。毛主席每天早晨和傍晚都沿湖边散步。

大概是4月11日上午，毛主席早饭后散步回来，叫我和田家英一起同他在湖边凉棚下闲谈。毛主席问到，柯庆施主持的会议上，各省委书记谈了些什么意见。我根据记忆，把上述意见作了扼要的汇报。我还谈到，《人民日报》同各省委的关系总的来说还是比较正常的。只是有几个省委对《人民日报》1955—1956年开展批评和自我批评（中央曾为此作过决定）时批评他们省里的某些工作有意见，一度关系比较紧张，所以在会上还旧事重提。毛主席说，对省委提的意见，要作分析。对的要接受，认真改进。你们认为不对的可以提到小平同志主持的书记处会议上讨论，然后向有关省委作必要的解释。一般人都不太容易接受批评，你们在报纸上公开批评省委的某项工作中的缺点，人家有意见是正常的，何况你们的批评有时不免不够实事求是。因此你们的批评应当十分慎重，事实力求八九不离十。涉及省委本身的，事前可以听听中央书记处的意见。批评一般工作中的缺点，你们编辑部自己负责，当然也不要鲁莽从事。无论如何，你们要经常告诉记者、编辑，要搞好同各省委的关系，这是按党的原则办事的关系，不是庸俗化的关系。

应注意之点

接着，毛主席又谈到《人民日报》的宣传问题。毛主席说，武昌会议，还有成都会议的精神，就是《人民日报》宣传的大纲，有些具体意见，我在这两个会上都谈到了。还有几点同报纸关系较为密切的意见。接着，毛主席谈了以下几点意见：

1. 近来报纸的宣传反映实际不够，但也有不实之处，如指标、计划讲得过头了。现在要调整一下，压缩空气。鼓劲的话要讲，但不要华而不实。江苏提出十分指标、十二分措施、二十四分干劲，这种精神是好的，应当宣传。这次在武昌有些省提出，怕一说调整一下宣传调子就会泄气，这种顾虑要注意。目前总的方针还是鼓足干劲，气可鼓而不可泄。

2. 现在各地提出这个"化"那个"化"很多。"化"就是要变，反映群众的愿望。提出"化"的口号响亮，能动员群众。但是报纸在宣传的时候要慎重。比如说绿化，不能说种一些树就是绿化，要成活、成片、成林，像在飞机上看到湘南、粤北那样郁郁葱葱才算绿化。又如水利化，有说一年实现的，有说三年实现的，其实都不能叫作"化"，只是改变一些面貌。又如说"四无"，应当相信可以实现，但不是一两年或三五年可以实现的。一个"化"，一个"无"，不要随便宣传已经实现了。即使是讲订规划、提口号，也要留有余地，在时间和空间上说得活一点。否则，说一年或两年完成，那不是以后没有事情干了吗？要留给后代子孙一些事做。现在说苦战三年基本改变面貌，其实只是初步改变面貌，能否做到还得看一年。

3. 报纸的宣传要搞深入、踏实、细致。我们讲多快好省的方针，报纸上不能只讲多快，不讲好省。我们是要好大喜功的。大而无功，其实不是好大而是好小。不实就是无功而还。报纸对一些具体问题，要由小见大，要把许多杂乱无章的事情加以概括，从理论上把事情说清楚。报纸的评论，应带理论色彩，这就是深入事情的本质，抓住了规律。这样把纲提起来，才能使干部和群众方向明确。意识形态和上层建筑的重要性就在这里。

4. 现在全国出现高潮，出现许多新鲜事物，但也鱼龙混杂，泥沙俱下。记者、编辑要提高政治思想水平，能对眼前色彩缤纷的现象作出政治判断，有远见卓识。这不容易，但应努力做到。目前"大跃进"的形势正是锻炼的好机会。可以按照各省委提出的意见，编印一些新闻和评论供记者、编辑学习。（后来新华社编印了毛主席写的新闻和评论的文集。）

5. 报纸的问题带有普遍性，不仅《人民日报》存在，省报也存在。今年夏天要召开全国报纸的总编辑会议，讨论新闻宣传如何改进。此事要告诉陆定一同志并报告中央书记处。（此事我都照毛主席的意见办了。后来定一同志说夏天太忙，秋后再说。在北戴河会上，也没有就此作出决定。看来这是因为形势变化太大太快所致。)

毛主席在谈话中又一次催我离开北京到外地走走看看，并且要我在八大二次会议后就下去一两个月，回来就开全国报纸总编辑会议。我在五六月间去河北、河南调查研究，虽走马看花，也很有收获。

南宁会议是一个劲反右倾的，成都会议和武昌会议的主旋律是鼓足干劲，其间虽然也谈到留有余地或压缩空气，但声音微弱，到了5月间的八大二次会议，解放思想、敢想敢做的呼声压倒一切。我主持《人民日报》和新华社的宣传也随大流，但因有毛主席的再三叮咛，开始还是比较谨慎，但到了6月份，农业上的生产"卫星"开始放了，接着是钢铁"卫星"、煤炭"卫星"也陆续出现了，"大跃进"形成高潮，浮夸风到处泛滥。对人民公社，开始还只限于典型报道，后来从河南全省公社化起，就刮起一股"共产风"。虽然不能说《人民日报》和新华社应对1958年的浮夸风和"共产风"负有主要责任，但我主持这两个单位的宣传工作在这期间所造成的恶劣影响，至今仍深感内疚。

（六）武仗与文仗

1958年8月，政治局常委在北戴河召开中央工作会议。这次会议，原定着重讨论工业问题，后来又增加人民公社问题。

会议8月17日开始。我因事晚去几天。中央办公厅20日来电话催我赶快去。我21日乘中办的班机到达北戴河，同胡乔木同志住在一座别墅。那是北戴河中区中央负责同志的别墅区，都是解放前达官贵人和洋人的旧别墅，只有毛主席的住处是新建的高大平房。

我到达北戴河的第三天，8月23日中午，福建前线的人民解放军炮兵部队就万炮齐轰仍被国民党军占据的金门、马祖及其附近小岛。

密切注意反应

当晚，我参加了毛主席召开的政治局常委会议才知道：7月中旬美军入侵黎巴嫩、英军入侵约旦，企图镇压伊拉克人民武装起义后，中央即考虑在福建前线采取行动，以支持阿拉伯人民的反帝斗争，又打击蒋介石集团在金门、马祖一带经常骚扰我福建沿海的气焰。蒋介石早在7月17日就宣布台湾、澎湖、金门、马祖全线处于"紧急戒备状态"，表明了他们将有所行动。我空军于7月底开进福建前线，同国民党飞机连续作战，并夺取了福建沿海的制空权。炮兵增援部队也陆续到达。与此同时，全国展开了支援伊拉克、阿拉伯人民反对美英帝国主义侵略中东的集会和示威游行。

毛主席在会议上说，今天开炮，时机选择得当。联合国大会三天前通过决议，要求美、英军队退出黎巴嫩和约旦。美国人霸占我台湾更显得无理。我们的要求是美军从台湾撤退，蒋军从金门、马祖撤退。你不撤我就打。台湾太远打不到，我就打金、马。这肯定会引起国际震动，不仅美国人震动，亚洲人震动，欧洲人也震动。阿拉伯世界人民会高兴，亚、非广大人民会同情我们。

这时，毛主席对着我说，找你快来参加会是要你了解这突发事件。你的任务是要新华社迅速、广泛收集国际反应，重大反应要用电话传到北戴河来。报道和评论暂时不搞，观察几天再说，这是纪律。要告诉新华社、人民日报和广播电台的编辑部。服从命令听指挥，部队如此，新闻宣传单位亦如此。

毛主席又说，前几天在工作会议开始时他讲了八个国际问题，这些问题多年来一直在脑子里转来转去，逐渐形成一些看法、观点，思想就开朗了。但是这些观点在对外宣传中不能不分时间、地点和盘托出，要有所区别。比如，我说大战打不起来，但军事工作中要有打起来的准备，宣传工作中要讲战争危险，号召反对帝国主义侵略政策和战争政策，维护世界和平。又如谁怕谁多一点，我说帝国主义比我们多怕一点，但宣传上应讲我一反对战争，二不怕战争。又如我说帝国主义制造紧张局势有刺激世界人民觉醒的有利的一面，但宣传上要强调反对帝国主义制造紧张局势，争取缓和国际紧张局势。诸如此类，这个世界上坏事太多，我们如果整天愁眉苦脸，就在精神上被压垮了。我们要学会用分析的方法，看到坏事有两重性，看到紧张局势固然是坏事，但它又可以促使许多人觉醒起来，下决心同帝国主义斗争，这又是好事。这样看问题，我们就可以在思想上获得解放，不至于老是觉得包袱沉重。

毛主席说，这次炮轰金门，老实说是我们为了支援阿拉伯人民而采取的行动，就是要整美国人一下。美国欺负我们多年，有机会为什么不整它一下。现在我们要观察各方面的反应，首先是美国的反应，再确定下一步的行动。我们现在处于主动，可进可退，游刃有余。美国人在中东烧了一把火，我们在远东烧一把火，看他怎么办。我们谴责美国在台湾海峡制造紧张局势。这不冤枉他。美国在台湾有几千驻军，还有两个空军基地。美国最大的舰队第七舰队经常在台湾海峡晃来晃去。美国在马尼拉还有一个很大的海军基地。美国海军参谋长帕克不久前（8月6日）就说，美国部队随时准备在台湾海峡登陆作战，像在黎巴嫩那样。这就是证明。

火力侦察

过了两天，8月25日下午，毛主席又主持召开政治局常委会议，地点是北戴河海滩游泳场的休息室。毛主席刚下海游泳回来，穿着睡衣就主持开会。除了少奇同志、周总理、小平同志外，还有彭老总、王尚荣（总参作战部长）、叶飞（福州军区政委），胡乔木和我也参加了。

毛主席一开始就说，我们在这里避暑，美国人却紧张得不得了。从这几天的反应看，美国人很怕我们不仅要登陆金门、马祖，而且准备解放台湾。其实，我们向金门打了几万发炮弹，是火力侦察。我们不说一定登陆金门，也不说不登陆。我们相机行事，慎之又慎，三思而行。因为登陆金门不是一件小事，而是关系重大。问题不在于那里有九万五千蒋军，这个好办，而在于美国政府的态度。美国同国民党订了共同防御条约，防御范围是否包括金门、马祖在内，没有明确规定。美国人是否把这两个包袱也背上，还得观察。打炮的主要目的不是要侦察蒋军的防御，而是侦察美国人的决心，考验美国人的决心。中国人就是敢于在太岁头上动土，何况金、马以至台湾一直是中国的领土。

毛主席又说，凡事要抓住时机。去年开始反击右派是抓住了卢郁文事件，批判《文汇报》是抓住了《新民报》作了自我批评。这次炮打金门，就是抓住美军登陆黎巴嫩。既可以声援阿拉伯人民，又可以试探美国人。看来美国人左右为难，处于东西难以兼顾的境地。但是我们宣传上目前暂不直接联系金门打炮，而要把主要锋芒对着美国到处侵略，谴责它入侵中东，也谴责它霸占我国领土台湾。最近美国国务院发表一个反华备忘录，我们《人民日报》就可以以此为由头，历数美国侵略中国的罪行，驳斥备忘录对我们的诬蔑攻击。联合国大会通过决议要求美英军队从黎巴嫩和约旦撤退一事，也可以组织评论，要求美军从它在全世界许多国家的基地包括我国台湾撤退。现在宣传上要打外围战，等美国、蒋介石以及世界各国的动向摸清楚之后，再开始就炮打金、马问题发表评论。届时我国政府也要发表声明或文告。现在要养精蓄锐，引而不发。

彭老总在会上提出，金、马前线官兵艰苦奋斗、英勇作战，可以写些通讯报道，但要注意保密。大家同意前线记者可以先作准备，发表时机另议。

以上中央关于组织评论和通讯的指示，当晚我用保密电话告诉了在北京的《人民日报》副总编辑，但没有谈及中央决定炮打金、马的意图和设想，这在当时是最高军事机密。

8月27日，毛主席在中央工作会议上讲话，主要还是谈他在会议开始讲的国际问题，也谈到人民公社。在会议休息时，毛主席把乔木和我找去，谈了《人民日报》的宣传。他说，《人民日报》和新华社对国际问题应该有研究，形成一定看法，不要临时抱佛脚，发表感想式的意见。对许多国际问题都要有基本的看法，应该有比较深刻的评论。现在报刊上有些评论是感想式的，搞新闻工作，光务实、不务虚不好。要经常找有关同志吹一吹，有了看法，有了意见，就要找机会、找题目，加以发挥。毛主席还说，《人民日报》在一个时期应有一定的方向，宣传要有重点，抓住当前的主要任务。今年年初报纸宣传方向比较明确。《从梅林看全国》的社论写得不错。最近一个时期，宣传上就显得杂一些，编辑条理差，把一些东西堆在一起，看不出方向，缺乏思想的鲜明性和一贯性，评论和消息配合不够。现在中央已决定今年钢铁产量翻一番，大办人民公社，大办民兵。报纸就要跟上。《人民日报》的版面要调整，要突出工业，首先是钢铁工业。工业消息放在一版和二版，农业放到三版去。毛主席要胡乔木和我研究一下，北戴河会议结束后回北京布置。

这以后几天，北戴河中央工作会议集中讨论钢铁翻一番和人民公社问题。但毛主席仍然十分注意各方对炮打金门的反应，特别是美国的动向。他的秘书几次打电话给我，查问新华社印发的《参考资料》中刊出的美国动向的后续消息。我在这期间也要求新华社每天上午打电话汇报当天收到外国通讯社的要闻，重要的我都向毛主席和周总理报告了。

绞索政策

中央工作会议 8 月 30 日结束后，毛主席回北京召开最高国务会议。在最高国务会议开始前一天，9 月 4 日，毛主席召开了政治局常委会议，主要是讨论炮打金门后的形势。会上大家分析，艾森豪威尔和杜勒斯都讲了话，美当局已下令把地中海的军舰调一半到太平洋来，同时又提出在华沙恢复中美会谈。看来，美方估计我们准备解放台湾，他们想守住台湾，是否也固守金门、马祖，似乎尚未下决心。艾、杜的讲话都含糊其辞。美国人还是怕打仗，未必敢在金门、马祖同我们干起来。我们这次炮打金、马的火力侦察已达到目的，不仅美国人紧张起来，全世界人民也动员起来了。但是，会上大家也认为，我们现在的方针还不是马上登陆金门，而是把绞索一步步拉紧，进一步对美国施加压力，然后相机行事。大家同意周总理提出的采取宣布我领海为 12 海里的办法，使美国军舰不敢迫近属于我领海范围的金门、马祖。毛主席认为，美舰入侵我领海，我有权自卫，但也不一定马上打炮，可以先发出警告，相机行事。毛主席说，我们还准备另一手，通过即将在华沙恢复的中美会谈，以外交斗争配合福建前线的斗争。有武戏又有文戏。我们还有一手，就是宣传斗争。这时毛主席对胡乔木和我说，现在要大张旗鼓地谴责美国在台湾海峡制造紧张局势，要求美国军事力量撤出台湾和台湾海峡；强调台湾及沿海岛屿是中国领土，炮打金、马是惩罚蒋军，是中国内政，任何外国不得干涉。《人民日报》、新华社、广播电台是舆论机关，评论可以讲得激烈一点，当然也要适当，不要说过头话。以上这些关于宣传工作的意见，我都向《人民日报》和新华社作了布置。

毛主席9月5日到8日召开最高国务会议。原定会议主要议程是讨论第二个五年计划（特别是1958年钢铁产量翻一番的指标）和人民公社问题。毛主席在5日和8日讲了两次话。他除了讲到国内问题外，着重讲了国际问题，大体上也是他在北戴河会议中讲的八个问题。其中谈到绞索问题时，毛主席说，我们炮打金、马，美国人紧张起来，杜勒斯似乎要钻进金、马绞索，把台、澎、金、马全都包下来。这也好，给套住了。我们什么时候要踢他一脚就踢他一脚。我们主动，美国人被动。蒋介石过去给我们捣乱，主要是从福建这个缺口来的。金、马在蒋军手里，实在讨厌。卧榻之侧，岂容他人鼾睡。但是，我们现在不是马上登陆金、马，只是试试美国人，吓吓美国人。但有机会就打。机会来了为什么不把金、马拿回来。其实，美国人心里也怕打仗，所以艾森豪威尔公开讲话时没有说死要"共同防御"金、马，有点想脱身的味道。他们想采取脱身政策也可以，把金、马十一万蒋军撤走就是。赖着不走，就让蒋军呆在那里，也无碍大局，美国人给套住就是了。

毛主席在8日讲话过程中，忽然问吴冷西到会了没有？我答应到了。毛主席说，今天的讲话要发新闻，你先作准备。我同乔木商量，感到什么内容可以发表很费斟酌，最后确定先写有关绞索的部分。我起草了新闻稿，也给乔木看了。散会之后，毛主席和其他政治局常委还留在勤政殿的休息室。我把新闻稿给毛主席审阅。毛主席边看边谈边改。他说，可以只发表关于绞索部分，其他问题只是内部交换意见，至少目前不宜公开发表。绞索问题也不宜联系金、马来谈。用国家主席身份讲话，不宜直接联系金、马，不同于写社论、做文章。当然也不能写我们对金、马的方针，这是军事机密。但对即将恢复的中美会谈，要表个态，可以说寄予希望，不管将来结果如何。我们现在一手打炮、一手谈判，一武一文。打炮是火力侦察，今天打了三万发，配合天安门群众大会，大造声势。谈判是外交侦察，摸清底细。两手比一手好，保持谈判渠道是必要的。毛主席审改了新闻稿后，交我要新华社当晚发出，《人民日报》第二天（9月9日）见报。

这里还可以补充一个插曲，就是在最高国务会议期间，9月6日，赫鲁晓夫对我炮打金门摸不着头脑，害怕引发世界大战，特派葛罗米柯到北京来探询究竟。周总理和毛主席先后把我方意图告诉葛，并说明不会打大仗，万一中美之间打起来，中国也决心单独承担，不会拖苏联下水。赫鲁晓夫得知后立即写信给艾森豪威尔，警告美国当局在台湾海峡慎重从事，并声明一旦中国遭到侵略，苏联准备随时援助。真是虚惊一场，空放一炮。

打而不登，断而不死

在最高国务会议之后，毛主席即离开北京，从9月10日至28日先后视察了湖北、安徽、江苏、上海等地，29日回京。第二天，9月30日，毛主席的秘书通知我说毛主席有事找我。我马上赶到中南海丰泽园。当我走进菊香书屋的四合院的东厢房时，毛主席一个人正在书房里看字帖。他招呼我坐下后说，他这次外出巡视，看到各地群众干劲很大，尤其是大办钢铁、大办民兵。他为新华社写了一篇关于他巡视大江南北的新闻稿。稿子正在打字，稍等一会就好。毛主席说，这次特别请张治中将军一起视察。张治中将军原是蒋介石的亲信，1949年初国共和谈破裂后站到我们这边来的。张治中在沿途视察时除了关心工农业飞跃发展外，还特别关切台湾海峡的形势。他对我们迟迟不登陆金门很不理解，主张这次解放台湾做不到，但无论如何要把金门、马祖拿回来。他说这是机不可失，时不再来。

毛主席说，其实我们也不是不想拿下金门、马祖，但这个问题不单是同蒋介石有关，特别是要考虑美国的态度，切不可以鲁莽从事。美国人也害怕跟我们打仗。我宣布12海里领海后，美国军舰开始不承认，多次侵入我领海线，但不敢驶过他们承认的8海里领海线。后来经我多次警告，美舰也不敢入侵我12海里线了。美国空军虽然有时也飞到大陆内地侦察，但在台湾海峡，美国飞机开始时经常侵入我领空，后来也不敢越过海峡的中线。有一次，美舰为国民党运输船队护航，向金门运送弹药、给养。当这个联合舰队抵达金门港口时，我下令猛烈炮击，美舰马上掉头逃跑，国民党船队遭殃。可见美国也是纸老虎。但是，它又是真老虎。目前美国在台湾海峡集中了美国所有 12 只航空母舰中的 6 只，重巡洋舰 3 只，驱逐舰 40 只，航空队 2 个，实力相当强大，不可轻视，需要认真对待。因此我们现在的方针是打而不登、断而不死（意即只打炮不登陆，封锁金门，断其后援，但不致困死）。

毛主席又说，在华沙恢复的中美会谈，经过几个回合的互相侦察，大体上可以判断美国人要保台湾但不一定保金门，而且有迹象显示美国人企图以放弃金、马换取我承认其霸占台湾。这需要研究对策。张治中将军的主张恐怕不宜采纳。《人民日报》和新华社现在要在宣传上来个暂停，待中央决策后再说。

新闻稿打字出来以后，毛主席要我看看有什么意见。我看到稿子的末尾专门提到张治中将军陪同视察。我对整个稿子没有什么意见，只觉得末尾一段文字可能引起外间由张治中而联想到同国民党有什么关系。根据毛主席的意见，这个新闻稿新华社当晚广播，《人民日报》在国庆日的头版头条地位登出。

对杜勒斯谈话的分析

国庆节刚过，毛主席连续召开政治局常委会议，讨论台湾海峡形势。从 10 月 3 日至 13 日，几乎天天开会。在 3、4 两日的会议上，主要是分析杜勒斯 9 月 30 日的谈话。杜勒斯在这次谈话中，明显地要制造"两个中国"，提出要求中共和台湾当局"双方放弃使用武力"，同时又批评台湾当局不应该把那么多的军队放在金门、马祖，认为这是"不明智和不谨慎的"。当记者问他，如中共方面作某些让步，那么美国对台湾的政策是否有所改变时，杜勒斯说，"我们在这些方面是灵活的。""如果我们必须应付的局势有所改变，我们的政策也会随之改变。"

周总理在常委会议上指出，杜勒斯的谈话，表明美国想趁目前这个机会制造"两个中国"，要我们承担不用武力解放台湾的义务。以此为条件，美国可能要台湾放弃所谓"反攻大陆"的计划，并且从金门、马祖撤退。杜勒斯这个政策，一句话就是以金、马换台、澎，这同我们最近在华沙中美大使级会谈中侦察美方底牌的情况是一致的。美方在会谈中说的甚至比杜勒斯更露骨。少奇同志和小平同志都认为，中美双方都在摸底，在华沙如此，在金门亦如此。现在双方都比较了解对方的意图了，美国人也知道我们并不想在最近时期解放台湾，也并不想同美国迎头相撞。公平地讲，在台湾海峡对峙中，双方都比较谨慎。我们在八九月间火力侦察是对的，迫使美国人不得不考虑怎么办。同时，我们只打蒋舰，不打美舰，海空军都严格遵守对美舰、美机不开火的命令，这也是谨慎的，克制得当的。至于在宣传上我们大张旗鼓地谴责美国侵略我国领土台湾，抗议美舰美机侵犯我领海领空，不仅动员了全国人民，而且动员了国际舆论，支持了阿拉伯人民，也对美国当局造成强大压力，这是做得对的。

我与蒋有共同点

毛主席在会上说，侦察任务已经完成，问题是下一步棋怎么走。他说，对于杜勒斯的政策，我们同蒋介石有共同点：都反对"两个中国"，他自然坚持他是正统，我是匪；都不会放弃使用武力，他念念不忘反攻大陆，我也绝不答应放弃台湾。但目前的情况是，我们在一个相当时期内不能解放台湾，蒋介石"反攻大陆"连杜勒斯也说"假设成分很大"。剩下的问题是对金、马如何。蒋介石是不愿撤出金、马的，我们也不是非登陆金、马不可。可以设想，让金、马留在蒋介石手里如何？这样做的好处是金、马离大陆很近，我们可以通过这里同国民党保持接触，什么时候需要就什么时候打炮，什么时候需要紧张一点就把绞索拉紧一点，什么时候需要缓和一下就把绞索放松一下，不死不活地吊在那里，可以作为对付美国人的一个手段。我们一打炮，蒋介石就要求美国人救援，美国人就紧张，担心蒋介石给他闯祸。对于我们来说，不收复金、马，并不影响我们建设社会主义。光是金、马蒋军，也不至于对福建造成多大的危害。反之，如果我们收复金、马，或者让美国人迫使蒋介石从金、马撤退，我们就少了一个对付美、蒋的凭借，事实上形成"两个中国"。

大家同意毛主席提出的设想，让蒋军继续留在金、马，使美国当局背上这个包袱，时不时挨上我们踢一脚，提心吊胆。周总理估计，美国可能在中美会谈中提出三个方案。第一方案：要我们停止打炮，蒋方减少金、马兵力，美方声明金、马在美蒋共同防御范围之内；第二方案：要我们停止打炮，蒋方减少金、马兵力，美方声明共同防御限于台、澎；第三方案：要我方停止打炮，蒋方从金、马撤退，双方承担互相不使用武力的义务。三个方案都不能同意，因为三者的实质都是制造"两个中国"，使美国霸占台湾合法化。但中美会谈继续下去为有利，可以拖住美国人，力求避免美方或其他西方国家把台湾海峡问题提到联合国去。对亚非朋友也要把问题说清楚，免得他们不明真相，给我们帮倒忙。大家都赞同周总理的估计和想法。

毛主席最后说，方针已定，还是打而不登，断而不死，让蒋军留在金、马。但打也不是天天打，更不是每次都打几万发炮弹，可以打打停停，一时大打，一时小打，一天只零零落落地打几百发。但我们在宣传上仍要大张旗鼓，坚持台湾问题是中国内政，金、马打炮是中国内战的继续，任何外国和国际组织都不能干涉；美国在台湾驻扎陆空军是侵犯中国领土、主权，美舰云集台湾海峡是蓄意制造紧张局势，都必须完全撤退；反对美国制造两个中国，反对美国霸占台湾合法化；我们和蒋介石通过谈判解决金、马以至台、澎问题。毛主席说，以上这些原则，在舆论宣传上可以鲜明提出，在华沙会谈中可以外交辞令些，但也不离原则。所有这些，都要在我政府发表正式声明之后才公开宣传。《人民日报》目前可以"停火"几天，准备充足弹药，一声令下就排炮轰击。

且看他们怎样动作

在 4 日的会议后，毛主席 5 日下令我军暂停打炮两天，并亲自起草了 6 日发表的以国防部长彭德怀名义发布的《告台湾同胞书》。文告一开始就提出"我们都是中国人。三十六计，和为上计。"并指出大家都同意台、澎、金、马是中国领土，都同意一个中国、没有两个中国。文告说，台湾领导人同美国人订立的《共同防御条约》应予废除。美国人总有一天要抛弃你们。杜勒斯9月30日谈话已见端倪。归根结底，美帝国主义是我们的共同敌人。文告正式建议举行谈判，和平解决打了三十年的内战，并宣布福建前线暂停炮击七天，以便金门军民获得供应品，但以没有美国人护航为条件。

毛主席起草的这个文告，是炮打金门形势的重大转折，即以军事斗争为主转入以政治斗争（包括外交斗争）为主。

观察两天之后，毛主席于8日下午又在他家中召集政治局常委开会。大家一致指出，《告台湾同胞书》发表后反应强烈，有些西方报刊甚至说这是台湾海峡两方关系以至中美关系发生戏剧性变化的预兆。美舰已停止护航，也不再入侵我金门领海。只有蒋介石的国防部认为是中共的"诡计"。毛主席当时问我，《人民日报》的社论准备得怎样。我说已写好一篇专攻美国人的。毛主席说，先要做国民党的工作，要写一篇着重对蒋介石说话，同时也给美国人出难题。可以说明并非诡计，阐述我对台的一贯政策，这次是又一次伸出手来。还可以挑一下美蒋关系，说寄人篱下不好受，搭美国船不可靠。然后批杜勒斯的所谓停火，要美国人过五关（停止护航，停止侵犯中国领海领空，停止军事挑衅和战争威胁，停止干涉中国内政，从台、澎撤退美国全部武装力量）。毛主席要我当天晚上写好，他夜里等着看。他要我不必等散会就回去写。

我从中南海出来，回到人民日报社，到对面的一家饭馆吃了一碟炒面当作晚餐，接着就在办公室赶忙起草社论。由于已有毛主席的提示，写起来比较顺手，午夜过后不久就赶了出来，排出清样送毛主席审查已是9日凌晨两三点了。毛主席果然当夜审阅并修改了社论，主要是修改社论的最后一段，重新改写为："看来，问题尚有待于观察和考验，离解决之期尚很远。帝国主义到底是帝国主义，反动派到底是反动派。且看一看他们究竟怎样动作吧！"毛主席在清样上批示："不算好，勉强可用。"签名后写的时间是十月九日六时。

我在10月9日上午收到毛主席退回来的社论稿，同时接到毛主席秘书林克打来的电话，说毛主席交代要把杜勒斯 8 日宣布美舰停止护航加进社论中，并说发表时间可以推迟一天。我看了毛主席的修改稿后，感到社论原来的题目很不醒目，于是根据毛主席修改过的最后一段最后一句，把题目改为"且看他们怎样动作"。由于这个题目比较特别，加上社论的文体又比较接近《告台湾同胞书》的风格，这篇社论 10 月 11 日发表后曾被误认为是毛主席的大手笔。

过了两天，10 月 13 日，《人民日报》又发表题为《休谈停火，走为上计》的社论。这是根据周总理 4 日在政治局常委会上的意见写的，并经周总理最后审定。内容主要是批驳美国人要求在金马前线停火，说明中美之间根本没有战争，停火从何而来，并要求美国撤走在台湾和台湾海峡周围的全部美国海、陆、空军事力量。这篇社论，正好配合毛主席起草的 10 月 13 日发表的国防部命令。国防部命令宣布再暂停打炮两周，仍以没有美舰护航为条件，如有美舰护航，立即开炮。

利用美蒋矛盾

几天之后，艾森豪威尔下令把增援到太平洋的第六舰队那部分舰只调回地中海，并派杜勒斯到台湾去同蒋介石会谈。《人民日报》编辑部不明就里，写了一篇题为《咎由自取》的社论，说杜、蒋唱"双簧戏"。10 月 21 日发表后，周总理当天上午就打电话来严厉批评我们说的不符合事实，也不符合中央的方针。当天下午，毛主席主持政治局常委会议时也批评我们的社论书生气，对中央的方针理解片面，摇摇摆摆，不适当地强调了美蒋一致。毛主席说，这次杜勒斯跑到台湾去，是要蒋介石从金、马撤兵，以换取我承诺不解放台湾，让美国把台湾完全掌握在自己手中。蒋介石不答应，反要美国承担"共同防御"金、马的义务。两人吵了起来，结果各说各的，不欢而散。这完全不是"唱双簧戏"。毛主席请周总理专门找我谈一次，然后另写一篇社论，重新评论杜、蒋会谈。（周总理第二天就找我谈话，详情见我写的《严师的教诲》一文，载《我们的周总理》一书中。）

毛主席在常委会上说，美蒋关系存在着矛盾。美国人力图把蒋介石的"中华民国"变成附庸国甚至托管地，蒋介石拼死也要保持自己的半独立性，这就发生矛盾。蒋介石和他的儿子蒋经国还有一点反美积极性。美国逼得急了他们还是要反抗的。过去大骂胡适，罢黜孙立人，就是例证，因为他们捣乱的靠山是美国人。最近台北发生群众打砸美国大使馆更是例证。美国在台湾的驻军，蒋介石只同意美国派出团一级单位的兵力，不同意派师一级单位的兵力。我炮打金门开始后，蒋介石只同意美国增加海军陆战队三千多人，而且驻在台南。毛主席说，我前几天说过，我们同蒋介石有一些共同点。这次杜勒斯同蒋介石吵了一顿，说明我们可以在一定意义上联蒋抗美。我们暂不解放台湾，可以使蒋介石放心同美国人闹独立性。我们不登陆金门，但又不答应美国人的所谓"停火"，这更可以使美蒋吵起架来。过去一个多月中我们的方针是打而不登，断而不死。现在仍然是打而不登，断而不死更可以宽一些，以利于支持蒋介石抗美。

会上大家都同意毛主席这些意见。周总理还提出，"断"和"打"是相关的，既然"断"要放宽些，那么"打"也得放松。毛主席说，我们索性宣布，只是单日打炮，双日不打炮，而且单日只打码头、机场，不打岛上工事、民房，打也是小打小闹，甚至连小打也不一定打。从军事上看，这似乎是开玩笑，中外战史上从未有过，但这是政治仗，政治仗就得这样打。毛主席说，现在我们手里只有手榴弹，没有原子弹，打金、马蒋军好办，但跟手里有原子弹的美国人打仗，就不是好办法。将来大家都有原子弹了，也很可能都不打原子弹。

会议快结束时，少奇同志和小平同志提出是否发表一个正式声明，宣布双日不打、单日打。毛主席说，恐怕有这个必要。他同时还要我注意，前面说的那篇社论要在正式文告后才发表。

10月25日，毛主席起草的以彭德怀国防部长名义发布的《再告台湾同胞书》的文告指出：10月23日美国国务院发表的杜勒斯谈话，一面说这位美国老爷终于看到了一个"共产党中国"，并愿意同它打交道，一面又说台湾那个所谓"中华民国"是一个"事实上存在的政治单位"。美国人的计划是第一步孤立台湾，第二步是托管台湾。文告说，"中国人的事只能由我们中国人自己解决，一时难于解决，可以从长商议。""我们并不劝你们马上同美国人决裂，这样想是不现实的。我们只是希望你们不要屈服于美国人的压力，随人俯仰，丧失主权，最后走到存身无地，被人丢到大海里去。"文告宣布：已令福建前线解放军逢双日不打金门机场、码头、船只、海滩。逢单日，你们的船只、飞机不要来，我们也不一定打炮。

文告登报的当天（10 月 26 日），毛主席找我和田家英谈话，除了要我们去河南调查人民公社的情况外，也谈到炮打金门、马祖。他说，在炮打金、马过程中，我们和美国人都搞边缘政策。美国集中了那么多的军舰，而且侵入我领海，给蒋介石船队护航，但又从不开炮；我们也是一万、两万发炮弹那么打，美舰护航时更大打，但只打蒋船队，不打美舰队，不过炮弹就落在美舰附近，吓得他们掉头就跑。双方在台湾海峡对峙，同时又在华沙会谈。美国人在这个战争边缘，我们在另一个战争边缘，双方都在战争的边缘，都不越过这边缘。我们用战争边缘政策对付美国人的战争边缘政策。《聊斋志异》中写了很多不怕鬼的故事，其中有一篇名《青凤》，说的是狂生耿去病夜读于荒宅，"一鬼披发入，面黑如漆，张目视生。生笑，染指砚墨自涂，灼灼然相与对视。鬼惭而去。"你不怕鬼，鬼也无可奈何。炮打金、马的经过也是这样。

可以说，这些话是毛主席对金、马事件的总结。（按：在这前一天，10 月 25 日，美军从黎巴嫩撤退。）

毛主席还对我说，你们要善于抓动向。看来现在还不大懂。美国人想从金、马脱身，杜勒斯谈话就显露了这个动向，你们没有抓住。你们编辑部也不大会写文章。接着，他拿当日发表的《再告台湾同胞书》为例，谈了如何写文章的几点意见：

1. 文章要有中心思想，最好是在文章的开头就提出来，也可以说是破题。文告一开头就提出绝大多数人爱国，中国人的事只能由中国人自己解决。这个思想贯穿全篇。整个文告，从表面上看，似乎写得很拉杂，不连贯，但重在有内在联系，全篇抓住这个问题不放，中间虽然有穿插，但贯彻这个中心思想。《红楼梦》中描写刘姥姥进大观园就是这样写的。

2. 文章要形象化。文告中不说"沿海岛屿"，而说"大金门、小金门、大担、二担大小岛屿",不仅仅说"供应",而具体说"包括粮食、蔬菜、食油、燃料和军事装备在内",这就形象地给人深刻印象。你们写文章偏于抽象,一般化,缺乏生动性,看了留不下具体印象。

3. 文章要有中国气派、中国风格。两篇《告台湾同胞书》的文体就是这样。中国文字有自己独特的文法,不一定像西洋文字那样严格要求有主词、谓语、宾词。其实西洋人说话,也经常省去主词或宾词的。你们的文章洋腔洋调,中国人写文章没有中国味道,硬搬西洋文字的文法。这可能是看惯了翻译过来的西方文章。其实翻译也有各种译法,严复的译文就是中国古文式的,林琴南的译文完全是意译,都和现在的白话文译文大不相同。

从这以后,金、马事件告一段落,福建前线炮声零落,而台湾海峡风浪依然。

在整个金、马事件过程中,毛主席直接指挥军事、外交、宣传三条战线,真可谓运筹帷幄之中,制敌千里之外。

(七) 冷静的促进派

1958 年 10 月 26 日上午,毛主席秘书通知我,说毛主席要找我和田家英谈话。我原以为,大概是谈发表毛主席的《论帝国主义和一切反动派都是纸老虎》。因为毛主席一个星期以前写信给我,要我把《世界知识》杂志发表的毛主席论纸老虎的一组论述加以转载,转载时可以另写编者按语,并要我就此同陆定一同志商量。我同定一同志商量结果,认为毛主席的论述,还可以再增加一些,重写按语。于是我找田家英同志帮忙增加一些毛主席的论述,主要是 1957 年和 1958 年的论述,并一起草拟了《人民日报》编辑部的按语,排出清样后送毛主席审定。所以我想毛主席找我们是谈这件事。

当我到达毛主席卧室时,田家英已在座,手里拿着我们编好的关于纸老虎的言论的大样和按语。田家英先给我看了经毛主席修改过的按语,主要是修改按语最后一段。毛主席还要我们对几段论述作一些调整。

处理完此事后，毛主席对我们说，今天找你们来是谈另一方面的问题，谈国内问题。

接着，毛主席就直截了当地提出，他想派我和田家英到地方上去作一次短期的调查研究。地点他已经选好了，就是河南新乡地区的一个县（修武县）和一个公社（新乡县的七里营公社）。他要我们各自带几个助手，分别先后去修武县和七里营公社，了解公社化后的情况，时间一个星期。他将在 11 月初离京去郑州，在那里开一个小会，作为 12 月初在武昌召开八届六中全会的准备。他要我们 11 月 5 日在新乡搭乘他的专列去郑州。

三件大事

毛主席说，中国今年出了两件大事，一是"大跃进"，一是公社化。其实还有第三件大事，这就是炮打金门。他说，"大跃进"是他发动的，公社化是他提倡的。这两件大事到 8 月间北戴河会议时达到高潮，但那时他的心思并没有全花在这两件大事上，很大一部分精力被国际问题吸引去了。早先是同赫鲁晓夫大吵了一顿（赫鲁晓夫 7 月底到 8 月初访华），不久又炮打金门。毛主席说，他在这段时间想了许多国际问题。他列举了一连串问题，如戴高乐上台、黎巴嫩事件、紧张局势、封锁禁运，等等，究竟是好事还是坏事，谈了他的独特见解。毛主席对我说，你们办报的要经常研究国际问题，多同一些有见解的人交换看法，慢慢形成比较符合实际的观点，遇到国际上突发事件，就不致惶惶无主或临时抱佛脚。

毛主席说，现在来谈国内问题，你们办报的也要心中有数。这就要调查研究，掌握第一手材料。北戴河会议迄今已有两个月。国庆节前我去大江南北走马看花，除了给你们新华社写了一条新闻（按：指毛主席自己写的巡视大江南北的新闻，登在 10 月 1 日报纸上）外，感到还有很多问题需要认真研究。

毛主席说，"大跃进"和公社化，搞得好可以互相促进，使中国的落后面貌大为改观；搞得不好，也可能变成灾难。你们这次下去，主要是了解公社化后的情况。北戴河会议时我说过公社的优点是一大二公。现在看来，人们的头脑发热，似乎越大越好，越公越好。你们要去的修武县，全县已成了一个公社。我还要派人去了解山东寿张县，听说那里准备苦战三年进入共产主义（按：后来知道，他已派陈伯达去遂平调查，因为陈已去过寿张了）。

什么是共产主义社会

毛主席说，我们共产党人的最终目标是建立共产主义社会，这是没有问题的。现在的问题在于：什么是共产主义社会，现在并不是人人认识一致，甚至在高级干部中也各说各的，其中有不少胡话。因此公社化过程中的具体做法，真是八仙过海，各显神通。你们这次下去调查，要带两本书，一本是中国人民大学编辑的《马恩列斯论共产主义社会》，一本是斯大林写的《苏联社会主义经济问题》。出发前要把这两本小册子通读一遍，至少把人民大学编的那一本看一遍，要你们的助手也这么办。

毛主席郑重地说，他的意思不是要我们搞本本主义，按图索骥，对号入座，也不是要我们照本本去宣传，而是想使我们对马、恩、列、斯关于共产主义说过什么话有个大致的了解，下去调查中面对眼花缭乱的实际情况能够保持冷静的头脑。特别当记者的，不能道听途说，人云亦云，要深入实际，调查研究，实事求是，心中有数，头脑清醒，做冷静的促进派。报纸宣传影响大，人家头脑发热，搞报纸宣传的也头脑发热，那就坏事了。

这是在"大跃进"中我第一次听到毛主席说要做"冷静的促进派"。回想从 1958 年初的南宁会议起，毛主席的多次谈话，给我强烈的印象就是报纸要促进，不要促退。

毛主席这次谈话涉及的问题较多，时间也较长，一直到中午过后。他留我和田家英吃午饭。饭厅就在北房五开间的中间堂屋。可能是预先告诉了大师傅，加了两个菜，一个是小沙锅炖狗肉，一个是红烧狮子头，其他四个菜是湖南腊肉、豆豉炒辣椒、西红柿炒鸡蛋、麻婆豆腐，都是毛主席常吃的。比较特别是一个莼菜汤，每人一个烤得半焦的玉米，这是最后吃的，也是毛主席的习惯，有时代之以烤红薯。毛主席喜欢吃饭时喝一两杯酒。这天喝的是茅台酒，第一杯是主席请我们喝，第二杯是我和田家英一同祝毛主席健康。

毛主席在吃饭过程中还向我们交代：下去调查时不要各级领导作陪，要找生产队长就只找生产队长，不要公社书记、大队长参加；要找群众谈话就不要找干部参加；要找县委书记也只请他本人来谈，因为人多了谈话就有顾虑（同级干部如此，上级干部更如此）。找群众谈话要有各个阶层的人物，尤其要注意中农的态度。还可以找下放干部谈话，他们可能顾虑较少。总之要了解各种人的真实想法。助手中可以选一两位女同志，那样同农村妇女谈话比较方便。他吩咐我们下去不要张扬，我带的一组用新华社记者的名义，田家英那一组则用中央办公厅工作人员的名义。

从毛主席住处出来，我同田家英商量一下，就分头找人组成调查组。我在北京挑选了三位记者，又请河南分社选一位记者在新乡等候，正好两男两女，连我在内一共五人。

我和田家英等一行10月27日夜乘火车离京南下，第二天抵新乡下车。我们同新乡地委商定，当天下乡，田家英一组留在新乡去七里营公社调查，我带的一组先去修武县，四天为期，然后调换，我回七里营公社，田家英去修武。

修武的一县一社

我和记者们10月28日下午去修武县。毛主席在八月间北戴河会议上曾经谈到这个县办大公社。我们先请县委一位副书记介绍全县办成一个大公社（13.5万人）的一般情况，然后分别同城关大队（原为公社）大队长、五里源乡（大队）的支部书记、艾曲乡（大队）艾曲村的生产队长谈了话，还召开了群众和下放干部座谈会，最后才请县委书记单独同我们谈他对一县一社的看法。在修武调查的四天中，我们还利用晚饭后和中午歇晌的时间串家走户，同个别群众接触。

从调查中了解到，这个一县一社是由原来245个合作社合并而成的。全县统一收支，生产资料全归公有，由公社（县）统一调配，农副业和工业、手工业产品也全部由公社（县）统一调拨，生活资料的日常消费由公社供给。生产大队和生产队干部们都说，他们实行的是全民所有制。男女老少都实行低水平的供给制，办了公共食堂，敞开肚皮吃饭。

在调查过程中，我们接触到的干部和群众，生产热情很高。正巧碰上他们全县总动员大炼钢铁，男女老少爬高山、背矿石，不叫苦，不叫累，兴高采烈，十分感人。因为办了公共食堂，大部分妇女都上山了。但从中也了解到，由于大办钢铁，地里的庄稼没人收，只见低年级的小学生在拾谷穗。地里的棉花大部分没有摘下来，只有幼儿园的老师带着一些小孩摘一点点。据财贸干部对我们说，本该收籽棉900万斤，到10月底只收到159万斤。敞开肚皮吃公共食堂当然大家高兴，许多人都说一生也没有像这两个月吃这样饱的饭。但好几位老人（有的原是贫农，有的原是中农）都在发愁，说"这样吃法长不了"。

最后我们同县委书记谈了一个晚上。他先谈一县一社的优越性，也谈了今后三年的规划，但提出了不少关于全民所有制和供给制的疑问和顾虑。

我们在11月1日从修武转到新乡县（田家英同时也从新乡去修武）。那里是另一番天地。新乡县委给我们简要介绍时着重说明他们为什么没有像修武那样一县一社，只挂了一个"县联社"的招牌，似乎他们以为我们是赞成一县一社的。新乡人口和耕地都比修武多，经济比修武富裕，粮棉都高产，每人每年平均分配也高于修武。

七里营的"十六包"

第二天，我们去七里营公社。这是全国第一个挂起"人民公社"牌子的公社。这个公社有五个大队79个生产队，人口三万，耕地九万亩，年总收入1218万元，是新乡县最富的公社。这里给我印象最深的是他们实行的供给制。据公社书记说，他们实行"十六包"：衣、食、住、行、生、老、病、死、学、育、婚、乐，以至理发、洗澡、缝纫、电费，都由公社包了，这"十六包"的费用每人一年共78元。

调查了七里营公社以后，我们又去看看公社所在地周围的两个大队（刘庄和陈庄）。其中刘庄大队（那时就是史来贺同志当支部书记）给我印象特别好，主要是那里干得实在，说得也实在。史来贺同志既讲成绩也讲困难。他的大队有八百多人，一千九百亩地，总收入31万元，人均分配达104元（1957年即为96元）。当时他正在发愁的是还有三分之二的棉花在地里没有人收。大部劳力上山炼铁去了。

在新乡，我们还调查了一个公社——兴宁人民公社。这是一个四千户、两万人口的社，实行军事化，全公社编成15个营50个连。尤其特别的是实行房屋公有，搞集体宿舍，社员男女老幼分开，按连、排编制集中居住。我们具体调查了东郭大队，这个大队共有224户，开始时有150户男女老少都分开住，现在仍有60户集中住在八个地方，男女各住四处，实行礼拜六制度，回原家度周末。据大队干部说，这是公社统一布置的。大多数社员意见很大，只有少数夫妻不和或婆媳不和的愿意分居。大队干部说，正考虑改变做法。我遇到公社干部时就顾不得下来调查前规定的守则（不要随便表示意见），忍不住指出这种拆散家庭的做法十分错误，共产主义不是不要家庭。那些公社干部还想不通，说河南许多地方都这样做，并说有位中央负责同志当时就说过共产主义社会也要革家庭的命。

11月5日，毛主席乘专列南下，在新乡稍停。田家英也从修武回来。下午，我同他一起到毛主席专列上去。毛主席正在听新乡地委和几位县委同志的汇报，他叫我们到郑州后再向他汇报。我同田家英晚上商量好：到郑州向毛主席汇报时，可以先扼要介绍一下修武和七里营的情况，然后着重谈所看到的公社化后的问题，特别是所有制和供给制的问题，主要是修武县委书记提出的问题和七里营的"十六包"的问题。

11月6日，我们随毛主席到郑州。当晚毛主席就要我们到专列上去汇报（他外出视察工作时常食宿在专列上，有时甚至开会也在专列上）。我们按原来计划先扼要介绍情况。由于我先到修武，我着重汇报了修武县委书记提出的问题。

我谈到：修武县委书记虽然说一县一社是全民所有制，但他认为公社和国家的关系不同于国营工厂和国家的关系，公社的产品不能全部由国家调拨，国家也不能供给公社需要的所有生产资料和生活资料。县委书记提出：如果公社实行同国营工厂一样的全民所有制，那么，有两个问题他担心不易解决：一是遇到灾年，国家能否跟平年一样拨给公社所需的生产资料和生活资料，二是遇到丰年，国家能否全部收购公社的产品。我说，这位县委书记既怕灾年饥荒，又怕丰年谷贱伤农。我还谈到修武县委书记怀疑他们实行的低标准的供给制能否叫作按需分配。我说这只能算是很勉强的"温饱"。

毛主席详细询问了县里同国家的经济关系，互相间进行哪些交换。我汇报说，修武县同国家的经济往来主要有两种，一是纳税，主要是农业税即公粮，工商税不多；二是交换，主要是向国家交售统购的粮、棉、油料等农副产品以及向国家购买生产资料和生活资料，这两种交换都是商品交换，现金结算的。

毛主席对供给制也很关心，在田家英汇报时详细询问了七里营公社的"十六包"的具体内容，并提出这样低标准的平均分配是否必要和能否持久。田家英谈到，七里营的"十六包"，是新乡地区包得最多的，但标准仍然很低。"食"是吃饭不要钱，都吃公共食堂，据估计一年需42元（菜肉未计）。"衣"一项是一年每人21尺布、2斤棉花、2双布鞋（因妇女上山炼铁、下大田，不织不做了），共18元钱，医药费每人每年以2元为限。产妇补助1斤红糖、20个鸡蛋，殡葬和结婚各补助10元。看戏不要钱，那年只看了一次戏，六次电影。田家英和我都认为这只能说是平均主义，不能说是"按需分配"，更不能说是已经进入共产主义社会了。

毛主席的评论

毛主席在我们汇报中间不断插话，有些是提出问题，有些是发表评论。

毛主席谈到修武一县一社时指出，一县一社恐怕太大了，县委管不了那么多具体的事，而且全县各地生产水平很不平衡，平均分配会损害富队富社的积极性。我们现在还是搞社会主义，还是要按劳分配。凡是有利于发展生产的就干，一切不利于发展生产的就不要干。供给制只能搞公共食堂，而且要加强管理，粗细粮搭配，干稀搭配，农忙农闲不同，要学会勤俭过日子，不能放开肚皮大吃大喝，那样肯定维持不下去。其他只搞些公共福利事业，不要采取"包"的办法，量力而为。延安时期的供给制，是属于战时共产主义的办法，是不得已而为之，不能作为分配方式的榜样，所以全国解放后就改行工资制了。

谈到修武说的全民所有制，毛主席说，修武不同于鞍钢，产品不能调拨，只能进行商品交换，不能称为全民所有制，只能叫作集体所有制，千万不能把两者混同起来。修武县委书记提出的问题，表明他实际上是不赞成搞全民所有制的。县里的产品不能全部调拨给国家，不可能也不必要。他作为一县之长，不能不慎重考虑。尤其是国家对于县，在平常年景也不能完全保证按照县里的需要调给生产资料和生活资料，遇到灾年更加不能保证，这也是明摆着的。他提出的问题使我们想到：如果生产力没有高度发展，像北戴河会议关于人民公社的决议中指出的，产品极为丰富，工业和农业都高度现代化，那么，生产关系上从集体所有制过渡到全民所有制，分配方式从按劳分配过渡到按需分配，是根本不可能的。这两种所有制的接近是一个很长的历史过程。

当我们汇报到有些公社搞集体住宿时，毛主席很生气地说，那种搞法不是给国民党对我们的诬蔑帮了忙吗？凡是这样胡搞的地方我都支持群众起来造反。这些干部头脑发昏了，怎么共产党不要家庭呢？要禁止拆散家庭，还是一家人大、中、小结合为好。

谈到群众大炼钢铁的干劲很大，地里庄稼没有人收时，毛主席说，1070万吨的指标可能闹得天下大乱。从北戴河会议到年底只有四个月，几千万人上山，农业可能丰产不丰收，食堂又放开肚皮吃，这怎么得了？这次郑州会议要叫大家冷静下来。

毛主席在我们结束汇报时说，你们这次下乡调查才一个星期，但发现了坐在北京办公室里想都想不出的问题，是不是头脑比一个星期前冷静一些了？是不是发现许多实际做法违反了马克思主义的基本原理？在群众运动发动起来以后，一定要注意保持冷静头脑，善于看出运动中过激的苗头。毛主席说，这次我派陈伯达到遂平去，他回来却向我宣传要取消商品交换，实行产品调拨。他过去到过寿张，很欣赏那里苦战三年向共产主义过渡。我们有些同志读了不少马列主义的书，但临到实际问题，马列主义就不知道哪里去了。毛主席说，看来很有必要读一点书。他打算在郑州会议上同到会的同志一起读一本书，就是斯大林写的《苏联社会主义经济问题》，一面读书，一面联系当前我国的经济问题，边读边议，使大家头脑清醒起来。

毛主席还特意对我说，《人民日报》和新华社天天作报道，发议论，尤其要注意头脑冷静。要当促进派，但要当冷静的促进派，不能做冒失的促进派。毛主席还说，他对报纸宣传还有一些意见，过几天空一点时再谈。

毛主席从 11 月 6 日起主持郑州会议，对关于人民公社若干问题的决定初稿和十五年规划纲要草案，提了许多意见。前一个文件是陈伯达主持起草的，毛主席批评他急于过渡，讳言商品生产和商品交换，要重新写。后一文件提出 1972 年要生产两亿吨钢，毛主席指出这个草案缺乏根据，但不必修改，可在北京召集一些高级干部议论一下（后来就搁置起来了）。

从 11 月 9 日到 10 日，毛主席带领与会同志逐章逐段阅读斯大林的小册子，上午和下午都边读边议。他指出：现在有几十万以至几百万干部头脑发热，有必要组织大家学习这本书和另一本书《马恩列斯论共产主义社会》，以澄清许多糊涂观念，保持头脑清醒，否则，急于过渡，搞产品调拨，农民会起来造反的。毛主席在读斯大林的小册子过程中，讲了很多很重要的意见。郑州会议根据毛主席的建议，决定县以上的干部普遍学习这两本书。

（八）实事求是

毛主席在郑州会议告一段落后（郑州会议原来是为武昌会议作准

备），就在 11 月 13 日乘火车继续南下。我和田家英也跟随前往。在专列上，毛主席又邀集河南十一个县委书记（信阳、南阳、洛阳、开封、商丘、登封等）座谈，当晚又专门同遂平县委同志谈话，对公社供给制询问得很详细。县委书记谈到现在最苦恼的是全国来参观的人太多，每天少则五百多人，多则三千多人，难以应付。毛主席还找信阳地委谈话，特别称赞他们没有拆散家庭，又特别关照他们要保证社员有八小时睡眠、四小时吃饭的时间。

毛主席 14 日到达武昌，住东湖宾馆。他要我和田家英参加湖北省委书记王任重和张平化同志主持的座谈会。这些座谈会从 14 日接连开到 20 日，实际上是调查会。14 日毛主席听取了王任重同志汇报湖北全省的情况和恩施、孝感、沔阳、襄阳等县公社化的情况。接着由麻城、鄂城、黄冈、枣阳等县的县委书记以及一些公社党委书记和钢铁厂厂长、下放干部先后作了汇报。毛主席没有到场的，我们事后都向他汇报了。我们着重向他反映了县委特别是公社书记、钢铁厂厂长汇报中提到办大社中，富队和贫队之间的矛盾，群众对"军事化"、"食堂化"抵触甚大，大办钢铁中好铁只有两三成，干部作风浮夸、粗暴等问题。后来我和田家英都感到，毛主席要我们参加一系列的调查会，一个重要的用意是要我们上一堂调查研究的课，既了解实际情况，又学习实事求是。

武昌会议从 11 月 21 日开始，这是政治局扩大会议。除政治局成员外，有中央一部分部长和各省、市、自治区党委第一书记参加，毛主席在会议第一天作了长篇讲话，谈到了许多重大问题：如社会主义社会和共产主义社会之间还是要划线加以区别，不要急于过渡到共产主义，新四十条（按：指在郑州起草的十五年规划纲要草案）根据不足，北戴河会议决议说人民公社在五六年或更多一点时间过渡到全民所有制太快了，1958 年吹得太厉害，现在要压缩空气，长时期内要发展商品生产和商品交换，明年任务要减轻等等。

头脑发热

第二天（11 月 22 日）晚上，毛主席把我和田家英找去谈话，主要是谈宣传上要压缩空气、实事求是的问题。他特别提醒我：办报的、做记者的，凡事要有分析，要采取实事求是的正确态度。

毛主席的谈话是从当天（11 月 22 日）下午他找各大协作区组长谈话说起的（中央 1954 年撤销中央局一级组织后，1958 年 6 月又基本上按原各中央局管辖的省、市、自治区划分为七大协作区，每区设组长和副组长一二人）。看来毛主席对下午的会议很有感触，他跟我们谈话时仍处于亢奋状态。毛主席原想同各大区组长商量降低 1959 年的生产指标，首先是钢的指标。原来的指标是 1958 年 8 月北戴河会议确定的。毛主席设想可否把钢产量的指标从 3000 万减为 1800 万吨。他原想说服他们，结果反而是各组长力图说服毛主席维持原来的指标。毛主席说，他们都想打通我的思想，我硬是想不通，因为他们缺乏根据。他们有的大区明年要增加钢产两倍，有的省要增加四倍，有的省要增加十几倍，有的省竟然要增加三十倍。这怎么能叫人相信？

毛主席还说，中央已有十二个部长写了报告，指标高得吓人，似乎要立军令状。但我看完不成也不要杀头。铁道部长说 1959 年要修两万公里铁路。周总理主持制订的第二个五年计划草案，规定五年内才修两万公里，他夸下海口要一年完成，怎么完成得了呢？如果真的完成了，我甘愿当机会主义者。

毛主席又说，其实 1800 万吨钢的指标不是机会主义，能否完成还是个问题，因为今年（1958 年）预计炼出的 1000 万吨出头的钢产量中，好钢只有 850 万吨，看来郑州会议读了几天书并没有解决思想问题，大家头脑还是发热。1958 年钢铁翻一番就使得六千万人上山，闹得天下大乱。明年再来个翻一番以至翻几番怎么得了？

毛主席说，一定要压缩空气。空气还是那么多，只不过压缩得体积小些，不要虚胖子，要结实些。我看明年要减任务，工业这样，农业也这样。去冬今春修了 500 亿土方水利工程，今冬明春就不要再搞 500 亿土方了，要减下来。

谈到这里，毛主席说明他找我们来是为了把压缩空气的精神赶快告诉《人民日报》和新华社的记者、编辑。他说，现在宣传上要压缩空气，不要再鼓虚劲，要鼓实劲，自己不要头脑发热，更不要鼓动人家头脑发热。

辩证法的两点论

毛主席说，做新闻宣传工作的，记者和编辑，看问题要全面。要看到正面，又要看到侧面。要看到主要方面，又要看到次要方面。要看到成绩，又要看到缺点。这叫作辩证法，两点论。现在有一种不好的风气，就是不让讲缺点，不让讲怪话，不让讲坏话。任何事情都有两面性。好的事情不是一切都好，也还有坏的一面，反之，坏的事情不是一切都坏，也还有好的一面，只不过主次不同罢了。听到人家都说好，你就得问一问是否一点坏处也没有？听到人家都说坏，你就得问一问是否一点好处也没有？大跃进当然是好事，但浮夸成风就不好。

毛主席问我们，你们看虚报好还是瞒产好？他自己回答：我看瞒产比虚报好。没有打那么多粮食，你硬是充胖子，虚报了产量，结果国家按报的产量征购，多购了过头粮，受害的是农民。瞒产少报，当然也不好，但我很同情。粮食丰收，干部要实报，农民想少报一点，无非想多留点，多吃点。多少年来，中国农民不得温饱，想多吃点不算犯罪。瞒产了粮食还在，虚报了没有粮食，虚夸危害很大。

谈到这里，毛主席又讲起故事来。他说，天下事有真必有假。虚夸古已有之。赤壁之战，曹营号称八十三万人马，其实只有二三十万，又不熟水性，败在孙权手下，不单是因为孔明借东风。安徽有个口号，说："端起巢湖当水瓢，哪里缺水哪里浇"，那是作诗，搞水利工程不能那样浪漫主义。

毛主席还说，"大跃进"中有些虚报是上面压任务压出来的，问题的危险性在于我们竟然完全相信下面的报告。有位县委书记强迫农民浇麦，下令苦战三昼夜，结果农民夜里在地头挂起灯笼，让小孩子放哨，大人睡觉。那位县委书记看见点亮了灯笼，就以为已经浇麦了。鉴于虚夸作假成风，我们对下面送来的报表不能全信，要打折扣，恐怕要打它三分虚假，比较稳当。否则，按虚报的数字来订生产计划很危险，订供应计划更危险。

毛主席强调，做新闻工作，无论记者或编辑，都要头脑冷静，要实事求是。下去采访，不要人家说什么你就报道什么。要自己动脑筋想想，是否真实，是否有理。

毛主席谈到，据一些省委反映，《人民日报》在"大跃进"中搞各省进度表（如水利工程完成土石方进度表）、放"卫星"（粮食和钢铁的高产"卫星"）等报道方法，对各地压力很大，结果"你赶我追"，大搞虚夸。这要引以为戒。

三点意见

毛主席讲了上面这些话之后，又归纳为三点意见。他说：第一，要实事求是，报道时要弄清事实真相。不是新闻必须真实吗？一定要查清虚与实，是虚夸、作假还是真实、确实。新闻报道不是作诗写小说，不能凭想象虚构，不能搞浪漫主义。

第二，现在要下明矾，把混乱的思想加以澄清。听说《人民日报》有一篇社论讲到人民公社从集体所有制过渡到全民所有制时把时间缩短了，说三四年、五六年就行了，不要北戴河决议上写的"或者更长一些时间"那半句话了。毛主席说，那半句话是我特意加上的，当时想法是谨慎一点好。现在看来还是太急了。你们删去那半句话就更急了，不知是听了哪一位政治局委员的意见。毛主席说，这半年大家头脑都发热，包括我在内，所以要下明矾，要压缩空气，说泼点冷水也可以，但要注意保护干部和群众的积极性。有错误领导上承担责任就是，不要责怪下面。

第三，要考虑国际影响。今年我们宣传上吹得太厉害，不但在国内搞得大家头脑发昏，而且国际影响也不利。毛主席说，我在成都会议上就曾经说过，不要务虚名而得实祸，现在就有这个危险。杜勒斯天天骂我们，表明他恐慌，害怕我们很快强大起来。美国人会想到是不是对中国发动预防性战争。这对我们不利。何必那样引人枪打出头鸟呢？何况我们的成就中还有虚夸成分呢？即使真的有那么多的成绩，也不要大吹大擂，还是谦虚一点好。中国是个大国，但是个大穷国。今年"大跃进"，但即使根据现在汇报的数字，全国农民年平均收入也只有70元上下，全国工人每月平均工资也只有 60 元左右。现在有些县委不知天高地厚，说什么苦战三年就可以过渡到共产主义。这不是发昏说胡话？说是"穷过渡"，马、恩、列、斯哪里说过共产主义社会还是很穷的呢？他们都说过渡到共产主义社会的必要条件是产品极为丰富，否则怎么能实行按需分配呢？有些同志要"穷过渡"，这样的"穷共产主义"有什么优越性和吸引力呢？

毛主席说，现在人民公社搞的供给制，不是按需分配，而是平均主义。中国农民很早就有平均主义思想，东汉末年张鲁搞的"太平道"，也叫"五斗米道"，农民交五斗米入道，就可以天天吃饱饭。这恐怕是中国最早的农民空想社会主义。我们现在有些同志急于向共产主义过渡，这非常危险。北戴河会议规定了过渡到共产主义的五个条件，哪一条也不能少，缺一条也不能向共产主义过渡。

谈到这里，毛主席很动感情地说，反正我不准备急急忙忙过渡。我今年 65 岁，即使将来快要死的时候，也不急急忙忙过渡。

毛主席强调，过渡要有物质条件、精神条件，还要有国际条件，不具备条件宣布过渡也没有用。要划两条线：一条线是集体所有制和全民所有制的区别，一条是社会主义社会和共产主义社会的区别。不要轻易宣布向全民所有制过渡，更不要轻易宣布向共产主义社会过渡。

毛主席还说，我们的"大跃进"和人民公社化，不仅把杜勒斯吓了一跳，也把赫鲁晓夫吓了一跳。不过看来赫鲁晓夫还比较谨慎，他现在只讲十二年内准备向共产主义过渡的条件，并没有说到时就要过渡。我们有些同志头脑发热，想抢在苏联前头过渡，这很不好。苏联同志建设社会主义已搞了四十一年，我们才搞九年，就想当先锋，还不是头脑发昏？人有少青中老，水有溪河湖海。事情都有一定的量度，有相对的规定性，从量变到质变要有一个过程，不能随意想过渡就过渡。

破除迷信与尊重科学

毛主席说，他在郑州批评了陈伯达主张取消商品生产和商品交换，还批评起草新四十条（按：指十五年规划纲要草案）的同志想入非非，要生产两亿吨到四亿吨钢。现在有些同志说解放思想、破除迷信，实际上把科学也破除了。毛主席说，凡是迷信一定要破，凡是科学、真理一定要坚持。资产阶级法权，一部分要破除，如官僚主义、脱离群众、等级森严、娇骄二气，非破不可。但还有相当一部分不能破除，如工资制度、国家强制、上下级关系等等，还得保持。如果把这些必要的、有用的部分也破得体无完肤，就会天下大乱，总有一天要承认错误，还要赔礼道歉。

毛主席说，新华社和《人民日报》，记者和编辑，头脑都要冷静，多开动自己的脑筋，独立思考，不要人云亦云，随声附和。要调查，追根问底。要比较，同周围比较，同前后左右比较，同古今中外比较。唐朝有位太守，他审理案件，先不问原告和被告，而先要了解原告和被告周围的人和环境，调查好了才去审问原告和被告。这叫作勾推法，也就是比较法。记者和编辑要学会这种调查研究的工作方法，其实这也是思想方法，实事求是的方法。记者，特别是记者头子，——这时毛主席指着我说，像你这样的人，头脑要清醒，要实事求是。

毛主席同我和田家英这次谈话谈得很直率，有时甚至相当激动。看来可能是经过下午同各大区组长的谈话，思想相当活跃，滔滔不绝，一直谈到深夜。

最后，毛主席要我尽快把这个精神告诉记者，并问我用什么方法可以快些。我告诉他：新华社正在北京召开全国分社会议，主席的意见可以向会议传达。毛主席先提出可否把会议搬到武汉来开，接着又考虑到临时安排不便，而且中央在政治局扩大会议之后接着要开六中全会，要来很多人。田家英提出，中央办公厅每天有专机来往京汉之间，可以明天回去传达，后天回来开会。我看可行，毛主席也同意这么办。

这样，我 23 日飞回北京，当天向参加国内分社会议的同志和新华社、《人民日报》部主任以上干部作了传达。当时我考虑到毛主席谈话中涉及一些重大决策与具体的人和事，没有全部向大家传达，而且传达时要求大家只记总的精神和要点，不要作详细记录。所以后来新华社和

《人民日报》档案中都没有完整的记录。幸好毛主席 22 日深夜谈话的要点，有些在 21 日中央政治局扩大会议中已讲过，有些在 23 日会议中也讲了。

毛主席这次谈话，还没有从根本上解决"大跃进"和人民公社化中"左"的指导思想问题。以后召开的八届六中全会仍然表现了要求过急、过高的"左"的思想倾向。例如全会通过的 1959 年计划，规定钢产为 1800—2000 万吨，虽然比北戴河会议减少了 900—1000 万吨，但仍然太高（1959 年 6 月颐年堂会议才根据陈云同志的建议降为 1300 万吨）；粮食产量指标仍为 10500 亿斤，并未比北戴河会议规定的减少。关于人民公社的决议只批评了两个急于过渡的思想倾向，仍然没有解决人民公社的根本问题。但是，历史地看问题，毛主席从 1958 年 11 月初郑州会议起就开始注意纠正"大跃进"和人民公社化中他认为是"左"的偏向，这次谈话比较鲜明地反映了他当时的思想。无论如何，毛主席的这次谈话，对于我国新闻工作，实际上也关系其他工作，仍然具有重大意义。

武昌会议后，毛主席回到北京。1959 年 1 月间，我向主席汇报《人民日报》和新华社都按照他 11 月 22 日谈话精神作了检查，并采取改进的措施。毛主席说，最近暴露了去年工作中的许多缺点，坏事可以变成好事。今年的工作有可能比去年做得好。我们工作中不可能不犯错误，有些错误别人犯过了，自己还会犯，这样才能取得教训。你们记者检讨了错误，改了就好，但不要泄气，得到教训就行。

（九）又斗争又团结

从香山到中南海

1959 年 4 月 19 日是星期日，天和日暖，我大清早就同家人一起去香山郊游，中午在香山饭店吃饭和休息。

这是旧地重游。1949 年 3 月底，毛主席和党中央从西柏坡搬到北平，开始就在香山驻节。我同新华总社的部分编辑人员随中央到达香山，编辑部就设在香山饭店。毛主席住在半山腰上因山泉汇成两个清澈见底的池子而得名的双清别墅。刘少奇、周恩来、朱德、任弼时等中央书记处成员也住在香山。刘、周住在香山饭店旧址东面两栋小楼里，其西就是新华社编辑部所在的香山饭店；由前后三排四合院组成。当时新华社社长是胡乔木，副社长兼总编辑是陈克寒，我是副总编辑。编辑部写出的重要稿件，都送少奇同志和恩来同志审阅，其中特别重要的还要送毛主席审阅，这是中央在西柏坡集训新华社主要干部时立下的规矩。我每晚 11 点左右带着最后审定的稿件乘车进城，到设在司法部街原国民党"联勤总部"（位于现在人民大会堂西边，已在 1959 年拆除）的新华总社城内办事处，向北京各报发稿，并处理北京分社当天采写的重要稿件，然后连夜返回香山。直到 8 月间编辑部搬进城内司法部街为止，每天晚上都是这样。恩来同志从 5 月份起即忙于筹备人民政协，一般是白天到中南海办公，夜晚回香山。少奇同志 6 月到 8 月访苏，回国后即搬入中南海。毛主席在香山为新华社写了许多重要评论和新闻。他的著名的《论人民民主专政》是在双清别墅写的。他直到 9 月中旬写完了五评艾奇逊白皮书的新华社社论《唯心历史观的破产》，才搬入中南海菊香书屋。

这次重游香山，离新华社搬离此地，差不多快十年了。由于整个上午游览了卧佛寺、碧云寺等地，相当疲劳，我在香山饭店餐厅吃完午饭后就到后院我原来住宿的地方休息，准备午睡。正在这时候，服务员来要我接电话。我一时有些纳闷，怎么电话打到香山来找我了？我接上电话，才知道是中南海总机打来的，说毛主席的秘书罗光禄同志找我说话。这时我心里想，中南海的总机话务员真了不起，居然能打听到我在香山饭店。罗光禄同志的电话很快接通，他通知我说，毛主席要我马上回城参加会议。这样一来，午睡不成了，我马上坐车回城，直奔中南海。这时已是下午 3 点多了。

当我走进颐年堂的时候，毛主席冲着我说，一说曹操，曹操就到。你到哪里去了？上午通知下午 3 点开会，找了半天才找到你。我赶忙说，我一清早上香山去了，刚才接到开会的通知就马上回来。

开始反击

毛主席接着说，昨天（4月18日）印度官员散发了一个达赖喇嘛关于西藏叛乱的《声明》，我们要抓住这个机会开始反击。找你来是要你立即起草一篇评论。我问：评论着重讲哪些观点？毛主席说，刚才同总理他们议了议，可以着重从三个方面批驳所谓"达赖喇嘛声明"：

第一，《声明》从"西藏独立"说起，反映了英帝国主义历来的梦想，要把西藏从中国分裂出去。

第二，《声明》说人民解放军在西藏违反1951年关于西藏和平解放的十七条协议，但又举不出任何事实。我们要指出，过去八年中，西藏地区的一切政治制度、社会制度和宗教制度，仍然同和平解放以前一样，没有任何改变；西藏内部的事务，几乎没有一件不是经由原西藏地方政府负责进行的；中央人民政府还宣布1962年以前不进行民主改革。

第三，《声明》歪曲了3月10日至19日发动叛乱的经过，我们可以根据达赖喇嘛3月10日以后给中央驻藏代表谭冠三将军的三封信来说明：达赖喇嘛是被反动分子包围，并在3月17日被劫持走的。《声明》中也说是"顾问们认识到"达赖喇嘛及其家属和官员"离开拉萨成为十分紧迫"。

周总理还补充说，《声明》行文不用第一人称"我"，而用第三人称"他"，完全不是西藏文体，而是像英皇诰示那样的文体；《声明》用的某些观念和词句也是外国的；散发这声明的又是印度官员。我们要指出，这些都表明《声明》不是达赖喇嘛本人的，而是别人强加于他的。评论中可以揭露这点。

少奇同志还谈到，评论要提出质问：现在发表这个《声明》，究竟想干什么？可以点出他们这样做是下决心同中国对抗。

会上还提出有关西藏叛乱和中印关系的一些其他意见。最后毛主席提出，时间不早，会议到此结束。他要我当天晚上把评论起草出来，他夜里等着看。

我散会后即回新华社起草评论，晚饭后继续写。完稿并打出清样送中南海，已是20日凌晨3点多了。

第二天（4月20日）下午，毛主席找我和胡乔木一起到他家里去，先把他修改过的清样给我们看，其中主要是加了一段话，即："现在西藏的这一个叛乱班子，完全是英国人培养起来的。印度的扩张主义分子继承了英国的这一份不光彩的遗产，所以这个班子中的人们的心思，是里通外国，向着印度，背着祖国的。你看，他们双方是何等亲热呵！简直是卿卿我我，难舍难分。"毛主席还要胡乔木和我对评论中的某些措辞再斟酌修改。胡乔木和我在主席的卧室里当场作了一些修改，然后请主席审定。毛主席看了我们的修改，最后提出，这篇评论要今天马上发表，而且可以署名为"新华社政治记者评论"，这样的形式会引起人们的重视。题目仍然是《评所谓"达赖喇嘛的声明"》，由新华社今晚先发，《人民日报》明天（4月21日）登在第一版头条位置。以达赖名义发表的《声明》也全文发表。我赶紧回新华社布置翻译和发稿。

隔了一天，4月22日，毛主席又在他家里召开政治局常委会议，我也列席了。毛主席在会上说，现在宣传上集中反击印度的反华言行。《人民日报》的版面要调整，集中反映有关西藏叛乱的问题，宣传我们迅速平定叛乱以及目前正在采取的民主改革措施。印度官方的和非官方的在西藏叛乱问题上的反华言行，都要陆续发表。国际上支持我们的言论也要发表。从3月17日起，尼赫鲁仅在议会中就发表了五六次讲话，我们一直保持沉默，为的是看看他要走多远，有意后发制人，现在可以回答他了。《人民日报》要抓紧写出评论尼赫鲁讲话的文章，经中央讨论后发表。

毛主席这里提出《人民日报》抓紧起草的文章，是4月初在杭州一次常委会议上指示我着手准备的。

西藏叛乱

本来，早在3月10日，西藏少数上层反动分子策动在拉萨聚众闹事，中央得报后指示中央驻西藏工作委员会加强戒备，严阵以待，不打第一枪。毛主席当时不在北京（他在第二次郑州会议后即于 3 月上旬南下武昌），他在 3 月 12 日至 15 日连续三次打电报向中央提出他的看法，认为拉萨上层反动集团可能认为我们软弱可欺，闹事可能扩大，我们不得不准备提前实行民主改革。他建议我们在西藏军事上采取守势，政治上采取攻势，分化上层，教育下层，准备爆发叛乱，并请中央考虑对达赖可能出走采取何种措施。他还赞成中央以中央驻藏代表谭冠三将军名义写信答复达赖在 3 月 10 日以后的三次来信，宽大为怀，希望达赖实践历次诺言，与中央同心。

少奇同志于 3 月 17 日召开政治局会议，讨论西藏藏军积极准备叛乱的紧急情况和毛主席的建议。会上，少奇同志和小平同志讲到，我们和平解放西藏已经八年。过去没有进行民主改革，主要是等待上层人物觉悟。现在一些上层人物要叛乱，这逼得我们不得不进行改革。当前首先是准备坚决平息叛乱，改组西藏地方政府，改组藏军，实行政教分离，然后全面实行民主改革。会上大家同意中央常委的意见并讨论了对达赖本人的方针。比较一致的意见是：最好设法使达赖留在拉萨，如果做不到，他硬是出走，这也没有什么不得了。因为现在我们工作的立足点已不是等待原来西藏地方政府的一些上层分子觉悟，而是坚决平叛，全面改革。对此，少奇同志、周总理和小平同志着重加以解释。周总理还指出，这次事件同印度当局有关，英国和美国政府在幕后很积极，支持印度当局，把印度推到第一线。叛乱的指挥中心在印度的噶伦堡。在会议结束前，中央得悉达赖已离开拉萨，当即决定增调部队入藏，准备对付可能发生的叛乱，但方针仍是决不打第一枪。

3 月 19 日晚，西藏叛国集团发动叛乱。中央即指示驻藏人民解放军于 3 月 20 日进行坚决反击，迅速平定叛乱，并开始实行民主改革。

毛主席从武昌到上海，先开政治局常委会，然后于 3 月 25 日至 4 月 5 日召开政治局扩大会议和七中全会。我 3 月 23 日到达上海时，大家议论集中于西藏叛乱。会议的第一天，毛主席宣布这次会议着重讨论人民公社和 1959 年工农业生产计划指标问题，同时要小平同志把中央常委对西藏叛乱和中印关系的意见向会议通报。小平同志传达中央常委的意见是：

第一，要理直气壮，坚持平息叛乱。因为八年来中央和入藏部队执行和平解放西藏的协议，而西藏上层叛乱集团却撕了协议，背叛祖国，武装反抗中央，进攻人民解放军。

第二，要声讨西藏上层叛乱集团，但对达赖还要留有余地，还是用"叛乱集团劫持达赖"的说法，同时宣布由班禅出任西藏自治区筹备委员会的代理主任（原主任为达赖）。

第三，现在我们的口号是建设民主和社会主义的新西藏。要重新起草西藏自治区章程，要进行民主改革，要建设社会主义，这些都要理直气壮地宣传。

第四，现在暂不公开点印度当局（尼赫鲁为代表）的名。毛主席说让它多行不义。中国古语说，"多行不义必自毙"，现在让印度当局多行不义，到一定时候我们再跟它算账。尼赫鲁关于西藏叛乱的一些讲话，也暂不报道，因为报道了就要反驳，现在还不到跟他辩论的时候。要看一看再说，这是留有余地。与此相关，印度噶伦堡是这次叛乱的指挥中心，也暂且不提。这同样也是因为提了就要同印度政府交涉（后来在3月28日的新闻公报中只提到1955年的叛乱分子的活动中心是噶伦堡，印度官方即多方辩解）。

小平同志传达后，就指定我同有关同志起草一个新华社关于西藏叛乱事件的新闻公报。我们起草后经乔木同志修改即送中央常委审阅。毛主席于27日在草稿上作了多处修改，并请其他常委同志以及乔木和我在文字上再加斟酌。新华社在3月28日广播了这份公报，《人民日报》29日刊出。这以后，毛主席多次批示要我注意印度官方的反应，并考虑加以报道。

上海会议结束后，毛主席到杭州。我随周总理也去杭州，任务是参加修改准备在第二届全国人民代表大会第一次会议上作的周总理的政府工作报告和李先念副总理的预算报告。4月8日，毛主席在杭州西湖的西南岸刘庄别墅，召开中央常委会议。会上，大家对周总理的报告稿意见不多，很快就定稿了。毛主席在会上强调要马上准备对西藏叛乱事件以及印度当局的态度发表评论。他指出，此事国内国外都很关心，估计这次全国人民代表大会会议中大家要议论。毛主席说，《人民日报》要着手准备一篇比较充分的、把问题展开来讲的社论。现在英国、美国和印度都在吵吵嚷嚷，搞反华大合唱，支持西藏上层叛乱集团，反对我们平叛。我们要沉着应战，要准备在宣传上加以反击。回北京后就着手准备。

4月13日回到北京后，周总理具体布置我着手起草评论，他由此想到并确定成立一个国际问题宣传小组，由我和乔冠华（当时是外交部部长助理）负责，吸收张彦（中央外事办公室副主任）、姚溱（中宣部国际宣传处长）和浦寿昌（总理的外事秘书）等参加，直接归他和小平同志领导，每周或半月在人民日报社开会，讨论有关国际问题的报道和评论，有问题直接向他请示。目前集中力量研究和起草有关西藏叛乱和印度当局态度的报道和评论。由于在上海会议时毛主席指示发表尼赫鲁3月30日的讲话（4月3日在《人民日报》作了详细报道），我先把《人民日报》一篇观察家评论修改好，经周总理审定后于4月15日发表，题目是《不能允许中印友好关系受到损害》。这篇评论，只讲了帝国主义和印度非官方攻击我平叛的言论，而对尼赫鲁演说中说"不可让中印关系恶化"，表示欢迎。但评论中引了《印度快报》对尼赫鲁演说的评论，说尼"在送鲜花方面非常慷慨，右手向西藏大扔鲜花，左手向中国大扔鲜花"，说尼要"保持这两方面的微妙的平衡，那显然是他最为难的时刻"。

4月15日，毛主席主持召开最高国务会议。会议主要讨论第二届全国人民代表大会第一次会议和第三届人民政协第一次会议的议程。毛主席在会上作了长篇发言，其中谈到西藏叛乱问题。4月18日第二届全国人民代表大会第一次会议开幕。人民政协会议也同时举行。西藏叛乱事件成了这两个会议讨论的中心之一。

接着就是前面提到的毛主席4月22日在中央政治局常委会上提出在宣传上集中反击印度方面在西藏叛乱事件上的反华言行。我参加会议后回来赶忙向《人民日报》和新华社传达和布置。当天夜里，我想到前些时候《人民日报》和新华社对印方的反华言论极为克制，现在开始反击，应当有一篇解释的文章，于是赶写了一篇题为《予诽谤者以打击》的文章，在 23 日《人民日报》的国际版发表。4 月 24 日又发表了两篇短评。

直指英印不要躲闪

4 月 25 日，毛主席给乔木同志、彭真同志和我写了一封信，信是这样写的：

乔木、冷西、彭真同志：

"帝国主义，蒋匪帮及外国反动派策动西藏叛乱，干涉中国内政"这个说法，讲了很久，全不适当，要立即改过来。改为"英国帝国主义分子与印度扩张主义分子，狼狈为奸，公开干涉中国内政，妄图把西藏拿了过去"。直指英印，不要躲闪。全国一律照十八日（**按：应为 3 月 20 日**）政治记者评论的路线说话。今日请乔木、冷西召集北京各报和新华社干部开一次会，讲清道理，统一规格。请彭真招呼人大、政协发言者照此统一规格，理直气壮。前昨两天报纸好了，声势甚大。也有缺点：印度、锡兰、挪威三国向我使领馆示威，特别是侮辱元首这样极好的新闻，不摆到显著地位，标题也不甚有力。短评（**按：指《人民日报》4 月 24 日两篇短评**）好，不用"本报评论员"署名，则是缺点。昨天评论，《人民日报》的评论（**按：指《予诽谤者以打击》**）不如光明的评论（**按：指《光明日报》4 月 24 日题为《清醒点，印度扩张主义者！》**）有力，一个是女孩子，一个是青壮年，我有这种感觉。请注意：不要直接臭骂尼赫鲁，一定要留有余地。千万千万。但尼赫鲁廿四日与达赖会面后放出些什么东西，我们如何评论，你们今天就要研究，可以缓一二天发表。

毛泽东

一九五九年四月廿五日上午六时

乔木同志和我 25 日上午看到毛主席的信后，马上照办，召开了会议，统一宣传口径，并研究了尼赫鲁和达赖的谈话。据印度报业托拉斯报道，达赖告诉尼赫鲁，他写给谭冠三的三封信是真的。尼赫鲁说，印度仍然实行和平共处原则。我们后来根据尼赫鲁会见达赖前后几次谈话，4 月 27 日以"本报评论员"名义发表了题为《读尼赫鲁总理的谈话》的评论。国际宣传小组 26 日讨论毛主席的信时，大家都有这样的感觉：在形势转换的关键时刻，我们的思想总赶不上毛主席。《人民日报》如此，外事部门也未能例外。

以斗争求团结

4 月 25 日晚，毛主席又召开常委会议，讨论反击印度反华言行问题。胡乔木和我都列席了。毛主席一上来就问我，文章写得怎样。我回答说正在修改。接着，毛主席提出他的进一步的想法。他说，我们反击印度的反华活动，着重同尼赫鲁大辩论。现在我们对尼赫鲁，要尖锐地批评他，不怕刺激他，不怕跟他闹翻，要斗争到底。其实也不会完全闹翻。我们的方针是以斗争求团结。现在形势对我们有利，叛乱已迅速平定，他再闹也闹不到哪里去，他对西藏局势无能为力。这次斗争只是笔战、舌战，但对澄清是非极为必要，对内对外都是如此，大辩论有极大好处。但是，斗争要有理、有利、有节。有理，就是对尼赫鲁的几次讲话要加以分析，反驳他时要充分讲道理，把西藏叛乱的原因、我平叛和改革的性质、印方过去的干涉、我们为维护中印友好关系的努力等等，都讲得清清楚楚。有利，就是有利于印度人民弄清事实真相，有利于围绕西藏叛乱事件的国际斗争，有利于我在西藏平定叛乱和民主改革，也要有利于维护中印友好关系和争取尼赫鲁同我们实行和平共处五项原则。有节，就是要留有余地，对尼赫鲁要有分析，好的要肯定，只批评他不好的，不要把话说绝，还要讲究必要的礼貌，既尖锐又委婉，不谩骂，要给尼赫鲁下楼的台阶。为了表明我们的忍耐和后发制人，新华社和《人民日报》要充分发表印方的反华谬论，也要充分反映西藏人民对平叛和改革的热烈拥护。要发表读者来信和历史资料，充分说明我平叛、改革的正确和外国干涉的无理。

毛主席说，尼赫鲁原来对形势估计错误，误以为我对叛乱没有办法，有求于他。确实我驻藏部队数量很少，入藏时连地方干部共有五万人，1956年撤出三万多人，只留下一万多人。西藏地方很大，边境线很长，没有那么多军队驻守，也很难全都守住，叛乱分子自由进出。但人民解放军还是顶用的，这次驻藏部队稍为增加一点，很快就把叛乱平息了。所以现在印度当局很被动，我们很主动，是反击的好时机。人大、政协正在开会，会上发言理直气壮，声讨西藏上层叛乱集团，反对英帝国主义分子和印度扩张主义分子干涉中国内政。但我们不是执意要跟印度闹翻，不怕闹翻不等于以闹翻为目的，我们是以斗争求团结。对达赖也不是当作叛国者，还是采取争取他回来的方针，人大还要选他当副委员长，跟班禅一样。他是否回来，那是他自己的事。但我们表示这样的态度对国内国外都有必要。因此《人民日报》的文章还是要高举团结的旗帜，这样对内对外都有利无害。

会上其他常委都谈了自己的看法，都同意毛主席的意见。大家都要求抓紧时间把文章写出来。最后毛主席决定，起草小组加以扩大，由胡乔木领头，要我先修改出一个初稿，然后交乔木修改，再提交政治局扩大会议讨论。

这以后的几天，我同《人民日报》和国际宣传小组的同志集中时间修改文章，于4月30日修改完毕，即送乔木同志。乔木在5月1日修改了一整天，当晚由中央办公厅印出分送毛主席和中央政治局委员以及有关同志。

高屋建瓴与刚柔相济

5月2日下午，毛主席召开政治局扩大会议，讨论乔木的修改稿。会上毛主席和其他同志讲了不少意见，主要有以下六点：

一、文章应以评论尼赫鲁4月27日的讲话为主，他前此在议会中发表的六次讲话可不涉及，以免分散力量。

二、要高屋建瓴，从西藏人民早已盼望改革农奴制度讲起，一下子把尼赫鲁置于反对社会进步的地位，因此要用相当文字分析西藏的社会制度和政治制度的野蛮和落后。

三、要揭穿尼赫鲁打着"民族感情"和"宗教感情"的幌子干涉中国内政，说明我国政府的民族政策和宗教政策以及在西藏和平解放八年来执行十七条协议。

四、要指出印度历来对中国西藏地区的野心和干涉，着重揭露1950年我进军西藏时和这次叛乱事件中印度政府的所作所为，并联系英帝国主义侵略西藏的历史以及印度扩张主义分子继承了英国人的衣钵。

五、要指出尼赫鲁本人前后自相矛盾，肯定他说过的好话，批评他的坏话，指出他一时承认西藏是中国一部分，一时又要把西藏变为中印缓冲区；一方面同中国一起倡导和平共处五项原则，另一方面又以种种借口干涉中国内政。

六、评论全篇贯彻维护中印友好，并以此收尾。周总理特别指出，要引用尼赫鲁1954年10月访华时说过的好话。

毛主席在会议快结束时，同意会上对文章题目提出的意见，把题目改为《西藏的革命和尼赫鲁的哲学》。他要乔木和我当晚好好想想大家的意见，第二天用一天的时间修改，4日再送政治局扩大会议讨论。

5月3日一整天，乔木同志和我同浦寿昌（周总理的外事秘书）一起修改稿子。乔木同志胸有成竹地提出了系统的修改意见，并亲自动笔进行修改。我同浦寿昌同志从旁提些意见请他斟酌。我们从上午9点到夜里9点，完成了全稿的修改。午餐和晚餐都在乔木同志家中。

5月4日下午，毛主席再次召开政治局扩大会议，讨论《人民日报》评尼赫鲁讲话的文章。会上大家只提了一些有关个别提法和词句的意见，因为原则意见上次会上已提过，并经乔木同志巧妙地综合在一起了。毛主席最后提出，政治局原则上通过这篇文章。署名仍同1956年两论无产阶级专政的历史经验的文章一样，写明是"人民日报编辑部根据中央政治局扩大会议讨论写成的文章"。为慎重起见，他还要我们在第二天再认真从头到尾通改一遍，随修改随送他看。这样，乔木同志同我和浦寿昌同志，5月5日再通读通改一遍。修改不多，毛主席在晚饭前就最后审定了。我在这一天清早，已布置新华社翻译，所以定稿后即迅速用中、英文同时播出，《人民日报》5月6日登出。

5月6日夜，毛主席的秘书打电话给我，说毛主席指示：新华社、《人民日报》、中央人民广播电台从5月7日起一律暂停发表印度和其他外国对西藏问题的言论，也一律暂停发表批评印度、英国等的反华言行的评论，看看印度及其他方面的反应再说。全国各报也照办。由我告诉中宣部发出通知。因此从5月7日起，舆论界一片风平浪静，外交部则开始了一连串的中印之间的"照会战"。

《西藏的革命和尼赫鲁的哲学》一文的发表，在国内外引起强烈的反应。一位外国报纸驻北京记者在报道中评论说，"这是一篇马列主义的杰作，它抓住了问题的本质，态度鲜明而坚定，又始终贯彻中印友好的方针。"印度的报界纷纷发表社论。《政治家报》的社论说，《人民日报》文章的"大部分是以温和的和相当说理的态度来说明中国在西藏问题上的立场"。《国民先驱报》的社论说，"《人民日报》文章要求停止印度人和中国人在西藏问题上的争论，它的语气是友好的。""中国人保证说，民主、繁荣的西藏自治区，必然会成为巩固和加强中印友谊的一个因素，而不会成为、也不可能成为对印度共和国的任何威胁。这种保证将会为人们所接受。"当然，也有一些报纸仍然对《人民日报》的文章横加指责。至于尼赫鲁总理本人，他5月8日在议会中讲话时说："来自中国的言论对大家所知道的事实提出了异议。我对于来自中国的一些有关印度的言论，也不认为是事实。我有时怀疑我们继续进行这种争论会不会有什么用处。"对于尼赫鲁这种似乎他是旁观者的态度，英国《泰晤士报》社论说，"尼赫鲁不会再来反驳，而会注意中国方面关于恢复友好关系的说法。"香港一家报纸评论说，文章"说情又说理，委婉又强硬，确是使尼赫鲁颇难回答的"。

争取与留有余地

毛主席在看到了各方反应之后，于5月11日上午召开政治局常委会议。他说，对尼赫鲁应该有一个正确的方针。尼赫鲁是中间派，不同于右派。他像任何人一样，是可以分析的。他有两面性，有好的一面，又有坏的一面。《人民日报》的文章肯定了他好的一面，但着重批评他坏的一面。这是因为他在前一时期放了很多毒，我们这样做是必要的。但是，要记住，经过这样一次批评以后，我们还是要看到他还有好的一面，他做过好事的一面，所以还应该争取他，给他下楼的机会，不要把事情做绝。

毛主席又说，对达赖目前宜采取不予理睬的方针。不管他发表什么声明，我们都暂不理睬，看一个时期再说，这也是留有余地。因为他毕竟是一位宗教领袖，毕竟在西藏和平解放初期表现还可以，后来到北京当人大副委员长，表现也可以。就是说，达赖有过好的一面。因此，将来他如果想回来，我们还是采取欢迎的态度。只有一个条件，就是他回来之前要发表一个声明，宣布他过去在噶伦堡和其他什么地方说过"西藏独立"之类的话是不对的，一律作废，这样就可以回来。这个条件不算苛刻。我们既往不咎，是够宽大的了。

毛主席还特别对我说，今后关于西藏问题的宣传，数量要减少，正面的和反面的各占一半，不要说一切都好，也不要说一切都坏，总的分量要减少。

在这以后，毛主席和中央同志的主要精力，又重新回到纠正"大跃进"时期工作中"左"倾的错误了。

（十）报刊宣传要转变

1959年5、6月，北京外松内紧。中央书记处和政治局的会议一个接一个，国务院的总理和各位副总理都全体出动到外地调查、研究，并反复讨论1959年国民经济计划的主要指标，特别是"以钢为纲"的钢产量的指标。

本来，从1958年11月的第一次郑州会议起，中央即开始纠正1958年工作中"左"的错误，主要是纠正当时已经发现的人民公社运动中的缺点和错误。至于工农业生产中高指标的错误，虽然也降低了一些指标，但很不彻底，因而整个国民经济的困难日趋严重。

当时整个国民经济计划是"以钢为纲"的，但 1959 年钢产量的计划指标一直不能落实。1958 年 12 月的武昌会议，钢的指标从 8 月间北戴河会议确定的 3000 万吨降到 1800—2000 万吨，4 月的上海会议再降到 1650—1800 万吨。但上海会议刚开过，又发现 1650 万吨的指标仍然难以完成。首先发现这个问题的是陈云同志。他经过详细的调查研究，肯定当年钢的指标只能定为 1300 万吨，而且要完成还得克服许多困难。

从西楼到颐年堂

5 月 11 日下午，少奇同志在西楼会议厅召开政治局会议。陈云同志在会上详细说明了他的意见。周总理认为，一年时间已过去近半年，整个经济计划由于钢产指标一变再变，一直落实不了，整个工业生产非常混乱。现在是"人心思定，生产思常"。希望赶快把钢的指标定下来。他完全同意陈云同志的意见。小平同志也认为，现在急需下决心退，退到可靠的阵地再前进。少奇同志赞成能搞到多少就算多少，不能勉强确定明知完不成的指标。由于此事关系重大，周总理建议先由他会同国务院各位副总理分头到各个重点产铁地区去调查，然后再向毛主席汇报并由政治局最后确定。会后，他和八位副总理分头到九个地区去了。

一个月后，6 月 12 日到 13 日，毛主席在颐年堂召开政治局扩大会议。毛主席在会议开始就提出，1959 年的计划指标曾多次开会调整。这次会议还要决定降低指标。因此应当各抒己见，应当左思右想。不管过去说过什么大话，都允许翻来覆去。周总理根据他和各位副总理下去调查的情况，在会上详细分析了当时的经济形势，认为陈云同志建议把钢产指标降为 1300 万吨是实事求是的。富春同志、先念同志也就计划和财政、市场问题作了说明。廖鲁言也提出 1959 年粮食指标从 8000 亿斤降到 6000 亿斤。

毛主席在两天的会议上讲了两次话，并多次插话。他说，去年的"大跃进"，对破除迷信起了很大作用，但是，不讲时间、空间和条件，主观主义大为发展，没有把主观的能动性和客观可能性结合起来，只讲主观能动性，而且无限扩大，这点必须坚决纠正。

毛主席还说，他过去没有摸工业，只抓了农业。去年才开始接触工业。在这种情况下，犯错误可以说是必然的。人的认识要经过多次反复才能找到比较正确的道路。他强调要总结去年的经验。他认为去年的经验对于今后搞经济建设是十分宝贵的。他指出，去年我们至少有三大错误：第一；计划过大，指标过高，勉强去完成，必然破坏比例关系，经济失调；第二，权力下放过多，结果各自为政，政策也乱了，钱也花多了；第三，公社化过快，没有经过试验，一下子推开，大刮共产风，干部也不会当家。现在粮食供应紧张，主要是虚报产量，还有是吃饭不要钱，敞开肚皮，吃多了。

毛主席说，多快好省还是可以做到的，但太多太快就不行。去年我们只注意多快，不注意好省。什么是多快也不甚了了。现在钢的指标稳到 1300 万吨，仍然是多快，因为去年只有 810 万吨好钢，今年增长 60%，这样的速度在苏联也从未有过。综合平衡我们讲过多次，但还是不容易做到。事非经过不知难啊。权力下放过多的情况要扭转过来。人权、工权、财权、商权都应该收回来，由中央和省市两级专政，不能再往下放了，否则就乱了，没有办法控制了。今年粮食生产可以订 6000 亿斤的计划，能收到 5000 亿斤就很好，因为估计去年只有 4800 亿斤。但粮食消费计划只能按 4000—4500 亿斤的收成来安排。

第一仗打了败仗

毛主席还说，"大跃进"本来是好事，但四大指标（钢、铁、粮食和棉花指标）定高了，结果天天被动。经济工作我们究竟有没有经验，群众路线究竟怎么样，都值得我们重新考虑。过去一年头脑发热，现在冷静下来就是了。人不要不如猪，撞了墙就要转弯。我们搞社会主义建设没有经验，一定会出现许多新问题，应当有充分思想准备。我过去只注意人和人的关系，没有注意人和自然的关系。过去搞民主革命，忙不过来，打仗占了大部分时间。后来搞社会主义革命，主要精力是搞阶级斗争。去年北戴河会议才开始搞经济建设，特别是抓工业。看来，我第一次抓工业，像我1927年搞秋收起义时那样，第一仗打了败仗。不仅我碰了钉子，在座的也碰了钉子。现在不是互相指责、互相埋怨的时候，而是要认真吸取经验教训，赶紧把过高的指标降下来，尽快把生产计划落实。

毛主席在会上的两次讲话和多次插话，表明他对去年工作中的错误考虑得比较多，并且作了坦率的自我批评。我特别注意到他讲到第一次抓工业像秋收起义时那样，头一仗打了败仗。他详细地讲到他在秋收起义时竟在田里躲了一夜，第二天还不敢到处走动，因为四面都有地主的"民团"，第三天才找到了起义队伍。他说，当时非常狼狈。因为从来没有带过队伍打仗，没有经验。抓工业也没有经验，第一仗也是败仗。据我记忆，从去年11月郑州会议到武昌会议到上海会议，毛主席曾多次作过自我批评，但像这次会议上这样的自我批评还是第一次。这两天会议开下来，大家心情都比较舒畅，而且开始有一种感觉，认为毛主席已经作了这样的自我批评，我们自己也得承担自己那一部分的责任，周总理和富春同志发言时就有这样的表示。

毛主席在会议上还谈到报纸宣传问题。他说，现在我们宣传上遇到困难。去年是那样讲的，今天又怎么讲。现在《人民日报》和《内部参考》是两本经。《人民日报》和新华社搞两面派。公开报道净讲好的，《内部参考》讲不好的。当然，《内部参考》还是要办，不好的事情还是有个地方讲。但公开报道老是这样只讲好的，不是办法。去年说了许多大话、假话，应该逐步转过来。自己过去立的菩萨，现在自己不要再拜了。现在计划已经确定，方针已经明确。宣传有准绳了。过去报纸上说的虚夸的数字、过高的指标，现在根本不去理它，转过来就是。关于如何转，这个问题请中央书记处研究。

报刊宣传要转

根据毛主席的意见，彭真同志14日召集书记处会议（小平同志在五月间摔伤了腿，住院治疗）。会上大家议论了宣传上怎样转的问题。

比较一致的意见是，宣传上应该转，但要逐步地转，不能急转弯，而且报纸公开宣传也不能把工作中的问题全盘托出，还要内外有别。最后决定，由乔木、周扬和我准备一个文件，书记处再讨论决定。我们三人在15日和16日一起讨论和修改原由中央宣传部起草的关于宣传上如何转的问题的通报（草案）。17日彭真同志再召开书记处会议讨论这个通报（草案），作了一些修改后就准备以中央名义下发。彭真同志把修改后的通报送给少奇同志审批。少奇同志认为，通报本身没有什么大问题，但此事关系重大，需要由毛主席召开政治局会议讨论通过。

6月20日，毛主席召开政治局会议，讨论宣传上如何转的问题。少奇同志在会上比较系统地讲了几点意见：

第一，报纸、通讯社和广播电台应当认真总结去年宣传工作的经验教训。他说，报纸上去年放了许多"卫星"，失信于人。我们去年浮夸风刮得厉害，下面怎样讲我们就怎么报道，表面上似乎"密切联系实际"，其实是跟着下面走，犯了尾巴主义的错误，结果走向反面，完全脱离实际。《人民日报》宣传虚夸，基本上是反映了中央一些同志那个时候的思想和作风，所以不能完全怪报纸。但是，报纸也有责任，记者、编辑加油加醋，以致错上加错。因此报纸编辑部自己应当总结经验教训，不能只怪人家。反右斗争之前，有人曾要求报纸"独立负责"，不受党组织的领导。这些人发表了许多右派言论。同时还有另一种倾向，就是太死板，没有生气，教条主义。这也不是中央的意见。半年来报纸对工作中的许多问题不报道，不宣传，这是有意识这样做的，是中央决定暂时不要说的。但长此下去也不是办法。

第二，目前宣传要转变过去一个时期的状况，但也不能马上转，不能全面地转，而是要逐步转。这里有两条战线斗争的问题。报纸要讲一些事情，又要不讲一些事情，就是要有计划地讲，既不要浮夸，也不要泄气。基本上讲正面的，也讲一部分缺点，讲一些困难。讲困难也是为了鼓励，动员群众去克服困难。所以宣传上既要防"左"，又要防右。现在宣传上的困难在于过去公布了一些虚夸的数字，因而一直很被动，要变被动为主动，得有一个过程，因为实际工作的转变要有一个过程。政策方针和计划指标已经确定，这是转变的前提，但还得有时间落实和贯彻。所以我们在宣传上只能逐步地转，逐步地讲，不能一下子和盘托出。从对外宣传上说，还要考虑一些兄弟党过去一直为我们说了许多好话，如果我们一下子来一个一百八十度大转弯，会使兄弟党很被动。1956年赫鲁晓夫大反斯大林的做法，使兄弟党被动，又被敌人利用，我们不能那样干。中央报纸也好，地方报纸也好，在宣传中要有对敌斗争观念，不要不管三七二十一，什么都在报纸上捅出来。

第三，关于工作中的缺点，在宣传上应该讲些缺点已经或者正在怎样改正，从这样的角度去宣传。不能把所有缺点都讲出来，只能讲百分之一，讲典型的、有教育意义的。这是我们历来的做法。因为我们的工作中主流是好的，缺点只是支流。比方说产品的数量和质量的关系，过去强调数量是必要的，没有数量，质量无从说起。我们从无到有，开始只能注重数量，有了数量以后就要抓好质量。过去我们的缺点是只抓数量不抓质量。报道缺点不能用纠偏的态度，不能泄气，不能给群众泼冷水。当然，在讲缺点过程中，一点不泄气也困难，泄了以后可以再鼓。从全局来讲，主要还是鼓劲。

第四，根据过去十年的经验，经济建设是波浪式地发展的，这可以说是一条规律。发展的速度不可能年年一样。因为人们做计划、定指标不会一下子就完全客观实际，不可能那么准确，总会有多有少、有快有慢。上半年慢了，下半年就快一点。上半年快了，下半年就慢一点，这是合理的，正常的。但是我们搞的是计划经济，应该预先估计到可能出现的问题，尽可能预作安排，这样就可以避免大起大落、大波大浪，避免经济工作的严重失调。去年"大跃进"是史无前例的，我们没有这样的经验。一般说，当时估计增长19%是可能的，但再高的增长究竟能够达到多少，这就心中无数。经过去年的"大跃进"及其后的大失调，我们就可以认真地研究所谓有计划、按比例的发展速度究竟怎样才适当。平衡是运动中的平衡，运动的幅度究竟有多大才比较合适，这是我们今后需要研究的问题。犯了错误，可以取得教训，可以把事情办得好一些。去年的经验教训是全民性的、非常丰富也非常深刻的，因而是十分宝贵的。总结这些经验教训就是最大的成绩，没有理由悲观失望。

少奇同志的讲话，主要是谈宣传问题，也涉及对去年工作中缺点错误的总的分析。

不要务虚名得实祸

会议结束前，毛主席也讲了话。他说，现在我们名声不大好，别人看不大起我们，这也有好处。去年大吹大擂，不但敌人，帝国主义和反动派，而且还有我们的一些朋友，都对我们有些害怕，现在不大怕了。还是不叫别人害怕为好。我们不能务虚名而得实祸。我的感觉，去年北戴河会议后，从9月到今年5月，一直是被动的。去年11月开始发现问题。这是在郑州会议的时候，一些同志起草了一个十五年（1958—1972）建设纲要，目标是年产四亿吨钢。我当时就问，要那么多钢干什么，有什么用，能不能生产那么多？那个时期就发现大家喜欢高指标。后来又发现陈伯达起草的一个文件，绝口不讲商品交换，甚至连"商品"两字也不提。我感到一些同志思想中对社会主义经济究竟要不要商品经济，是只搞产品交换还是有商品交换，都糊涂了。于是建议大家读斯大林的《苏联社会主义经济问题》一书，目的是想使大家对社会主义经济有一个比较符合实际的看法，知道社会主义经济还是商品经济。但是，当时许多同志思想并没有转过来。武昌会议还是高指标，还没有认识平调农民是剥夺农民。第二次郑州会议才解决三级所有、队为基础的问题。高指标从武昌会议、北京会议到上海会议，一降再降，都没有降到实处。可见认识错误不是那么容易做到的。人们的思想符合实际要有一个过程。现在人家说我们的成绩没有公布的那么大，这不要紧。我们现在不要同人家争论成绩的大小，明年再看。去年讲了大话，也可能有七分是真的，三分是假的，也可能是二八开，究竟如何，现在不必争论。

毛主席在谈到宣传问题时说，现在宣传上要转，非转不可。总的说，反右斗争起，《人民日报》比过去好，老气没有了，但去年吹得太凶、太多、太大。现在的问题是改正缺点错误。如果不改，《人民日报》就有变成《中央日报》的危险，新华社也有变成中央社的危险。我看《人民日报》，只看一些新闻和一些学术文章，对其他的东西不大有兴趣，它们吸引不了我。不过《参考资料》和《内部参考》我每天必看，这两种刊物，应该让更多的人看到。记者协会办的《新闻工作动态》也不错，反映了新闻界的一些思想动向，可以看。但公开的宣传，不论新华社或《人民日报》或广播电台，都要来一个转变，不能像目前这样王顾左右而言他。

毛主席提出，关于当前报刊宣传的通报，可以不用中央通报的形式，而用乔木、周扬、吴冷西他们三个人的意见的形式，再加上一个中央通知，说明中央同意他们的意见，并且提出 6 月底前召开一次报纸宣传工作会议，要各省报总编辑、新华分社社长和中央一级报刊、新华总社、广播事业局的负责人参加。会议同意毛主席的建议。

毛主席最后还说，报纸办得好坏，要看你是政治家办报还是书生办报。我是提倡政治家办报的，但有些同志是书生，最大的缺点是优柔寡断。袁绍、刘备、孙权都有这个缺点，都是优柔寡断，而曹操则是多谋善断。我们做事情不要独断，要多谋，但多谋还要善断，不要多谋寡断，也不要多谋寡要，没有抓住要点，言不及义，这都不好。听了许多意见之后，要一下子抓住问题的要害。曹操批评袁绍，说他志大智少，色厉而内荏，就是说没有头脑。办报也要多谋善断，要一眼看准，立即抓住、抓紧，形势一变，要转得快。

会议结束后，大家先后离开颐年堂，毛主席叫我留下，同时招呼少奇同志过来一起谈话。毛主席对少奇同志说，你刚才讲报纸宣传的意见很好。《人民日报》去年出了很多乱子，要加以改进，是不是请你抓一抓《人民日报》。少奇同志说，现在我管的事情很杂，也很少接触《人民日报》，管不了，还是请主席直接管好。毛主席看少奇同志这么讲，就对我说，以后有事情要请示，你可以找少奇同志，也可以找总理，也可以找我，但多找他们两位，日常的工作由小平同志主持的中央书记处管。谈到这里就散了。我离开颐年堂，少奇同志在门口对我说，《人民日报》要办好，要多听各方面的意见。毛主席说的多谋善断，你们首先要多谋，然后也要善断。对于比较重要的问题，你们可以而且应该提出自己的意见，但最后还是中央来断。这样可以避免至少可以少犯错误。

颐年堂会议可以说是从 1958 年 11 月第一次郑州会议开始的整个纠"左"进程的顶点。这次颐年堂会后，中央各部门即重新安排 1959 年的计划，实事求是，认真落实。关于报刊宣传，会后也将中央的通知和我们三人的意见发出。但是，后来中央考虑到时间紧迫，7 月初即召开庐山会议，决定暂缓召开全国报刊宣传会议。而庐山会议的结果，不但这个宣传会议没有召开，连那个关于目前报刊宣传的意见，也无疾而终。更重要的是，从郑州会议开始的纠"左"进程中断了，比 1958 年 1 月南宁会议更为严重的"反右倾"斗争展开了。

（十一）从学术讨论到"文化大革命"

多登学术文章

1964 年 1 月 7 日，元旦刚过，毛主席在颐年堂西厅召开政治局常委会议。这次会议主要是讨论七评苏共中央公开信的文章。在会议过程中，毛主席提出《人民日报》的问题。他说，《人民日报》要发表学术方面的文章，包括哲学、经济学、历史学、文学、艺术等方面的文章，抓活的哲学。现在报上政治新闻太多，尽是送往迎来，这个会议那个会议。这些事情完全不登也困难，但可以少登。如果要登，可以增加一两个版，多登学术方面的文章。

毛主席提出这个问题，我当时感到是完全正常的，加强学术宣传是很必要的。我向《人民日报》编委会传达了毛主席的意见。编委会认真讨论并决定采取措施增加学术文章。为此编委会给中央写了一个关于加强学术讨论的报告，并请求中央帮助增调搞学术理论工作的干部。

毛主席 2 月 3 日在《人民日报》的报告上写了批语："少奇、小平同志：《人民日报》历来不注重思想理论工作，哲学、社会科学文章很少，自然科学文章更少，把这个理论阵地送给《光明日报》、《文汇报》和《新建设》月刊。这种情况必须改过来才好。现在他们有了改的主意了，请书记处讨论一下，并给他们解决干部问题为盼！"小平同志主持书记处会议讨论此事，责成中宣部和中组部帮助《人民日报》增调干部。《人民日报》即着手筹备开辟《学术研究》专刊。

3月21日，毛主席召开政治局常委会议，讨论八评苏共中央公开信的文稿时，我趁机谈了《人民日报》筹备《学术研究》专刊的情况。毛主席又一次强调，《人民日报》要抓理论工作，不能只搞政治。毛主席问到史学方面的情况，我汇报史学方面的争论颇多。毛主席说，不要怕争论，把争论双方的意见都发表出来，让大家讨论。不少学术问题（他举出关于中国古代奴隶社会和封建社会分期的问题）争论多年，还得不出各方一致同意的结论。

我们当时理解，毛主席要《人民日报》抓学术理论工作，就是要我们组织学术问题的讨论。为此我们在4月间召集了有各方面著名学者参加的座谈会，传达了毛主席的指示，请大家帮助《人民日报》办好《学术研究》专刊（3月26日开始）。会上大家发言踊跃，赞成开展学术讨论。

抓阶级斗争

但是，出乎我们的理解，到了五六月间中央工作会议之后不久，毛主席6月21日在人民大会堂福建厅召开一次政治局常委会议。我到达会场时陆定一同志已经在座，少奇同志、周总理、小平同志陆续来到，彭真同志也参加。会议一开始，毛主席就对着我说，今天找你来是要批评你，批评《人民日报》提倡鬼戏。他说，《人民日报》1961年发表了赞扬京剧《李慧娘》的文章，一直没有检讨，也没有批判"有鬼无害"论。1962年八届十中全会就提出抓阶级斗争，但《人民日报》对外讲阶级斗争，发表同苏共领导论战的文章，对内不讲阶级斗争，对提倡鬼戏不作自我批评。这就使报纸处于自相矛盾的地位。毛主席指着我说，你搞中苏论战文稿，一年多没有抓报社工作。你一定要到报社去开个会，把这个问题向大家讲一讲，也同新华社讲一讲。毛主席还说，《人民日报》的政治宣传和经济宣传是做得好的，国际宣传也有成绩。

但是，在文化艺术方面，《人民日报》的工作做得不好。《人民日报》长期不抓理论工作，从报纸创办开始我就批评这个缺点，但一直没有改进，直到最近才开始重视这个问题。你们的《学术研究》专刊是我逼出来的。过去《人民日报》不抓理论工作，说是怕犯错误，说报上发表的东西都要百分之百正确。据说这是学苏联《真理报》。事实上，没有不犯错误的人，也没有不犯错误的报纸。《真理报》现在正走向反面，不是不犯错误，而是犯最大的错误。《人民日报》不要怕犯错误，犯了错误就改，改了就好。

毛主席这里批评《人民日报》宣传鬼戏的文章，是《人民日报》1961 年 12 月 28 日发表的题为《一朵鲜艳的红梅》赞扬京剧《李慧娘》的文章。该文认为这出戏改编得好，并批评那种把鬼戏一律看作迷信的观点。后来报社文艺部收到一篇批评"有鬼无害"论的文章，我审看时认为不必由《人民日报》出头大张挞伐，而且毛主席指定何其芳同志（时任文学研究所所长）编辑的《不怕鬼的故事》才出版不久，也不宜此时发表批评鬼戏的文章，于是把此文转给《文艺报》处理了。因此《人民日报》一直没有认为发表赞扬《李慧娘》是错的，也没有批评"有鬼无害"论。编辑部一直认为，不能说一切鬼戏都是坏的，禁止一切鬼戏也是不对的。

毛主席这次批评，比前几次批评《人民日报》不重视学术理论要严重得多。很明显，毛主席这时已开始抓意识形态领域的阶级斗争了。但是，我当时对此没有领会。因为，从 1961 年初起，中央全力抓国民经济的调整、巩固、充实、提高工作。1962 年初七千人大会前后，更强调国民经济的全面调整，同时在政治、文教、科技、民族、统战等方面的工作也有计划地作了一系列的调整。1962 年夏八届十中全会上毛主席重提阶级斗争，但少奇同志和小平同志都提出调整工作不受阶级斗争影响，毛主席在会议结束时的讲话中也同意不要干扰调整工作。因此 1961 年特别是 1962 年以来，《人民日报》和新华社都按照这个精神，全力宣传国民经济以及其他方面的调整工作，没有宣传阶级斗争。《人民日报》先后开辟了农业和工业的知识专栏以及《长短录》杂文专栏，宣传学雷锋、干部参加劳动、比学赶帮等，1963 年秋起更大力宣传国民经济开始好转。在这段时间内，毛主席主要精力放在中苏关系和中印关系，国内调整工作主要由少奇同志、周总理、陈云同志和小平同志负责。

　　现在回想起来，毛主席一直是注意抓国内阶级斗争的。就在1963年5月杭州召开中央工作会议时，他一面主持讨论起草《关于国际共产主义运动总路线的建议》，一面又主持起草关于农村社会主义教育运动的第一个《十条》。到了1964年五六月间中央工作会议讨论农村社教运动时，他过分严重地估计全国基层中有三分之一的地方领导权不在我们手里。在这次会议期间，毛主席6月3日在一份会议简报上写下了一段批语给我。批语说："你应当下决心在今冬明春这段时间内，在北京农村地区，或天津郊区去蹲点，至少五个月。家里工作可以间或抽时间回来处理。从新华社和人民日报抽出一批人，和当地干部合组一个工作队，包一个最坏的人民公社，一直把工作做完，以后并成为你们经常联系的一个点。还要在一个冬春，参加城市五反。千万不要放弃参加这次伟大革命的机会。"从1964年冬起，《人民日报》和新华社都照主席的指示办了，只是我因起草和修改周总理的政府工作报告（1964年12月在人大会议上）和随小平同志、彭真同志访问朝鲜而迟到早退。

文艺批判与"降温"

　　就在6月21日福建厅批评《人民日报》不抓阶级斗争之后一个星期，毛主席6月27日在中宣部一份关于全国文联和各协会整风情况的材料上写了批语，说这些协会的大多数"十五年来基本上不执行党的政策"，"最近几年竟然跌到修正主义的边缘，如不认真改造，势必要变成像匈牙利裴多菲俱乐部那样的团体"。到了7月2日，毛主席主持政治局常委会议，决定文化部和全国文联以及各协会重新整风，并决定成立一个五人小组（组长为彭真同志、副组长为陆定一同志，成员有康生、周扬和我，后来叫作文化革命小组）领导这一工作。这就是说，号称反修防修的文化革命，首先从文艺领域开始了。

值得注意的是，1964 年 7 月间，中苏关于国际共产主义运动总路线的大论战接近尾声。九评苏共中央公开信的文章《关于赫鲁晓夫的假共产主义及其在世界历史上的教训》7 月 14 日发表。毛主席从中苏论战中越来越强烈地认为，社会主义国家产生修正主义并非是偶然的现象，而是有深刻社会根源的规律性的事件。因此他到 1964 年就更加肯定地认为，社会主义国家必须加强反修防修的斗争，从国际斗争联系到国内斗争。也正在这时，国民经济的调整工作取得巨大成就，调整与恢复的任务预计 1964 年底可以完成。正是在这种情况下，毛主席从农村基层发起的"四清运动"，就扩展为上层建筑的"文化革命"。

从 1964 年夏天起，逐渐形成新的形势。从《人民日报》到全国各地报刊，错误的批判从文艺领域批电影《北国江南》和《早春二月》、京剧《李慧娘》开始，逐渐扩大到其他意识形态领域。杨献珍的"合二为一"、周谷城的时代精神、冯定的共产主义人生观、孙冶方的价值法则观等等，都成了吹毛求疵、颠倒是非的批判的对象，而根本不是什么学术讨论。这些错误的批判，都同康生有关，他当时是中央理论小组组长。

1964 年底，江青约中宣部五位副部长（周扬、许立群、林默涵、姚溱和我）座谈，要求中宣部通知全国报刊批判十部影片。我记得，她要批判的影片有《不夜城》、《林家铺子》、《舞台姐妹》、《红日》、《逆风千里》、《兵临城下》以至《白求恩》等。当时大家都没有同意，认为要慎重考虑。事后江青就到上海去，上海报纸就陆续批判这些影片，全国其他地方也相继仿效。在这种压力下，中宣部被迫要《人民日报》批判《不夜城》和《林家铺子》。

鉴于这些错误的批判有大泛滥之势，中央书记处于 1965 年 3 月初开会讨论此事。小平同志和彭真同志都主张赶快"刹车"，学术讨论要"降温"。之后，《人民日报》先后发表编者评论和文章，提出不要否定古典文学作品，也不要否定有缺点的现代文艺作品。

在这期间，《人民日报》先后开辟了许多专栏，继续宣传调整、巩固、充实、提高的方针，如设计革命、为革命做生意、组织工业生产高潮、半工半读和半农半读、学习毛主席著作、工业学大庆、农业学大寨、学王杰、学习焦裕禄、县委革命化等等，都收到比较好的效果。

发难的信号

但是，谁也没有料到，甚至连少奇同志、周总理和小平同志事先也毫不知情，上海《文汇报》突然于1965年11月10日抛出姚文元的《评新编历史剧〈海瑞罢官〉》。由于姚文的后半部武断地认为该剧借古喻今，联系1962年的所谓"单干风"、"翻案风"，对吴晗同志进行政治攻击，而且还提到吴晗同志在《人民日报》上发表的关于海瑞的文章。我不同意姚文元的这些观点，不同意在《人民日报》上转载，认为这样联系就把文艺评论变为政治问题。我请示彭真同志（当时小平同志去西南三线视察，中央书记处由彭真同志主持工作）如何处理，他说要商量商量。我陪斯特朗去上海参加为庆祝她八十寿辰的活动时，在毛主席给她祝寿的宴会上，也没有向毛主席请示如何处理。因为我当时认为此事与毛主席无关，既已请示中央书记处，就无须打扰主席了。直到周总理在为斯特朗祝寿后从上海回到北京，才决定《人民日报》转载并加编者按语，经彭真同志和周总理审改后于11月30日发表。编者按语措辞比较缓和，基本倾向仍然是作为学术问题而不是政治问题处理。

以后发展的情况表明，姚文元的文章是毛主席发动"文化大革命"的信号。这篇文章是江青策划、毛主席看过的。从此大批判愈演愈烈，有的报刊已点名批判郭沫若、范文澜等著名学者。

以彭真同志为首的文化革命五人小组，1966年2月初开会研究当时学术讨论的情况，认为要把这场讨论置于党中央的领导下，要降温，要真正做到"百家争鸣、百花齐放"，因而起草了向中央政治局常委汇报的提纲。当时在北京的政治局常委（少奇同志、周总理和小平同志）开会讨论并认可了这个提纲中提出的意见，同意在学术讨论的文章中不涉及庐山会议，并且要五人小组去武昌向毛主席汇报，最后由毛主席作决定。2月8日我们飞武汉，从机场直去毛主席住处汇报。汇报后毛主席同意以中央名义批发这个汇报提纲，后来被称为《二月提纲》。

后来才知道，差不多与此同时，江青受林彪的委托，在上海起草要彻底搞掉所谓文艺黑线的《部队文艺工作座谈会纪要》。这个《纪要》

在 4 月初中央批发全党之前经毛主席看过。而毛主席在这之前，在《二月提纲》之前，1965 年 12 月在杭州同陈伯达等谈话时就说，姚文元文章没有打中要害，要害是罢官，嘉靖皇帝罢了海瑞的官，我们罢了彭德怀的官。这些情况，不仅我们，而且连中央其他领导同志都被蒙在鼓里。《人民日报》还是按照《二月提纲》的精神组织学术讨论，凡是涉及庐山会议的文章都被删改或不发。

"半马克思主义"

《人民日报》这样做，又招致毛主席的严厉批评。1966 年 3 月 18 日至 20 日，毛主席在杭州召开政治局常委扩大会议。这次会议比较特别。到会的常委除主席外只有少奇同志（他正在准备出访巴基斯坦等国）和周总理，没有过半数。小平同志在西北三线视察，请假，未到会。其他参加会议的有各中央局书记和中央有关负责人。会议议题事先没有通知，只在开会时说要讨论我党是否派代表团参加苏共二十三大，还有什么其他问题也可以谈谈。18 日下午，毛主席在西湖西南岸的住地刘庄召开一个小会，到会的有少奇同志和周总理，彭真、康生、陈伯达和我列席。会议结束前，毛主席突然批评我说，《人民日报》登过不少乌七八糟的东西，提倡鬼戏，捧海瑞，犯了错误。我过去批评你们不搞理论，从报纸创办时起就批评，批评过多次。我说过我学蒋介石，他不看《中央日报》，我也不看《人民日报》，因为没有什么看头。你们的《学术研究》是我逼出来的。我看你是半马克思主义，三十未立，四十半惑，五十能否知天命，要看努力。要不断进步，否则要垮台。批评你是希望你进步。我对一些没有希望的人，从来不批评。毛主席又说，你们的编辑也不高明，登了那么多坏东西，没有马克思主义，或者只有三分之一甚至四分之一的马克思主义。不犯错误的报纸是没有的。《人民日报》要从错误中吸取教训。可能以后还会犯错误，说从此不犯错误是不可能的。问题在于错了就改，改了就好。《人民日报》还是有进步，现在比过去好，我经常看。但要不断前进。

从会议厅出来，我向周总理说，主席这次批评很重，我要好好检讨。

总理对我说，不光是批评你，也是对我们说的。回到西泠饭店，我又对彭真同志谈了这事，他也说，主席的批评不仅对你，也是对我们说的。他们两位的话可以说是安慰我，但我隐约感到，一场暴风雨即将来临。

毛主席这次批评，是我最后一次直接听到他的谈话。距离我在1956年春初进颐年堂，刚好十年。

回想起来，毛主席把注意力集中在国内问题上来，实行他称之为防修反修的部署，是在赫鲁晓夫下台（1964年10月）之后，也是在国民经济全面恢复之后。当然，在这之前，6月在批评《人民日报》的同时，他也在1964年五六月间的中央工作会议上提出中国会不会出修正主义的问题。但是，下决心大搞防修反修是在1964年底和1965年初的中央工作会议上起草《二十三条》的过程中。毛主席在会议的最后阶段，同少奇同志发生争论，认定社教运动的性质是解决社会主义和资本主义的矛盾，运动的重点是"整党内走资本主义道路的当权派"；同时还指责中央机关有两个"独立王国"（当时没有点名。后来在人数很少的常委会上说，一个是中央书记处，一个是国家计委）。

紧锣密鼓的前奏

姚文元的政治诬陷文章发表的同一天，中央发出通知，把杨尚昆同志调离中央办公厅主任的职务。这不是偶合。一个月后，1965年12月，又发生林彪向毛主席诬告总参谋长罗瑞卿同志"篡军反党"。为此毛主席从杭州到上海，紧急召开政治局常委扩大会议（各兵种和各大军区司令员和政委都参加，我也列席了），其后中央军委又在北京召开扩大会议，错误地"揭批"罗瑞卿同志。随着这样的形势的发展，斗争已从意识形态领域完全转入政治领域。

中国政局紧锣密鼓地进入1966年。3月的杭州政治局常委扩大会议，3月底毛主席指责彭真同志和中宣部的谈话，4月的杭州政治局常委扩大会议，5月的政治局扩大会议，林彪对陆定一同志的诬陷，批判《二月提纲》的《五一六通知》，这一系列事件，无中生有地制造一个所谓"彭、罗、陆、杨反党集团"，其后又上升为"刘、邓资产阶级司令部"。

在这种情况下,《人民日报》无论如何也跟不上形势。《人民日报》1966 年 4 月在突出政治问题上同《解放军报》的论战,很难说究竟是政治家办报还是书生办报。

在 5 月政治局扩大会议之后,5 月 31 日,经过毛主席批准,中央宣布由陈伯达带领工作组进驻《人民日报》,实行夺权。用陈伯达自己的话来说,他在《人民日报》搞了一个"小小的政变"。6 月 1 日,《人民日报》发表了他主持起草的题为《横扫一切牛鬼蛇神》的社论。从此,不仅《人民日报》,全国新闻界大难临头,遭到空前浩劫。所谓"文化大革命"从此开始,我不久即被捕入狱。

1968 年 9 月 1 日,《人民日报》、《解放军报》和《红旗》杂志编辑部发表了题为《把新闻战线的大革命进行到底》的反革命恶文,大肆污蔑攻击"中国的赫鲁晓夫"在新闻界的"狐群狗党"和"代理人",给全国新闻界捏造种种莫须有的罪状,全盘否定新闻战线的十七年。可惜至今还没有看到有哪篇论文系统批驳姚文元这刀笔。

回顾这段往事,可以看到,在国民经济调整恢复时期,以《人民日报》为例,我国新闻界虽然受到以毛主席为代表的"左"倾指导思想越来越严重的影响,但毕竟仍然对国民经济以及其他方面的全面调整作出了贡献。在"文化大革命"前夕的大批判中,虽然总的走向是亦步亦趋,但也不是没有抵制。这一段的经验教训,正反两面都包含带有时代特色的诸多内容,亟须加以分析总结,既不要肯定一切,也不要否定一切。

(十二)附:"五不怕"及其他*

1957 年 6 月 7 日,胡乔木同志通知我,说毛主席要找我谈话,要我先到他的住处,然后一起去见毛主席。

---

* 本文为《忆毛主席》一书的附录,写于 1987 年 12 月。

这是一个初夏的下午，中南海显得特别幽静。我们从乔木同志住处出来，沿着小路走过居仁堂（这是中央书记处办公的地方，后来拆除了），来到勤政殿（这是毛主席召开最高国务会议的地方，后来也完全拆除重建了）后面的一个小侧门，进去便是毛主席的住所——菊香书屋。

这是一个不很大的四合院。毛主席通常习惯在北房工作和睡觉，虽然他的大书房在东厢房。这高大的北房是五开间，毛主席睡觉和看书大都在靠东边的一间，那里简直也是一个书房，中央政治局常委开会也常在这里。

我们进去的时候，毛主席正在翻看当天的报纸。他似乎刚醒来不久，斜躺在两张单人木床合拼成的大床上，已看过的《人民日报》和《光明日报》放在左手一边的木板床上，那里堆满近期看过或要看的书，有古籍（大都夹着书签），也有新书（有些翻开的）。他手里正拿着《文汇报》，右边的床头桌上还放着好些其他报纸。

毛主席见我们进来就放下报纸，招呼我们在靠床前的椅子上坐下。他先问我们看过今天的报纸没有？说现在报纸很吸引人看，许多人高谈阔论，说要帮助共产党整风。

谈了一些别的事情之后，毛主席就直截了当地对我说，找你来是商量一件事，就是想调你到《人民日报》去工作，不知道你愿不愿意去。

这件事对我很突然，事前一点风声也没有，连胡乔木同志也没有给我透露过半点信息。我当时反应很快，但也只对毛主席说了一句话："我毫无思想准备。"

毛主席接着谈道，《人民日报》任务很繁重，很需要增加领导力量，经再三研究才考虑你去。这时我就申述我的情况，说我虽然在延安马列学院学习和研究了两年，又在抗大和陕北公学讲过马列主义课，但十多年来一直搞新闻工作，没有搞理论，学术问题、文艺问题懂得更少，不适宜到《人民日报》去。毛主席听了之后，又大讲了一段关于党内许多负责党员怕教授的话，指出这很不妥当。

最后在结束谈话时，毛主席对我说，中央想调你去《人民日报》，可以同时兼着新华社社长。给你十天考虑时间，最多不能超过半个月，时间很紧，工作很需要。十天后再谈。

从毛主席住处回来以后，我一直权衡主客观条件，总觉得我去《人民日报》不合适。

还不到十天，6月13日下午，毛主席的秘书高智同志打电话给我，要我马上到毛主席那里去。这次我是从颐年堂进去的。这里是毛主席主持政治局会议或召开政治局常委扩大会议的地方。1956年波兰和匈牙利发生乱子时，这里几乎每天下午都有会议。从颐年堂向东走过一段回廊，才到达毛主席住的菊香书屋的西门。

我到达毛主席住房时，胡乔木同志已经在座。

毛主席一见到我就问：这几天考虑得怎样？去不去《人民日报》？

我又拿这些天想到的意见，向毛主席重新说明我不宜去《人民日报》的理由，但最后增加了几句这样的话：从我本身的条件看，我认为我去《人民日报》是不适宜的。但我是一个党员，中央如果作出决定，我只有服从。我希望作出决定之前能考虑我个人的意见。

毛主席回答得很干脆，他说，没有那么多好考虑的了，中央已决定你去《人民日报》，而且今天就要去。今天你先以乔木同志的助手的身份去，帮他看大样。你看了他再看，由他签发。这样工作一段时间，中央将正式宣布任命你当总编辑，同时还可以继续兼任新华社社长，把两个单位的宣传统一起来。

毛主席接着严肃地告诫我说，你到《人民日报》工作，要有充分思想准备，要准备遇到最坏情况，要有"五不怕"的精神准备。这"五不怕"就是：一不怕撤职，二不怕开除党籍，三不怕老婆离婚，四不怕坐牢，五不怕杀头。有了这五不怕的准备，就敢于实事求是，敢于坚持真理了。

毛主席说，撤职和开除党籍并不罕见，要准备着。杀头在正确路线领导下大概不至于，现在的中央不同于王明"左"倾路线领导，也不同于张国焘。但对坐牢得有精神准备。共产党内一时受冤屈的事还是有的，不过在正确路线领导下终究会平反纠正的。一个共产党员要经得起受到错误的处分，可能这样对自己反而有益处。毛主席接着举例说，屈原流放而后有《离骚》，司马迁受腐刑乃发愤著《史记》。他自己也有这个体会。他说到，他讲打游击战的十六字诀时，并没有看过《孙子兵法》。后来王明"左"倾路线领导讥讽说十六字诀来自过时的《孙子兵法》，而反"围剿"打的是现代战争。这时他才找到《孙子兵法》来看。列宁的《国家与革命》也是这时看的。那时他被解除指挥中央红军的职务，就利用空闲看了不少从红军走过的县城中弄来的书籍。

然后，毛主席笑着问我：你怕不怕老婆离婚？我回答说，不怕，我想不至于，如果我是受冤屈的话。毛主席接着说，不怕老婆离婚是对男的说的，对女同志就应该不怕丈夫离婚。总之，这"五不怕"总得准备着。

这次谈话后，我就抱着试试看的心情去《人民日报》上班。毛主席说的"五不怕"，我经常用来告诫自己，经常警惕是否真正做到实事求是，是否敢于坚持真理。

半个月以后，党中央才宣布邓拓同志任人民日报社社长，我任总编辑。邓小平同志为此专门召集《人民日报》和新华社两个编委会的同志开会，宣布中央的决定，并肯定邓拓同志主持《人民日报》成绩是主要的、基本的。他希望大家团结一致，努力把《人民日报》办得更好。在这以后，邓拓同志和我的分工是，他主管评论、理论和文艺，我主管新闻和版面，一直到一年多以后他工作变动为止。

* * * *

1958年3月，我去成都参加中央政治局扩大会议，也叫作成都会议。会议从3月8日开到26日。会议结束的当晚，田家英同志（他当时是毛主席的秘书）告诉我：毛主席说，我送给他审阅的《人民日报苦战三年工作纲要》他来不及看了，要我随他到重庆，然后沿长江下武汉，那里还要开会。

3月27日，毛主席乘专列离开成都，到达重庆时已是万家灯火，层层叠叠，整个山城十分壮观。

29日乘江峡轮从重庆出发，晚泊白帝城。随毛主席乘船的除警卫和服务人员外，只有田家英和我。看来毛主席意在畅游三峡，借以稍事休息，排遣一个月来连续开会的劳累。据毛主席身边的勤务员告诉我们，毛主席正在填一首词，似乎还未定稿，用铅笔写的，放在床头。

30 日早饭后，江峡轮起航开入三峡。快到巫峡时，毛主席穿着睡衣来到驾驶室，欣赏奇峻的两岸峡谷风光，特别留意从几个侧面观看了神女峰，直到快过完西陵峡，才回到舱内客厅，同田家英和我一起闲谈。

毛主席谈到，他在成都会议时收集一些明朝人写的有关四川的诗，选了十几首印发给与会的同志。他特别称赞杨慎的诗，说他是明朝一位很有才学的人，因议论朝政被流放云南三十年以至老死，很可惜。他又说到，四川历代人才辈出，我们党内好些将帅是四川人。

毛主席又谈到在会议上印发的"苏报案"。毛主席说，邹容也是四川人，他的日文很好，而且是在四川学的。接着，毛主席详细讲了清朝末年有名的"苏报案"。他讲到，"苏报案"是由邹容写的《革命军》引起的。他写这本小册子时只有十八岁，署名"革命军马前卒邹容"。《革命军》一出，上海的《苏报》为之介绍宣传，章太炎为之作序，影响极大。于是，清政府大为恐慌，下令抓人并查封《苏报》，《苏报》是当时资产阶级革命派在上海的主要舆论机关，蔡元培、章太炎、邹容、章士钊、柳亚子等都在该报发表文章，抨击封建君主专制，鼓吹资产阶级民主共和国，并同康有为、梁启超等保皇派进行论战。

毛主席强调说，资产阶级革命派办报纸，都是不怕坐牢，不怕杀头的。章太炎当警察拿着黑名单来抓人时挺身而出，说："别人都不在，要抓章太炎，我就是。"从容入狱。邹容本未被抓，待知道章太炎已被捕后，不忍老师（邹称章为老师，章比邹大十五岁）单独承担责任，毅然自行投案，终于病死狱中，时年仅二十岁。《苏报》当时的主编章士钊倒没有被捕。

毛主席很称赞这些资产阶级革命家。他谈到，邹容是青年革命家，他的文章秉笔直书，热情洋溢，而且用的是浅近通俗的文言文，《革命军》就很好读，可惜英年早逝。章太炎活了六十多岁，前半生革命正气凛然，尤以主笔《民报》时期所写的文章锋芒锐利，所向披靡，令人神往，不愧为革命政论家；虽一度涉足北洋官场，但心在治经、治史，以国学家称著。鲁迅先生纵观其一生，评价甚高，但对他文笔古奥，索解为难，颇有微词。他出版一本论文集，偏偏取名《訄书》，使人难读又难解。

至于章士钊，毛主席说，这位老先生是他的同乡，湖南长沙人，也是清末民初的著名政论家，除担任《苏报》主笔外，还给其他许多反清报刊写文章，其后赴欧洲游学，回国后在北洋政府任过教育总长等职。他的文章比章太炎的好读，没有那么古奥、怪僻，也较梁启超谨严而有条理。抗战中一直同我党保持联系，建国后同我党合作，他自己说他"反动而不反共"。

毛主席在船上对这几位清末民初的政论家讲了这许多话，显然他在青年时期对他们印象甚深，也同他自己从办《湘江评论》开始一直写过许多政论有关。他更多的兴趣在于这些政论家的大无畏的革命精神与文风。

听了毛主席这一席话以后，我才开始留心近代报刊的历史，并陆续阅读了一些政论家的文章。

*　*　*　*

4月1日至9日，毛主席召集华东和中南一些省委书记到武昌开会，一方面让他们了解和讨论成都会议的决定，一方面听取他们（主要是吴芝圃和曾希圣）汇报"苦战三年"的打算。

在最后一天，毛主席安排这些省委书记对《人民日报苦战三年工作纲要》提意见。现在看来，我主持起草的那个纲要，虽然不无道理，但更多的是头脑发热、好高骛远的产物。当时省委书记们关心的是改善《人民日报》同各省委的关系（前些年《人民日报》在报上开展批评和自我批评，同一些省委的关系有些紧张），并希望《人民日报》多发表有关他们省的报道和文章。毛主席当时表示，《人民日报》要考虑各省委的意见，搞好同省委的关系，取得省委的帮助把报纸办好。报纸的《苦战三年工作纲要》修改后仍然作为草案先实行起来，再根据实践的经验不断修改完善。

会议结束，各省委书记走后，毛主席仍留在武昌东湖湖滨别墅休息。我和田家英也在那里游览了几天。

别墅在东湖边，对岸是珞珈山，武汉大学就建在山麓。毛主席早晨和傍晚都沿湖边散步，这是他难得的正常作息秩序。在北京，他经常是整夜工作和看书，清晨才开始睡觉，下午两点左右起床。这样的作息时间每天向后推延一两小时，大约半个月一个周期。

大概是4月11日上午，毛主席早饭后散步回来，叫田家英和我一起同他在湖边凉棚下闲谈。毛主席从长江大桥谈到八七会议、武昌起义、黎元洪以至张之洞，接着又谈到章太炎曾一度应张之洞之请到武昌办报，但因同张的观点不同，不肯就任主笔，终于离开。他又谈到像章太炎这样激进的革命派，开始也并未同康有为、梁启超等保皇派分清营垒，而是同他们一起办报。章太炎就曾给梁启超主办的《时务报》、《清议报》写文章，共同主张维新，是后来才分道扬镳的。

毛主席又泛论在近代史上统治阶级和被统治阶级都需要自己的舆论工具，都热心于办报。清末民初的资产阶级改良派和革命派是这样，国民党和共产党也是这样。

毛主席接着问我是不是广东新会人，我回答是。然后，毛主席就议论起梁启超来了。

毛主席说，梁启超一生有点像虎头蛇尾。他最辉煌的时期是办《时务报》和《清议报》的几年。那时他同康有为力主维新变法。他写的《变法通议》在《时务报》上连载，立论锋利，条理分明，感情奔放，痛快淋漓，加上他的文章一反骈体、桐城、八股之弊，清新平易，传诵一时。他是当时最有号召力的政论家。

毛主席还讲到，梁启超是在两次赴京会试落第之后，才同康有为、谭嗣同等一起搞"公车上书"的。"戊戌变法"后，流亡日本办《清议报》。其后即逐渐失去革新锋芒，成为顽固的保皇派，拥护君主立宪，反对民主共和。后来，他拥护袁世凯当总统和段祺瑞执政，但也反对袁世凯称帝和张勋复辟。欧战结束后出洋游欧，回国后即退出政坛，专心著作和讲学。

毛主席又说到梁启超写政论往往态度不严肃。他讲究文章的气势，但过于铺陈排比；他好纵论中外古今，但往往似是而非，给人以轻率、粗浅之感。他自己也承认有时是信口开河。

毛主席说，写文章尤其是政论最忌以势吓人，强词夺理。梁启超那个时候写文章的人好卖弄"西学"，喜欢把数学、化学、物理和政治相提并论，用自然科学的术语来写政论，常常闹出许多笑话。做新闻工作既要知识广博，又要避免肤浅，这不容易做到，但一定要努力学习做到。

毛主席还谈到，梁启超创办《时务报》开始确实很辛苦，他自己写评论，又要修改别人来稿，全部编排工作和复校工作都由他一个人承担。后来才增加到七八个人，其中三位主要助手还是广东人。现在我们的报社，动辄数百人、上千人，是不是太多了？

毛主席对梁启超有褒有贬，可见对他的生平比较熟悉，对他的著作也有研究，对办报的甜酸苦辣都很有体会。

＊　＊　＊　＊

1958年国庆前夕，9月30日下午，毛主席的秘书通知我到丰泽园（这是毛主席住地的通称）去。当我到达毛主席书房的时候，他正在看字帖，这是他工作之余作为休息的习惯。毛主席的书房是一个真正的书房，除了一面是窗以外，房子三面都是从地板到顶棚的书架，放满了各种各样的书。临窗有张大写字台，另一侧还有一张长桌，上面堆着书，还放着好些字画卷轴。毛主席还有一个自己的图书馆，田家英和其他几位同志为他在全国到处收集图书，特别是解放初期，藏书是相当可观的。

毛主席见我来了就对我说，他代新华社写了一条新闻，写的是他对新华社记者谈巡视大江南北的观感。稿子已拿去打字，过一会就可以看到。他叫我先坐下来谈谈。

毛主席先从他巡视大江南北谈起，说到地方上走走，可以看到许多新鲜的东西，从而引起一些想法，最后形成若干观点，那篇新闻稿只说了很少的一部分。

毛主席接着又说，你们办报的要经常下去呼吸新鲜空气，记者、编辑要这样做，总编辑也要经常下去。他扳着指头说，今年你已经去过南宁、成都、武昌、北戴河，虽都是去开会的，但总算下去了，以后还要下去调查研究。我说我在五月间去河北、河南走了一趟，很有收获，当然还是走马看花。毛主席说，要下马看花，不能老是走马看花。

毛主席说，在北京当然也很重要，这是中国的政治中心，是议论多的地方。办报要听到各方面的议论，写评论才能有所为而发。这方面你要学张季鸾。

从这谈起，毛主席对《大公报》议论了一番。

毛主席指出，《大公报》从天津起家时是由三个人的"合作社"从别人手里接办的。这三人"合作社"是吴鼎昌出钱，胡政之经理，张季鸾主笔。抗战前虽然不断有所发展，但在整个中国政局中没有多大分量。抗日战争是《大公报》的鼎盛时期，国共两党合作的局面给《大公报》发挥其作用提供了条件。张季鸾以及继任的王芸生，在这方面的作用值得重视。

毛主席说，吴、胡、张三人合办《大公报》时相约只办报不做官，但后来吴、胡都做官了，只有张季鸾没有官职，他却是蒋介石的"国士"。张本人年青时在日本留学，虽然许多留学生都参加党派，但他始终以超党派自居。此后，特别是在国共合作时期，他更是以第三者标榜。他在重庆经常来往于国民党和共产党之间。他同陈布雷交往甚深，同时也常到曾家岩走走，到处打听消息，然后从中做他的文章。他办报素以客观、公正自夸，平常确也对国民党腐败加以揭露批评，但每到紧要关头，如皖南事变发生后，他就帮蒋介石骂周恩来了。王芸生后来接他的班，在国民党发动内战前后，也是这样给蒋介石帮忙的，直到国民党崩溃前夕，才转而向我们靠拢。

毛主席说，人们把《大公报》对国民党的作用叫作"小骂大帮忙"，一点也不错。但张季鸾摇着鹅毛扇，到处作座上客，这种眼观六路、耳听八方的观察形势的方法，却是当总编辑的应该学习的。

毛主席还说到，张季鸾这些人办报很有一些办法。例如《大公报》的星期论坛，原来只有报社内的人写稿，后来张季鸾约请许多名流学者写文章，很有些内容，他在延安时就经常看。《大公报》还培养了一批青年记者，范长江是大家知道的，杨刚的美国通讯也很有见地。这两位同志都在《人民日报》工作过。

毛主席最后说，我们报纸有自己的传统，要保持和发扬优良的传统，但别人的报纸，如解放前的《大公报》，也有他们的好经验，我们也一定要把对我们有益的东西学过来。

这时，毛主席写的新闻稿打印出来了，我看了一遍，没有什么意见。毛主席就吩咐当晚广播，第二天（国庆日）见报。

*   *   *   *

从听到毛主席讲"五不怕"起，我在《人民日报》工作了整整九年。这段时间内毛主席对《人民日报》的指示很多，其中许多都有记录存档，可供分析研究。我在这九年工作中，有成功的经验，也有失误的教训。但我一直未能忘怀的就是"五不怕"。

1967年春，当我在"文化大革命"中被"军事监护"时，我在狱中给毛主席写的第一封检讨信一开头就提到他在十年前对我说的"五不怕"。我接着写道："我万万没有想到，十年后的今天，我真的成了阶下囚。"

由于这样的前因后果，我把毛主席讲的"五不怕"和同办报有关的几次谈话写出来。事隔三十年，记忆不完全准确，但主要意思是不会错的。谨供大家研究参考。

三、七千人大会中的少奇同志[*]

（一）一次极其重要的会议

1962 年一二月间召开的扩大的中央工作会议，是建国以后我党历史上一次极其重要的会议。

当时，我们的国家正处在严重的经济困难之中。农业生产已经连续三年歉收，粮、棉、油料都减产，粮食产量 1961 年比 1957 年减少了1000 亿斤，家畜、家禽越来越少，不少农村发生了饥荒，城市口粮也减少供应，副食品也非常紧张，许多人得了浮肿病。以农业原料为主的轻工业生产，从 1960 年起就急剧下降，重工业生产从 1961 年起也下降，1961 年工业总产值比 1960 年下降 40%，许多工厂停产。市场上日用百货严重短缺，商店货架上空空如也，连买一双袜子也很困难。

面对这样严重的经济困难，干部和群众、党内和党外议论纷纷，思想相当混乱。特别是在党内，一种互相埋怨的腐蚀党内团结的情绪在滋

---

* 本文原题为《实事求是的榜样——回忆七千人大会中少奇同志的作风》，原载于《缅怀刘少奇》一书，中央文献出版社 1988 年出版。

长。党中央在准备召开中央工作会议过程中，特别是在讨论全国农业会议和全国工业会议要解决的问题时了解到：许多干部对当前经济困难的形势看法很不一致，对"大跃进"以来的四年工作评价也褒贬各异。虽然中央自1960年冬起就开始纠正过去工作中的错误，接着又发出了一系列指示，重新规定了许多旨在纠正过去工作中"左"倾错误的正确方针政策，但党内许多干部，包括相当一部分负责干部很不理解，因而贯彻执行也很不得力。

考虑到这种情况，毛主席和中央政治局常委决定，这次召开中央工作会议，着重总结四年来工作的经验教训，开展批评和自我批评，统一思想，以便团结全党和全国各族人民，集中力量，克服当前的困难，争取整个国民经济早日好转。鉴于会议内容这么重要，中央还决定扩大参加会议的范围，全国每个县委有二人、每个地委有三人、每个省委和中央各部有四人参加会议，加上许多大型工矿企业的负责人，一共有七千多人。这次会议因此名为"扩大的中央工作会议"，通常叫作"七千人大会"。

会议是在毛主席主持下召开的。在整个会议过程中，刘少奇同志和其他中央领导同志发挥重大作用，对会议的成功作出了卓越贡献。

刘少奇同志是由中央政治局常委决定负责准备提交会议讨论的全面报告的。邓小平同志协助少奇同志起草这个报告。少奇同志从一开始就明确提出：报告的主旨是恢复党的实事求是的优良传统作风，无论总结四年工作，分析当前形势，提出克服困难的方针政策，都要实事求是。在报告初稿的起草过程中，他对参加起草工作的同志反复强调这个思想。在报告的整个起草和修改过程中，以至整个大会过程中，少奇同志都身体力行，坚持实事求是的作风，给大家留下深刻的印象。

少奇同志和小平同志主持起草的报告初稿出来以后，先送给毛主席看。原先设想，毛主席看过并认为大体可用以后再提交政治局讨论。过了两天，小平同志告诉我们，毛主席的意见是不要等他看了，也不等政治局讨论了，就把初稿直接发给参加大会的同志，请大家提出修改意见。与此同时，成立一个由少奇同志主持的起草委员会（包括政治局、各中央局以及有关负责同志共21人），根据大家提出的意见进行修改，然后提交政治局讨论通过，再向七千人大会作正式报告。

毛主席提出这个不同于往常的开会方法，可能是考虑到大会要解决的问题关系重大，有必要充分发扬民主，听取各种不同意见。事实也正是这样。少奇同志的报告初稿，涉及对过去四年工作成绩与缺点错误的分析和经验教训，涉及对当前经济困难的看法和今后的任务，涉及加强集中统一和反对分散主义，涉及党的作风和党内生活的重大问题，而参加大会的七千人，真是来自五湖四海，工作岗位不同，工作阅历不同，自然而然地对上述问题的看法不完全一致，甚至完全不一致。这些不同的看法，既反映在大会的分组讨论中，也自然而然地反映到起草委员会中来。这也就使起草和修改工作显得更加复杂，统一思想的难度增大了。正是在这种情况下，少奇同志坚持实事求是作风的气魄与毅力也就显得特别突出。

少奇同志素以观点的鲜明性和尖锐性著称，他在讨论问题时毫不隐蔽自己的观点，而且力求明确地表达自己的观点。少奇同志也素以论证充分、逻辑性强见长，他的谈话具有很大的说服力，使人心悦诚服，即使你不完全同意，也难以辩驳。这些特色，在七千人大会期间充分显示出来了。

（二）两个"三七开"

最典型地显示少奇同志实事求是作风的，是他在会议中提出两个"三七开"的观点。

一个"三七开"是对过去四年工作的成绩与缺点错误的估计。

当时，有相当一部分同志认为，报告初稿中成绩讲得不充分，缺点错误讲得过多。这种思想状况，严重影响认真总结这四年工作的经验教训。对于这个问题，少奇同志多次引用毛主席关于我军打仗报战果一定要真实的意见，反复说明：成绩要讲够，缺点要讲透，两者都摆开来讲，有多少讲多少，既不夸大，也不缩小，都要实事求是。他指出，成绩是跑不了的，缺点错误也是不能否认的，两者都是客观存在。当前的问题是不少同志不敢正视或者低估"大跃进"以来工作中缺点错误的严重性。他尖锐地提出,不能用九个指头与一个指头的套话来概括这四年工作中成绩与缺点错误的关系。这四年我们犯了那么多错误,讲成绩与缺点的关系,就全国总的情况看,"三七开"比较合乎实际。就是说,成绩是七分而不是九分,缺点错误三分而不是一分。这样实事求是的估计,广大干部和群众才心服。这两年大家饿肚子,心里都有数,我们无论如何不能用九个指头和一个指头的说法来掩盖实际情况,掩盖我们这几年工作中的严重错误。

少奇同志还进一步分析,"三七开"是就全国总的情况说的。至于有些地方,也许工作得比较好,缺点错误比较少,那里可能是九个指头和一个指头的关系,或者是八个指头与两个指头的关系。同时,也可能有些地方工作做得特别差,错误犯得特别多,那恐怕连"三七开"也打不住,甚至可能是倒"三七开"。各地情况不一样,要实事求是,由干部和群众去评价。

少奇同志这样实事求是的分析,既有原则性,又有灵活性,使许多同志思想通了,气也顺了,能够比较冷静地来思考这几年工作的经验教训了。

其实,"成绩要讲够,缺点要讲透",这是1959年庐山会议前期(7月上半月)很受与会同志欣赏的少奇同志的两句名言,当时对大家总结1958年工作的经验教训启发很大。那也是一次中央工作会议,许多同志在会上敞开思想,互相交心,谈思想,谈体会,畅所欲言,无所拘束。毛主席当时称赞这是开"神仙会"。半个月的"神仙会",形成了一个会议纪要稿,主要内容是纠正"大跃进"和人民公社化中当时已经认识到的"左"的错误,只差会议最后通过。但是,令人痛心的是,从7月下半月开始,毛主席错误地发动了对彭德怀同志的批判,形势急转直下,大批所谓右倾机会主义和所谓"军事俱乐部",纠"左"被这场强台风扫荡得无影无踪了。

在七千人大会过程中,少奇同志重申他在1959年庐山会议前半段的两句话时,曾提出要记住庐山会议后半段否定前半段的教训。他指出,由于后半段"反右倾"否定了前半段纠"左","大跃进"和人民公社化中"左"的错误，在庐山会议以后，不但没有纠正，反而更加严重了。这就使得当前面临的经济困难大大超过了1959年上半年。

所幸七千人大会没有重蹈庐山会议的覆辙，自始至终注意贯彻实事求是的作风，比较重视过去几年中的错误，初步地总结了经验教训。

与此有关的另一个"三七开"，就是对造成当时严重经济困难的原因的分析。

当时，干部（包括相当负责的高级干部）对这个问题看法很不一致。当前的困难，究竟是连续三年（1959—1961）自然灾害造成的，还是我们工作中的错误造成的，哪一个是主要原因？七千人大会初期议论纷纷，莫衷一是。大家都承认，自然灾害和缺点错误都是原因。至于哪一方面是主要原因，意见就不一致了。弄清楚这个问题，不仅可以充分认识工作中缺点错误的严重性，而且可以增强克服困难的信心。因为自然灾害是难以避免的，而缺点错误却是可以纠正的，由它们所造成的困难因而也是可以克服的。

少奇同志在这个问题上坚持尊重事实，坚持实事求是。他认为，农业连续三年遭灾减产给我们带来很大困难是事实，但是，过去四年工作中的错误，特别是1959年庐山会议后继续大刮"三风"（"共产风"、浮夸风和瞎指挥风）所造成的危害更加严重。他尖锐地指出，当前严重经济困难主要是我们自己工作中的缺点错误造成的。用湖南农民的话来说，叫作"三分天灾，七分人祸"。就是说，困难的原因，三分是自然灾害，七分是缺点错误。少奇同志提出的这个"三七开"，对许多同志说来，一方面震动很大，破除思想上种种清规戒律的顾虑，另一方面又信心倍增，感到扭转困难局面大有希望了。

少奇同志是经过充分的调查研究才得出这样的结论的。他在1960年冬率领我党代表团参加八十一党莫斯科会议和访问苏联回国后，很快就根据毛主席关于领导干部要认真搞调查研究的倡议，到湖南等地基层去做了几个月的调查研究。他家乡的农民对他说，这几年天灾有一些，但不大，困难主要是干部刮"三风"造成的，可以说是"三分天灾，七分人祸"。他后来又到山西、河北、山东、河南去调查，这些省的负责同志也说，困难的主要原因是工作中的缺点错误。少奇同志早在

1961年5月中央工作会议上就提出了这种看法。

少奇同志提出和坚持这两个"三七开"的观点，在当时的情况下是很不容易的，需要非常的胆略、卓识和韧性，又需要十分耐心和细致的说服工作。经过充分的讨论，这两个观点先在起草委员会、后在中央政治局得到了一致的赞同。只是在书面报告最后定稿时没有直书两个"三七开"，而是用比较委婉的词句来表达。关于成绩与缺点错误，报告中列举成绩十二条，主要缺点错误归纳为四条。关于当前严重经济困难的原因，报告是这样写的："一方面是由于自然灾害的影响，另一方面，在很大程度上是由于我们上述工作上和作风上的错误所引起的。"

（三）批评分散主义

七千人大会在总结过去四年工作的经验教训时，要坚持党的实事求是的传统，就必须开展批评和自我批评。少奇同志实事求是地指出这四年工作中的缺点错误，也实事求是地进行批评和自我批评。

在大会过程中，一般说来，对批评违反实事求是作风和群众路线作风的种种错误，大家思想上比较容易接受，认识也比较一致。但是，对于报告初稿中批评的某些错误，特别是着重批评分散主义倾向，大家认识相当不一致。许多同志，特别是在地方工作的同志，对于把分散主义作为一个突出问题加以讨论和解决，缺乏思想准备（在中央各部门工作的同志会前或多或少听过中央负责同志有关这个问题的议论），感到很突然。他们认为，这几年犯过许多错误，主要是高指标、"共产风"、浮夸风、瞎指挥，不是分散主义。

在会议过程中，中央领导同志反复强调克服分散主义问题，特别是少奇同志，可以说，他的大部分精力是用在引导大家充分认识分散主义的危害和加强民主集中制、特别是加强集中统一的极端必要性。

少奇同志针对许多同志的疑问明确提出他的基本观点：高指标、"共产风"、瞎指挥当然是过去几年工作中的主要错误，但分散主义倾向也是主要错误，特别是在目前，它已经成为我们纠正各种错误的最大障碍。

少奇同志的这个观点，是根据大量事实提出来的。当时，分散主义倾向已成为全国普遍的严重现象。其突出表现是许多地方和部门拥权自重，既各自为政，又政出多门，形成许许多多小天地，对中央闹独立性，对下级和群众则独断专横、压制民主。中央的许多政策，尤其是1960年冬以来为纠正"左"的错误而重新制定的一系列政策，遇到重重阻力，贯彻不下去。有些地方和部门，对这些政策采取置之不理、或者各取所需的态度，有的甚至索性另搞一套。党中央1960年11月接连发出的《关于农村人民公社当前政策问题的紧急指示信》、《关于彻底纠正五风问题》等指示，有些党委和部门竟然加以封锁，不往下转发，也不往下传达。1961年1月党的八届九中全会确定的"调整、巩固、充实、提高"的方针，许多地方和各部门就迟迟不贯彻执行，或者在执行中大打折扣。当时党内有令不行、有禁不止、瞒上欺下、弄虚作假的歪风邪气，相当严重。少奇同志在报告初稿开始起草时，曾要求起草工作同志广泛收集和严加核实有关分散主义的事例，而且要指名道姓地写出来，使大家触目惊心。

少奇同志在会议中反复严肃指出，不论纠正"三风"、"五风"也好，实行"调整、巩固、充实、提高"的方针也好，首先必须克服分散主义。无论何时，都不能没有党中央集中统一的领导（当然同时也应注意发挥各地方、各部门的积极性和因地制宜），尤其是在革命事业遇到严重困难的时候，更需要加强这种集中统一领导。少奇同志尖锐地提出，分散主义能否克服，对社会主义事业能否继续前进关系极大。闹不闹分散主义，是考验每个共产党员是否真搞社会主义的试金石。

少奇同志这样严肃、尖锐地批评分散主义倾向，对许多同志说来是非常有效的清醒剂。少奇同志还提出，反对分散主义只在党内领导干部中进行，不要反到一般干部和群众头上去，更不允许采取过火的粗暴的党内斗争方法，绝不能重犯1959年庐山会议后"反右倾"斗争扩大化的错误。至于报告初稿中列举许多分散主义的事例，少奇同志提出，各地方各部门认为不适当的可以订正，还可以自己选择自己认为适当的事例来代替。后来，初稿中的不少事例更换了，但最后定稿时，考虑到这类性质的错误不是被指名的某个地方或某个部门所独有，还是泛指较好，于是就把全部指名道姓删去了。这样，既批评了分散主义倾向的种种表现，又缓和了曾被点名的地方和部门的紧张情绪。

少奇同志批评分散主义令人折服，还在于他自己也作了自我批评。少奇同志在起草委员会中实事求是地指出，分散主义现象这么普遍而严重，不能完全责怪各地方和各部门。这种倾向的产生，首先应由中央负责。因为从"大跃进"时候开始，中央作过多次决定，把许多原属中央直接掌握的权力下放给地方和部门。他自己就曾批发过好几个这类文件。下放权力过多，给分散主义的滋长造成了条件，这是中央犯的错误。一年来中央决心改正这个错误，把下放不适当的权力收回来，并且重新制定改正其他错误的方针政策，要求各地方和部门贯彻执行。这时候就特别需要各地方和各部门克服分散主义倾向，维护党中央集中统一的领导。

在七千人大会中，少奇同志不仅仅是对下放权力过多作自我批评。他还代表中央宣布：过去四年工作中的主要错误，首先由中央负责。

早在七千人大会之前，中央书记处检查了这几年中央发出的文件，向毛泽东同志和中央政治局常委提出一个报告。报告中指出了这些文件中反映的中央工作中的主要缺点错误，并且说明首先由中央书记处负责。这个报告后来在会议中分发了。小平同志在大会讲话中精辟地论述了党内生活的重大原则，批评了种种不良现象，提出了纠正错误、克服困难的有利条件，并且作了自我批评。少奇同志在书面报告中谈到此事时还声明，中央书记处检查报告中说到的有些事情，是经过中央政治局的，中央政治局应该担负责任。少奇同志在党的八大以后逐渐代替毛主席主持中央政治局日常会议，因而政治局的责任首先由少奇同志承担。

（四）自我批评与出气会

毛主席1月30日在七千人大会上作长篇讲话时，一方面严厉地批评党内压制民主的恶劣现象，一方面也坦率地对几年工作中的缺点错误承担责任。他说："凡是中央犯的错误，直接的归我负责，间接的我也有份，因为我是中央主席。我不是要别人推卸责任，其他一些同志也有责任，但是第一个负责的应当是我。"在这之前，毛主席在中央政治局常委中谈到中央书记处的检查报告时还说，报告不要把我写成圣人，圣人是没有的，缺点错误每人都有，只有多少的问题。

周总理在大会的最后一天讲话，对如何贯彻国民经济的"调整、巩固、充实、提高"的总方针，提出了一系列的意见，以动员和集中全党、全国的力量，克服当前严重的经济困难。在这个讲话中，他多次对政府工作中的主要缺点和错误作自我批评，郑重而又恳切，极为感人。

中央领导同志这种自我批评精神，深深地感染参加会议的同志，有力地推动大家认真总结"大跃进"以来的经验教训，并且在小组会议中敞开思想，互相交心，开展批评和自我批评。特别是在毛主席1月30日讲话中批评有些省委压制民主的现象后，各省分组会迅速形成开"通气会"的高潮。如果说七千人大会前半段主要是对报告初稿（包括对中央和中央各部门的工作）提意见，那么后半段主要是县委和地委对省委提意见，省委作自我批评。毛主席曾引用一个省的同志一首打油诗，形象地道出了开"通气会"的心情。这首诗是："白天出气，晚上看戏，两干一稀，皆大欢喜。""通气会"上，大家畅所欲言，许多同志讲出了多年憋在肚里的真心话，这就消除了隔阂，沟通了思想，加强了团结。许多同志深有感触地说，"许多年没有开过这样痛快的会了"。

少奇同志、周总理、朱总司令、陈云同志都分别参加了一些省的小组会。少奇同志在安徽组着重谈了发扬党内民主。周总理在福建组着重谈了说真话、鼓真劲、做实事、收实效。朱总司令在山东组着重谈了纠正"左"的偏向和恢复发展生产。陈云同志在陕西组着重谈了怎样使认识更全面，深入浅出地阐明全面、比较、反复的思想方法和工作方法。邓小平同志除了在起草委员会中协助少奇同志以外，经常同各中央局的负责同志在一起交谈，对沟通政治局常委和各中央局负责同志的思想起了重要作用。

少奇同志的报告稿在1月26日中央政治局常委会议上通过以后，毛主席建议，这个报告几易其稿，多次讨论，大家都很熟悉，不必再照本宣科了，可作为书面报告印发，另由少奇同志在大会上作补充说明和解释。少奇同志当天亲自通宵草拟了一个讲话提纲。第二天（1月27日）大会在人民大会堂开始前，中央政治局常委聚在后台休息室（原北京厅），少奇同志把讲话提纲交给毛主席看，毛主席看后就一页一页地传给其他常委看。提纲一共有十几页，因为字写得很大，很快就传看完了。少奇同志在大会上按提纲加以发挥，更鲜明地阐述了他在起草委员会中说过的许多重要观点。事后有同志提出一个问题：少奇同志书面报告和讲话都强调加强集中统一，而毛主席1月30日的讲话则强调发扬党内民主，这怎样理解。当时的解释是：这并不矛盾，而是相辅相成。他们两人都是在论述加强党的民主集中制的大前提下分别侧重不同的方面。少奇同志更多地突出反对分散主义。毛主席更多地针对当时有些省的分组会中出现压制民主的现象，这从他讲到这个问题时严厉而激动就可见一斑。至于后来事情逐渐走向反面，那就始料不及了。

＊　　＊　　＊

在二十多年后的今天来回顾1962年的七千人大会，人们可以发现这个会议带有难以避免的时代烙印和历史局限性。主要是大会在当时的条件下没有也不可能彻底认识和纠正党中央（以毛主席为代表）总的指导思想的错误，并没有完全做到实事求是（少奇同志也难以完全做到），有些错误的东西当时还被肯定，后来又恶性发展了。

但是无论如何，从历史唯物主义的观点看来，七千人大会毕竟是有重大历史意义的会议，它初步总结了"大跃进"以来四年中的经验教训，纠正了这个时期内我党所犯的相当大部分的错误，重新发扬实事求是的作风，开展批评和自我批评，统一了全党思想，加强集中统一，并且提出了一系列克服当时严重经济困难的方针、政策和办法，团结全党和全国各族人民，为尽早争取全国经济形势好转而奋斗。这次大会及其以后的2月"西楼会议"、5月中央工作会议，由于少奇同志、周总理、陈云同志、小平同志以及李富春等同志的共同努力，并得到毛主席的赞同，使国民经济的调整、巩固、充实、提高的方针以雷厉风行之势贯彻执行。加上党中央采取的其他重大政治措施，给在"反右倾"运动中被错误批判的大多数同志甄别平反，给被划为"右派分子"的大多数人摘掉"右派分子"帽子，宣布我国知识分子的绝大多数是劳动人民的一部分，经过 1962 年的紧张工作，国民经济在 1963 年开始好转了，1964 年全面好转了。周总理 1964 年底在第三届全国人民代表大会第一次会议上庄严宣布：我国进入一个新的历史时期，今后发展国民经济的主要任务，是要在不太长的历史时期内，把我国建设成为一个具有现代农业、现代工业、现代国防和现代科学技术的社会主义强国。

当然，这个社会主义现代化的宏伟事业，不久就夭折在"文化大革命"的狂风暴雨之中。直到党的十一届三中全会重新恢复和发扬实事求是的思想路线，才全面展开了建设有中国特色的社会主义现代化强国的宏伟事业，改革和开放才形成势不可挡的潮流。抚今追昔，七千人大会有它应有的历史地位，少奇同志实事求是的作风将长久地为人们敬仰和思念。

1988 年 3 月

四、调整时期的少奇同志[*]

（一） 进入调整时期

在我国全面建设社会主义的历史阶段，有三年"大跃进"时期，也有四年大调整时期。

四年大调整时期指的是 1961 年到 1964 年。之所以要四年大调整，是因为我党在三年"大跃进"（1958—1960 年）中犯了严重的"左"的错误，高指标、高估产、高征购，大刮浮夸风、"共产风"和瞎指挥风，给国民经济造成严重破坏，使全国陷入难以为继的严重困难之中，因而不得不进行全面调整，纠正我们工作中造成这些困难的重大缺点和错误。

少奇同志在这个时期的全面调整、克服困难、争取国民经济全面好转的工作中，同中央其他领导同志一起，俨然中流砥柱，发挥了历史性的重大作用。

＊ 本文原题为《调整时期的中流砥柱——纪念刘少奇诞辰一百周年》，是作者为纪念刘少奇诞辰一百周年撰写的特约文章。原载于《党的文献》1999 年第 1 期。

本来，早在 1958 年末、1959 年初，毛主席就首先发现"大跃进"和人民公社工作中的某些"左"的错误并开始纠正。少奇同志、周总理、陈云同志和邓小平同志支持毛主席的意见，并想方设法进行调整。

但是，由于对造成"大跃进"、人民公社化种种错误的"左"的指导思想没有认真进行清理，1959 年庐山会议后期发动"反右倾"斗争全盘否定前期的纠"左"工作，打断了纠"左"的进程，并在 1959 年和 1960 年继续"大跃进"，给国民经济造成更加严重的破坏。

1960 年，由于苏联方面发动一浪高过一浪的反华浪潮，我们党中央用了很大精力对付以赫鲁晓夫为首的苏共领导集团的反华挑衅。经过复杂的斗争，终于在八十一党莫斯科会议上达成了协议，这就为搞好国内工作创造了比较缓和的国际环境。

我记得，少奇同志在莫斯科会议结束后以国家主席身份对苏联进行正式国事访问时，我作为随员与他同行。在最后一站伊尔库茨克，少奇同志在修改完了他的讲话稿之后，曾对我说，过去一年同苏共领导的争论耗去了中央很大部分精力。现在八十一党达成了协议，中苏关系会缓和一个时期，中央可以集中力量来解决国内工作中的问题了。

回到北京，少奇同志曾当面向毛主席和中央常委其他同志提出了集中力量搞好国内工作的意见。毛主席当时也指出，国内工作是基础，搞好了国内工作，我们在处理中苏关系时就处于更加有利的主动的地位。现在，国内工作积累的问题很多。本来我们从 1958 年底就开始纠正"大跃进"和人民公社化运动中的"左"的缺点和错误，但庐山会议只反右不反"左"，因而 1959 年和 1960 年这两年中"左"的错误造成比 1958 年更为严重的危害。少奇同志说，庐山会议后期，他本来还想把《会议纪要》搞成中央正式文件下发，但看到当时大家一个劲儿反右，对反"左"没有兴趣，也就作罢了。现在看来这是失策，也是一个重要教训。现在"左"的问题成堆，很有必要也有可能趁国际上形势稍为缓和的时机，全力整顿国内工作。当时在场听取汇报的其他常委也有同感。

国内调整工作正式开始于 1961 年 1 月初召开的中共八届九中全会。这次会议除了少奇同志汇报一年来的中苏关系外，着重讨论 1959 年国民经济计划问题。

毛主席在全会之前召开了中央政治局常委会议（12月19日）。常委们在会上一致认为，中央工作重点应从国际问题转移到国内问题上来。毛主席说，今后无论国际上刮什么风，我们都要稳坐钓鱼台，把主要精力放在国内问题上，不受任何国际问题干扰。少奇同志认为，看来，国际形势，主要是中苏关系，可能要缓和一个时期，即使将来有反复，也不要受影响。1960年我们大家抓一下国际问题，也有好处，对苏共领导比较熟悉了，看来也不过如此，不难对付。经过了解情况和加以比较，我们更有信心搞好国内工作了。我们已经丧失了一年的时机，现在再不能犹豫了。会议决定，明年一年要大抓调整，不仅经济工作，其他工作也要调整。

常委会议原则通过1961年国民经济计划，并决定在中央工作会议（1960年12月24日至1961年1月13日）上讨论、修改后提交八届九中全会通过。

八届九中全会坚决通过了"调整、巩固、充实、提高"的八字方针作为整个国民经济的指导思想。事实证明，中央下这个决心是正确的、英明的。我国从此进入调整时期。

毛主席在全会上大讲大兴调查研究之风。他说，入城以来，官做大了，位子高了，离基层远了，不摸底了。"大跃进"一来，昏头昏脑，情况不明，决心却很大，方法又不对头，结果犯了大错误。郑州会议时许多同志对平调风、"共产风"的危害认识不足，说是压服不是说服。对高指标、高估产、高征调、高消费更是心中无数，这怎么得了。结果只好低标准、瓜菜代。"农轻重"讲了五六年，但就是不理解。今年计划中才有这个方针，还看能否变为现实。这些都是调查研究、实事求是的问题。今年要成为调查研究年、实事求是年，在实践中调查，在实践中认识客观规律。

少奇同志说，毛主席的讲话很重要。目前困难很多，但不要泄气。他赞成陈云同志的意见，今后几年要着重抓质量、品种，这是很大的事。质量、品种抓上去了，数量少一点也不要紧，不能因此松劲。要抓紧时机，鼓足干劲。今年实行调整八字方针，工作量比过去大得多，要有更大的干劲，更深入的调查研究，发扬党的实事求是的优良传统。

这次全会以后，从调整经济开始，逐渐扩大到各方面，都以纠"左"为主要内容。少奇、周总理、陈云、小平等中央领导同志亲自深入基层做调查研究，并在实事求是的基础上协同一致，陆续制定了一系列文件，如《农业六十条》、《工业七十条》、《商业四十条》、《手工业三十五条》、《高教六十条》、《科技十四条》、《文艺八条》以及关于对被错误处分的干部实行甄别、平反的指示，等等。

1961年9月第二次庐山会议，明确提出今后三年内以调整为中心。

（二）七千人大会

中央决定实行全面调整的一系列方针、政策，在贯彻执行中进展很慢，阻力很大，全国各地方和各部门调整工作进展很不平衡。相对而言，中央各部门因经常接触中央领导同志，听到他们的意见的机会较多，因而思想比较通；而地方同志同中央领导同志日常接触较少，思想转变较慢，有些地方较好，但多数地方对中央纠"左"的方针政策理解不够，行动迟缓，犹疑观望，甚至还想"大干快上"；有的地方各取所需，令出多门；有的地方既不组织学习，也不传达，更不执行，有的竟然自搞一套"左"的东西，自行其是。

10月下旬，中央常委会决定：将原拟召开的第二届全国人民代表大会第三次会议推迟（后来在1962年3—4月召开），先召开中共中央工作会议，统一党内思想，进一步贯彻全面调整方针。

少奇同志为准备召开中央工作会议，根据毛主席的意见，主持召开了有各中央局第一书记参加的政治局扩大会议。会议从11月6日开到10日，主要讨论人民公社三级所有制问题和粮食、市场、明年计划问题。与此同时还召开了工业会议和农业会议。参加会议的来自中央各部门和全国各地方的同志，对不少重要问题意见相当不一致，因而没有形成提交工作会议的正式文件。在最后一天的政治局扩大会议上，少奇同志最后宣布，已同毛主席通了电话，主席建议中央工作会议扩大，地、县（团）两级都要有两人参加，由少奇同志准备一个代表政治局向中央工作会议作的报告，主要内容是总结三年"大跃进"的经验教训，加强集中统一，改进党内民主，开展批评和自我批评，发扬实事求是的作风。少奇同志主持起草，小平同志协助。少奇同志当场指定报告由陈伯达牵头，我和田家英、胡绳参加起草。

中央工作会议最初定为中央、省两级，后来加上地、县（团）两级，各有二至五人参加，共约七千多人，因而通称"七千人大会"，正式名称是"扩大的中央工作会议"，除总结三年经验教训外，还制订了1962年计划和七年规划（1963—1969年）。

本来，中央在1960年6月上海会议时，曾预定7月间召开党的八大三次会议，后因发生苏共在布加勒斯特会议上突然发动反华事件，中央决定推迟召开。因此这次七千人大会，不论在规模或内容方面，实际上是党的八大三次会议。而且由于形势的变化，党中央对三年"大跃进"经验教训的进一步的认识，远远超过了毛主席1960年6月间发表《十年总结》时的深度和广度，七千人大会在党的历史上远比原拟召开的八大三次会议具有更重大的意义。

中央决定起草报告后，我即将原来住在钓鱼台九号楼为周总理准备在全国人民代表大会上的政府工作报告的起草小组重新调整，并同陈伯达商量增加一些人，搬到比九号楼大些的八号楼工作，陈伯达则独住十五号楼。

起草小组最初根据小平同志主持写出的中央书记处给中央常委的关于三年来发出的指示、文件的总检查报告的精神和小平同志来钓鱼台同写作班子讨论报告起草大纲的意见，分头起草，初稿经小平同志主持讨论过。

少奇同志从南方休养（他主持11月初的政治局扩大会议并布置七千人大会的筹备事宜后即去南方休养）回来后，第一天即到钓鱼台来找陈伯达和我、田家英、胡绳谈话，他对我们起草的稿子很不满意，主要是嫌稿子不够鲜明、不够尖锐。他说，整个报告的精神，还是他1959年在庐山会议上讲的那两句话，即：成绩讲够，缺点讲透。现在的初稿主要毛病是不够、不透，尤其是对缺点错误含糊其辞，像钝刀子割肉，不痛不痒。他要我们放开手写，实事求是，缺点错误有多少就讲多少，不姑息，不怕丑，即使讲过头一点也没有关系，还可以修改。他说，我就怕你们缩手缩脚，生怕讲过头了挨整。你们几个人（除胡绳外）都是《庐山会议纪要》的起草者，那个《纪要》初稿被攻得厉害，你们也挨了整。你们不要一朝被蛇咬，十年怕草绳。中央有个规矩，参加中央文件起草工作的同志，不承担政治责任。即使有错误，也是由中央书记处或中央政治局负责。初稿是草稿，错了修改就是，批评一下可以，但绝不能因而整人。过去几年工作中主要错误之一是党内斗争过火，动不动就反倾向，主要是反右倾。下面干部就怕上级一手高指标，一手"右倾帽"，不敢提不同意见，这样怎么会有健全的党内民主生活呢？少奇同志这番话，是有所指的。在起草过程中，有些同志的确心有余悸。经少奇同志这么一说，大家思想就比较放得开了。

少奇同志接着提出了报告稿还应加强的五点意见：

（1）对工作中的缺点错误，要摆开来写，要鲜明尖锐，可以有必要的含蓄，但不要温吞水；重症要用猛药，痛切而后能吸取教训，但不搞文字嘲讽。

（2）对过去三年工作中的缺点错误，中央要承担主要责任。事实是这样，也只有这样地方同志才心服。中央书记处已有书面检查，但在大会报告中中央政治局还要作进一步检讨，因为许多重大决定是经中央政治局通过的，通常是我主持政治局会议，我不能推卸责任，要作自我批评，否则难以服众。

（3）当前工作中的主要危险，是分散主义倾向。这是"大跃进"中中央下放权力过多引起的。过去一年中，自七中全会起，中央已陆续作出了纠正三年"大跃进"缺点错误的一系列方针政策，现在的问题在于贯彻这些方针政策遇到很大阻力，进展迟缓。这主要是因为许多干部包括高级领导干部思想不通，没有认真清理"左"的思想错误，未能真正接受经验教训。1958年底和1959年初两次郑州会议触动了一下，但庐山会议反右一来，"左"的错误更加严重了。现在纠"左"，比三年前更费力。中央令出不行、有禁不止，许多地方唯我独尊，当土皇帝，封锁中央，对抗中央，这次非狠狠反一下不可，否则社会主义搞不成。因此报告稿中要列举分散主义的事例，中央每一个部门要有，全国每一个省也要有，都要有一个分散主义的事例，一个也不能缺。你们写作班子有《人民日报》和《红旗》、新华社的负责人，你们自己也要主动揭自己的分散主义，否则你们会被动。这三家宣传单位在"大跃进"中"三风"刮得很厉害，虽然不能完全责怪你们，但你们传播"三风"产生了很坏的影响，你们失信于民。

（4）这几年犯了错误老是改不过来，看来这同党内斗争过火有关。1959 年庐山会议后反右扩大化，给许多提正确意见的同志扣上"右倾机会主义分子"的帽子。许多领导同志听不得不同意见，动不动就给别人扣帽子，这怎么会有党内民主生活呢？这怎么会使人敢讲真心话呢？这怎么能改正错误呢？这次大会，要在党的建设问题上大讲反对党内过火斗争，大讲发扬党内民主。这是党的建设中重大的思想问题和组织原则——民主集中制问题。

（5）这几年的工作有很多宝贵的经验教训，犯错误也是宝贵的财富，对己自勉，对人鉴戒。应该好好加以总结。我们搞了十多年社会主义，应该可以把一些感受最深而又带有规律性的东西加以分析、归纳，使之成为教育全党的经验教训。总结得不完全不要紧，人们的认识总得有个过程，逐步从必然王国进到自由王国，现在总结得粗浅一些不要紧，而且也是难免的。你们先搞若干条，政治局再来修改补充，还有七千人大会上大家来修改补充。

少奇同志这番谈话，看来是他在南方休养时深思熟虑的，不过好像还没有全讲。他在谈话结束时对我们说，还有些意见过几天再谈，你们先放开手来写。

从 12 月底到翌年 1 月初，少奇同志和小平同志先后召开了六次会议，讨论我们起草的初稿。主要是中央有关部委负责同志参加，各地方的中央局和省委同志则参加从 12 月 21 日开始的由少奇同志主持的为七千人大会作准备的预备会议，分组讨论形势和计划（1962 年计划和七年规划）以及人民公社等问题。

在对报告初稿的讨论中，大家提了许多意见。少奇同志的意见比较重要，主要有：

（1）对造成当前严重经济困难的原因，要认真科学分析。要实事求是地说明，这些困难主要是我们工作中的缺点错误所造成的，既不是由于自然灾害，也不是由于苏联撕毁协议、合同。把这个问题说清楚了，我们的干部和群众就会认识到，只要我们自己克服工作中的缺点错误，当前的困难就可以克服一大半了。这就增强而不是削弱了干部和群众战胜困难的信心。少奇同志特别谈到他在湖南家乡听到农民群众的意见，农民说是"三分天灾，七分人祸"。

（2）对分散主义的批评，稿中无论在分量上或深度上都还不够，应当加重批评，而且要批评得深刻些。要把各部和各省的事例加以分类分析，并逐一论述其危害性，使人读了触目惊心。然后强调加强集中统一的必要性和急迫性。要把加强集中统一从理论上提高到社会主义的优越性上来论述。没有集中统一，自由放任，就没有社会主义。

（3）关于形势部分，讲成绩方面要加强，可以扩大为讲十二年来的成就，这会使人全面了解，有历史比较，印象深刻。至于缺点，不宜讲得太琐碎，要概括些，切中要害，易于记取。

（4）关于党的部分，要抓住四个要点，即：党内民主，批评与自我批评，实事求是的工作作风，群众路线的工作方法。毛主席在这些方面都有许多论述，可选其精辟的加以阐述。这是我党有创造性的优良传统，应很好地继承和发扬。这四点要充分加以阐述，但要明白易懂。

（5）关于基本经验教训，你们修改多次，但还不成熟。这要请中央各部门和地方上的负责同志好好想想，这些年自己工作中感受最深的成功的或失败的是哪些经验教训，这比秀才们闭门造车要真切实在。秀才们可以做综合工作，但真材实料得来自做实际工作的同志。

（6）这几年我们犯错误，有些是苏联党也犯过的。人家犯了错误，我们自己还要犯，这同我们不够谦虚谨慎有关。搞社会主义建设，老实说我们缺乏经验，花些学费是难免的，但这几年学费花得太多了。如果还不接受教训，学费就白花了。

报告初稿经一个月修改后即送毛主席。原来少奇同志设想，待毛主席阅后认为基本可以，然后提交政治局讨论。后来毛主席认为，现在参加七千人大会的人已陆续到达北京，报告初稿不必等他看完，就可以先发给与会同志分组讨论，同时成立一个起草委员会，根据大家意见开会讨论修改，然后再交政治局通过，最后提交大会。常委们同意毛主席的意见。

这样，七千人大会实际上从1月10日便开始了。方式不是开大会，而是分组（以省为单位，人多的省又分小组）讨论。起草委员会也同时平行工作。

参加起草委员会讨论的有中央政治局委员和候补委员周恩来、陈云、邓小平、彭真、李富春、李先念、谭震林、薄一波、乌兰夫、陈伯达，还有各中央局的第一书记柯庆施、李井泉（他们两位也是政治局委员）、陶铸、王任重、李雪峰、宋任穷、刘澜涛，外加起草小组成员田家英、胡绳和我，一共21人。

起草委员会的讨论相当热烈，真是敞开思想，各抒己见。少奇同志主持会议，充分表现了他的政治家的风度，既坚定地坚持原则，从政治上、思想上、理论上和组织原则上阐述中央既定的方针、政策，鲜明、尖锐、深刻，逻辑有力，论述透彻，条理分明，层次有序；又充分地灵活变通，尽量采纳合理的意见，把偏颇的意见加以补充完善，使各部门和各地区在贯彻中央方针政策时有必要的灵活性而又不离原则，对不正确的意见耐心解释，委婉说理，必要时也据理力争。

这些既有原则性又有灵活性的议论，主要集中在以下问题上：

（1）关于成绩与错误的估计。有的同志认为成绩说得不够，有的同志认为缺点说得太多。少奇同志力陈两方面的估计都必须实事求是，恰如其分。他说，起草报告初稿时的方针本来就是成绩要讲够，缺点错误要讲透。现在大家认为还有哪些成绩没有讲够，可以采取加法，有多少加多少；认为缺点错误讲得太多的，可以采取减法，所有不符合事实的都删掉。两者都采取同一原则，就是实事求是，不虚报，也不瞒产，有多少说多少，恰如其分。

（2）对形势的估计。有的同志似乎认为，报告初稿在这方面讲得严重了一些，从地方上看，形势开始好转。少奇同志尖锐地提出，从目前情况看，最困难的时期过去了没有？他说，从中央已经提出了一系列纠正错误的方针、政策这方面看，情况比过去好了。我们已经认识到错误，提出了纠正的办法，形势好转已经有了最基本的前提。这同不觉悟、不认识、不采取纠正的办法，的确大不一样。但是，中央的方针政策的贯彻执行要有一个过程，因为对中央的指示理解有快有慢，措施有得力的也有不得力的，各地情况不平衡。但从总的方面来看，相当多的部门和地方对中央的方针政策很不落实。中央决定的调整、巩固、充实、提高的方针快一年了，但在贯彻中还遇到相当大的阻力。在这些方面，不能说形势已经好转了。如果我们现在还犹豫观望，不采取坚决的、果断的措施，不痛下决心减少城镇人口，不关停并转一批工矿企业，不下马一大批基建项目，不全力争取农业尽快恢复，情况还会更坏。对形势的估计，根据过去的经验，与其过分乐观，不如小心谨慎。过分乐观，一旦出现意外情况，我们就非常被动。小心谨慎，如果形势比我们原来的估计好，岂不更好。

（3）当前克服困难的关键。有些同志对这次中央强调克服困难的关键是反对分散主义很不理解。有的同志提出，造成当前困难的原因是"三高"（高指标、高估产、高征购）、"三风"（浮夸风、"共产风"、瞎指挥风）。有的同志提出，主要问题是主观主义很严重。有的同志提出关键是庐山会议后"反右倾"扩大化了。还有的同志则从自己的内心思想检查，认为不应该在庐山会议上"赌气"，既同彭德怀"赌气"，也同赫鲁晓夫、杜勒斯"赌气"，豁出命来也要大干快上，继续"大跃进"。少奇同志、周总理和小平同志对这些问题都作了分析。少奇同志特别指出，上面说的理由都有一定的道理，我们过去几年中的确犯了这些错误，给各方面的工作造成了重大的危害和严重的困难。现在的问题是，上面讲的这些错误，在过去多年里，中央已经发觉并陆续提出纠正的办法。如果大家一年来都按中央的指示去做，在各部门、各地方老老实实地具体落实中央的指示；可以肯定地说，我们目前面临的困难不至于像现在这样严重。现在中央认为妨碍调整方针贯彻的最大阻力是分散主义，是中央令出不行，有禁不止。只要全党上下，首先是高级干部，思想一致，行动一致，以身作则，我们就能够用不太长的时间战胜当前的严重困难。

（4）关于加强集中统一。起草委员会成员几乎一致赞成强调加强集中统一。过去几年中央下放权力过多，一方面有利于调动地方和部门的积极性，但另一方面的消极作用也很大，就是各自为政，政出多门，把党的民主集中制搞乱了。讨论中有的同志提出，加强集中统一主要是中央对各省和各部，这方面需要克服的分散主义的东西很多；但有的同志则主张对地、县两级也要加强集中统一，现在许多地方存在着半无政府主义、无政府主义状态，工作中很难一竿子插到底。小平同志着重讲了集中和民主的关系，对于地方基层组织，倾向于不提反对分散主义，只从正面讲清楚加强集中统一的必要性和迫切性。少奇同志则强调，庐山会议后"反右倾"扩大化，挫伤了许多干部的积极性，现在敢提不同意见的干部太少了，这是一种危险的现象。过去我们党内斗争扩大化，大大削弱了党内民主。各种情况不能一概而论，可能有些地方极端民主化多了，分散主义就是；另一些地方则集中统一太死了，瞎指挥就是。他赞成对中央各部门和各省，更加强调加强集中统一，反对分散主义；对地县两级，不反分散主义，强调发扬民主。

（5）报告初稿中每个部、每个省都列举了分散主义的事例。起草委员会讨论时，有些同志提出同他们有关的事例不确切，有些同志提出事实有出入，个别的甚至认为他们那里没有恰当的分散主义事例。少奇同志提议确切的事例加以调换，总之，一个也不能缺。但是所有事例必须得到列举的单位认可才行，秀才们可以核对，仍必须被各单位确认，后来，各单位修改和调换事例到齐后，少奇同志和小平同志逐一校阅。最后，少奇同志下决心把各单位所有举例全部删去。他解释说，现在大家都赞成中央提出的加强集中统一、反对分散主义的方针，这就没有必要逐部、逐省列举事例，因为这些现象太普遍了，不是哪个部、哪个省所独有。（按：少奇同志在大会作口头补充说明时仍点名批评《人民日报》、新华社和《红旗》杂志的错误。毛主席也要这三个单位同广播局检查说了哪些错话）但小平同志最后仍提出，有的地方说他们那里没有分散主义，这恐怕是由于不了解情况，我这里就有那个地方拒绝试行《工业七十条》的材料。他当场就把一叠材料放在桌上说，不信可以看看。

（6）关于《农业发展纲要四十条》和"十五年赶上英国"的问题。

起草委员会和分组讨论中都有人提出报告稿中要明确重申这两个奋斗目标，周总理作了详细的解释。少奇同志特别强调，我们现在努力搞调整，农业恢复早则三年，迟则五六年，农业恢复了，工业才能上去。现在我们还是谨慎些为好。现在提交大会讨论的三年计划和七年计划〔把十年规划分为恢复（调整）与发展两段〕即使完成了，距离《农业四十条》和"十五年赶上英国"的目标还有很大差距。现在还是暂时不提这两个目标为好。我们这次不提，但也不宣布取消，过三两年再看，岂不更好。毛主席是赞成谨慎些的。

从起草委员会的讨论可以看到，少奇同志等中央领导同志，为统一高级干部的思想，耐心地作了充分的解释，委婉说理，循循善诱，但是在重大原则问题上又坚定鲜明，毫不含糊，表现了高屋建瓴、势如破竹的魄力和坚强信心。尖锐处促人猛醒，委婉处发人深思，两者相得益彰，堪称楷模。

起草委员会最后两天会议，在上述重大意见统一后，集中讨论经济方面集中统一的十项要求、基本经验教训以及党的民主集中制和实事求是、群众路线，提了许多好的建议。少奇同志和小平同志主持写作班子对全稿作了又一次修改，然后送毛主席审阅。

1月24日下午，毛主席在颐年堂召开政治局常委会议，讨论报告修改稿（这时已称第二稿，以区别于两周前发给大会分组讨论的初稿）。毛主席一开会就说："寡妇生仔，众人之力"，经过七千人讨论，稿子写好了，这是集体创作，也是开会方式的一个创造，不是先报告后讨论，而是先讨论后报告。也称赞这个报告第二稿肯定了成绩，检讨了错误，总结了经验教训，提出了当前措施和十年奋斗目标，方向正确，措施得当。于是决定提交政治局讨论。

政治局会议由少奇同志主持，于1月25日讨论通过了报告修改稿。

毛主席1月26日晚又召集常委会。他说他又把报告稿看了一遍，觉得很好。他说，这个稿子已经七千人讨论过了，他们提的意见主要的也吸收在第二稿中了，因此少奇同志不必在大会上再念这个稿子，可以把它作为书面报告发给大会，另外再作一个口头说明。他说，这也是别开生面的做法，大家是否赞成。许多同志赞成这样做，但少奇同志感到有些为难，因为明天要开大会，时间仓促，准备临时补充说明有困难。毛主席说，这件事情酝酿两三个月了，少奇同志胸有成竹，作个说明不难。于是毛主席宣布现在马上散会，让少奇同志准备明天发言。

少奇同志用了一个通宵，终于写成了一个十几页的发言提纲。

1月27日下午，七千人大会开始前，毛主席在主席台后面的休息室召开常委会，传阅少奇同志昨夜草拟的补充说明提纲。我是最后一个传阅的。十多页的提纲用上海铅笔厂特制的6B型粗黑铅笔写成，越到最后几页字迹越大，大概是天将破晓，少奇写到这时实在相当疲倦了。传阅完以后，毛主席问大家有什么意见，并说少奇同志可以按这个提纲讲吧，这些意见常委会已议论过多次了。大家同意。

1月27日，少奇同志在七千人大会上按照提纲讲话。内容也同书面报告一样分成三部分，但着重讲国内形势。他这个讲话给人印象最深的是两个"三七开"。他说，1958年以来，总的来说成绩是主要的，缺点是次要的，但不宜用九个指头和一个指头的关系来比拟。因为我们工作中的缺点错误确实很严重。恐怕说"三七开"比较合适，缺点错误有三分，成绩有七分，成绩还是主要的。有些部门和地方，错误可能不只三分，也有可能不到三分的，成绩多于七分。各部门各地方可以实事求是地加以估量。至于目前严重困难是怎么造成的，什么原因是主要的，湖南农民说是"三分天灾，七分人祸"，书面报告说是"在很大程度上"是由于我们工作中的缺点和错误造成的。这样说比较合乎事实，也比较有利于纠正我们的错误，只要错误纠正了，困难也就克服一大半了。这是就全国总的情况说的。各地方、各部门的情况如何，请你们自己判断，干部和群众认可就行。

少奇同志这两个"三七开"对参加大会的同志震动很大，也使他们非常兴奋。因为这两个估计，打消了他们特别是地、县两级干部的重重顾虑，使他们对工作中的错误和困难都不能掉以轻心，必须实事求是地正视自己的错误，必须加强同困难斗争的决心，同时也增强了克服困难的信心。他们普遍认为，中央这样实事求是的态度，解开了几年来困扰他们的思想和工作中的疙瘩。

少奇同志讲话中谈到这几年党内民主不够，这同党内斗争过火有关。他指出，反右派和"反右倾"斗争扩大化，把思想问题当成政治问题来批斗，使党内许多同志不敢讲真话，不敢如实反映情况，怕犯错误，这不但压制了党内民主，而且使我们不能及早发现工作中的错误，更谈不上改正错误。少奇同志说，有些意见，本来是正确的，只因是某人讲过，别人再说就成为错误，这是不正常的。少奇同志强调共产党人要做老实人，讲老实话，办老实事。这些很有针对性的非常尖锐的话，在大会上反应非常强烈，许多同志感到很受教育。

在少奇同志讲话之后，毛主席1月30日发表长篇讲话，集中讲民主集中制问题。毛主席这次讲话，是鉴于七千人大会各分组会中，据中央办公厅派到各组去的工作人员反映，会上对省委提的意见很少，有的也是吞吞吐吐，开会时省委书记一进场，空气就变得相当沉闷了。毛主席一方面作了自我批评，另一方面又着重批评省委一级有些同志搞一言堂，听不得不同意见，个人说了算，称王称霸，老虎屁股摸不得。他甚至激动地说，"我偏要摸摸老虎屁股"。他强调要发扬党内民主，开展批评和自我批评。他说犯了错误作自我批评，还可以照样当省委书记，如果硬是不改，霸道，不作自我批评，总有一天要"霸王别姬"就是了。毛主席这次讲话很鲜明，很尖锐，也很生动。

七千人大会从此进入又一个高潮。前一阶段是讨论少奇同志报告，主要是向中央和中央各部门提意见的高潮。现在的高潮，大家叫它是"开通气会"的高潮。按照毛主席说的，在北京过春节，有气出气，在北京把气出完，团结起来回去好好工作。在各省小组中，出现了地县委书记批评省委书记，省委书记作自我批评的热烈气氛。有的省委书记亲自到曾经被他粗暴地指责过的县委同志面前赔礼道歉，甚至拥抱流泪，场面极为感人。少奇同志还亲自参加了安徽省的小组会。

毛主席的讲话，把少奇同志讲话中的民主与集中这两个方面统一起来，特别强调要发展党内民主，对大会产生了巨大的影响。朱总司令、周总理、陈云和小平同志，在大会上或小组会上分别讲话、发言，对发扬党的光荣传统，实事求是、批评和自我批评，发展党内民主，思想统一，团结一致，为战胜当前困难而奋斗，都有许多精辟的见解，都为大会的圆满成功作出了卓越的贡献。

七千人大会是我党在全面建设社会主义时期意义重大的会议，可以说它是党的八大一次会议路线的继续和发展，尽管还没有从根本上完全清算错误的"左"的指导思想，但无论如何，从历史唯物主义观点看问题，它为我们党纠正三年"大跃进"的错误，克服当时严重的经济困难，在思想上、政治上和组织上制定了纠正"左"的错误的切实有效的方针政策。少奇同志同中央其他领导一起，为全面调整开创了新的局面。

（三）社会主义也会发生经济危机

七千人大会开过以后，毛主席去南方休养，由少奇同志进一步抓调整工作。他也是从调查研究入手，深入了解国民经济中需要进一步摸清情况的问题。

他处理的第一个问题是李先念同志紧急约见他汇报的财政情况。先念同志说，七千人大会时情况还未核实，思想也有顾虑，对财政方面的情况汇报不实。实际情况并不是七千人大会上说的"财政收支平衡，而且略有节余"，而是财政赤字严重。少奇同志听了先念同志的扼要汇报后，立即于2月21日召开政治局会议（这次会议和以后几次政治局扩大会议，后来通称西楼会议，因会议地点是中南海西门中央办公厅大楼附近的会议厅），讨论财政赤字问题。据先念同志汇报，今年财政预算赤字可能超过30亿元，而"大跃进"三年（1958—1960年）财政赤字共达180亿元。

少奇同志严肃批评了财政部汇报不确，指出我国目前实际上是通货膨胀，也可以说是发生经济危机。资本主义有经济危机，社会主义建设如果违反经济规律，也会发生经济危机。我国目前处于非常时期，巨大的财政赤字说明我国整个国民经济严重失调。现在可以看出情况比七千人大会估计得更加严重。七千人大会通过的明年计划需要作进一步调整，各项指标要老老实实降下来，工业要退够，农业也要退够，然后在可靠的基础上扎扎实实地抓恢复、调整。

陈云同志说，我们现在处于非常时期，必须采取非常措施来解决。解决当前严重困难的首要非常措施是集中全力争取农业恢复，这是根本；第二个非常措施是减少城镇人口，关停并转一批工矿企业，这是釜底抽薪，缓解燃眉之急；第三是厉行节约，制止通货膨胀。

周总理、小平同志和朱老总支持少奇同志和陈云同志的意见。三天讨论下来，会议决定恢复以陈云同志为首的中央财经小组工作，并责成小组尽快提出克服当前经济困难的非常措施，向中央报告。这次会议的情况，由少奇同志打电话告诉了在武昌休息的毛主席，毛主席表示同意。

少奇同志在3月12—13日又召开政治局会议讨论中央财经小组的报告。富春同志（副组长）在报告中详细解释了陈云同志提出的六大非常措施，即：一、把十年经济规划分为两个阶段，前一阶段为恢复阶段，后一阶段为发展阶段，首先是恢复农业。二、减少城市人口，精兵简政。三、采取一切办法制止通货膨胀。四、尽力保证城市人民的最低生活需要。五、把一切可能的力量用于农业增产。六、计划机关的主要注意力，应从工业交通方面转移到农业增产和制止通货膨胀方面来。富春同志提出，今明年计划要作大幅度调整。按照少奇同志和陈云同志提出的方针和办法，农业狠抓恢复，工业狠抓调整，坚持原定两年内再减少城镇人口2000万人。

在会议讨论过程中，有两个问题议论较多。一个是对当前经济形势怎样估计，恢复要多少时间。一些同志认为目前有些情况还不很明朗，如去年粮食产量各地报来只有2800亿斤，恐怕不确，否则很难设想这个产量能保证全国大部分农村地区农民能生活下去，很可能少报了。另外一些同志指出，从中央各部门掌握的情况看，各地普遍叫喊困难很严重。中央只好进口300亿斤粮食，否则京津沪有断粮的危险。因此，不论情况如何，中央应当采取非常措施，缓解当前困难，否则后果不堪设想。如果实际情况比估计得好，农业恢复快一些，那当然很好。但不怕一万，只怕万一，要从最坏情况作准备。有些同志又认为农业恢复困难很大，要有五年到八年恢复的准备，有些同志则认为三年到五年恢复是可能的。但大家都没有确实把握。少奇同志强调指出，我们的方针是争取快，准备慢。他赞成陈云同志的主张，即关键是尽快恢复农业，争取三年，准备五年，方法是釜底抽薪，压缩城镇人口，压缩工业，全力支援农业，一句话就是减工业增农业。中央早已下定决心，现在不是决的问题，而是行的问题。要雷厉风行地按去年中央陆续出台的决定和这次会议决定的非常措施坚决落实。我们已错过了一年，现在绝不能再犹豫观望了。周总理、小平同志（陈云同志在三月初积劳成疾，中央要他去南方疗养，未参加这两天会议）特别支持少奇同志这个意见。

另一个问题是非常时期怎样称呼为好，大家一致不赞成公开宣布我国处于"非常时期"，但究竟称"调整时期"好，还是"恢复时期"好，议论不一。有些同志认为可以称为"恢复时期"，因为关键是恢复农业，这是决定经济好转的基础。有些同志则认为称"调整时期"为好。少奇同志作总结时指出，目前严重经济困难的出路首先是恢复农业。民以食为天，农业不恢复到 1957 年的水平（粮食产量 3900 亿斤），我们的国家就不能摆脱危机。所以经常的工作重心是全力争取尽快恢复农业。但是只用"恢复"两个字来概括今后几年工作，又不能完全表达调整、巩固、充实、提高的八字方针。所以用"调整时期"比较贴切、恰当。周总理、小平同志都赞成少奇同志的意见，而且认为用"调整时期"也同七千人大会的提法相衔接。

少奇同志对这两个问题的意见，对统一当时中央各部门高级干部的思想起了很大作用，也为五月会议打下了思想基础。

由于这两天政治局会议的决策事关重大，少奇同志同恩来、小平同志一起于 3 月 16 日乘飞机到武昌向毛主席详细汇报，毛主席赞成政治局扩大会议的决定。

5 月 7 日至 11 日，少奇同志召开政治局扩大会议，地点在怀仁堂后厅。参加者除政治局委员、书记处成员外还增加各中央局第一书记、少数省委书记以及中央有关部门的负责人。会议根据西楼会议的精神，集中讨论如何具体调整 1962 年计划。当时毛主席还在外地休养，未参加这次会议。

李富春同志代表中央财经小组（陈云同志离京疗养后由周总理代为主持）汇报 1962 年计划执行情况和调整的措施。他指出，从第一季度看，1962 年计划执行的情况很不好。突出地表现为粮食 1960 年低于 1957 年，而城镇人口因工业、基建上马太多而比 1957 年增加 4000 万人，工农业比例严重失调，口粮供应严重不足，工农业都打消耗战，长此下去，势必两败俱伤，拖垮整个国民经济，因此计划必须大幅度调整，果断采取紧急措施。

周总理和小平同志在发言中都强调，现在已认识到困难比过去更为严重，就应当下大的决心，关键是城镇人口再减少 2000 万人，不能再犹豫不决。我们已错过了一年多时间，拖下去要亡国。现在可能认识还不足，将来还可能要采取别的措施。领导的责任在预见，尽可能把困难设想得多一些。朱总司令强调农为立国之本，民以食为天，农业问题不解决，立国的基础就不牢固。他强调要实行精兵简政，这个老传统不能丢，艰苦奋斗的传统也不能丢。会上传出毛主席听到农村饿死人和城镇有浮肿病就决心不吃肉，大家为之动容。

少奇同志作总结时指出，目前的形势是非常困难的，部分地区可能好一些，但总起来说很困难，不是一片大好。七千人大会时曾同意说"最困难的时期过去了"，现在看来，有些地方可能已渡过最困难时期，但很大一部分地方还不能说最困难时期已经过去了。应当向干部群众讲清楚，我们过去对有些困难认识不足，作自我批评。几年来我们老是对困难估计不足，老是被动，老是被迫步步后退。现在索性横下一条心退够，退到可靠的阵地上，站稳脚跟，再图前进。根据过去经验，把困难估计得充分些，没有什么坏处，吃亏的是对困难估计不足。少奇同志这番话，是针对会议中有的同志提出的困难说多了是不是右、非常措施太狠了是不是"左"而言的。少奇同志的论辩，可谓入木三分。

少奇同志进一步指出，城镇人口再减少 2000 万人，这是釜底抽薪，否则城镇和农村两败俱伤。工作量很大，也需要很大的决心。决心大，行动快，还要有步骤，小心谨慎，做过细的工作。为了完成这个艰巨的任务，最根本的是要求各级党委第一把手亲自抓紧，做精心的思想工作，使干部和群众自觉地把这个工作当作光荣的为国分忧的大事。切不可粗心大意，搞大呼隆，简单粗暴，而且还要准备对付可能出现的预先没有料到的乱子。

这次会议，通过了中央财经小组提出的 1962 年国民经济计划的调整草案，准备提交八届十中全会讨论决定。

（四）工作问题不要联系阶级斗争

中央关于全面调整的方针，在北戴河会议（7 月 25 日至 8 月 24 日）及其后的八届十中全会上受到严重干扰。

中央决定召开北戴河中央工作会议，原定重要议程之一是进一步具体落实五月会议通过的大幅度调整的 1962 年计划，主要是城镇人口在两年内再减少 2000 万人，一批工矿企业关、停、并、转，一大批基建项目下马。为此中央还决定同时召开大中城市工作会议。

北戴河会议一开始就在紧张的气氛下进行。这次会议很特别，没有开全体会议，只开以大区为单位的分组会议，重要讨论集中在毛主席主持的中心组（由政治局和中央局第一书记和中央有关部门负责人参加）。毛主席在中心组的第一天（8 月 6 日）会议上就提出"阶级、形势、矛盾"三大问题要大家讨论。他说，赫鲁晓夫说苏联没有阶级了，我们中国究竟是不是这样？我国的形势究竟是去年比前年好，今年比去年好，还是现在一片黑暗，没有光明了？我倾向于不是一片黑暗而是基本光明。社会主义社会中是否还有矛盾，人民内部矛盾任何时候都有，问题是还有没有敌我矛盾。如果承认中国还存在阶级，那就应当承认中国还存在无产阶级和资产阶级的矛盾，存在着社会主义和资本主义两条道路的矛盾，这是敌我矛盾，而且长期存在。社会主义和资本主义谁胜谁负的问题，不是几十年，而是几百年存在的问题。

毛主席这篇讲话，是从批评邓子恢农村人民公社中特别困难的可以搞"包产到户"的主张开始的。这篇讲话一下子把北戴河会议（连同接着召开的八届十中全会）引入以阶级斗争为纲的道路上去了。从此，会议逐渐形成针对所谓"黑暗风"、"单干风"、"翻案风"的大批判。毛主席就这三大问题接连在会议中心组内发表了七次讲话。会议气氛越来越紧张，不由得使我们这些参加中心组的秀才们担心，五月会议决定的全面调整的各项非常措施，有一风吹的危险。

所幸中央领导同志随后相继发言，我们心情才略为缓和。

小平同志在 8 月 11 日发言时说，苏共由于赫鲁晓夫一伙人掌权，才发生资本主义复辟危险。我们党由于有毛主席领导并制定了一系列马克思主义的路线、方针、政策，可以避免资本主义复辟。但作为一种社会现象，在社会主义社会中存在着阶级和阶级斗争、两条道路斗争，是长时期的。我们应当教育干部掌握阶级分析的方法。

少奇同志这一天也发了言。他同意阶级斗争长期存在。反动阶级要反攻不可避免。他说，我们队伍中有些同志一时动摇，要看是否还会继续下去。要有无产阶级的坚定性，才能克服别人的动摇。关于形势，他说，七千人大会后发现过去未发现的困难，从发现财政赤字起，陆续感到农业和工业、商业的困难都比原先估计的更为严重。因此政治局会议上提出要把困难估计足，怕估计不足老陷于被动。当时的确把困难讲多了一些，为的是要大家有充分思想准备，用更大的力量战胜困难。这也可能引起一些同志信心不足，但当时并没有认为全国一片黑暗。现在还有很严重的困难正在克服。我说过，困难来自农业减产、工业增长过快，比例严重失调。要釜底抽薪，农业退够，工业也退够。城镇人口再减少 2000 万人，这是中央当时下的很大的决心。去年夏天决定减 1000 万人，七千人大会时决定今年上半年再减 700 万人，3 月间决定两年内再减 2000 万人。把这 2000 万人减下去，最困难的时期就过去了。农村的情况当时也很严重，许多地方还继续发生饿死人的现象，有一亿人口粮不足。当时调查估计已有 20% 的搞包产到户，现在调查只有 10%。只要采取巩固集体经济的得力措施，"单干风"还是可以刹住的。中国农业的出路还是搞大农业，农业现代化必须是大农业。

周总理同一天也发言，他同意毛主席关于三大问题的讲话，他着重说明对形势的看法。他说，今年 3 月到 5 月间一个时期，我们把困难说多了一些，主观上是为了督促大家积极想办法克服这些困难，可能客观上造成一些同志对形势的看法消极了一些。但大多数同志是积极工作，信心十足的。中宣部把中央政治局会议的精神写成宣传提纲下发，干部群众听了反映普遍比较好，认为目前虽然经济困难很严重，但中央有办法，有决心，带领全国人民千方百计克服困难，前景还是乐观的。

这时少奇同志插话说，正因为把种种困难坦率告诉干部群众，干部群众把这看作是党对他们的信任，于是更加信任党，同心同德，团结协力，一心一意去战胜困难。

毛主席也说，有信心，有办法，措施得力，见效也快，团结一致很重要。

8月20日，少奇同志在北戴河会议中心组快结束的时候提出：这次会议提出的阶级斗争和两条道路斗争问题，要考虑联系多宽。是不是可以不联系那么宽。因为目前困难还多，还需要集中力量解决困难。因此有些事情是否可以就事论事，不联系阶级斗争和两条道路斗争。至于别的事情本身属阶级斗争，自然是要联系的。

少奇同志进一步阐明他的观点说，在党内，在一定的组织范围内，允许发表各种不同意见，这是按照党章规定，发扬党内民主。既然有不同意见，讲了比不讲好。共产党员光明磊落，不隐蔽自己的立场。但是，要按党章办事，要服从组织纪律，未经组织同意，不能到处乱讲乱做，否则叫违反组织纪律，要受纪律处分。根据党章在党内一定范围内自由发表意见，不叫违反组织纪律，也不应受任何组织处分，否则党内民主就没有了。因此阶级斗争不宜联系太宽，调整工作中的问题可以就事论事。

少奇同志提出的这个关系重大的问题，在北戴河会议上没有定论。

但是由于几位中央领导同志接连说明过去一个时期对形势的看法，克服严重困难的非常措施陆续见效，北戴河会议上批所谓"三风"没有泛滥成灾。特别是在城市工作会议上，周总理坚持原则，摆出很有说服力的事实，委婉说理，使批判所谓"黑暗风"更显得没有道理、站不住脚。中央提出的非常措施还是获得了大多数与会者的赞同。

但是，由于康生、陈伯达等别有用心地硬把彭德怀的申诉书和习仲勋支持小说《刘志丹》这两件事上纲上线，都诬蔑为搞"翻案风"，而把邓子恢提出的在大集体前提下搞"包产到户"攻击为搞"单干风"，这两大批判风从北戴河会议一直刮到北京的八届十中全会，一时人心惶惶，思想一片混乱。

八届十中全会通过了会议公报，断言"在无产阶级革命和无产阶级专政的整个历史时期，在由资本主义过渡到共产主义的整个历史时期（这个时期需要几十年，甚至更多的时间）存在着无产阶级和资产阶级之间的阶级斗争，存在着社会主义和资本主义这两条道路的斗争"。这就是毛主席后来常讲的重提阶级斗争，其结果越来越严重，从以"阶级斗争为纲"恶性发展到"文化大革命"。

毛主席在十中全会开始（9 月 24 日）时仍然重申阶级、形势、矛盾，说阶级斗争要年年讲、月月讲。但是，他这次讲话，还是肯定了在这以前没有肯定的少数同志的意见。他说，切不可以因阶级斗争妨碍调整工作。请各地方各部门注意，庐山会议本来搞调整工作，后来出来了反党集团，结果把工作丢开了。要把工作放在第一位，阶级斗争平行，不要放在很严重的地位，各地方、各部门传达时要注意。现在组织两个委员会专案审查彭、习的问题。不要使阶级斗争干扰我们的工作，我们大部分时间要搞工作。少数人专门对付阶级斗争，如公安部门。

他在这天会议将结束时又说：庐山会议不仅受彭德怀干扰，还受修正主义的干扰，尼赫鲁的干扰。其实，我们应当不受任何干扰，我们应任凭风浪起、稳坐钓鱼船。湖南有一谚语，"一个游鱼三个浪，引得懒人去上当。"我们不要当懒人，不要上当。阶级斗争观点很重要，但要抓紧工作，抓而不紧等于不抓。毛主席说这些话，表明当时的确存在严重经济困难，不可等闲视之。

第二天，9 月 25 日，少奇同志作了长篇讲话。他讲到对待困难的三种态度（一为坚定，一为动摇，一为反党）。他指出，绝大多数同志是坚持第一种态度，坚持社会主义道路，是符合毛泽东思想的。他还说，现在回过头来看，困难有多大，也不过如此，我们咬紧牙关，横下一条心顶住，同时采取非常措施，结果还是挺过来了。最困难的粮食这一关，夏收比预期的多收了。过去似乎"单干风"很大，现在了解也并不那么厉害，只要我们耐心做工作，说服加帮助解决具体困难，集体经济还是可以巩固下来的。关键在于党内教育。主要是十七级以上的十几万干部思想通了，再大的困难也难不倒我们。我们不要重犯庐山会议的错误，把改正错误的工作丢开了。

少奇同志最后再一次强调说，工作问题，照毛主席的意见办，不能受阶级斗争干扰，大部分力量用在调整工作上，只需少数人对付阶级斗争就行了。工作问题实打实，是什么问题就是什么问题，就事论事，不要联系阶级斗争，否则会妨碍干部放开手脚抓工作。现在马上要为明年争取农业丰收做一系列实实在在的工作，商业部门要抓紧调配农业生产资料，打井机、抽水机、拖拉机、运输汽车等等，品种要对路，质量要好。工程师、会计师、高级技工，都要集中力量为农业服务。大家要同心同德，狠抓农业恢复。农业恢复了，国民经济全盘皆活，城乡人民生活就可以改善了。

周总理接着也在讲话中强调调整工作不要受阶级斗争干扰，反右必须防"左"，要抓紧时机调整，机不可失，时不再来。

这样，经毛主席、少奇同志、周总理这样一讲，调整工作与阶级斗争的关系定调了。中央关于非常时期的非常措施也笃定了。

由于中央的英明决策，全党干部带领广大群众同心协力，千方百计，全面调整的任务提前完成，国民经济在 1963 年部分好转，1964 年全面好转了。

在这四年调整时期中，少奇同志同中央其他领导同志团结一致，坚持原则，取得毛主席的同意，采取非常措施，克服一个又一个严重的经济困难，终于扭转了我国因三年"大跃进"错误造成的全面滑坡趋势，重新开创了全面建设社会主义的新局面。少奇同志以他修养有素的理论剖析力和辩证逻辑力，正视困难，正视不同观点，坚忍不拔地坚持正确的论断和非常的措施，在贯彻全面调整方针中发挥了独特的卓越的作用。尽管这期间还没有全面清理"大跃进"中"左"的指导思想错误，又未能制止"重提阶级斗争"（八届十中全会的公报，把毛主席这一观点加以理论化，称为从资本主义过渡到共产主义的整个历史时期存在着社会主义和资本主义这两条道路斗争的历史规律）的恶性发展，以至酿成"文化大革命"。但是，历史地看问题，如果没有少奇同志及其他中央领导同志的努力，"大跃进"后我国国民经济的滑坡不知伊于胡底，我国国民经济又怎能经得起"文革"十年内乱的破坏。

1999 年 1 月

五、我对周总理印象最深的几件事*

敬爱的周恩来总理离开我们十三年了。每当忆及这位共产主义的伟大战士、我国最杰出的国务活动家时，他全心全意为人民服务，他为党为国鞠躬尽瘁，他立下的丰功伟绩以及举止风范，这一切纷至沓来，思绪势如潮涌，浮想联翩，不能自已。即使是他对人民新闻事业的巨大贡献，也非我笔墨所能记其万一。这里谨录我印象最深的几件事，以寄托对周总理的悠悠思念。

（一）第一次谈话

周副主席（当时大家都习惯这样称呼他，因为他是中共中央军委副主席）第一次同我谈话，是 1948 年 9 月间在河北省平山县西柏坡村。

那是一个初秋的傍晚，我同石西民同志（我们和范长江、梅益、陈克寒等新华总社的二十多位同志，按照中央指示调到中央驻地来集

———————————

＊ 本文原题为《严师的教诲——忆我对周总理印象最深的几件事》，原载于《我们的总理》一书，中央文献出版社 1990 年 1 月出版。

训），沿着村边的滹沱河岸散步。周副主席迎面向我们走来，他先跟石西民同志打招呼，接着就问我叫什么名字，在哪里工作。石西民同志向他介绍后，周副主席就记起了一年前中央在陕北时曾给在太行的新华总社一个电报，指名要把我和梅益、张映吾、高扬文几位同志抽出来专门搞评论工作。我至今还记得他当时把头一仰就回忆这件事的神态，这是我第一次领略周副主席的惊人的记忆力。

周副主席勉励我们好好接受严格的训练，并且要原来在解放区工作的同志和原来在国统区工作的同志很好合作，互相学习，取长补短，共同进步。他指出：这次集训条件很好，由胡乔木同志带领，由少奇同志亲自掌握，重大宣传问题都是由中央书记处议定的。这是为迎接全国解放新局面作准备。

周副主席还谈到，从最近战争形势看来，全国解放很快就要到来，比中央原先预料的要早得多。现在就得考虑如何筹备建立人民共和国和建国以后的许多新工作的方针政策。他说，你们搞新闻工作的，现在就要准备全国解放后如何进行宣传报道的问题。有许多新的问题你们不熟悉，要认真对待，虚心学习。他特别提到经济建设问题和外交问题。他还提到统一战线工作在全国解放后将更加广泛和更加深入，对各派民主人士的宣传就要特别注意。

周副主席这些意见，虽然提得比较原则，但后来的事实证明，确是切中要害。我们在新闻工作中接连碰到了这些问题，有处理正确的经验，也有处理错误的教训，都经常得到周副主席的教诲和帮助。

周副主席在西柏坡的谈话，是我平生第一次亲聆他的教诲，至今记忆犹新，仿如昨日。

（二）"助理总编辑"

北平解放以后，新华总社跟随党中央进了城，同中央办公厅一起住在香山慈幼院旧址。我们的编辑部就在后来叫作香山饭店的由好多个四合院连成井字形的平房里。周副主席和少奇同志住在连接这些四合院的靠东边的两座小楼里，毛主席住在半山腰上的"双清别墅"。

从这时候起，我接触周副主席并聆听他的教诲就越来越多了。尽管不久因为和谈以及筹备人民政治协商会议，周副主席从香山搬到城里中南海去了，他仍然非常关心新华社。新华社也有许多事情需要向他报告请示。

由于新华社是一个新闻机关，工作随着地球 24 小时不停顿地转动。许多重要稿件，经常需要到晚间甚至午夜以后才能定稿。而中央各部委的领导同志，这时一般都已经睡了，找他们商量问题就困难了。即使是中央领导同志，习惯于夜间工作的只有毛主席、少奇同志和周总理，除非特别重要的事情必须向毛主席、少奇同志报告请示外，通常都找周总理，这逐渐成了惯例。所以后来中央作出规定：新华社的领导关系，党的领导归中央宣传部，行政领导归国务院文教办公室，临时性的重要问题归总理办公室。由于许多"重要问题"都要在夜间决定，所以"临时性"就变成"经常性"了。

当然，在党的八大以后，成立了中央书记处，新华社以及《人民日报》的比较重要的问题的宣传方针，大都由书记处会议决定，或者直接向邓小平同志报告请示。尽管我们努力争取能自己解决的问题自己解决，能白天请示中央领导同志的问题也尽量白天解决，但夜间急需处理的事情仍得由周总理来决定。因此，我后来兼任新华社和人民日报社的领导工作后，在中央领导同志中，同周总理接触最多。从重要评论和重要新闻稿件的最后审定，直到重要的版面安排，凡是需要在夜间拍板定案的，我总是向周总理请示，也都得到他的耐心而细致的指导和帮助。有几次他半开玩笑半认真地对我说，"我都成了你们的总编辑了。你们要学会自己走路，越少找我越好。我当助理总编辑就行了。"

的确，新华社和人民日报社麻烦周总理的事情实在太多太多了，他老人家确实成了我们的"总编辑"，特别是"夜班总编辑"，为此付出了很大的精力。每当深夜我向总理送审稿件或者打电话请示时，常常都怀着迟疑而愧歉的心情，但出于无奈，没有别的办法，只好麻烦总理了。我至今仍感到这是无法弥补的遗憾。

（三）入城以后的新课题

新华社进城后首先碰到陌生而又敏感的问题就是关于各民主党派、民主人士的宣传问题。无论在筹备政治协商会议期间和在中央人民政府建立以后，我们经常在这个问题上，不是犯了这样那样的错误，就是发生这样那样的疏忽。

我记得有两件事周副主席特别生气，很严厉地批评了我们。一件是九三学社在北平刚刚解放就发表了一个对时局的宣言，拥护我党主张，反对国民党继续打内战。但新华社北平分社没有报道。另一件是1949年8月5日前国民党湖南省政府主席程潜发表起义通电，新华社华中总分社和第四野战军总分社都迟发了。周副主席先后多次把陈克寒同志（他先后任新华社总编辑，社长）和我找去，严肃地批评我们落在迅速变化的形势后面，没有及时重视这方面的报道。我记得最清楚的是4月间在香山的那一次批评。他谆谆告诫我们：新华社是党的通讯社（人民共和国成立后也是国家的通讯社），同时也是人民的通讯社。新华社的所有编辑、记者，都要明确认识新华社是党和人民的耳目和喉舌这个根本性质，无论作报道或写评论，都要记住新华社这个身份，要照顾各个方面，当前特别要照顾你们不熟悉的但在国内政治生活中地位越来越重要的各民主党派、民主人士。你们的宣传报道要充分体现党的统一战线政策，要充分尊重各民主党派、民主人士。

周副主席这些告诫，不但在全国解放之初有重大意义，而且从我国长期实行共产党领导的多党合作制度来看，更具有深远的意义。但是，我们一来对党的统战政策领会不深，贯彻不力，二来对民主党派、民主人士相当陌生，因此报道经常出问题，错误一犯再犯。周副主席对此要求非常严格，又非常耐心地帮助我们改进。

就拿报道各民主党派、民主人士的活动来说，我们首先碰到的是报道时名单的取舍和排列，往往由于不熟悉，经常漏报了重要人士或者名单排得颠三倒四，没有章法，以致引起不必要的误会和混乱。新华社每出一次错，周总理就要我们检讨一次，不管是否直接经手，每次都要陈克寒同志和我写书面检讨并共同署名。有几次我们写了检讨之后，总理一再对我说，"我不是要你们成为检讨专家，只是希望你们认真对待每次错误，努力改进工作，避免以后重犯。"

我记得约在 1950 年 11 月间一次政务院会议之后，周总理把我留下，并把齐燕铭同志（当时任政务院办公厅主任）和徐冰同志（"文革"前他一直是中共中央统战部常务副部长）找来，要他们帮助新华社熟悉各民主党派、民主人士，并定出名单排列的先后次序。周总理说，这是一门学问，是处理我党和民主党派、民主人士的关系的一个相当重要的政治问题。新华社的领导人和编辑记者都要掌握这门学问。

后来我们就把这件事叫作"名单学"。在政务院办公厅和中央统战部同志们的帮助下，我们的记者逐渐认识和熟悉了各民主党派、民主人士，同他们交了朋友。不但文字记者这样做，摄影记者也这样做。这样经过大约两年的工夫，才把这个问题基本解决了。

还有一次总理批评我们，给我印象很深，那是 1963 年 5 月间，《人民日报》刊登了刘少奇主席和陈毅副总理兼外长出访印尼等四国归来，受到热烈欢迎的照片。这是人民日报社摄影记者自己拍的照片，但发表时又裁去了一些民主人士和女同志的形象，并且用剪贴的办法移动了欢迎的人站立的位置。对此周总理非常生气。他指出，人民日报社没采用新华社发的经过陈毅副总理看过的照片，而发表自己记者的没有送陈毅同志或其他中央领导同志看过的照片，而且错误百出。他说，这件事情不能只从技术上来看，首先要从政治上看。因为这次少奇同志出访四国意义重大，回北京时的欢迎场面是我亲自同中央有关同志商量安排的。去欢迎的包括各方面的代表人物，并且特意组织一个"满堂红"的大合照，以充分体现对这次出访成功的支持。人民日报社任意裁去了一些民主人士，就违背这种精神，缺乏政治敏感。这是第一。第二，人民日报社又把特意安排的女同志裁去了，这是政治观念薄弱，有大男子主义的味道。中央不久前决定要组织女同志参加外事活动，改变过去外事活动不带夫人的习惯，以适应国际惯例。许多女同志不愿当"夫人"，说服她们参加外事活动很不容易。《人民日报》发表的照片恰恰剪掉女同志，既是轻视妇女的表现，又违背中央精神。第三，人民日报社把原来照片中各人站的位置擅自挪动，甚至把人头像剪下来挪动拼贴，这是弄虚作假，"克里空"作风。第四，新华社的照片是经陈毅同志看过的，并在照片背后特别注明，还写了不得任意剪裁。人民日报社偏偏独出心裁，这是严重的无组织无纪律行为。第五，北京其他报纸都用了新华社发的照片，唯独《人民日报》不用，只用自己记者拍的照片，是否总觉得自己的好，或者是否觉得用新华社的照片不光彩，这是本位主义的思想，要注意克服。周总理后来见到我时还一再批评我，说我身兼《人民日报》总编辑和新华社社长，而这两家新闻单位却经常"打架"。这很不好。要互相通气，互相学习，互相帮助，不要互不服气。

周总理就是这样具体入微地贯彻党的政策，并且严格要求新华社和人民日报社也这样做。

（四）每日必看《参考资料》

新华社在出版毛主席倡议创办和扩大发行的《参考消息》的同时，还出版了一份内部的《参考资料》，它的内容比《参考消息》更加广泛、丰富和详尽，分上午版和下午版，一天两大本（现在改为每天一大本），但很少人知道这是周总理倡议这样办的。

周总理日理万机，长期主持外交工作，深知掌握国际动态的重要。从建国之初开始，他就多次指示新华社尽最大努力收集国际公开情报。先是要求抄收所有主要的外国通讯社的电讯，后来又要求收集西方主要报刊与中国有关的评论，尽可能地全面、详细和迅速，充分发挥"耳目"的作用。

周总理十分重视新华社收集来的这些公开材料。他曾多次对我们说，事情再忙，他每天也一定要看完两本《参考资料》（毛主席也是这样）。当我到他的办公室参加会议或请他审定评论时，看到他的办公桌上总是放着他看过的用毛笔画了许多符号的《参考资料》。有时他还边讲话边拿起《参考资料》来说明他的观点的根据。为了及时了解情况，他还规定新华社建立 24 小时值班制度，规定新华社一收到外国通讯社发出的重大新闻，必须立即向总理办公室报告（重大事件由总理亲自告诉毛主席）；还规定《参考资料》开印并装订成本之前，先给总理办公室和外交部、国务院外事办公室、总参谋部、中联部等有关部门送出清样。

从这里，人们就不会感到奇怪，为什么 1970 年 3 月西哈努克从莫斯科飞抵北京，一下飞机周总理就能告诉他朗诺在金边发动政变的详细经过；为什么 1971 年 7 月基辛格作为美国总统特使秘密访华，从巴基斯坦飞到北京时，周总理就能把尼克松总统刚在美国发表的演讲要点告诉基辛格，尔后又把演讲全文给他看。

由此，人们也就不难理解，为什么许多外国重要政治家会见周总理后，都为周总理对国际事务高瞻远瞩、明察秋毫、对应机敏、强记博识所折服。这里，《参考资料》起了应有的作用。

也正是因为这样，周总理对新华社和人民日报社关于国际问题的报道和评论，经常作出非常及时而具体的指点和帮助。给我印象最深的是在朝鲜停战谈判期间（1951 年夏到 1953 年夏），为了配合板门店的斗争，周总理几乎每天都指示我们注意报道什么方面的问题和要写出针对美国方面什么观点的评论。这些指示，除少数是周总理夜间睡觉前交代他的值班秘书在第二天上午告诉我们以外，大多数是在晚上他看过志愿军代表团从开城发来的报告和《参考资料》上的有关材料以后告诉我们的，其中许多是要求我们必须在午夜以前写好并印成清样送给他亲自审阅。这样周总理审完稿件经常已到下半夜三四点了。为了减轻总理的劳累，我们除了尽快写出并尽力写好稿子外，还多次建议周总理可以不看了，但多数情况下得到他的回答是一句话，"你们不要怕麻烦我。"

板门店谈判进入战俘问题，斗争更紧张而复杂，我们的报道和评论也多起来了。有一天（大约是 1953 年 5 月间）周总理在一次会议后对我说，外国记者报道都用本人的姓名，阿兰·惠灵顿和贝却敌（这是当时在板门店采访的对中国友好的两位记者）也用本人的姓名报道，我们自己的记者是否也可以在报道中署名，我们也要培养自己的名记者。开始时不妨先用一个集体笔名，因为稿件是好几个人写的，一个名字用开了，以后就好办。这就是新华社电讯中第一次出现本社特派记者"吴敏"（从开城发来的报道和评论用这个署名）和"江南"（在北京写的述评和评论则用这个署名）的由来。

（五）台湾海峡的两次风浪

1958 年夏秋，台湾海峡风急浪高，金门前线炮声隆隆，周总理对《人民日报》的评论抓得很紧。在发表国防部长彭德怀《告台湾同胞书》（10 月 6 日，这是毛主席写的）之后，《人民日报》从 10 月 11 日起接连发表了几篇社论：第一篇的题目是《休谈停火，走为上计》，这是根据政治局常委会议上周总理的意见撰写并经过他审定的。第二篇的题目是《且看他们怎样动作》，这是根据又一次政治局常委会议上毛主席的意见连夜赶写出来并经他审阅的。毛主席在审定稿中只修改了这篇社论的最后一段，并批了"不算好，勉强可用"。我就用他修改的一句话作了社论的题目（由于题目比较特别，整篇社论曾被误认为是毛主席的大手笔）。第三篇（10 月 21 日）是报社编辑部自己写的，评论杜勒斯到台湾，没有送中央领导同志审阅。前两篇都讲到美蒋矛盾，并揭露美国力图完全控制台湾。后一篇评论却说美蒋唱的是双簧戏。

周总理当天看了第三篇社论就提出批评，指出这样评论不符合事实。第二天又把我和乔冠华同志找去，在他办公室旁边的饭厅里，同我们一边吃饭一边谈如何看待杜勒斯访问台湾。周总理分析，这次杜勒斯到台湾，是因为美国当局怕金门炮战扩大化，以致把美国也卷进去。据说，美国曾要求蒋军从金门、马祖等岛屿撤出，既可避免被人民解放军消灭，又免得蒋军经常骚扰大陆引起我军出击而置美国于进退两难的境地。而且，这样美国就可以搞"两个中国"或"一中一台"。杜勒斯访台是对蒋介石施加压力的。周总理列举了杜勒斯几次讲话同蒋介石讲话的微妙差别，台湾报纸评论和美国报纸评论的明显不同，充分论证他的看法。我和乔冠华都赞成这样的分析。周总理最后谈到，台湾问题有两个方面，一方面是统一祖国的问题，这是中国内政，任何外国不能干涉；另一方面是美国侵占台湾的问题，这是中国和美国之间的问题，我们坚决反对。《人民日报》要准备再发一篇社论，着重说明美国的阴谋和美蒋的争吵，并且可以点明蒋介石也不赞成"两个中国"。但要在彭老总发表第二个《告台湾同胞书》之后再发表。这就是后来在10月30日发表的第四篇社论。

如果说第一次（1958年）台湾海峡紧张局势中，周总理密切关心《人民日报》的社论如何贯彻中央的方针，那么第二次（1962年）台湾海峡紧张局势中，周总理为《人民日报》的版面安排出了好主意。

这次紧张局势起因于蒋介石企图乘我处于经济困难时期"反攻大陆"，五六月间蠢蠢欲动。当时中央认为，如果没有美国当局同意并支持，蒋介石是不敢轻举妄动的。为了摸清美国的态度，周总理要当时在国内休假的中美会谈我方代表王炳南同志（当时任我国驻波兰大使）马上回华沙约见美方代表卡伯特（美国驻波兰大使）。王炳南赶回华沙后，在同美方代表会见中对美国提出严重警告，指出美国政府必须对蒋介石的冒险行动和由此产生的一切严重后果负完全责任。美方代表极力声明美国没有也绝不会支持蒋介石进攻中国大陆，并透露蒋介石对美国承担了义务，未经美国同意，不得对中国大陆发动进攻。我方仍然要他将我国政府的警告报告华盛顿，他答应了并保证美方将尽力防止蒋介石的冒险。

四天以后，美国总统肯尼迪6月27日在记者招待会上发表声明，他避开当时台湾海峡因蒋介石准备"反攻大陆"而造成的紧张局势不谈，泛讲美国反对在台湾地区使用武力，并重申美国军事力量在海峡地区的目的是所谓"防御性的"。肯尼迪在回答记者追问时才说出：1954年美蒋条约签订时双方交换过信件，国民党当局在信件中保证未经美国同意不对大陆采取武力行动。肯尼迪还说，"我认为那封信仍然有效"。很明显，肯尼迪的声明和谈话是对我国政府的警告作出的正式反应。美国当局的态度清楚了。

对于这样一件很重要的新闻如何处理呢？具体说，新华社如何报道，《人民日报》如何刊出呢？新华社的报道比较好办，把肯尼迪讲的要点全面反映就是了。问题难在《人民日报》应在哪一版、什么位置刊出这条新闻？当时我颇费斟酌，于是同编辑部的同志们商量，设想了三个方案：一是放在国际新闻版显著地位，二是放在第一版的显著地位（但不作头条新闻），三是放在第一版的不显著地位。我把这三个方案都向周总理报告了，并请他指示怎样安排好。周总理要我逐个说明三个方案的理由，并问我倾向于哪一个方案（我当时回答倾向于第二个方案），然后才讲了他的想法。他认为：这样同我国直接有关的重大事件，放在国际新闻版显然不妥，但也不必放在第一版显著位置，因为肯尼迪的表态虽然很重要，但我们听其言还要观其行。像这样很重要而不宜过分突出的新闻如何安排，过去也遇到过。他问我是否还记得过去处理特赦释放战争罪犯、中印边境纠纷等重要新闻时是如何安排的，并说现在对肯尼迪的表态也可以如法炮制，也把它刊登在第一版右下角。经过周总理的指点，我对于这类重要而又不宜过分突出的新闻，就有了一个比较有把握的处理办法。如 1962 年 10 月美国宣布军事封锁古巴、1963 年 7 月苏共中央声明、1964 年 3 月我释放全部日本战犯等，《人民日报》都登在第一版右下角。

后来，在"文革"时期，我先被关进监狱（那时叫作"军事监护"），四年后又被押送到人民日报社的干校（在河南叶县）强制劳动改造时，有一天早上（1971 年 7 月 16 日），中央电台广播了基辛格访华公告，一位印刷工人当时就对我说，你脱离工作多年，考考你能否猜到这个公告登在《人民日报》什么地方。我认真想了一会儿，就告诉他：登在第一版右下角。第二天《人民日报》来了，果然是登在这个地方，大家非常惊讶。其实这没有什么奥秘，是有例可援的，而且我估计这次也是周总理刻意安排的。

（六）一次严厉的批评

1959 年 11 月 18 日，总理找我到西花厅去谈话，这是我一生中受到周总理的最严厉的批评之一。当我走进总理办公室时，周总理正在批阅文件。他先把一封信给我看。这是李富春同志写给小平同志并报周总理的信，内容是批评《人民日报》11月16日在第一版头条位置发表了1月到10月全国工业生产情况，报道这十个月工业生产总值比1958年同期增长43.9%。富春同志认为，这篇报道严重违反中央规定。

周总理在我看完富春同志的信后，严肃地对我说，新华社和人民日报社这次捅了一个大娄子。中央从10月份起就一再强调宣传要头脑冷静，要热中有冷，防止重犯去年浮夸风的毛病。你们偏偏出了这样的错误。

周总理接着耐心地分析这篇新闻报道的错误。他指出：

第一，新闻的根据是国家统计局的初步统计，这种统计是国务院各部门自报数字的汇总，并没有核实，是只供中央领导同志参考的内部材料，一般是不能公开发布的。其中许多数字需要逐项核实，还要到年终时才能调整好，而且这次初步统计，口径与去年也不一样。工业总产值中，去年没有统计人民公社和管理区的工业，今年则增加了这部分，因此说今年头十个月比去年同期增长48.9%是不科学的。你们把内部材料公开发表，实在不应该。以后再这样搞，国务院就通知各部门通通不给新华社和人民日报社发材料。

第二，中央早就有这样的打算，对今年各种产品的产量和总产值，不能下面报多少就算多少，不能满打满算，要留有余地。因此，将来公布一年统计数字时，肯定要比各地区和各部门报来的产值少一些。10月底到11月初举行工交财贸战线先进生产者代表大会期间，中央审定各部门的讲话稿时把各种产品的估计产量都删去了。这些你们都知道。现在《人民日报》和新华社发表头十个月的统计，违反中央关于留有余地的精神，并造成工作上的被动。

第三，中央早有规定，凡全国性的数字，一定要经过中央批准才能发表。所谓经过中央批准，不是指中央某一个人，而是经中央书记处、中央政治局甚至政治局常委会通过。中央还指定李富春同志负责掌握全国性经济数字如何公布。这些规定，你们也是知道的，但这次却没有按规定办事。新闻稿虽然经一位中央负责同志看过，但没有经过富春同志，更没有提到中央会议上讨论通过。

周总理强调指出，《人民日报》和新华社这次公布十个月工业生产的数字，无论在政治上和组织上都是错误的。他特别提到我既参加书记处和政治局的会议，又经常参加政治局常委的一些会议，对中央的精神应该是了解的，对新华社、人民日报社犯这样的错误应负完全的责任。当时，我对这次错误的经过作了简单的说明和扼要的检讨。周总理接着说，检讨不要匆匆忙忙作，回去后好好想想再说。重要的是认真总结经验，接受教训，避免重犯类似的错误，把工作做好。不能因为有庐山会议，反右倾，就又搞浮夸。

临结束时，周总理特意要我回去宣布四点：

1. 中央重申，凡是全国性的数字（不论是工业、农业、基建、交通或财贸，也不论是综合性的数字或单项数字）现在一律不发表，到今年底或明年初再说。什么时候公布、如何公布都要经过李富春同志和中央书记处。

2. 中央授权人民日报社和新华社两个编辑部，对中央各部、委送来要公布的材料和新闻稿，凡有疑问的都可以扣留不发，请示中央决定。

3. 人民日报社和新华社要严格按中央的决定和精神办事，不能自作主张。重大新闻和评论的发表，要严格遵守向中央报告请示的制度。

4. 中央责成新华社和人民日报社全体编辑、记者，接受去年"大跃进"宣传中的经验教训，联系这次错误，深入检查，反对浮夸，发扬实事求是的作风，做到热中有冷，把宣传工作做得更好。

我从周总理那里回来，马上召开人民日报社和新华社的编委会，传达和讨论了周总理的指示。接着又召集两个单位的全体编辑、记者大会，我作了传达和初步检讨。鉴于这次教训并为了把工作做好，人民日报社编委会写了一个关于当前国内问题宣传的请示报告，并得到中央的批准。

周总理这次批评，正发生在庐山会议后所谓"反右倾"斗争的高潮中，使我们在那种形势下保持头脑冷静，意义重大，对人民日报社和新华社在一段时间内避免在宣传上重刮浮夸风，起了很大作用。可惜的是，宣传上的这种冷静没有保持多久，就不断受到"反右倾、鼓干劲"的浪潮的冲击，1960 年又在一定程度上重复了 1958 年大刮"共产风"、浮夸风、瞎指挥风的错误。

（七）李宗仁的记者招待会

原国民党政府代总统李宗仁先生，1965 年 6 月离开长期居留的美国，取道欧洲（瑞士）返回祖国。

1965 年 9 月中旬的一天，周总理要我和龚澎（当时任外交部新闻司司长）、张彦（国务院外事办公室副主任）、姚溱（中宣部副部长）三位同志到他的办公室去。

周总理告诉我们：李宗仁先生要举行记者招待会，请他推荐几位同志做参谋或顾问，他决定推荐我们四人去当顾问。总理说，你们几个人对中央的对内对外政策都比较了解，有两位（指我和龚澎）还多次担任过政府代表团的发言人，有举行记者招待会的经验，可以给李宗仁先生提供一些帮助。但是，你们的任务是当顾问，只能从旁帮助，提供参考性意见，不能强加于人，不能强人所难，更不能喧宾夺主，一切均由李宗仁先生自己决定。这点你们一定要记住。

接着总理向我们谈了李宗仁这次回国的前前后后。他谈到：德邻（李宗仁字德邻）先生出国十六载，这次毅然归来，很不容易。德邻先生是经过深思熟虑才决定回国定居的。周总理还谈到，李宗仁先生到达北京时曾发表一个声明，说他以"戴罪之身"从海外归来，向人民交代他的两大过错：一是 1949 年和平谈判时他没有接受和平协议，"至今犹感愧疚"；二是他在居留美国期间搞"第三势力"，"一误再误"。周总理说，这样坦率交代也好，可以取得人民的谅解。但是实际上这两件事情也难完全怪他。总理接着详尽地分析了这两件事。他指出，当年李宗仁名为"代总统"，实则一无权、二无兵、三无钱，真是孤坐石头城上，天低吴楚，眼空无物，打也不成，和也不成，一切都由下野后隐居在奉化溪口的蒋介石摆布。李受白崇禧的影响，也没有接受和平协议的决心。至于搞"第三势力"，想依靠外国来取得政权，这说明他对美国有幻想，同时也是旧中国政坛显要的通病。

周总理说了这许多以后，强调我党的方针是三句话，即：爱国一家，爱国不分先后，来去自由。他说，李宗仁先生这次回国定居，我们就是一家人，既往不咎了。他接着算了一下，1948年我们曾经公布的43名首要战争罪犯中，程潜和傅作义都是起义将领，不但早已从战犯名单中除名，而且同我们一起共事十多年了；翁文灏和卫立煌五十年代回国定居，都是政协委员；杜聿明作战中被俘，十年后受特赦，现在也是政协委员。爱国不分先后，我们一律以诚相待。他们可以到国外去，去了还可以回来，回来了还可以再出去，这叫作来去自由。总理说，这三句话对李德邻先生都适用，对任何其他人都适用，我们说话是算数的。

周总理说，他说了这些，无非是要我们对李宗仁先生有一个正确的认识，有一个正确的态度。这次去当顾问，一切都要尊重李宗仁先生。只提供情况，如外国记者关心什么问题，可能提出什么问题。有疑难也可以坦诚相告。但他要讲什么，怎么讲，完全由他做主。讲话稿不用我们起草，因为他身边的程思远先生能说会写，曾长期当过他的秘书，文字表达会比我们更适合李宗仁先生的习惯和身份。

周总理最后向我们交代：如果李宗仁先生一定要听听我们对他在记者招待会上讲话的意见，可以请他考虑：一，过去的历史旧账可以不提；二，重点放在讲讲回国后，尤其是参观东北后的观感；三，中美关系可以谈，但以少谈为好；四，中苏关系可以不谈；五，对台湾方面以态度平和、留有余地为好；六，对记者当场提出的问题，可以据实回答，不必有什么顾虑。

从周总理那里出来后，我们就分头做些准备。过了两三天，李宗仁先生就叫我们到他住处去，商量如何准备举行记者招待会。我们根据总理的指示，向他提供中外记者的情况和他们关心的问题。李宗仁先生也大致谈了他的打算，随后就要程思远先生同我们一起交换意见。

9月26日，李宗仁先生举行记者招待会，程思远先生和刘仲容先生陪同他出席。到会的有中外记者和港澳记者共三百多人，盛况空前。李宗仁先生先发表长篇讲话，随后又一一回答了记者们提出的问题，前后两个多小时。会后李宗仁先生又举行冷餐会招待记者，出席的除中外记者外还有蔡廷锴、卢汉、刘文辉、邵力子、黄绍竑、翁文灏、杜聿明、宋希濂、范汉杰、廖耀湘等前国民党军政显要，末代皇帝溥仪和溥杰也出席了。他们都是记者们有兴趣采访而又难得一起会见的新闻人物。结果皆大欢喜。这是周总理同李宗仁先生商量后具体安排的。

（八）第一次核试验

1964年10月13日下午，总理办公室通知我，晚饭后同乔冠华和姚溱两位同志一起到钓鱼台六号楼去，周总理有事要我们办。

当时我在钓鱼台八号楼中央文稿起草小组，离六号楼不远。晚饭后我同乔冠华、姚溱漫步十分钟就到达周总理的住地。在六号楼门前，总理的秘书把我们带到一个小餐厅，而不是带到总理的办公室或客厅。我们在小餐厅围着小圆餐桌坐下来后，就感到情况有些特别，猜想可能要起草什么东西，可能又得熬夜了。因为小圆桌正适合边议论边起草，吃夜宵也很方便。

不一会儿，周总理进来了。看来他刚吃过晚饭，他一边用牙签剔着牙，一边在圆餐桌周围来回走动，向我们交代任务。

周总理开始用平静的语气向我们宣布：近日将在罗布泊附近爆炸第一颗原子弹。把你们找来就是要起草一个公报和一个政府声明，这都要在今晚搞好，再送毛主席审定，待核爆炸成功后发表。因为现在只是计划近日爆炸，爆炸具体时间未定，要看天气，爆炸是否成功，也还是个未知数，因此此事现在是特级机密。你们起草时可以把时间空着。

周总理说，首次核试验来得不易。他向我们追述十多年来我国开展核能研究和利用的大致过程。

五十年代初，我国政府集中科学家开展原子能的研究。

1954年，赫鲁晓夫访华期间答应向我提供小型反应堆和加速器设备。

1955年1月，毛主席主持中央书记处会议，听取科学家、工程师们的汇报，决定研制原子弹。

1957年，苏联政府应允向我提供一个原子弹的教学模型和图纸资料，为此签订了协定。

1959年6月，赫鲁晓夫在访美前三个月，单方面撕毁协定，拒绝向我提供原子弹的教学模型和图纸资料。

1959年7月，中央决定自力更生搞原子弹，从头做起，准备八年内搞出来。用毛主席当时的话来说，就是：原子弹一定要搞，也一定能搞出来，但只能小搞，做到你有我也有，不能大搞，因花钱太多，大搞搞不起。

1962年11月，经科学家、工程师们的努力，并提出提前制成原子弹的可行性报告，中央决定：争取在1964—1965年搞成原子弹，同时加快弹道导弹的研制工作（在一段时间内，中央书记处和政治局开会提到这两弹时，都用"圆的"（原子弹）和"长的"（导弹）这两个隐语来代替）。

周总理说，这次核试验，如果成功，就可以说是提前完成计划了。这个话要等到试验成功才能说。但现在你们就得把政府声明和公报准备好。

接着，周总理就提出他设想的政府声明的要点：一，要全面阐明我国政府对核武器的政策，我们的目标是全面禁止、彻底销毁核武器。二，要说明我国进行核试验和发展核武器是被迫的，为了自卫的，是对付帝国主义的核威胁和核讹诈的。三，要宣布中国在任何情况下绝不首先使用核武器。四，要提出召开各国首脑会议的建议，首先要有核武器国家承担不使用核武器的义务。

在总理谈话过程中，他的外事秘书兼英文翻译浦寿昌同志送来了我国政府对核武器的态度的有关资料，供我们起草时参阅。

周总理概述了他的意见后，就要我们在午夜前后把政府声明起草出来。当时已是晚上八点钟了。

我们三人赶紧议论如何体现总理的思想，并大体上拟出了声明的布局。我们还作了分工，先由乔冠华说个大体的意思，然后由我遣词造句，大家商定后再由姚溱执笔写下来，起草工作进行得较顺利。两千字不到的政府声明在午夜过后不久就起草出来了。到写完简短的公报，大约是14日清晨两点钟。

周总理看过草稿后，又走到小餐厅来，带着亲切的微笑对我们说，稿子大体可用，个别字句我还要斟酌一下，就可以送毛主席审定了。你们这些秀才不愧为快手。现在慰劳你们，一人一碗双黄蛋煮挂面。总理风趣地说，这双黄蛋是我家乡（淮安）的特产，拿来慰劳你们带有象征意义，就是我们正在搞两弹。

接着周总理又说明，将要爆炸的是一个核装置，体积较大，还不是实战型的原子弹。科学家和工程师们正在研制小型化的，可以用飞机携带空投的和将来装在弹道导弹上的原子弹。但无论如何，这次试验成功，将是我们自力更生掌握核武器的里程碑（后来，第一次核试验的半年后，1965年5月，我国第一次飞机空投原子弹成功；两年后，1966年10月，我国首次弹道导弹发射成功）。

周总理最后向我们交代如何发表。要等他的电话，隔了一天，10月15日夜，总理给我电话，要我第二天上午在新华社等候，他将派人把政府声明和公报送给我，由我组织好发表前的准备工作，但什么时候发表要听候他的通知。中英文的文字广播和口语广播要同时播出。英文稿由外交部翻译，要乔冠华负责组织。这一切在公布前都要严格保密，保证杜绝一切可能泄密的漏洞。

10月16日上午，我清早来到新华社办公室，先同朱穆之同志（当时是新华社副社长）商量一下，随即通知广播事业局、人民日报社和北京日报社的负责同志9点钟到新华社来，还请梅益同志偕播音员一起来，以便拿到定稿后即作播音准备。

10时许，总理派赵炜同志专程把打印好的政府声明和公报各三份送来了，并告诉我：总理交代，要等他的电话通知才能发表，在这之前必须严格保密。这时我才向等在我办公室的同志们说明要发表的是关于第一颗原子弹爆炸的政府声明和公报，并要求大家绝对保密。然后由梅益同志跟播音员一起研究如何播出，我同报社的同志研究如何出号外，但都在我的办公室里；谁也没有离开，等候总理的通知。

我们从上午一直等到下午。3 点过后，总理来电话说，爆炸已成功，两个稿子中开头空白的地方要填上"十六日十五时"（北京时间）。但毛主席说要等等看外国有什么反应才公布。总理要我注意外国通讯社有什么消息，随时向他报告。他还说现在各人可以回自己单位去准备广播和出号外，但什么时候公布要等他通知，公布之前仍要保密，只能让有关人员知道。

在这以后，首先从东京，接着从华盛顿、斯德哥尔摩、伦敦、巴黎传出了我国在西部地区进行了核试验的消息，新华社迅速地、连续地向周总理报告。

晚上，周总理和毛主席、少奇等中央领导同志，一起在人民大会堂接见参加大型歌舞《东方红》演出人员时，才决定当晚 10 时公布这一震动世界的新闻。

周总理打电话通知我说，这次任务你们完成了。下一个任务是起草政府工作报告。你们先想想、议议，过几天再找你们谈。

这里说的是周总理 1964 年 12 月在第三届全国人民代表大会第一次会议上作的政府工作报告。这是我在"文化大革命"前在总理亲自主持下参加起草的最后一个政府工作报告。十年之后，1974 年底，我又参加起草了周总理在第四届全国人大第一次会议上的政府工作报告。当时我们敬爱的总理已经身患绝症，卧病在床，只能由邓小平同志主持起草了。但是，到 1 月 13 日的大会上，周总理以惊人的顽强意志，打起精神，坚持把他一生中最后一个政府工作报告念完了。我在主席台上一面听着他铿锵有力的声音，一面看着他消瘦的脸庞，禁不住热泪盈眶：真是我们的好总理啊！

1990 年 1 月

六、周总理在 1961 年至 1964 年[*]

（一）八字方针的提出

四年调整时期（1961 年至 1964 年）是新中国成立后重要时期，也是新中国开始全面建设社会主义历史阶段中的重大转折。周恩来在这关系我国国民经济盛衰的关键时刻，同当时中央其他领导同志一起，作出了永铭人心的卓越贡献，为国民经济经过"大跃进"的挫折而恢复发展，发挥了最重要的作用。

众所周知，从 1958 年南宁会议开始的"大跃进"，连续三年对我国国民经济造成严重的破坏和损失。1958 年底开始的调整工作因庐山会议而中断，同时正在掀起的国际反华浪潮又迫使我党中央不得不以大部分精力来对付。

1960 年 7 月，国务院国家计划委员会鉴于国民经济严重失调，即开始酝酿进行调整，8 月提出了"整顿、巩固、提高"的六字方针。周

---

[*] 本文原题为《调整时期的重大贡献——周总理在 1961 年至 1964 年》，是作者为 1998 年 2 月召开的"周总理生平和思想研讨会"撰写的特约论文。原载于《周恩来百年纪念——全国周恩来生平和思想研讨会论文集》一书，中央文献出版社 1999 年出版。

恩来在讨论这个方针时，采纳了"巩固"和"提高"，把"整顿"改为"调整"，还增加一项"充实"，这样就形成了八个字（调整、巩固、充实、提高）的调整方针。周恩来在他主持的国务院会议上解释："整顿"含义不如"调整"确切，也易于为人接受；"大跃进"中搞了许多大架子、空架子，需要加以"充实"，不只是"巩固"和"提高"的问题。但是正值苏联宣布毁除同中国签订的所有合同，撕破一切协议，撤回全部在中国协助工作的专家。中苏关于国际共产主义运动重大问题的争论正在激烈进行。中苏关系处于严重恶化之中。因此，在1960年夏季在北戴河召开的中央工作会议上，调整国民经济的八字方针并未引起应有的重视。周恩来还按会议要求，就历史上各个时期的中苏两党关系作了一个详尽的报告。

无论如何，作为调整国民经济的指导方针，毕竟在周恩来主持下提出来了。

（二）大兴调查研究之风

1961年1月，中共中央八届九中全会召开。这次全会是在1960年11月全世界八十一党莫斯科会议就共同声明达成协议之后举行的。当时中央政治局常委分析形势时一致认为，由于莫斯科会议经过激烈争论后终于达成协议，中苏关系至少可以缓和一个时期，我党中央的工作重点，应从国际问题转移到国内问题。因此，这次全会除了刘少奇和邓小平汇报八十一党会议情况和分析外，周恩来讲话中强调：国民经济严重失调已到难以为继的地步，中央常委已确定集中力量解决国内问题，今年应当是大战役后大休整的一年，要通盘考虑全面调整，至少今明两年内要实行调整、巩固、充实、提高的八字方针。经济工作如此，其他工作也应如此。因此这次全会集中讨论1961年国民经济计划，批准了这个计划和这个计划中提出的调整国民经济的八字方针。毛泽东讲话时肯定调整方针，并提出1961年为调查年，大兴调查研究之风。只有情况明才能决心大，也才能方法对。

全会以后，毛泽东亲自组织调查组去农村调查研究，刘少奇、周恩来、陈云、邓小平以及其他中央领导同志也纷纷下农村，去工厂，进行广泛、细致和系统的调查研究，中央多次开会讨论，会后形成了调整各方面工作的一系列文件草案，《农村六十条》、《工业七十条》、《商业四十条》、《手工业三十五条》、《高教六十条》、《科研十四条》以及根据周恩来在文艺工作座谈会的意见而后来形成的《文艺八条》等等。

但是，中央决定的调整方针和各项政策，贯彻执行中进展缓慢，干扰和阻力很大。主要原因是党内干部，尤其是高级领导干部，情况不明、思想不通、决心不大，总想搞多一点，搞快一点，或者总想少退一些，迟一些再退，拖延观望。他们对于中央下达的调整文件，有的置之不理，自行其是，或者各取所需，大打折扣，有的甚至不传达、不讨论、不执行。中央政治局常委对于在调查中发现这种情况十分重视，经几次讨论，决定召开扩大的中央工作会议，中央、省、地、县（团）四级主要负责干部参加，着重解决思想作风问题，以贯彻调整方针。

（三）七千人大会上的自我批评

扩大的中央工作会议于 1962 年 1 月举行，参加的有七千多人，通称七千人大会。

刘少奇在大会上的书面报告和讲话，总结了"大跃进"以来的经验教训，既肯定了成绩又指出了失误，着重批评妨碍纠正"左"的错误、贯彻中央集中统一领导的分散主义倾向，并代表党中央政治局作自我批评，承担"大跃进"三年之中"左"倾错误的主要责任。他明确指出，在中央已经提出纠正这些错误的一系列方针政策以后，全党当前主要任务是贯彻执行中央决定的方针政策，坚决反对妨碍落实这些方针政策的分散主义倾向，加强民主集中制，加强中央集中统一的领导。

毛泽东在大会上讲话，也作自我批评。他声明：1958—1960 年这三年"大跃进"中的缺点错误，主要责任应由他承担。他着重讲了党内民主的重要性和紧迫性，批评各级党组织中缺乏民主，书记说了算，并严厉提出他偏要摸那些屁股摸不得的"老虎"。他号召分组召开"出气会",对中央和省委提意见,像竹筒倒豆子那样交心见面。七千人大会出现了坦诚相见、热烈感人的批评和自我批评的新高潮。因为实际上对中央的意见,讨论刘少奇的书面报告时已提得差不多了,这时主要是各县委对各省委的意见。

周恩来在 2 月 7 日讲话。他首先作自我批评。他说这三年中的错误,国务院及其所属各部委负有很大责任。有关国家计划和政策的文件,许多是国务院提请党中央批准的,国务院负有主要责任。他以"四高"、"三多"为例加以说明。"四高"是高指标、高估产、高征购、高调出,国务院应负主要责任。"三多"是计划变动多、基建项目多、权力下放过多,国务院也应负很大责任。至于有些政策性文件,未经中央批准而擅自下达,国务院和有关部委则应负全部责任。

周恩来具体举例说明自己的错误。一个例子是他在 1959 年 8 月人大常委会上汇报政府工作时,说过农业每年增产 10% 就是跃进,增产 15% 就是大跃进,增产 20% 是特大跃进;工业每年增产 20% 是跃进,增产 25% 是大跃进,增产 30% 是特大跃进。周恩来说,他提出这样的增产幅度,本意是想说服那些认为翻一番以致翻几番才算大跃进的同志,但无论农业或工业,按照他说的那样大幅度的增产是根本不可能的。周恩来说,美国在过去一百年中,前五十年工业平均年增长率为 20%,后五十年为 1.1%。美国从年产十几万吨增加到年产 1000 万吨钢,用了 28 年(1872—1900),我国只用了十年(1949—1959,1958 年产 1070 万吨不能算数,当年好钢不到 850 万吨),已经是很高的速度了。"大跃进"中"欲速不达",1960 年硬要年产 1800 万吨钢,1961 年还要生产 900 万吨,结果今年计划只有降到 750 万吨。"以钢为纲"结果挤了其他产业,破坏了综合平衡,也损坏了本身生产设备,难以为继,结果生产不得不掉了下来。这是我们违反客观规律的结果,是对我们的惩罚。

周恩来还举另一个例子说明他自己犯错误。那就是权力下放过多。他说他曾号召各省、市、自治区工业产值超过农业总值,形成多个工业体系,他亲自起草文件,重工业下放 76.5%,轻工业下放 85%,财权也下放许多，造成了很大的恶果。他身为一国总理，困难时连一千吨钢也调不到，真是自食其果。

周恩来说，由于"四高"、"三多"，给许多同志造成很大压力，伤害了许多同志。我乘此机会向大家道歉。

周恩来出自肺腑的自我批评，极大地感动到会同志。

周恩来指出，主要是由于我们自己工作中的失误，加上自然灾害，目前全国经济困难非常严重，农业大大减产，轻工业生产自 1960 年起下降，重工业硬撑到去年也不得不往下掉，人民生活水平大大下降，不少农村饿死人，城市供应严重短缺，浮肿病在蔓延。我们必须全党动员，尽最大努力克服困难。

周恩来在讲话最后提出的克服困难的八大措施，即：坚决压缩城镇人口、争取农业首先是粮棉油增产、努力增加工业特别是人民生活用品工业的生产、缩短基本建设战线、全面彻底清理仓库物资、严禁走后门和搞好市场供应、坚决偿还外债并履行外援合同、建立新秩序和新风气。其中最关键的措施是压缩城镇人口，1961 年压缩 1000 万人，1962年上半年还要压缩 700 万人。

七千人大会总结了三年"大跃进"的经验教训，提出了纠正"左"的错误的方针政策，尽管还没有从根本上改变"左"倾指导思想，但毕竟是我党为建设社会主义而斗争的长征中具有重大历史意义的会议，在全党干部中为调整时期打下了思想基础。只是因为当时大家议论中心是民主集中制，加上当时对困难的估计仍有不足，中央决定的有关调整的方针政策，周恩来讲话提出的克服困难的八大措施，没有具体落实到实际工作中去。

（四）经济困难比估计的要严重得多

七千人大会之后，中央为了更加深入细致地贯彻调整方针，继续分别研究各部门的工作。刘少奇主持政治局会议（即通称西楼会议）在 2 月下旬分别听取财经部门的汇报，发现四年（1958—1961 年）

财政收支不是像过去说的那样收大于支，结余 39 亿元，而是支大于收，结余是虚假的，实际财政赤字达 270 亿元。由此，政治局要求各部、委进一步弄清情况，如实向中央报告。经过紧张而认真的摸情况，摆事实，作比较，终于发现当前的经济困难比过去估计的要严重得多。

陈云根据他缜密的调查研究，首先在他主持的中央财政经济小组中，继而在政治局会议上，尖锐地提出：要如实地正视当前经济困难的严重程度和克服这些困难的难度很大，同时也要看到战胜困难的有利条件和争取较快克服这些困难的可能。要考虑到农业恢复需要时间，现在的计划和摆开的架子要放下来，硬撑着等恢复不是办法。出路只能是城镇减人、全力保证农业增产、保证市场供应、按短线产品安排计划。

周恩来大力支持陈云的意见，他强调退要退够，要退到可靠的阵地上，站稳脚跟，着力调整，然后再向前进。因此要对原计划作大幅度的调整。他对陈云提出的办法概括为一副对联。上联是先抓吃穿用，下联是实现农轻重，横批是：综合平衡。

周恩来提议，请陈云和富春、先念同志把严重经济困难的实际情况和克服困难的办法向中央党政军机关高级干部讲清楚，进一步统一大家对形势的看法，以便首先在中央机关全面落实调整方针，政治局会议同意周恩来的提议，于是有 2 月 26 日在国务院小礼堂举行中央各机关党组成员的高干会议，这个会议对陈云的报告，反应强烈，掌声雷动，前所未有。

3 月间，政治局在听取中央各部委党组讨论上述三个报告的情况汇报后，对他们提出的意见进行讨论。各部委意见中主要有两个问题争论较多：一个是目前时期应称调整时期还是称恢复时期，这关系到对八字方针的理解和执行；另一个是恢复农业究竟需要多少时间，有的认为需要三年到五年，有的认为需要五年到八年，这关系对调整的信心和成效。

陈云本来体弱多病，几个月来主持调整工作日夜操劳，又病倒了，3 月初即赴南方休养。调整工作由周恩来代为主持。周恩来综合大家意见，提出很有说服力的看法。他说，关于第一个问题，看来以称调整时期比较适当。因为八字方针领头两字就是调整，九中全会决定也是讲调整，七千人大会更称当前为调整时期，没有必要改称恢复时期，以免国内外产生误会。但是这个时期的工作内容，实质上是恢复，关键是农业恢复。可以这样说，当前的主要任务是恢复到 1957 年的水平。1960 年农业各项实际产量都比 1957 年下降很多：粮食下降 26%，相当 1951 年的水平；棉花下降 35%，相当 1951 年水平；油料下降 50%，为 1949 年水平以下；生猪存栏数下降 56%，比 1949 年还差。由于农业减产，以农产品为原料的轻工业从 1960 年起即连续三年下降，重工业则增长过快，1960 年比 1957 年增长两倍多，不仅破坏了工农业生产的平衡，农业养不起工业，也破坏工业内部的平衡，轻工业供应不了过度增长的城镇人口。我们实际上干的是损农促工，这样的比例失调是难以持久的，重工业在 1961 年也大幅度下降了，1962 年钢产量计划指标只好降到 870 万吨，约等于 1958 年生产的 1070 万吨中的好钢。因此要全力支援农业恢复，还要恢复因"以钢为纲"被挤掉的其他工业部门。当然，不是所有产业行业都是恢复，长线行业还得减产，短线产品还要增产。所以称调整时期是适当的，有利于贯彻八字方针。

刘少奇赞成周恩来的意见，并认为：我国当前经济困难严重。社会主义国家经济工作搞得不好，也会出现经济危机。可以说目前我国处于经济危机之中。这是非常时期，只有采取非常措施才能克服经济困难，渡过经济危机。刘少奇说，看来我们在七千人大会时因情况没有完全摸清楚，对经济困难估计不足。现在进一步了解情况，过去的估计可以改变，也应当改变；采取的措施也要相应的加强。对情况的分析，估计得严重一些，利多弊少；估计不足，掉以轻心，麻痹大意，弊多利少。宁可估计得严重些，将来实际证明没有那么严重，岂不更好。现在就怕估计不足，决心不大，措施不力，结果误了大事。刘少奇说，根据毛主席倡导的大兴调查研究之风，过去一年中，我们对情况逐步明了了，应当下更大的决心，采取更有力的措施，抓紧调整工作，不能再耽误宝贵的时机。

刘少奇和周恩来的意见，得到在京政治局委员的一致赞成。会后，刘少奇、周恩来和邓小平一起，3月中旬从北京飞武汉，向在那里休息的毛泽东汇报，毛泽东同意政治局会议的意见，并批发了陈云和李富春、李先念的三个报告。

（五）采取非常措施

根据西楼会议的决定，中央财经小组在周恩来亲自主持下重新修改了1962年国民经济计划，着重解决工农业间和工业内部比例严重不平衡的问题，采取的非常措施，以克服当前的经济困难。

刘少奇于5月初起接连召开政治局扩大会议，讨论中央财经小组提出的方案。会上李富春、李先念、姚依林和邓子恢分别作了计划、财政、工商业和农村工作的专题汇报。谢富治和林枫也分别就公安和文教问题发言。

5月11日，周恩来综合会议上的发言，作了长篇讲话。

周恩来说，经过这一年多的实践，证明毛主席在九中全会提出大搞调查研究，才能做到"情况明、决心大、办法对"是非常及时、正确的。

周恩来说，要做好"情况明"不容易，是逐步认识的。现在可以说，我们对困难发展的趋势是看清楚了，即在十年中有五年是调整时期，主要是恢复农业。这一点在高级干部中绝大多数人看法比较一致，但各人所处的具体情况不同，还不能说完全清楚了，预料不到、估计不够的可能性还是存在的。把困难说够，甚至讲得过头一点，没有什么坏处。领导者一定要从最坏的情况出发，这是毛主席一贯教导我们的。1945年延安七大时毛主席讲了十几条可能出现的困难，叫大家做最坏的思想准备，后来实际上没有出现那么多困难，不是很好吗！我们讲困难，不是为了吓人，而是为了战胜困难。在困难前面低头的不是共产党人，我党是在不断克服千难万苦的战斗过程中逐渐壮大、坚强，直到取得新民主主义革命的伟大胜利，建立新中国。从我个人体会，对困难估计不足的情况居多，因而工作中经常陷于被动应付。主观上应努力争取快点克服困难，但具体工作安排上应准备可能慢一些才能克服。各部门的领导同志要对干部多做思想工作，使他们了解全面，争取快，准备慢。

周恩来又说，领导决心来自情况明，情况明了决心才能大。中央对调整工作的决心是大的，去年九中全会时是大的，去年九月庐山会议时也是大的，今年七千人大会也是大的，现在经过二月西楼会议，决心更大了。拿减少城镇人口这个问题来说，去年一年减少了 1000 万，今年开始准备上半年减 700 万，三月决定减 1300 万，现在决定减 2000 万人。这是史无前例的，表明中央决心非常大。中央这个决心，要通过各级党委做思想政治工作，变成为广大干部和群众的决心。

周恩来还说，现在中央财经小组想了克服困难的一些办法，提出了若干调整国民经济的非常措施，但可以说还很不够，还要依靠广大干部和群众的创造性。只要我们领导者把情况说清楚，广大干部和群众会想出许多办法的。

周恩来在讲话中回答会议中有些同志提出的问题，主要是七千人大会时说最困难的时期已经渡过了，现在又说过去对困难的严重程度估计不足，似乎前后有些矛盾，应如何看待，如何解决。

周恩来说，一般说最困难时期已经渡过，这是可以的，这主要是指去年一年中，中央下大力进行调整，已重新制定许多方针政策，以纠正三年"大跃进"中诸方面的"左"的错误。这是争取经济情况好转的基础。但是当时的确没有发现还有最近三四个月中发现的那些严重的困难，如四年财政收支不是有 39 亿元结余，而是有 270 亿元赤字，从而导致通货膨胀，仅去年就多发了 60 亿元票子。现在的情况是经济困难尚未见缓解。

一是今年粮食产量能否完成 3000 亿斤（1957 年年产 3900 亿斤，内含大豆 200 亿斤）的指标不容乐观，因为各地报来的情况已肯定减产 300 亿斤。

二是不少省的灾荒造成的后果没有消除，有些地方仍有饿死的人。

三是中央今年计划征购粮食 730 亿斤，各省报来的不到 700 亿斤，差额 30 亿斤，相当于供应 1000 万城市人口的一年口粮。

四是城镇口粮供应仍然不足，人民生活水平大幅度下降，粮食人均（包括工业用粮）只有 381 斤（经常需要 423 斤），分配到个人，机关干部每月人均只有 24 斤左右。城市中浮肿病在增加。

五是去年进口粮食不足以补充挖空了的库存，今年进口主要用于救灾。

六是棉花生产预计不会增产很快，因为粮田挤了棉田。城镇每人棉布定量供应只能保持每年 3 尺。

七是城市猪肉供应，已从过去每年 30 亿斤降到 10 亿斤，只能维持目前的低水平供应。

周恩来说，以上主要是从农业方面来说的困难，而农业是基础，农业困难没有缓解，其他困难，尤其在城市、工矿区，就难以好转。从这些方面说，不能认为最困难时期已经渡过。

周恩来强调说：当前时机是紧迫的，条件是成熟的，我们再也不能犹豫不决，该退的一定要退够。最紧迫的措施，关键是坚决减少城镇人口。中央决定减少 2000 万人口。这是釜底抽薪。大批基本建设项目要下马，工矿企业要关闭一批、停产一批、合并一批、转业一批，即使伤筋动骨，也在所不惜，为的是全力支援农业恢复，否则没有出路，不可能渡过困难，不可能争取好转。

刘少奇赞成周恩来的意见，他说减少城镇人口 2000 万是很大的决心，2000 万人减下去了，最困难时期也就渡过了。

就这样，五月政治局会议通过了中央财经小组提出的进一步调整的方案。

（六）抓阶级斗争不能影响调整工作

1962 年夏天在北戴河召开的中央工作会议，是毛泽东建议召开的。这个会议没有开全体大会，只开小组会议，但主要问题在中心小组讨论，中心小组是由毛泽东主持，除政治局和书记处成员外，还有各大区书记，中央有关部门主要负责人。这次会议本来的议题是讨论农业、粮食、商业、工业支援农业等问题，但为了落实调整方案（包括减少城镇人口、缩短基本建设战线和关停并转一大批工矿企业等），中央工作会议还套了一个城市工作会议。

但是会议一开始，毛泽东就在中心小组接连发表关于阶级、形势、矛盾的多次讲话，会议逐渐就转到以反对"黑暗风"、"单干风"和"翻案风"为主要内容。这次会议（7月25日至8月24日）以及其后的八届十中全会预备会议（8月26日至9月23日在北京举行）和十中全会（9月24日至9月27日）都是沿着这条路线发展的。周恩来既参加中心小组的会议，中心小组不开会时就主持城市工作会议。

北戴河会议大批的"单干风"，主要是批评邓子恢主张推广安徽实行"五统一"下的"责任田"制度（包产到队、定产到田、责任到人）。毛泽东在讲话中还批评田家英去湖南、浙江调查后认为"包产到户"在特别困难的地方不失为渡过困难的有效办法，也批我主持的新华社《内部参考》刊出介绍"包产到户"的材料过多。

所谓"翻案风"，是指彭德怀在6月间给中央的申诉信，信中认为中央在庐山会议上对他的批判和结论是不符合事实的，要求重新审查，作出正确的结论。经毛泽东在中心小组提出，会议对彭德怀大加批评，其后在十中全会及其预备会议上尤其激烈。

至于所谓"黑暗风"，按毛泽东的说法，是指对形势的估计，说当时有一股只许讲形势一片黑暗，不许讲形势有一点光明，丧失信心，前途悲观。工作会议各组大批"黑暗风"，自然影响城市工作会议落实调整措施。我和田家英除参加中心小组外，也参加城市工作会议。因为周恩来要我们去听听各方面的意见。

根据中央已经批准的方案，城市工作会议要具体落实到每个省、市、自治区和中央各部门。中央财经小组提出的方案主要是：

（1）城镇人口减少 2000 万人。

（2）基本建设项目，投资从 1960 年的 384 亿元减到 1962 年的 67 亿元，开工项目从 1960 年的 1800 项压缩到 1962 年 1000 项。

（3）绝大多数重工业生产指标，1962 年比 1961 年降低 5%—20%。现有 6 万多个工厂企业，保住一批，缩小一批，合并一批，转业一批，关闭一批。

上述主要方案，在当时北戴河刮起的大批"黑暗风"的浪潮下，受到很大冲击。城市工作会议上，不少同志认为中央在二月会议和五月会议上对形势估计过于严重，把困难说得过多，因而提出的措施也过于激烈。许多地方和部门纷纷要求城镇人口少减一些，基建项目少下马一些，工矿企业少关停并转一些。有些同志认为中央财经小组提出的非常措施对我国国民经济"伤筋动骨"、"大伤元气"，有的甚至不指名地责备主持调整工作的周恩来。

周恩来在会上反复解释中央为什么采取这些非常措施。

他指出，三年"大跃进"中我们（包括中央在内）只想快些多些，没想好些、省些，长期不觉悟，问题积累越来越重，以致非下最大决心调整不可。

基本建设战线确实太长了。1957 年基建投资只有 100 亿元左右，1958—1960 年基建投资共达 1112 亿元，年均 278 亿元。

施工项目，1957 年只有 900 多项，1960 年达 1815 项。

工厂企业增加太多，职工人数三年内增加 3000 多万人。

许多企业处于停工或半停工状态，劳动生产率下降 30%。城镇人口，1957 年只有 9900 万人，1960 年增加到 13000 万人。周恩来指出，过去几年，工业大踏步向前发展了，而农业却大踏步向后退了。以粮食为例，1957 年产粮 3900 亿斤（除大豆外为 3700 亿斤），1961 年只有 2800 亿斤。今年计划粮食产量为 2900 亿斤，即使完成计划，也不足供养 12000 万城镇人口，甚至即使恢复到 1957 年的粮食产量，也负担不了目前城镇人口的正常供应。这就是我们面对的严酷现实。

周恩来说，中央决定上述三项措施，确是非同寻常。有同志说是"伤筋动骨"，实际上确是"伤筋动骨"，因为整个架子太大了，我国的物力、财力承受不了，只能卸架子，只能"伤筋动骨"。砍那么多基建项目，关停那么多工矿、企业，岂止是"伤筋动骨"，每砍一刀都是血淋淋的呀，因为这些都是用人民的血汗钱建设起来的呀！你说中央就那么忍心，就那么狠心？这是从全局着想，迫不得已的呀！否则，整个国民经济就会被压垮，我国将会日甚一日、年甚一年地衰败下去。不调整，不采取非常措施，犹豫拖延，就会坐失时机，拖垮我们的国家，别的出路是没有的。

周恩来在城市工作会议中，坚持原则，维护中央决策，有若中流砥柱，坚如磐石，同时又循循善诱，耐心说服，理情兼备，令人十分感动。

在北戴河，我和田家英在旁听城市工作会议时，耳闻目睹各种不同议论。对中央决策，尤其是减少城镇人口、基建项目下马、关停并转相当部分工矿企业，有赞成的，有怀疑的，也有反对的。特别是有关本城市、本部门的，好些同志是讨价还价；最差的甚至断然拒绝；有的甚至乘反对所谓"黑暗风"之机，责备中央领导同志特别是替陈云主持中央财经小组工作的周恩来，只差没有公开点名，但人们一听便知是针对谁的。我和田家英深感有些同志对中央态度不正，对总理极不公平，很是愤慨，但在会上不便发言。有一天晚饭后，我同田家英（还有梅行）议论此事时有如鲠骨在喉，不吐难受。于是打电话给总理秘书许明，要求面见总理。周恩来在白天参加意见纷纭的会议，夜里还有许多事情要处理，但很快就把我们叫去了。我们向他诉说城市工作会议上空气不好，有的同志发言极不正常，不顾大局，特别是有的同志在二月西楼会议和五月政治局扩大会议上是赞同中央决策的，现在又反悔埋怨，甚至影射周总理，说话非常难听。我们说着说着就流泪，担心中央决定的非常措施落实不了。我们认为这些同志对国家大事如此轻妄，怎么得了。

周恩来一面安慰我们不要激动，一面又严肃地对我们说，非常措施是中央会议决定并经毛主席同意的，必须坚决贯彻执行。执行这些措施涉及各方面的实际利益，难度很大，有同志一时想不通是可以理解的，这要耐心说服，稳妥帮助。他深有感慨地说，1959 年春调整时，我身为一国总理，竟然连调 1000 吨钢也做不到。现在又遇到这么大的阻力，可见实行民主集中制、加强集中统一不容易。现在证明七千人大会十分必要，但只靠一次大会，虽然开了一个多月，还不能完全解决问题。他很激动地对我们说，过去指挥千军万马，有时为了全局的胜利，不惜牺牲局部，军令如山倒，成千成万的战士，视死如归，慷慨捐躯，没有遇到像现在和平建设时期做调整工作这样困难。但是，你们可以相信，中央是坚持原则的，议而有决，决则必行。我已同少奇同志和小平同志谈过，抓阶级斗争不能影响调整工作，毛主席也表示赞成。

这次谈话一直到深夜，我们在门口向总理告别时，田家英还热泪盈眶。

一两天以后，周恩来8月17日在中心小组发言时，一般表示同意毛泽东讲的阶级、形势、矛盾的意见，着重谈了对形势的看法。他说，关于形势，有一个时期把困难现象说过了，但主观上是积极想方设法克服困难，客观上可能影响一些同志把形势看成漆黑一团。当然，许多同志仍然是信心十足，鼓足干劲的。这一点可以从中央发出关于当前形势的宣传要点后绝大多数同志反映很好来证明。中央各部委同志工作都很努力，没有泄气，想方设法完成中央提出的任务，而且措施得力，见效也快，效果比预想的好。

毛泽东在周恩来发言过程中插话说，调整工作是见效的，大家是有信心的。

刘少奇也插话说，据最近统计，今年上半年减少城镇人口的任务已经完成，减轻了粮食供应的很大负担。过去强调困难严重，因此大家才下决心减人。

（七）国民经济全面好转

北戴河中央工作会议（7月25日至8月24日）后，接着就在北京召开八届十中全会和它的预备会议。

预备会议历时近一个月（8月26日至9月23日），批判"三风"比在北戴河有过之无不及，也继续修改《关于进一步巩固人民公社集体经济、发展农业生产的决定（草案)》、《农村人民公社工作条例修正草案》、《关于商业工作问题的决定》等文件。在这期间，周恩来会同李富春、李先念、薄一波等分别跟各省、市、自治区和中央各部门商量，逐一落实中央决定的非常措施，其中反复商议较多的是商业问题（主要是粮食、棉花、油料、肉食的购销、征调以及日用品的供销等问题)。

到了八届十中全会正式会议(9 月 24 日至 9 月 27 日),毛泽东在讲完全会议程后又一次更系统地讲了阶级、形势、矛盾三大问题。其中关于形势问题中,他讲了抓阶级斗争和抓调整工作的关系。因为在北戴河会议将结束时,刘少奇提出:阶级斗争问题是否不要联系那么密,有些问题可以就事论事,不上纲上线。当时没有定论。

在这次全会开幕时的讲话中,毛泽东说,切不可以因阶级斗争妨碍调整工作,请各地区、各部门务必注意。要记取 1959 年庐山会议的教训。当时抓了党内斗争而抛开了工作,反右而不反"左"。这次要把工作放在第一位,阶级斗争平行,但不要放在很严重的地位。现在已成立两个专案小组审查两个"翻案"(即彭德怀和习仲勋两冤案)的问题,不要使阶级斗争干扰我们的工作。我们要大部分时间放在工作上,指定专人对付阶级斗争,如公安部门。阶级观点很重要,但要抓工作,而且要抓紧。庐山会议本来不应当受干扰。当时及其后,我们还受帝、修、反的干扰。其实我们应当不受任何干扰,无论党内外、国内外的干扰都不要影响我们的工作。要努力做好调整工作,争取明后两年恢复农业。全党要团结起来,要团结包括犯过错误的所有同志。犯过错误的同志要改正,站到马列主义方面来,中央路线方面来,我们就好合作。

刘少奇在讲话中着重讲了对待困难的三种态度:一是坚决克服困难,坚持社会主义道路;二是被困难吓倒,放弃社会主义道路;三是利用困难向党进攻,这是反动的。刘少奇还说,今年五月会议,对困难估计多一些。如果是坚持社会主义道路,估计困难多一些不要紧。如果动摇,就很不好。现在看来,困难有多大,不过如此。最困难的时期已经过去,形势已经好转了。在刘少奇讲话过程中,毛泽东插话说,被困难吓倒,暂时动摇,提过建议的是思想认识问题,不能说是搞修正主义。至于未经中央同意就到处宣传包产到户,那是违反纪律问题。不是到处宣传,只在党内提出意见或建议,这是允许的。毛泽东这段插话,我当时理解,毛泽东把在北戴河会议中心小组内被他点名批评的田家英,同邓子恢加以区别。其他中央领导同志有过这样或那样的意见,那就更不在话下了。后来毛泽东并没有要田家英作检讨,田家英也没有自动作检讨。当然，即使这样，批判邓子恢搞"单干风"也是错误。

周恩来在 9 月 25 日下午讲话，他表示同意毛泽东的讲话和将提交全会通过的文件和决定。他谈到形势时说，五月会议对困难估计过了一点，但工作还是积极的，信心十足、干劲十足的。强调困难不是否定工作中的成绩，这两年，特别是七千人大会之后，做了大量的调整工作，而且收效很快。因此，我认为应当明确四点：（1）阶级斗争，如彭、习两案，已有专案组审理，调整工作不要受干扰；（2）反右必须防"左"，不要搞到一般干部和群众中去，不要搞运动，这是庐山会议的教训；（3）要加强阶级教育，团结全党；（4）还有大量调整工作要做，要抓紧时机，机不可失，时不再来。

周恩来这番话，简明扼要，针对性很强。可以说，在大刮反"三风"的那个时候，能这样直言不讳，实事求是的风格，深得大家称赞。

八届十中全会及其以前的北戴河会议，毛泽东重提阶级斗争和大批所谓"三风"，反映了党内"左"倾指导思想的进一步发展，与四年之后发动所谓"文化大革命"密切相关。但是从当时的形势及其以后总的情况看，这对调整工作并没有构成重大干扰，中央领导同志的主要精力，还是集中抓调整工作。只是 1963 年开始的四清运动（后来称之为农村社会主义教育运动），或多或少地影响各地的经济调整工作，加上 1964 年开始的"学术、文艺批判"，也为尔后的"文化大革命"在思想上和政治上准备条件。但是，无论如何，中央领导同志，特别是周恩来，坚持调整的方针，做了大量工作，使国民经济较快地得到恢复和发展，1963 年开始好转，1964 年全面好转。

周恩来在第四届全国人民代表大会第一次会议（1964 年 12 月 20 日至 1965 年 1 月 4 日）上，作"文化大革命"前最后一次政府工作报告中宣告："现在，调整国民经济的任务已基本完成，工农业生产已全面高涨，整个国民经济已经全面好转，并且将要进入一个新的发展时期。"

周恩来从农业、工业、财政贸易、文化教育这四个主要方面，概括地列举四年来国民经济调整工作的巨大成就。

在农业方面，粮食、棉花、烤烟、甘蔗、猪、羊等主要农牧业产品的产量，都超过 1957 年的水平。1964 年全国拥有的拖拉机数比 1957 年增长 4 倍，排灌机械马力增长 12 倍，农村用电增长 22 倍，化肥增长两倍多，农田水利建设成绩很大。

工业方面，1964 年工业总产值比 1957 年有很大增加。四年来主要工业产品品种增加了两万四千多种，产品质量普遍提高，有些已达到或接近世界先进水平，成本显著降低，劳动生产率逐年提高。

商品供应状况显著改善，物价稳定，财政收支平衡，城乡人民生活有所改善。同 1957 年相比，1964 年供应的猪肉、羊肉、蔬菜等副食品，都增长 30% 以上，机制纸、铝制品、搪瓷制品、自行车、收音机等主要日用品，都增长 50% 以上。

文化、教育、卫生、体育事业也有了新发展。

周恩来指出，今后十年，是我国国民经济发展的关键十年，我们要建设一个独立的比较完整的工业体系和国民经济体系，还要在更长的时期内，进一步全面实现农业、工业、国防和科学技术的现代化，使我国国民经济走在世界的前列。

总的来说，在四年调整时期，周恩来同中央其他领导同志一起，在三年"大跃进"造成国民经济严重破坏的情况下，在关系我国是衰败下去还是中兴起来的重大战略问题上，坚持调整方针，不辞辛苦，全心全力，任劳任怨，既坚持原则，又耐心说服，措施果断又步骤稳妥，历尽艰难险阻，不折不挠，对国民经济调整任务的胜利完成，对国民经济较快地恢复和发展，起了关键性的重大作用。我们全党和全国各族人民，永远不会忘记周恩来的这一伟大贡献。

1998 年 2 月

七、记廖承志领导新华社工作[*]

（一）受命于全面内战开始之际

延安的 7 月，是一年中天气最热的。1946 年 7 月，不但天气很热，而且政治空气也很热。蒋介石破坏停战协定，国民党军队开始对解放区发动全面内战。

新华社根据毛主席 6 月 30 日的指示，开始连续发表揭露蒋军向我进攻的消息。暂停两个多月的宣传战又重新升温了。

正在这样的时刻，廖承志匆匆从南京中共代表团飞回延安，就任新华社社长。承志同志早在 1936 年就参加陕北红色中华社（新华社的前身）的工作。他当时负责国际新闻的全部翻译和编辑工作，1937 年春才离开。

我是在 7 月的一个下午，第一次见到承志同志。他刚搬到清凉山来，沿着半山腰的一排排窑洞，看望新华社和《解放日报》社的同志

———————————

＊ 廖承志同志曾于 1946 年 7 月至 1949 年 6 月担任新华社社长。本文原题为《从延安、太行到西柏坡——回忆廖承志同志领导新华社工作》，原载于新华社《新闻业务·新闻史研究专辑》1989 年第 7 期。

们。他满脸笑容，同大家握手，一会儿摸摸这个同志的头，一会儿又拍拍那个同志的肩，热情亲切，平易随便，活泼而又带点诙谐。这同我在见面前想象的经历二万五千里长征，又在国民党监狱中度过四个年头的老革命的形象大不一样。初次见面的印象，长久地留在我的记忆中，其实这正是承志同志特有的风度。

承志同志是在博古（秦邦宪）1946年4月8日从重庆飞延安途中，与王若飞、叶挺、邓发等同志同机遇难之后，接管新华社和《解放日报》社工作的。在这之前，4月底中央决定新华社和《解放日报》合并，实行以通讯社为主的体制。因为当时的形势已逐渐明朗，蒋介石已决心发动内战。一旦内战爆发，报纸的出版和发行将比过去更加困难。要及时向全国以至全世界宣传我党我军的方针政策和立场，沟通各解放区的情况，只有依靠无线电广播这个最便捷的工具。预见到这种情况，毛主席及时提出"全党办通讯社"，把建立从中央到地方的新华社通讯网，作为对付蒋介石发动全面内战的重大战略措施之一，首先是加强新华总社。这个工作从5月份就开始，廖承志接任新华社社长后继续加速进行，完成了大改组。

廖承志既是新华社社长，又是解放日报社社长。开始时总编辑还是余光生，他在1947年1月才离开延安到哈尔滨。这时的副总编辑除原来的艾思奇、陈克寒外，又先后增加了从南京、上海、北平撤退到延安的范长江、石西民、梅益、徐迈进和钱俊瑞，他们还带来一批搞新闻工作的同志，加上从延安各部门调集来的许多同志，这时的清凉山，真是人才济济，盛极一时。

经过大改组之后，主要的编辑力量集中在三个编辑部，即解放区部、国民党区部和国际部，这三个部负责编写新华总社的全部新闻和撰写评述、文章，直接发文字广播，不再负责《解放日报》的编辑工作，这样不但改进了稿件的质量，而且也提高了时效。这些稿件在广播的同时也在《解放日报》上发表，由一个与上述三个部平行的报纸编辑部负责编辑和版面安排。陕甘宁边区和延安的新闻，则由采访通讯部负责。上述稿件，也供另外两个编辑部选用：一个是口语广播部，它负责编辑"延安新华广播电台"的稿件；再一个是英文广播部，它负责编辑新华社英文文字广播。此外，还有一个提供外国通讯社电讯的翻译科和初具规模的资料室。改组后实行这样的体制，使新华总社大大加强了。

与此同时，在各中央局、分局的支持和帮助下，按照党中央的要求，各大解放区组建总分社、分社的体制也先后完成，并且开始建立特派记者的制度和组建前线记者团。在建立这样庞大的全解放区通讯网的工作中，范长江、陈克寒等协助承志同志，作出了重要的贡献。

承志同志善于发挥各人的特长，使大家各得其所，团结无间，形成一个坚强的战斗集体，在党中央领导同志们直接帮助下，比较出色地完成了解放战争初期的新闻宣传工作。

（二）撤离延安

廖承志到新华社工作后，很快就面临战备问题。国民党军对解放区的全面进攻失败之后，就布置重点进攻，把进攻的重点放在东西两翼，一头是山东解放区，另一头就是延安和陕甘宁边区。党中央的战略方针是在运动战中消灭敌人的有生力量，不计较一城一地的暂时得失。因此，准备主动撤出延安。

中央军委副主席周恩来早在1946年11月就召开战备会议，研究如何保证新华社在战争情况下广播不中断的问题。廖承志参加了这个会议。会议当时就决定：在延安东北一百八十里的瓦窑堡建立第一线战备电台，在黄河以东（从晋绥、晋察冀、晋冀鲁豫三个解放区中选一个地点）建立第二线战备电台。用承志同志的话来说，这叫作"狡兔三窟"，撤出延安时由瓦窑堡接替，瓦窑堡不能使用时由河东接替。这样，清凉山的战备就开始了，所有能离开工作的妇孺老弱首先疏散到瓦窑堡一带。

1947年2月，周恩来又召开会议，再次研究新华社的战备工作，具体落实到中文广播、口语广播和英文广播在任何情况下都能做到不中断，并且要加强对外广播的功率，使我们的信息传播全世界。恩来同志责成中央军委三局王净、王子纲等帮助新华社解决电讯设备问题。廖承志为进一步落实中央的决定，紧张地进行战备工作，将一批又一批的人员与物资器材向瓦窑堡转移。

3月12日，蒋介石下令轰炸延安，国民党军开始进犯延安。

3月14日，廖承志率领新华社和《解放日报》大部分人员撤离延安到瓦窑堡。而在延安坚持工作的只有二三十位同志，他们坚持到3月16日广播完毕，于17日夜才与毛主席同时撤离延安。当天，瓦窑堡的战备电台即接替广播，保证了第一次转移时广播不中断。当胡宗南部队窜入延安时，我们的电台仍然继续以"新华社陕北电"和"陕北新华广播电台"的呼号向全国和全世界宣布蒋介石必败，中国人民必胜。

从延安撤退后，廖承志根据中央的指示，把新华社总社兵分三路，一路由他亲自率领，于3月20日东渡黄河；一路由范长江率领，跟随党中央转战陕北；一路在瓦窑堡坚持工作。在极困难的情况下，《解放日报》于3月27日出版了最后一期才停刊，新华总社于3月28日播完最后一批稿子，才从瓦窑堡转移（当时，广播电台所在地离敌军只有十多公里），由在晋冀鲁豫解放区涉县的新华社临时总社接替。

新华社临时总社是由党中央电令晋冀鲁豫中央局于3月中旬紧急筹建起来的。廖承志原先打算先把新华总社转移到晋绥解放区，并且在大队渡河之前派出陈克寒率先遣队到达兴县，但经与晋绥中央分局研究，感到那里条件不具备，才电请中央改换地方。晋冀鲁豫中央局接到中央紧急指示后，火速从太行、太岳和冀鲁豫调集干部，准备器材，用不到半个月的时间，就在太行山麓的涉县（京广铁路上的邯郸以西）把临时总社的架子搭了起来。瓦窑堡3月28日停止广播；涉县3月29日就接替广播，保证了文字广播一天也没有中断，只有由于技术原因，口语广播和英文广播于4月1日才接替起来。晋冀鲁豫的同志们为建立临时总社尽了最大的努力，胜利地完成了光荣的接替任务。

廖承志领导新华总社全体同志，按照党中央的要求，从安全撤出延安，保证广播不中断，坚持到太行临时总社接替，圆满地完成了任务。在这个过程中，承志同志高瞻远瞩，未雨绸缪，临危不乱，指挥若定，体察下情，患难与共，深为同志们称道。

（三）太行临时总社接替工作

太行临时总社接替工作后，廖承志率领的新华总社人马，编成行军序列，一个支队辖三个大队，离开晋绥解放区的三交镇，开始向太行转移。

这时我军已控制了太原以北的同蒲铁路北段，打通辽晋绥解放区和晋察冀解放区的联系。承志同志率领我们，经方山、岚县、静乐、忻县，从原平越过同蒲路，进入晋察冀解放区，沿五台山西南侧行进，到达五台县境内的东西漂村，即住下来休整。这时已是初夏，滹沱河两岸一派江南风光。承志同志一路上骑马前后奔驰，照顾三个大队的老弱妇孺，煞是辛苦。因为我们这支号称"昆仑支队"的队伍，走在最前面的是电务处大队，承志同志和徐健生、祝志澄一起，率领支队队部和行政大队走在队伍的最后，编辑部大队走在队伍中间。虽然老弱病员都集中在行政大队，但其余两个大队都有女同志带着孩子，因此行军中廖承志总是来回看望、叮咛和照顾。大家都亲切地叫他"三〇二"，这是行军途中他的代号，连小孩子也这样叫他。整个"昆仑支队"一路上没有减员、掉队，安全地到达了距离中央工委驻地平山县西柏坡村不远的地方。

当时晋察冀已开始土地改革，同时考虑到战时总社人员不需要这么多人，廖承志请示中央工委（由刘少奇、朱德、董必武三位中央领导同志组成的中央工作委员会，在黄河以东进行中央委托的工作），将原有的人员分为三部分，一部分由钱俊瑞和徐健生带领参加晋察冀的土改工作；一部分（包括一些有病需要治疗的同志）到晋察冀日报社和新华社晋察冀总分社；其余部分由廖承志同志率领休整待命，历时近一个月。

后来我们才知道，原来这时留在陕北的党中央、毛主席，正在运筹帷幄，制订我人民解放军第二年作战计划，英明果断地决定从战略防御转入战略进攻，实现人民解放战争的历史转折，其要害是三路出击，逐鹿中原。中央军委于5月间向晋冀鲁豫野战军（由刘伯承、邓小平率领）和华东野战军（由陈毅、粟裕率领）下达"大举出击、经略中原"的命令，要求刘邓大军主力进击中原，直捣大别山，并分出陈赓、谢富治兵团渡河南下豫西，开辟鄂豫陕根据地；陈粟大军挺进豫皖苏地区，待机歼敌。这样，三路大军构成"品"字形阵势，经略中原。中央军委要求刘邓大军于6月1日前完成休整，待命出击。

6月初，廖承志接到中央指示，着即向太行转移。承志同志召集社委会研究后决定由陈克寒、石西民、梅益率先遣队立即出发，他统领大队人马随后南下。先遣队于6月5日离开东西漂村，途经定县、安国、河间、献县、衡水、南宫，这一带已完全解放，石家庄在我军包围之中。我们于14日到达邯郸以西的冶陶镇。这是晋冀鲁豫中央局的所在地。以邓小平为首的中央局成员，这时多数均在前线，只有薄一波、徐向前、滕代远几位领导留在这里。我们先遣队到达冶陶后，廖承志也经薄一波电催单独离开后续大队，兼程赶来商议选择总社地址，最后决定仍然在临时总社的地址，即在冶陶以西三十里的涉县东、西戍村。承志同志和我们先遣队在"七一"前夕到达那里，总社大队人马也在7月上旬全部抵达，完成了从"东西漂"到"东西戍"的转移。

新华总社撤出延安的大转移就这样胜利完成了。我们重新开始工作后发出的第一条特急新闻，就是刘邓大军在鲁西南强渡黄河，举行大反攻的胜利消息。

（四）远离中央的太行时期

廖承志到达太行涉县，行装甫卸，即发电报给跟随党中央、毛主席行动的范长江，要他负责随时向中央请示有关新闻宣传事宜，每周将宣传要点电告太行，同时也请留意太行发出的稿件，随时提出意见。从这时起，承志同志通过范长江的小分队同党中央保持密切的联系，凡是他认为比较重要的事情，都做到向中央事前请示、事后报告。每次社委会会议结束，大都是由他亲自起草给中央的报告。有一次我（因我当时是社委会秘书）代拟电报时，漏掉一项重要内容，受到他严肃的批评。长江同志率领的小分队（代号叫四大队），跟随中央转战陕北。除担负联络太行的任务外，中央发表的重要文件和中央同志写的社论、文章都由他们发到太行。他们还抄收中央社和外国通讯社的电讯，供中央领导同志参考。他们边行军边工作，历尽艰辛，出色地完成了任务。

太行时期的新华社，由于党中央机关报《解放日报》在撤出延安后不久就停刊，不能不承担党报的任务（主要是发表社论），集通讯社、报纸和广播电台于一身，三位一体，因而编辑部的任务更加繁重。廖承志根据中央的指示，很快就团结临时总社的同志和延安来的同志，把新华总社的各级班子搭了起来。社务委员会由承志同志和陈克寒、石西民、梅益、徐迈进、祝志澄六位组成。原来临时总社的负责人吴敏和张磐石回到晋冀鲁豫中央局的工作岗位，其他同志大多数同延安来的同志合编在各个部门中，合作得很好。承志同志是搞五湖四海的人，他的诚恳、坦荡、亲切、热情的态度和平易近人、诙谐幽默的作风，很快地感染了上下左右的所有同志，大家和衷共济、亲如家人。

编辑部比延安时期有了一些变动，除解放区部、国民党区部、国际部这三个主要编辑部外，还有口语广播部、英文广播部、翻译部、资料室、总编室。凡是比较重要的稿件，除陈克寒、石西民审改外，廖承志都亲自审查修改，他还撰写评论和评述性新闻，为英文广播定稿。

根据承志同志的决定，编辑部从 8 月份起恢复了半月一次的国内述评和国际述评；除原有的文字广播、口语广播和英文文字广播已全部恢复到延安时期的规模外，又新增每日 1500 字的"简明新闻"（专供行动中的野战部队抄收）和每日 2500 字的"新闻情报"（即参考消息，专供陕北党中央、平山中央工委和三交镇的中央后方委员会——由叶剑英、杨尚昆等同志组成）。给各分社的"业务通报"也恢复了。

　　为了同晋冀鲁豫中央局保持密切的联系，承志同志除了经常电话联系外，每周至少去冶陶镇一次，参加薄一波主持的中央局会议，从那里了解到解放区的许多情况。当时各解放区正在进行土地改革，了解这些情况是做好新闻宣传工作必不可少的。在这方面，承志同志从薄一波同志那里得到了许多帮助。承志同志在八九月间还到平山去参加那里举行的由中央工委召开的全国土地会议。

　　新华社太行时期，正是我人民解放军从战略防御转入战略反攻时期。各野战军先后组成了前线记者团负责军事报道工作。承志同志鉴于战局迅速展开，决定建立前线通讯体制。新华总社根据华东前线和中原前线的经验，草拟了在各前线部队成立野战分社的工作条例草案，通告各地试行。后来又根据战局的发展和野战军的扩大，逐渐发展成为野战总分社（野战军一级）、野战分社（兵团一级）、野战支社（纵队一级）的体制，造就了大批英勇、果敢、刻苦、勤奋的军事记者，出色地完成了伟大的人民解放战争的报道任务。

　　新华社迁到太行后，深感国民党统治区的消息来源太少，除抄收中央社外，远不及在延安时那样可以经常从重庆、西安、南京、上海、北平等地收到国民党统治区的报刊。承志同志果断地决定，派出一个记者组到冀中河间去，一方面把那里从平津两地收集到的有关国民党统治区的材料写成消息，经冀中分社电台发总社，一方面把收集到平津两地的报刊尽快送回总社。与此同时，也派人去山东，同华东总分社商量如何收集蒋管区报刊。由于采取这些措施，国民党统治区的消息来源得到了改善。

　　至于国际新闻的来源，承志同志十分重视抄收各外国通讯社的电讯。由于电务处同志们的努力，外国电讯的抄收很快就恢复到延安时期的水平，不但为编辑工作提供比较充裕的素材，而且为转战陕北的党中央及时提供了了解国际动向的消息。

　　除了上述开辟新闻来源的工作外，承志同志还非常重视对外宣传。由于他的直接关注，新华社第一个国外分社于1948年春在布拉格建立，不久又在伦敦建立了分社，当时这两个国外分社的主要任务就是抄收和出版新华社的英文电讯稿，扩大解放区在国外的影响。承志同志不满足于英文文字广播，一到太行就积极筹备英语广播，很快就在9月中旬开始播音。北平、天津、青岛和南京、上海都可听到这英语广播，不少外国记者根据这广播报道我党的主张和我军的胜利。

新华总社大队人马到达太行后，承志同志原本考虑组织大家轮流参加土改运动一段时间，后来请示中央，才决定只派少数人参加，大多数同志仍集中精力搞好工作。在这期间，承志同志又根据中央指示，在总社并通知各总分社和分社、支社，在全体工作人员中开始"三查三整"运动，特别着重反"客里空"运动，着重解决编辑记者对待土改运动的立场问题和严格遵守"新闻必须真实"的原则问题。承志同志为此曾多次作报告，把土改运动的方针、政策同新闻工作中出现的问题结合起来，循循善诱，讲清道理，提高大家的政治觉悟，帮助大家解决思想问题。

在整个太行时期，新华总社在承志同志领导下，大家同心协力，辛勤工作，努力克服物质条件的困难，在远离中央的情况下积极发挥主动性，在业务上和政治思想上都有很多收获。

当然，也正是在各方面条件比较困难的情况下，新华总社这个时期工作中也出现了不少纰漏和失误，经中央严肃批评和耐心帮助才得到改正。对于中央的每次批评，承志同志总是首先带头检讨，首先承担责任，首先提出自己带头改正的办法。他态度认真诚恳、坦率自然，毫不勉强敷衍，更不推卸责任，委过于人。在那些失误中，同他直接有关的是这样，间接有关的是这样，甚至间接关系也很难说的也是这样。例如太行总社广播的毛主席1947年12月《关于目前形势和我们的任务》文稿中电码错漏有二十多处，在陕北的中央发现后，来电提出严肃批评。这个事件本来同承志同志没有多少关系，而且这些错漏同译电、发报、收报等环节有关。但承志同志首先带头作自我批评，检讨自己事先没有提出严格要求，平常也疏于检查督促。后来在播发中共中央关于老区半老区土地改革与整党工作的指示时，承志同志预先提出要求不错一个字，切实防止了错误。承志同志这种严于律己、勇于自我批评、勇于承担责任的精神，在他领导下工作的许许多多同志，在许多年后仍津津乐道，引为榜样。

（五）在西柏坡与中央汇合

随着西北战场我军转入外线出击，陕北胜利局面业已奠定，中原、华东、华北、东北各战场战略反攻捷报频传，华北与华东解放区已连成一片，党中央和毛主席不待收复延安，即于1948年3月下旬离开陕北，东渡黄河，向中央工委所在地——河北平山县西柏坡转移，同时也下令新华总社从太行涉县迁到平山西柏坡附近，以便中央就近直接领导。

廖承志接令后即派石西民和徐迈进率领先遣队前往平山，负责筹备架设电台、选定驻地、储备物资等事宜，随后他们又同4月下旬随中央到达那里的范长江率领的小分队会合，把工作准备停妥，经过几次试验就于5月22日正式接替太行的工作。承志同志在结束历时十三个月又二十五天的太行时期之后，于5月27日率领新华总社人员，分三批经冀南、冀中抵达平山，6月6日全部在平山西柏坡附近新址开始工作。

承志同志抵达平山后，在中央直接领导下，一面总结太行时期的工作，一面根据新的形势改组编辑部。这时中央由刘少奇分工领导新华社的工作，陆定一（他原来是《解放日报》的总编辑，在七大以后一直任中央宣传部长）经常参加讨论新华社工作的会议，胡乔木则出任新华社总编辑。中央对新华社的领导和帮助大大加强了。

这时的新华总社，既汇合了太行总社和陕北小分队的全体人员，又把钱俊瑞、徐健生同志带领的留在晋察冀参加土改的同志召回来，再加上原在中央工委和中央后委工作的一些同志也参加工作，总共有八百三四十人，可谓盛况空前。

新华总社经过改组，社长仍是廖承志同志，总编辑为胡乔木同志。承志同志领导管理委员会，负责全社性的行政及一般问题，乔木同志领导编辑委员会，负责总社和分社的编采业务问题。在编委会之下有两个编辑部门，一个是编辑部，部长是范长江（后来是陈克寒），共有军事、城市、农村、国际、蒋管区、英译、中译、参考编辑等八个组。为贯彻"采、编、研"并重而成立资料研究室也暂归编辑部序列，内分解放区、蒋管区、国际、图书等四个组。另一个编辑部门叫广播管理部，部长由承志同志兼任，下设口语广播编辑部和英语广播编辑部。

由于中央军委三局的大力帮助，这时总社已同二十个总分社和分社建立起无线电通讯联系，其中地方总分社和分社有东北、华北、华东、中原、西北、晋绥、冀热辽、冀中、太行、豫皖苏、华中；前线总分社和分社有东北、华东、中原、西北、山东、华中、华北一兵团、华北二兵团、华北三兵团和豫陕鄂。各解放区和各个前线的无线电通讯网建立起来，新华社新闻内容较过去丰富，时效性也有改进。

党中央高瞻远瞩，考虑到全国解放的时间将比原来的预计大大提前，因此同中央工委会合后迅速进行为建立新中国国家政权作准备的各项工作。加强对新华社的领导就是这些工作中重要的一项。中央早在6月初就接连给各中央局、分局发出要求加强对报纸、通讯社的领导的指示，并作出有关宣传工作中请示与报告制度的规定。根据中央的指示，廖承志、胡乔木同志商量好采取重大步骤和措施，使新华社加快成长为全国性的通讯社，发挥强有力的耳目和喉舌的作用。关键的一着就是抓紧培训干部，提高干部的政治素质和业务能力，养成优良的工作作风和工作方法。

从1948年10月起，廖承志集中力量统管新华总社的日常工作，保证整个机器的正常运转，着力搞好口语广播和英语广播，让胡乔木同志集中精力抓好编辑干部的培训工作。就从这时起，从编辑部门抽出部分骨干力量，组成一个精干的编辑班子，在胡乔木领导下，住在西柏坡党中央驻地（少奇同志住处的前院），接受紧张而严格的训练。

集中训练从刘少奇对华北记者团的讲话开始，他在讲话中阐明了新闻工作对党的事业的重大作用，指出了记者努力的方向和应有的品格。编辑班子编写出的新闻、述评和社论，都由乔木同志修改，重要的送少奇同志审阅，有的还要送毛主席和恩来同志审阅。每天晚上，乔木同志就召集班子的全体人员，主要是传达中央领导同志的意见和讲评每天稿件中的问题，有批评有鼓励，大家各抒己见，有解释有讨论，对毛、刘、周等中央领导同志撰写和修改的文稿，也评头品足，讲学习体会。承志同志定期综合上述种种意见，向全体人员作报告，使大家领会中央精神，更加勤奋地钻研业务。这个时期新华总社发出的许多业务通报，如关于改进军事报道与加强对敌斗争的指示，新闻要说明必要的背景，新闻电头中地名用法的规定，关于加强综合报道的建议，关于组织口播稿件粉碎敌人谣言的通报，关于用语的指示，关于学习列宁使用统计数学的精细作风，关于克服新闻迟缓现象的指示等等，都是根据这个时期编辑班子工作的经验教训和中央的要求而总结出来的。

也是从这时起，毛主席为新华社写稿越来越多。从 10 月 22 日我军解放郑州的新闻开始，紧接着是我军辽西大捷新闻，揭露北平蒋、傅梦想偷袭石家庄的新闻和述评（毛主席这次演了一场空城计，几篇稿件的作用，相当于几个军的阻击力量，使蒋、傅军犹豫了几天，不敢贸然南下，而我军昼夜兼程赶到保定以南，敌军只好撤回北平），我军占领南阳新闻，直到我百万大军横渡长江新闻。毛主席为配合淮海会战，又亲自写了两篇对黄维兵团的广播讲话和敦促杜聿明等投降书。毛主席也写了不少评论，如《中国军事形势的重大变化》、《将革命进行到底》以及《评战犯求和》等一系列揭露国民党当局玩弄和谈阴谋的评论。因为这时新华社仍担负着通讯社、报纸和广播电台三位一体的任务，承志同志组织大家学习毛主席撰写的新闻、评论和广播讲话，把这些文稿作为新华社工作人员学习的榜样。

在大力训练编辑人员的同时，廖承志还主持开办机关业余文化学校，鼓励行政人员、电务人员和印刷厂职工参加学习，由编辑人员担任教员，分小学班和中学班。这不但有助于来自农村的勤杂人员扫盲，工农干部提高文化，而且编辑人员同其他人员的关系也大为改善，加强了全社各部门之间的团结协作。这个业余文化学校，从平山一直办到北京，继续了很长时间。承志同志为工农干部创办这样的学校，是大家不能忘怀的。

鉴于平津前线我军进展迅速，承志同志根据中央指示，在 12 月中旬即派出范长江、徐迈进同志率先遣队去北平西郊，准备接管国民党新闻机构，同时筹划总社入城事宜。

1949 年 1 月底，北平和平解放。新华社奉中央命令"一分为二"，除编辑部人员随胡乔木离平山到北平西郊外，廖承志于 3 月 22 日率领广播管理人员（即口语广播和英语广播两部分人员），包括编辑人员、技术人员和行政人员，直接入城，建立中央广播事业管理处（后改为中央广播事业局），用北平新华广播电台（不久即改名为中央人民广播电台）呼号对全国广播。

中华人民共和国成立后，承志同志就离开新闻工作岗位，转到外事和侨务工作方面去了。但是他在新华社从延安——太行——西柏坡这段时期对党和人民所作的贡献，坚定不移的共产主义品格，革命乐观主义的音容风貌，热情坦率，平易亲切，活泼诙谐，深深铭刻在同他共事和接触过的所有党内外人士的记忆中，大家都怀念承志同志！

1989 年 7 月

八、忆乔木同志[*]

（一）从社论中认识乔木同志

我知道胡乔木同志是在我 1941 年 9 月到延安《解放日报》工作之后。那时我在新闻部工作。每天发表的社论，都经过新闻部发稿。哪篇社论是谁执笔的，大体上都知道。可以说，我是从社论稿中开始认识乔木同志的。我第一次知道乔木同志写的社论是《教条与裤子》（1942 年3 月 9 日）。因为那时整风运动刚刚开始，编辑部中对有关整风的社论都比较注意，加上这篇社论题目比较特别，很快就传开是乔木同志写的了。

乔木同志为《解放日报》写了很多社论，给我印象较深的有两篇：一篇是《请重庆看罗马》（1943 年 8 月 21 日），另一篇是《驳蒋介石》（1946 年 4 月 7 日）。前者是借意大利墨索里尼的法西斯政权的覆亡而批判国民党的法西斯专政的。那时我搞国际评论工作，没有想过借国际事件而评论国内政局，感到很新鲜。后者是驳斥蒋介石讲话的，揭露他

* 本文写于 1994 年 1 月，原载于《回忆胡乔木》一书，当代中国出版社 1994 年出版。

撕毁东北停战协定和政治协商会议决议，准备全面内战。这是动员解放区军民准备进行自卫反击的檄文，立论鲜明严密，文笔尖锐泼辣，痛快淋漓。那时我已知道乔木同志是毛主席的秘书，感到他一定从毛主席那里学到很多东西。

整风运动开始不久，毛主席主持改造《解放日报》的工作。因为那时《解放日报》社社长博古同志还没有清理他主持中央工作期间（土地革命战争时期）实行的"左"倾教条主义路线，也没有肃清抗战初期王明右倾机会主义路线的影响，因而在他主持下的《解放日报》未能成为完全的中央机关报。《解放日报》的整风运动，主要是解决党报的党性原则、新闻的真实性原则，理论联系实际、密切联系群众、批评和自我批评、政治与业务的关系，全党办报的方针以及新闻队伍的思想改造等重大问题。乔木同志作为毛主席的秘书，在改造《解放日报》过程中，做了许多工作。我知道他经常担当毛主席同博古同志和陆定一同志（他在改造《解放日报》开始时出任总编辑）的联络员的工作，后来担任以毛主席为书记的党中央宣传委员会的秘书。他为整顿《解放日报》写了不少评论。他写的社论《把我们的报纸办得更好些》、《报纸和新的文风》等，都是针对当时《解放日报》的缺点的。我当时的印象是，乔木同志不仅能写文章，而且对新闻工作相当在行。

但是，在整个延安时期，我对乔木同志只是闻其名而未见其人。我当时只是二十几岁的年轻编辑，连报社的编委会会议都未能参加，更不用说接触中央领导同志了。

（二）在乔木领导下接受集训

见其人而受其教益，那是在西柏坡时期以后，乔木同志直接领导我的工作的时候。

毛主席胜利完成转战陕北后，东渡黄河来到平山县西柏坡。新华社在撤出延安、远离中央一年多之后，又从太行转移到平山，回归中央直接领导。这时乔木同志出任新华社总编辑，社长是廖承志同志。毛主席于 1948 年 6 月向各中央局、分局、区党委，省委及前委发出了关于加强报纸通讯社领导的指示。不久，党中央即决定集训新华社的主要干部，以迎接即将到来的全国解放的新局面。中央书记处分工主持集训工作的是刘少奇同志（毛主席和周恩来同志也经常指导），日常负责具体工作的是乔木同志。参加集训的有范长江、陈克寒、梅益、石西民等二十多位主要编辑人员。当时的新华社，是三位一体的新闻机关，兼有中央党报、通讯社和广播电台的职能。

集训从讨论毛主席对晋绥日报编辑人员的讲话和刘少奇同志对华北记者团的讲话开始。这两个讲话明确地提出了党的新闻工作的性质、任务、方针，工作方法和工作作风，是这次集训的纲领。下来就是新闻工作的基本训练。这里包括领会和贯彻党中央的路线、方针、政策，多方面地迅速地反映解放区、国统区和国际情况，新闻和评论的选材、选题、立论、布局、调词遣句、文字修饰以至标点符号。在这些方面，少奇同志和乔木同志对大家的要求非常严格。

乔木同志不仅审阅所有要发表的稿件，而且还通看新华社各地方分社和野战军分社的所有来稿（这些来稿除时间性强的随到随编随发外，其余的都排印出来）。少奇同志开始一段时间也看所有稿件，后来才逐步减少，直到集训快结束时只看乔木同志送他审查的稿件。重要的稿件还要送毛主席和周恩来同志审定。

每天晚上九点左右，在大家完成了一天的编写任务、乔木同志也审完所有稿件之后，他照例召开编辑会议（当时戏称为记者招待会），主要是由他谈对当天稿件的意见。这是一个生动活泼的会议。会上乔木同志传达毛主席和少奇同志、恩来同志的指示，评点稿件，大家各抒己见，议论风生。乔木同志对稿件的意见，大至方针政策，小至标点符号，他都要求严格，评点入微，其苛刻有时到了尖酸刻薄的地步，令人哭笑不得。对一般编辑如此，对范、陈、梅、石也不例外。大家在会上可以解释、辩论。但在大多数情况下，乔木同志持之有据、言之成理，大家不能不口服心服。有的稿件，被他从头到尾批得体无完肤，要求重新撰写。有的稿件，经过三次、四次返工才获通过。像范长江这样经验丰富、全国闻名的老记者，他写的一篇战局评论也受到乔木同志严厉批评。事后他对我说，如果不是在随毛主席转战陕北过程中经常看到陆定一同志和胡乔木同志起草的稿件被毛主席修改得等于重写，很受教育，他根本接受不了乔木的意见。要是在《大公报》，他早就撒手不干了。乔木同志折服众人之处，在于他不仅能指出别人的不足，而且还能自己动手，写出或改写出的确艺高一筹的佳作。《屠夫、奴才和白痴》（1948 年 10 月 20 日新华社时评）就是他重新改写的一篇评论。

整个集训期间的编辑工作中，乔木同志头脑中似乎有一部计算机，一切不符合标准的稿件，哪怕是很细微的差错，都被准确地挑剔出来，而又被重新正确处理。这一切给人强烈的印象：他有相当高的马克思主义水平。

在集训一段时间之后，乔木同志从日常编辑工作中发现了一系列带有普遍性的问题，并提出解决这些问题的系统意见。从 1948 年 11 月起，至新华社随中央进入北平（1949 年 3 月底）时止，中宣部和新华总社接连发出了许多有关新闻宣传工作的指示，大都是乔木同志起草或者根据他的意见写的。其中比较重要的有：《关于纠正各地新闻报道中右倾偏向的指示》（1948 年 2 月中共中央发过关于纠正土地改革宣传中"左"倾错误的指示）、《关于改善新闻通讯写作的指示》、《关于改进新闻报道的指示》、《关于克服新闻迟缓现象的指示》、《关于加强综合报道的意见》、《关于用语的意见》、《关于使用统计数字的意见》等等。大家都深深感到，乔木同志谙熟新闻工作，不愧为我党卓越的新闻学家。

所有参加集训的同志，从毛主席和刘少奇同志的言教和身教（毛主席自己动笔写了许多重要新闻和评论）中，从乔木同志主持日常的编辑工作中，受到了终身难忘的教益。

（三）优秀政论家的风范

新中国成立后，乔木同志直接领导新华社，特别是在《人民日报》期间，更加显示了他新闻学家的精深与渊博。他一生对新闻工作的论述，系统地构成我国无产阶级新闻学的理论基础。

直到所谓"文化大革命"开始时止，除了1961年以后一段时间他患病休养外，乔木同志长期直接领导我的工作。他是我的良师，又是我的益友，从政治上、思想上和业务上给我许多帮助，既有高瞻远瞩的，也有细微末节的。他的严谨、认真、精益求精的作风，给我很大影响。我在他的帮助之下，逐渐熟悉中央领导核心的工作方法和工作作风。在参加中央重要会议和为中央起草文稿过程中，乔木同志非常认真地综合和归纳、吸收和回答各种不同意见，表现了深厚的功力和非凡的才能。经过乔木同志修改的中央重要文稿，毛主席和其他政治局常委都比较满意，个别政治局委员即使感到未能完全表达他本人的意见，也难以挑剔。这是作为中央领导核心的高级秘书难得的奇才。

给我印象最深的是毛主席亲自主持起草的两篇论文，一篇是《再论无产阶级专政的历史经验》（1956年12月29日发表），一篇是《西藏的革命与尼赫鲁的哲学》（1959年5月6日发表）。这两篇论文都是由乔木同志执笔的，起草初稿是他，多次修改也是他。我作为他的助手，从头到尾参加了起草、修改过程，深感这是高难度的作业。

在修改《再论》一文过程中，在毛主席主持的政治局会议上，大家都发表了很多意见。关于匈牙利事件如何分析，关于铁托的讲话如何回答，关于十月革命的基本经验和共同道路如何论述，关于反对教条主义和修正主义，关于国际主义和民族主义等等，许多意见很精辟。当然也有一些不成熟的不准确的看法。经过毛主席和中央政治局其他常委实事求是的分析，强调坚持原则性又讲究灵活性。乔木同志以他特有的政论家的风格，处理得刚柔兼备、褒贬适度。最后，毛主席提出区别和处理两类不同性质的矛盾——人民内部矛盾和敌我矛盾的观点，更使这篇论文闪烁着哲学的光辉，在国内和国际上产生了广泛的影响。

在修改《西藏的革命和尼赫鲁的哲学》一文过程中，最难处理得当的是对尼赫鲁的态度。他既是我们批评的对象，又是我们团结的对象。毛主席和周总理在讨论过程中讲了许多切中要害而又分寸得当的意见，要求在修改中体现又团结又斗争，以斗争求团结的方针。如何在行文中贯彻这个方针，难度相当大。乔木同志经多次斟酌、反复修改之后，终于找到了比较妥善的办法。这就是：全文开篇高屋建瓴，从西藏革命讲起，揭露西藏农奴制度的反动、黑暗、残酷与野蛮，这就势如破竹，彻底摧毁了借口中国军队平息西藏叛乱的反华言论的基础。接着是采取中国古文作法中"欲抑先扬"的笔法，首先充分肯定尼赫鲁的好话，然后批评他的谬论，并且利用他的前后矛盾，以其矛攻其盾。整篇文章充分摆事实、讲道理，细细道来，不慌不忙，尖锐处入木三分，委婉处娓娓动听，抑扬顿挫，理情并茂。这篇论文的最后部分，根据周总理的意见，引用尼赫鲁 1954 年访华时的友好讲话，并表示中印两国和两国人民将继续友好合作，为亚洲和世界和平而努力。这就圈划了团结——批评——团结这个公式的圆满的句号。

乔木同志一生中执笔的重要文稿，数不胜数。他作为我党优秀的政论家的风范，值得我们大家学习。

（四）从庐山会议到"文化大革命"

1959 年的庐山会议，是乔木同志一生中的一个重要节点。在会议前期，即所谓"神仙会"期间，乔木同志带领我们起草会议纪要。他对"大跃进"中的错误提出了尖锐的意见，并系统地写入会议纪要初稿，当初稿受到一些仍有强烈的"左"倾情绪的同志的指责之后，他又在坚持少奇同志提出的"成绩讲够、缺点讲透"的原则下，力求照顾各种不同意见，对初稿加以修改。当修改稿出来以后，会议突然一百八十度转向反右倾，《纪要》受到了更激烈的指责。有些同志把它同彭老总的意见书相提并论，横加攻击。乔木同志和我们这些参加起草的人也受到似是而非的批评。乔木同志当时既迷惑又沮丧，眼看持续半年的纠正"左"倾错误的进程被打断了。有好几天他一句话也不说，脸色阴沉，心事重重。直到毛主席讲了"秀才是我们的人"之后，乔木同志以大局为重，振作精神，为全会起草决议。

当错误地批判以彭德怀同志为首的所谓"军事俱乐部"的局势无法改变之后，他仍然想帮助一位起草纪要的参加者。他同田家英同志和我商量，建议这位参加起草工作的人写一封检讨信给毛主席，以求得谅解。乔木同志的这个好心没有得到好报。二十多年之后，这位起草参加者著书立说，扬言他写的那封信是"终生恨事"，似乎是乔木同志的建议害了他。尤有甚者，这位起草纪要的参加者在其著作中竟然还说他在庐山会议上保护了乔木和家英。事实恰恰相反，正是这位起草参加者在庐山会议后期，写了所谓"检举材料"，罗列许多"罪状"，告发乔木同志、家英同志和我。彭真、一波和尚昆同志要我们在大会上同此人对质，参加八届八中全会的同志都目睹当时会场上对质的情景，中央为此调查了两个多月，直到10月初毛主席找乔木、家英和我谈话时才算结案。事隔三十多年，知情者越来越少，我责无旁贷，要为乔木、家英两位为亡友公开澄清历史事实。

庐山会议从和风细雨变为急风暴雨，是乔木同志一生中从未有过的经历。一个月的紧张局势，使他心身交瘁，从此种下了尔后的极度精神疲劳的病根。虽然如此，他仍然奋不顾身地投入反对苏联霸权主义的斗争。整个1960年下半年，他参加八十一党莫斯科会议声明起草的全过程，经历错综复杂的斗争，为最后达成协议作出了卓越的贡献。之后他又参加农村调查和起草《农业六十条》的工作。他长期紧张劳累，终于从1961年下半年起不得不长期离职疗养。直到所谓"文化大革命"开始，他基本上处于休养状态，但仍不时对《人民日报》提出改进的意见。

1966年3月，毛主席在政治局常委杭州会议中严厉地批评了我，也批评了乔木同志（他当时没有在场）。我本想待他病情好转时再告诉他，但很快就爆发所谓"文化大革命"了。

"文化大革命"开始前夕，5月31日，我即被陈伯达夺权，随后入狱，同乔木同志失去了联系。当我从四年牢狱中出来又被强迫劳动两年之后，终于又在北京同乔木同志见面。他告诉我，那些年他没有受到很大冲击，但也没有工作，被"冷藏"起来了。

邓小平同志重新出来工作之后不久，1975年3月，经毛主席批准，把乔木同志和我调到毛泽东选集材料组，参加毛选的编辑工作，同时调来参加这一工作的还有胡绳、熊复和李鑫。不久，小平同志（他当时为国务院副总理，实际上是代替重病中的周总理主持国务院工作）又成立国务院政治研究室，指定领导成员除乔木和材料组的几位负责人外还增加邓力群和于光远。这实际上是一个班子，两个摊子。政研室在国务院的武成殿和后楼，材料组在怀仁堂的西四院，各有一批研究人员和编辑人员。邓力群和于光远偏重政研室的工作，但小平同志每次主持讨论整理毛主席的文稿时他们都参加。乔木同志主持这个班子两方面的工作。他对毛选的整理工作非常熟悉，也抓得很紧。在短短半年时间内，他主持整理了毛主席的许多文稿，其中很重要的经小平同志定稿并经毛主席同意的就有《论十大关系》和《同音乐工作者的谈话》。政治研究室的工作主要是调查研究国内工作和国际情况，特别是有关全面整顿的情况，及时向总理和副总理反映和报告。乔木同志经常出题目要大家去调查研究。许多重要情况，他都向小平同志报告了。例如影片《创业》曾被"四人帮"指责，但小平同志肯定了。影片《海霞》曾被"四人帮"禁映，但小平同志开禁了。江青在大寨的讲话，经小平同志指示，通过较快的途径报告了毛主席。可以说，国务院政治研究室是针对"四人帮"的倒行逆施的。乔木同志指示起草的《论全党全国各项工作的总纲》一文，就是正面回答"四人帮"当时大肆鼓吹的"以阶级斗争为纲"的。不幸的是，很快就发生所谓"反击右倾翻案风"，小平同志又一次被打倒，乔木同志和我们这些人也成了批判对象。乔木同志为此十分苦恼。有一次我和胡绳、熊复专门同他谈话，支持他顶住各方面的压力。"四人帮"始终把他看作眼中钉，打翻在地还要踏上一脚。

（五）重新工作

打倒"四人帮"、结束"文化大革命"后，乔木同志在有重大历史意义的党的十一届三中全会上重新被吸收参加中央领导层的工作。他贯彻执行全会决定的把全党工作重点转移到社会主义现代化建设上来的路线，在思想理论战线上积极展开解放思想、实事求是的拨乱反正的一系列工作，着重继续批判极左思潮，同时也批判开始滋长的否定四项基本原则的右倾思潮。1980年秋到1981年夏，乔木同志要我从广州（1980年初我调广东省委工作）回北京，参加《关于建国以来党的若干历史问题的决议》的修改工作。这个决议的起草工作，是在中央政治局、中央书记处领导下，由邓小平同志主持进行的。起草小组主要由乔木同志负责。乔木同志凭他参加过起草1945年《关于若干历史问题的决议》，又有担任毛主席秘书多年、长期起草中央文件的丰富经验和政治思想修养，几经反复，终于圆满地完成起草和修改工作。这个决议中关于毛泽东思想的灵魂的三个基本点（实事求是、群众路线、独立自主），是乔木同志概括毛泽东思想丰富内容的精粹之作。

1982年春我从广东调回北京广播电视部工作后，乔木同志经常关心广播电视工作，多次向我提出许多很好的改进工作的意见。我记得他审阅第十一次全国广播工作会议的文件时，曾打电话告诉我，他同意广播电视应大力改革，以新闻改革为突破口，同时又要努力办好群众喜闻乐见、健康向上的文艺节目。他认为我们的广播电视工作有优良的传统，应该继承和发扬。我们学习外国，必须实行取其精华、弃其糟粕的方针，绝不能全盘西化。我觉得他这种防患于未然的指导思想是非常正确的。

乔木同志八十大寿那一天，我去他家中向他祝贺。当时他已重病在身，仍坐着轮椅同我和穆青同志谈了半个小时。他缅怀他领导新华社的往事，关心新华社的发展前景。他说了他的病情，也询问我的病状。想不到这次会见，竟成永诀。在这之后两个星期，我即大病一场，死里逃生，在医院治疗达十个月之久。病中收到他签名送来的文集，再三披阅，往事萦回，思绪万千。不久即得知乔木同志逝世，倍感痛惜。但重病在身，未能向他遗体告别，深以为憾。

去年10月间，在社科院等单位举行的纪念乔木同志逝世一周年座谈会上，我作了一个简短的发言。会后根据有关同志的意见，将发言改写成文。由于多病体弱，精力不济，时写时辍。流水忆事，了无条理，唯愿粗词淡句，谨寄哀思。

1994年1月

九、怀念启蒙老师艾思奇[*]

（一）《大众哲学》对我的启蒙

艾思奇同志是我的启蒙老师。那是 1935 年一二九学生抗日救亡浪潮把我卷入爱国运动的时候，我参加了广州"一二一六"的示威大游行，之后又参加了广雅中学全校关门大罢课（要求提前放寒假下乡宣传抗日救亡），这两次行动都获得成功。但是随后发动的广州市中学生"罢考"（反对毕业会考）却失败了。我陷入迷茫之中。这时，一位高年级的同学（后来才知道他是共产党员）介绍一本书给我看，那就是艾思奇同志新出版的《大众哲学》。

艾思奇同志的这部著作，曾经在《读书生活》杂志上连载过，也曾汇集成书《哲学讲话》出版，但我都没有看过，那时我尚未投身抗日救亡运动。我在"罢考"未成之后，在整个暑假，除在乡下宣传抗日救亡活动外，专心细看了《大众哲学》。我花了很大的劲才看了开头

---

* 艾思奇曾任中共中央高级党校副校长，是中国著名的马克思主义哲学家、教育家和革命家。本文原载于作者所著《回忆领袖与战友》一书，新华出版社 2006 年出版。

两章。这两章讲的是哲学最基本的理论，虽然作者力图从日常生活讲起，但我仍然似懂非懂，硬着头皮往下看。到了第三章以后，作者的一些标题吸引着我，如"卓别林和希特勒的分别"、"由胡桃说起"、"岳飞是怎样死的"、"雷峰塔的倒塌"、"猫是为吃老鼠而生的"等，从具体事例中阐述哲理，打开了我脑海的新天地，从日常生活、国家大事到国际形势，从朦胧中看到光明。虽然我知识很少，但艾思奇同志确实是我的启蒙老师，他启发我要做新青年，要做抗日救亡的先锋，要做改造社会的栋梁。

我从此成了"杂志迷"、"读书迷"，《读书生活》、《世界知识》、《自修大学》等成了我的伴侣，我甚至开始啃艾思奇同郑易里合译的《新哲学大纲》。我参加了读书会、歌咏队以及多种多样的抗日救亡活动，直到抗日战争爆发，我随身带着艾思奇同志新出版的《哲学与生活》，跟同学们一道北上延安。我忘不了艾思奇同志的启蒙之恩。

（二）"老艾"印象记

但是，对艾思奇同志，我只知其名，不见其人。我到了延安，先在抗大学习，给我们上哲学课的是张如心同志。后到马列学院学习，也没有听到艾思奇同志的课。直到我进入马列学院研究室，才偶尔见到艾思奇同志，他那时任哲学研究室主任，他指导杨超（绰号黑格尔）、黄乃（辛亥革命先驱黄兴的儿子）等同志边学边教（当哲学小教员）。而我则在马列主义研究室，但没有交谈，虽然神往，仍然陌生。

后来，1939 年秋，我调中共中央宣传部工作，才经常同艾思奇同志见面。那时他是中共中央文化工作委员会秘书长，住在蓝家坪中宣部的第二排窑洞里。我在中宣部编审科当干事，同另一位干事余宗彦同志一起，就住在他旁边。他经常在中宣部山下的俱乐部（也叫"救亡室"）开哲学讨论会，开始是毛主席创议的哲学小组，后来正式成立新哲学研究会。我和编审科的同事有时也去旁听。

艾思奇同志后来兼任陕甘宁边区文化协会主任，他主持出版了当时抗日根据地唯一的文化期刊《中国文化》。他的秘书是王匡同志。王匡和我是广东同乡，他经常告诉我艾思奇同志如何忙于文委的工作。但依我看来，艾思奇同志更专心于研究哲学。他有时也外出讲课，还给在延安学习的小教员（大多是马列学院的研究生）作辅导报告，但更多的时间是在窑洞里编写（同我们的编审科长吴亮平合编）《科学历史观教程》和《哲学选择》等书。

在人们的印象中，似乎艾思奇同志是"唯物"、"唯心"等哲理不离口的学者，但在同他住在邻近的两年中，我发现他是一位感情丰富的诗人和歌手。他经常在研究间隙走出窑洞来朗诵德国古典诗人海涅的诗，有时又用他那浑厚、深沉的男低音嗓子唱出《伏尔加船夫曲》、《马赛曲》以及我听不懂的日本民间小调。有一次我还看到他在中宣部前面的延河边上，面对山崖引吭高歌。就在那个地方，他的哲学好友和培元同志 1940 年夏天游泳时身亡。和培元是当时延安有名的青年哲学家，他帮助毛主席收集和整理哲学书籍很受毛主席赏识。

艾思奇同志生活非常俭朴。王匡同志告诉我，艾思奇同志有一件从上海带到延安的棉袍，但我每年冬天看到他穿的是公家发的普通棉衣（1944 年"丰衣足食"时他只换上了一身边区自纺自织的毛呢棕色棉衣，左右袖子都打了补丁），夏天也跟大家一样穿粗土布衬衫。当时边区经济困难（皖南事变后国民党断绝供给十八集团军本来就很少的粮饷），中央提出生产自救，后来又提出"自己动手，丰衣足食"，艾思奇同志也参加开荒生产。艾思奇同志伙食吃中灶，每月供给标准为：每人每月猪肉三斤，食油一斤半，盐一斤，菜三十斤，石炭（伙房用）六十斤，小米每日一斤四两。据我从吴亮平同志饭盒中看到，这种"中灶"伙食，比我们一般干部的"大灶"好不了多少，每餐只是多一盘土豆炒肉丝之类而已，但艾思奇同志安之若素。他在窑洞门前的一小块土地上种了玉米、土豆等。他经常蹲着仔细观察这些庄稼。有一次我看到他在久久端详长得不太高的玉米，我跑过去问他发现有什么不寻常，他告诉我，玉米从发芽到灌浆、成熟的过程，是一个辩证法的过程。

艾思奇同志敦厚谦和、平易近人。在中宣部，人人都叫他"老艾"。上自洛甫同志（他当时主管中宣部，也住在蓝家坪的窑洞里），下至"小鬼"（延安时期的小勤务兵昵称），没有人称他"主任"或"秘书长"的，原因在于他一点官架子也没有，日常接触中如此，上台讲课时亦如此。"老艾"这个昵称，给人以亲切感，一直沿用到全国解放以后，沿用到他的终生。据我所知，在他同辈的老同志中，很少有人像他那样不被人以"首长"称呼。

（三）与艾思奇同志一起工作

在延安，我同艾思奇同志一起工作时间最长的一段是在《解放日报》工作时期。延安《解放日报》是1941年5月创刊的中共中央机关报，艾思奇同志是9月间从中宣部调《解放日报》任副总编辑兼副刊部主任。我也同时和几位中宣部的干事一起调到那里，我在新闻部当编辑。自此直到1947年延安撤退前夕，我同"老艾"经常接触。

老艾率领的副刊部有副主任丁玲和舒群、陈企霞、林默涵、温济泽、黎辛、陈涌（当时名为杨思仲）等编辑，其中林、温跟我一样是从中宣部去的，几个编辑部门中，副刊部工作最为活跃。毛主席很关心这个部门的工作，开始时曾亲自召开座谈会，为副刊组织稿件。在陆定一同志在七大后到中央宣传部工作、余光生离延赴东北时，艾思奇同志曾接替他们任总编辑。他同陆定一等编委们住在清凉山半山腰的第一排窑洞，我和一些编辑住在靠近山顶的第二排窑洞，距离比蓝家坪中宣部时远了一点。

在清凉山的五年中，有两件事情我印象最深。一件事情是1942年报社开始整风，编辑部贴出了名为《春风》的墙报。我写过一篇稿子，是谈报社民主的。我在稿中提出，报社现行制度不民主，许多大事编辑们还不知晓，编委会（社长、总编辑和副总编辑为编委）就做出决定，这不民主。我主张编辑部的大事，一定要编辑大会讨论通过，否则编委会不能作出决定。墙报贴出后，议论纷纷，引起轩然大波。副总编辑余光生（主管我们国际版的）和总支书记陈坦同志找我谈话，批评我无组织无纪律，我不服。后来，艾思奇同志在编辑部两排石窑洞外面的山坡上碰到我，他也说我的观点不妥。他告诉我，他抗战前在上海办《读书生活》，是同仁办杂志，规模小，编辑人员志同道合，有事大家商量着办，也很顺手。现在办的是党中央机关报，同《读书生活》大不一样，要有组织有纪律，民主是有组织有纪律的民主，一切听从党中央的指示，编委会是党中央决定的，它受权领导整个报社，它也得按中央决定办，重要的事情都要向中央请示报告。这次陆定一同志传达毛主席的指示，《解放日报》要在整风（当时叫作"改版"）中"从不完全的中央机关报变为完全的中央机关报"。报社同党中央必须息息相关，呼吸相通，按博古（当时任解放日报社社长）同志说的，一句话、一个字都不能向中央闹独立性，不能搞极端民主，不能搞无组织无纪律，不能搞无政府主义。这同过去办《读书生活》根本不同。艾思奇要我好好考虑。他这番话给我震动很大，特别是说我们现在不是同仁办杂志，而是办党中央机关报，对我很有启发。我开始考虑我那样的想法和做法是否合乎党中央机关报工作人员的要求。后来陆定一同志传达毛主席指示知识分子要克服绝对平均主义和极端民主思想这两种小资产阶级个人主义表现，我才恍然大悟，开始自我检讨。

另一件事情是：1943年夏，国民党反动派发动第二次反共高潮，胡宗南率部进犯陕甘宁边区，延安军民紧张备战，整风运动转入"抢救运动"，即"抢救"那些被错误地认为是国民党特务的"失足者"。这是康生搞乱党的队伍的部署，中央各机关紧张异常，风声鹤唳，草木皆兵，"特务"如麻。解放日报社也是这样。有一天中午，我同艾思奇同志一起到清凉山脚下的印刷厂看校样。我是编辑，看的是国际版清样，艾看的是各版编辑看过的四个版的全部大样。途中他问我，我所在的新闻编辑部运动情况如何？我说，"抢"了一些人，但有些同志义正词严，坚持不承认，我们不但无可奈何，反而产生敬意。他说，他们副刊部一个人也没有"坦白"自己是特务。他问我是不是有那么多的特务，我说特务可能有，但不会像现在"抢"的那么多，有些事情前后不合情理，说不通为什么好端端的一个抗日青年会当国民党特务。他告诫我：要重证据，不重口供，没有就没有，不要硬"抢"出特务才算完成任务。我说，许多同志苦口婆心地劝别人"坦白"，确是真心实意，满腔热情，就是"抢救"不过来，别人矢口否认，坚持得很不简单，可能搞错了。后来事实证明，艾思奇同志认真谨慎，实事求是完全正确。好些"坦白"的同志"翻供"了，说是"逼供信"出来的。毛主席发现后迅速刹车，制止"抢救"，搞错了的一律平反。他自己亲自在中央大礼堂大会上赔礼道歉。艾思奇同志头脑清醒，实事求是，这在当时报社运动的领导层（名叫"学习委员会"）中是不多见的。他给我深刻的印象是没有"书卷气"。

在延安的十年，艾思奇同志一直是我尊敬的师长。过去他给我启蒙，学习如何为人，这十年又在关键的时刻教我如何做一个真正的共产党员。这是我一生难忘的。

可惜，延安撤退后，我一直没有机会再受到艾思奇同志的直接教益。我继续做新闻工作，他则忙于理论工作和教学工作。全国解放后一直如此。艾思奇在"文化大革命"前夕英年早逝，我党痛失英才。而我在"文化大革命"一开始就被打倒在地，被陈伯达踏上一只大脚了。

艾思奇同志离开我们三十五年了，由于种种原因，我一直没有为文悼念。今谨以此文表达深深的怀念和敬意。

2001 年 12 月 29 日

十、同家英共事的日子[*]

家英含冤辞世，整三十载。每念生前交往，百感咸集。由于种种原因，迄未为文纪念。今逢三十忌辰，怆然命笔，寄多年块垒于万一。

（一）杨家岭相识

田家英同我都是 1937 年底到达革命圣地延安的。但他去陕北公学，我到抗日军政大学，从未相识。

我们都在马列学院学习过。但家英 1939 年秋到马列学院学习时，我已从马列学院研究室调中共中央宣传部工作。两个单位相邻，都在延河右岸的蓝家坪。洛甫同志兼任中宣部部长和马列学院院长，但我和家英也没有来往。

家英 1941 年 9 月从马列学院调中央政治研究室，我也从中宣部调《解放日报》。

我第一次从《解放日报》发表的《抗战中的工业合作运动》一文

---

[*] 田家英曾任中共中央办公厅副主任、中央政治研究室副主任、毛泽东主席秘书。1966 年 5 月在"文革"中遭到政治迫害悲愤自尽。本文写于 1996 年，原载于《毛泽东和他的秘书田家英（增订本）》，中央文献出版社 1996 年出版。

中知道作者是田家英。我当时以为他是从事"工合"多年的社会活动家，绝没有想到他还是不到二十岁的青年。不久又陆续看到家英给《解放日报》写的《奴才的见解》、《从侯方域说起》等文章，我才逐渐知道他的博识和才华。

我第一次和家英见面，是在 1944 年 12 月的延安中共中央直属机关群英代表大会上。参加大会的代表有三百四十人，是从中直各单位一千多位劳动英雄和模范工作者中选出来的。大会在杨家岭新落成不久的中央大礼堂举行，从 12 月 14 日开到 21 日，朱总司令致开幕词，刘少奇同志在闭幕时作长篇讲话。

田家英和我都是代表。大会期间出版的《中直群英会报》都登刊有关我们事迹的报道，但大会开始时我们没有会面。期间一次偶然的机会，原来在中宣部后来调中央办公厅做总务工作的刘滋久同志介绍我和家英认识。初次见面，家英才气英发，有抱负又朴实，无一般士人孤傲和矜持的习气，平易又真诚，给人印象深刻。滋久同志告诉我，家英不但在政治研究室做研究、写文章，而且还兼任杨家岭勤杂人员的文化教员，很受欢迎。我自然而然地想到，家英正成长为同工农相结合的俯首甘为孺子牛的新型知识分子。他对我知之不多，只说看过我在《解放日报》上发表的国际评论，蛮有见地。知识分子以文相知，大抵如此。

但此后没有多少来往，那时在延安的人都晓得，各机关住得分散，来往不便。没有公共汽车不待说，只有公务才得骑公马，一般干部两腿跋涉，除非亲朋老友，或工作联系较多，一般交往很少。及撤出延安，家英东渡黄河在晋绥搞土地改革，我则转移太行，山高路远，自然没有相见的机会。即使 1948 年我们都在西柏坡，家英那时任毛主席的秘书，我在新华总社集训班工作，但彼此工作都很忙，偶然碰面，也只打个招呼而已。

（二）静谷求援

北平解放后，新华社随中共中央总部进驻香山。家英跟随毛主席住在半山上的双清别墅，我们编辑部住在山下的香山慈幼院（后为香山饭店）。有几次家英拿着毛主席撰写的新闻或评论到山下来给胡乔木同志，我同家英的接触才逐渐多起来，但直到《毛泽东选集》第一卷出版（1951年10月）时，才算得上促膝谈心，开始相互了解。

《毛选》第一卷正式出版发行之前，胡乔木同志专门召集各新闻、宣传、翻译单位开会，布置宣传中国政治、思想史上的这一大事，并特别要我同家英同志联系，撰写一篇综合介绍《毛选》第一卷的新闻。

在这之前，我已知道家英同志对毛主席的著作不但很熟悉，而且很有研究。因为他和我都是《中国青年》杂志的特约撰稿人，我写的多是有关抗美援朝战争的国际评论，他写的多是有关学习毛主席著作的论文。因此，我认为他参加《毛选》第一卷的编辑工作，由他来撰写综合介绍最合适不过了。

1951年9月底，我应约来到他的住处——中南海丰泽园的静谷。我见他住的三间厢房内到处都是书，几个简易书架都装满了，桌上、长椅上、窗台上，甚至地上都堆着一摞又一摞的旧版书。他指着这些书，颇为得意地对我说，这些解放前出版的书，都是从全国各地旧书店中选购来的，内容很有价值而价钱又很便宜，甚至几毛钱就可以买到一本好书。说到正题，他很痛快地答应了给新华社写一篇关于《毛选》第一卷的综合介绍。不过他说，要给他半个月的时间，他还要找几位同志合作。接着他谈到《毛选》第一卷的内容，他拿着清样本对我说，这一卷有十几篇文章，核心是解决中国革命的性质和特点这两大问题。性质是民族民主革命，既不同于陈独秀的主张，也不同于托派的主张，特点是用革命战争反对反革命战争。他说，革命的动力和同盟军，革命的对象，国内和国际统一战线，土地革命以及革命战略和部队建设等问题，都是围绕革命的性质和特点开展的。当时我对毛主席著作所知不多，很佩服他的精辟见解。不到半个月，家英主持撰写的综合介绍，经乔木修改后交新华社发表了。

从此以后，《毛泽东选集》第二、三、四卷出版，都沿例由家英撰写一篇综合介绍。这些介绍，对《毛选》每卷都作提纲挈领的说明。我印象最深的是他写的第三卷的介绍，把全卷归纳为着重解决互相关联的两大问题，即整风运动和生产运动，真是领会透彻，抓住要害。因为这两大问题的圆满解决，为我党在抗日战争胜利和后来对国民党反动派进行自卫反击的解放战争，奠定了政治、思想、组织和物质的坚实基础，保证了全党高度一致地团结在毛主席为首的党中央周围，领导全国人民，打败蒋介石。

家英一生大部分精力都用在毛主席著作的传播上，除了参加《毛选》第一至四卷编辑和注释工作（1962 年起他又开始重订全四卷注释）外，他还为第五卷的编目和选稿，作了初步准备（详情见后）。他还编出了《毛主席著作选读》甲、乙两种版本，并于 1958 年和 1963 年先后编辑和出版了毛主席诗词两个版本。

家英从收集整理编辑毛主席的著作中，熟悉了毛主席对国内和国际问题的论述。解放前他就将这些论述分门别类地剪贴起来，解放初期曾据此出版了一本书题为《一个同志的读书笔记》。其后，他又领导当时中央政治研究室的几位同志，根据《毛选》四卷本，全面地按专题分类编辑，于 1964 年编出了《毛泽东著作专题摘录》。这个摘录可以说是针对当时摘抄毛主席片言数语、割裂全文思想和背景的"语录"风的。家英在《摘录》出来以后送给我一本时，半认真半开玩笑地对我说，这是内部查阅工具书，专供你们这些"编修"使用。今后发表时，各段原文或标题，均须根据正式出版的文本引用，其中未公开发表者只供研究，一律不准引用。全书不准外传，不许翻印。家英说的"编修"，是我们之间的戏称。宋代的枢密院和明、清的翰林院均设有编修官，负责修国史、记实录、编会要。家英说，马克思主义是讲时间、地点、条件的。他本来不赞成搞语录，认为那会助长本本主义倾向，也会为各取所需，失去真义。这是家英的严谨的治学态度。后来中央书记处决定要中央宣传部编一本比较完善的毛主席语录，家英才帮助中宣部同志编辑一个版本。但由于陈伯达的干扰和林彪的阻梗，始终没能出版。

（三） 初度合作

我和家英一起合作起草文稿，始于 1956 年 10 月间撰写《再论无产阶级专政的历史经验》一文。这一长篇论文是毛主席主持中央政治局会议集体讨论、由乔木同志带头、家英和我参加起草，经政治局多次修改定稿的，发表时注明"这篇文章是根据中国共产党中央政治局扩大会议的讨论，由人民日报编辑部写成的"。这篇长文的中心思想是分析斯大林（包括苏联共产党和苏联政府）的功过是非及其根源和经验教训，反驳当时流行的反苏反共的谬论，捍卫马克思列宁主义。

家英本来潜心研究毛主席的著作和中国近代史，对国际问题不大熟悉，但他熟悉毛泽东思想的基本观点，并善于根据这些基本观点分析政治局扩大会议上提出的国际问题，综合会议讨论中发表的意见，很快进入角色，协同胡乔木同志完成起草和反复修改的任务。

最初我们三人是这样分工的：乔木起草第一节（关于十月革命道路的基本原则或基本经验），我起草第二节（关于斯大林的功过）和第四节（关于国际团结），家英起草第三节（反对教条主义和修正主义），引言和结束语由乔木撰写。经过政治局会议（其间开过多次由毛主席主持的政治局常委会）讨论，胡乔木担当起修改全文的重担，家英和我从旁协助。政治局常委特别是毛主席作了很重要的修改，最后由毛主席亲自定稿。

家英在起草和修改过程中，关于反对教条主义的论述特别精辟。他起草的关于中国党历史上犯教条主义的错误的论述，从开始到定稿几乎没有什么大的修改。他起草的关于无产阶级专政和社会主义民主、集中和民主的论述，受到少奇同志和小平同志的称赞。事后他告诉我，关于中国党历史上的教条主义，毛主席和中央早有定论；关于专政与民主、民主集中制，毛主席在抗日战争时期的著作中，特别是建国前写的《论人民民主专政》一文中，都作了精彩的论述。但我仍然觉得，家英在运用毛泽东思想剖析当前国际共产主义运动问题时，确实有他过人之处，他既熟练掌握毛泽东思想的精粹，又熟悉列宁的观点，结合当时形势，阐述确当，无可辩驳。在这一节中，家英几次阐述列宁的论点，使反对修正主义的论述立于不败之地。

我们三人在最后修改全文时，在居仁堂（在毛主席故居菊香书屋后面）通宵工作。乔木同志主笔，家英从旁提了好些很好的修改意见，都被乔木同志接受了。每当我们改完几页，家英就送到在卧室等着看的毛主席那里，由他最后审定。这样频繁往返，家英既动脑，又跑腿，不辞辛劳，直到东方既白。那是 1956 年 12 月 28 日上午 9 点多钟了。

（四）豫北调查

我同家英又一次合作，那是 1958 年 10 月去豫北调查研究。这是毛主席交代的任务，他要我们两人各带一个小组，轮番去新乡和修武两县调查人民公社的情况。

毛主席是 10 月 26 日找我们谈话的。他说，他在夏天北戴河会议上指出，人民公社的特点是"一大二公"，但现在感到各级干部中有"越大越好"、"越公越好"的倾向，要我们了解究竟情况如何。他要我们先了解马恩列斯关于共产主义的理论，以便调查实际情况时有思想准备。他详细地谈到我们下去调查的方法。

我和家英从毛主席那里（菊香书屋）出来，一起到附近的家英住处静谷，商量如何去河南调查。我们商定，家英从中央办公厅秘书室抽人组成一个组，以中央办公厅人员的名义去调查；我则用新华社记者的名义，由新华总社和河南分社以及人民日报社抽人组成另一个组。家英提议，他先去新乡的七里营公社（这是全国第一个人民公社），因为他从合作社时起了解那里的情况，地熟人熟，了解真实情况比较容易；我则先去修武，那里全县十三万五千人组成一个公社，是河南（也可能是全国）第一个一县一社，我没有去过，可能印象比较新鲜。两组各自调查四天，然后对调地点，也调查四天，11 月 5 日在新乡会合，上毛主席专列汇报。

10 月 27 日下午，我们两组人马同乘火车离京，28 日到达新乡，同新乡地委同志见面后，当天下午即分头去七里营和修武，四天后，家英去修武，我去七里营。

当 11 月 5 日我们再在新乡会合时，相互交换对两地情况的看法，我们两人不约而同地对修武和七里营人民公社"太大太公"的印象深刻。

我刚从七里营回来，感到七里营分配制度包得太多。家英先在那里调查。他谈到七里营有三万人，年总收入有一千万元出头，但分配上实行供给制，举凡衣、食、住、行、生、老、病、死、婚、育、学、乐，以至理发、洗澡、缝纫、电费，一共十六项，都由公社包下来。家英认为，中国农民多少年来，有史料可查的，至少从汉朝起，就有"吃饭不要钱"的农民社会主义思想。但是包得太多，公社负担太重，以供给制人均每年折款七十八元计算，就支出共达二三百万元。我说到修武没有包这么多，但农民对公共食堂的评价是"好是好，怕长不了"。

我谈到修武一县有几十个大队，几百个生产队，县里怎么也管不了全部经营管理，目前实际上还是公社化初期的体制，县以下仍保留公社一级（大抵相当于过去的区一级）。但是，这个县的县委书记说，更大的顾虑是县和国家的经济关系的变化。因为当时河南一些干部热衷于把公社集体所有制改变为全民所有制。这位县委书记很怀疑，国家在丰收年份能否全部接收县里自给有余的农产品和保证供应县里必需的生产资料和日用百货；在歉收年份能否不仅保证照常供应生产资料和日用百货，而且还保证供应县里短缺的粮食和其他农产品。家英一针见血地指出，最近陈伯达（他先去山东的寿张，后去河南的遂平）到处鼓吹废除商品交换，实行产品调拨，把农村人民公社同鞍钢一样对待，把一些干部思想搞糊涂了。

我们交换意见过程中，还谈到两地普遍大办钢铁，男女老少齐动员，上山背矿石，搞小高炉炼铁，热情感人；但也看到田地里棉花没有人去摘，粮食地里秋收很粗，丢落谷粒很多。这样下去，很可能丰产不丰收。

我和家英商定，在专列上向毛主席汇报时，着重谈两个问题，一是修武县委书记的顾虑，一是七里营的"十六包"。

我们一同上了毛主席的专列，向郑州进发。中央决定11月在郑州召开工作会议，为11月、12月在武昌召开八届六中全会做准备。毛主席在专列上同新乡地委书记和几位县委书记谈话，要我们到郑州后再向他汇报。家英和我除了参加听汇报外，余下的时间继续交换在修武和七里营调查时所见所闻的看法。

家英提议，我向毛主席汇报修武情况时，不妨联系斯大林的《苏联社会主义经济问题》一书来谈。斯大林在书中曾经谈到从集体所有制向全民所有制过渡的问题。斯大林提出这个问题，还讲到过渡要具备条件，并没有主张马上要过渡。陈伯达主张取消商品交换，实行产品调拨，其重要论据就是斯大林在书中讲过的过渡问题。斯大林这本书，是毛主席要我们到豫北调查时携带的两部理论著作之一，另一部书是人民大学编辑的《马克思、恩格斯、列宁、斯大林论共产主义》，都是薄薄的两小本。

我们还谈到，北戴河会议决定人民公社化和钢铁翻一番，现在看来时间可能太短、太急，特别是没有先行试点然后逐步推广，一下子全国铺开，于是各地八仙过海，各显神通，你追我赶，问题就多了。毛主席在我们出发时要我们带两本书，做些理论的准备，并认为各级干部特别是高级干部对共产主义认识不一致。现在看来是有道理的。

我们还谈到，现在各地人民公社都搞"包"，似乎"包"得越多越好，但"包"是供给制，每人都得同样的一份，这不是社会主义的按劳分配，更不是共产主义的按需分配。家英谈到，有人说它是"穷的共产主义"，这是对马克思主义的莫大讽刺。

11月5日，毛主席到达郑州的当天晚上，要家英和我到专列上汇报。我先汇报修武的情况，主要谈了该县县委书记的顾虑。家英汇报七里营的情况，着重谈了七里营的"十六包"供给制。在我们汇报过程中，毛主席边提问题，边评论。除了没有指名提到陈伯达以外，家英和我把自己的看法都谈到了。倒是毛主席在我们汇报结束时谈到陈伯达，说他前些时候到山东寿张去时很称赞那个县提出"苦战三年进入共产主义"，这次派他到遂平去，回来又提出取消商品交换，实行产品调拨。

看来，家英和我这次去豫北调查，是毛主席在意识到大跃进和人民公社化运动中出现了过"左"的倾向，必须加以纠正的时候布置的。我们调查的结果对他不无影响。毛主席在郑州会议上带领到会的中央部分部长和部分省委书记读斯大林《苏联社会主义经济问题》，并提出划清两个界限：一个是集体所有制和全民所有制的界限，一个是社会主义和共产主义的界限。其后在武昌会议（包括中央工作会议和八届六中全会），也是在这两个大问题上议论比较多。家英和我跟胡乔木一起，在起草《关于人民公社若干问题的决议》过程中，坚持要严格按照毛主席的意见区别两大界限，同一些同志发生争论。家英的立论明确，雄辩有力，给人留下深刻的印象。当然，在当时的情况下，1958 年"左"的指导思想并没有根本纠正过来（无论关于大跃进和人民公社问题都是如此，六中全会的有关决定即为证明），但"共产风"、浮夸风、瞎指挥风总算刹了一阵。

（五）庐山风云

按照中央关于召开庐山会议的通知，我和家英、乔木一起于 6 月 30 日下午乘中央办公厅准备的专列去武汉，然后乘船去九江，上庐山。

同乘这一专列南下的还有中央政治局委员们（他们各有一个公务车厢）以及中央若干部门的部长。上车后不久，乔木和家英要我向他们传达 6 月 12 日—13 日颐年堂政治局会议上毛主席的讲话。乔木因病住院，家英去四川调查，都没有参加这次会议。

我向他们详细传达了颐年堂会议的情况。会议由毛主席主持，讨论和通过陈云同志关于 1959 年钢产指标定为 1300 万吨的情况。毛主席在会议上作了两次讲话。我特别谈到，毛主席在会上对"大跃进"指标过高作了自我批评，他把 1958 年第一次抓工业打了败仗，比同于 1927 年秋收起义的头一仗打了败仗。毛主席强调现在要实事求是，把过高的指标降下来，陈云同志的意见是对的。现在不要互相埋怨，而要认真总结经验教训，认真学习搞经济建设。我还谈到，毛主席说，上庐山召开会议，大家平心静气来谈经验教训，要比上海会议（1959 年 3 月—4 月）和郑州会议（1958 年 11 月）谈得好，互相交心。我特别谈到颐年堂会议上大家敞开思想，议论风生，思想活跃。

在传达过程中，大家发些议论。主要是乔木讲"大跃进"破坏综合平衡，不赞成用"平衡是相对，不平衡是绝对"的观点来指导经济工作。他形象地说，如果火车车厢的四对轮子老是不平衡，火车就会出轨翻车。家英主要讲他不久前才从四川新繁县调查回来，1958年那里的瞎指挥风、浮夸风很严重。

家英详细介绍了他调查的那个大队两本账的情况。一本是应付上级的高产账，是假账；一本是实产账，只有大队少数干部才知道的。他还谈到罗世发（四川省的全国劳动模范）告诉他，那里没有按照上级布置的过分密植的规定插秧，结果丰收了；别的大队按上级的硬性规定插秧，结果歉收。瞎指挥实在害死人。家英再三表示担心，有些省的负责同志至今思想还不通，要同中央一致恐怕还得多做说服工作。

可以说，颐年堂会议开始的敞开思想、议论风生的气氛为庐山会议前期的好兆头。但是，庐山会议后来演变为批判所谓"右倾机会主义"，竟是家英的政治创伤。

庐山会议开始，毛主席就决定起草会议纪要，把大家总结的经验教训写成文件。因此，我们一方面也像所有会议参加者那样游山玩水，游览了白鹿洞、仙人洞、五老峰、龙潭、植物园……一方面差不多每天都在一起，尤其是晚饭后议论起草会议纪要有关问题，即使在游山玩水，途中也离不开这些话题。记得有一次去白鹿洞游览，一路上对我国的法制问题议论激烈。家英和乔木都参加宪法的起草，对于我国至今只有一部基本法，其他为实施基本法所必需的法律差不多是空白，甚至连刑法和民法都没有，一切都是首长说了算，极为不满。

庐山会议开始时，毛主席把他提交会议讨论的十九个问题分为两部分，属于经济方面的七个问题，由李富春同志起草，作为向中央的报告，由中央批发；另外十个问题由杨尚昆、胡乔木、陈伯达和我把会议的讨论整理成纪要。很快，毛主席又重新安排十九个问题均起草成纪要，起草小组除原来的四人外，增加了家英和谭震林、曾希圣（安徽省委第一书记）、周小舟（湖南省委第一书记）等。实际上谭、曾、陈、杨四人只在彭真同志主持讨论时参加，具体起草工作都由其他同志分工负责，胡乔木牵头。我们分工是：乔木和我负责起草读书、国内形势、今年任务、明年任务、四年任务、宣传问题、团结问题、国际形势等八个问题，家英和小舟负责起草有关农村的公共食堂、三定、生产小队半核算单位、农村初级市场、学会过日子、农村党团作用、群众路线、协作区、体制等九个问题。

家英和我一上庐山，就住在牯岭东侧东沽河左岸的河东路路边的平房里。平房一共五间，家英住东边一间，我住西边一间，中间一间是饭厅，一间是会客室，还有一间是服务员宿舍。胡乔木和陈伯达则住在我们附近。他们除早饭外，中饭和晚饭都同我们一道。晚饭后大都在会客室里议论同起草纪要有关的事情，也交谈各人所在小组会议的情况。

在庐山会议前期，大家的心思都集中在如何总结1958年的经验教训，实质上是继续贯彻毛主席和党中央从1958年11月郑州会议起的纠"左"工作。我们的议论，都同起草会议纪要有关，没有什么顾虑，都觉得是正常的。过去起草文件也是这样敞开思想议论，否则思想酝酿不成熟，文件是起草不好的。

在议论中，家英谈的最多的有三个问题：

一是读书问题。家英从毛主席布置我们去豫北调查谈起，回顾两次郑州会议、武昌会议和上海会议，并结合前不久他在四川的调查，认为毛主席的思想，在农村问题上，具体体现在4月间给六级干部的《党内通讯》中，下层干部是感受至深、热烈拥护的。问题在于中层干部特别是高级干部中有不少人还思想不通。他感到这次庐山会议，重点应当是让省委和部级领导人真正懂得社会主义和共产主义的区别，懂得社会主义阶段是一个很长的历史时期，特别在以落后农业为主要经济基础的中国（他详细地谈到四川农村的经济状况）。因为现在不少高级干部还有"跑步进入共产主义"的想法，具体表现主要不是大刮"共产风"，而是仍然主张"大干快上"，快点跨过社会主义这个阶段。他非常赞成毛主席提出庐山会议要务虚，认真读书，结合实际总结经验教训。

二是关于形势问题。家英指出，现在不少高级干部认为，经过这半年中央召开的一系列会议，大跃进和人民公社化中的错误已经纠正过来了，形势已向好的方面发展。家英提出，整个形势是否已经到了"沟底"呢？我记得我们中间是他第一个这样提出问题。家英认为并未到"沟底"，因为"左"的错误想法和做法，并未从根本上扭转过来，并未到此为止。他从四川调查中感到有旧病复发的情况，搞不好形势会变得更坏。他赞成乔木提出的 1960 年不应继续跃进，而应调整，着力综合平衡。乔木认为社会主义也有经济危机，我国已处在危机中，整个国家经济严重失调，如果继续跃进，经济失调后果不堪设想。

三是自我批评问题。家英认为，毛主席从第一次郑州会议起不断作自我批评，承担了 1958 年工作错误的主要领导责任，直到上海会议提出了十六点工作方法（应当补充说，还有最近的颐年堂会议讲话）。毛主席在上海会议上作自我批评后说："这次我向大家交心，下次会议你们交心。"因此这次庐山会议上，各地省委书记和中央各部长应作自我批评，各自分担自己应负的责任，这样才能做到真正总结经验教训。家英在毛主席 7 月 10 日讲话后，更加强调这点。他说，毛主席在讲话中已列举 1958 年的四大错误，现在大家作自我批评有谱了。

家英先后提出两个建议，一是由胡乔木在会下同有关的省委书记和部长接触，劝他们也交心。乔木这样做了，也收到一些效果。另一个是鉴于有些小组讨论比较沉闷，对谈 1958 年的失误阻力很大，谈这样问题的发言经常被打断、顶撞，谈不上总结经验教训。家英建议向杨尚昆同志反映，请他把这种情况报告少奇同志、周总理和毛主席。此事也由胡乔木同尚昆同志谈了。尚昆同志当时是以中央办公厅主任的身份，负责联系各组的。

经过多次议论，会议纪要初稿我们于 7 月 12 日分头起草完毕，13 日和 14 日由乔木主持反复修改，把十九个问题合并为十二个问题。然后送少奇同志。14 日晚，少奇同志找我们谈话，说初稿还可以改进，不过现在可以先发给各小组讨论，然后集中大家意见再加修改。

《会议纪要》初稿于 15 日印发各小组讨论。少奇同志 16 日召集各组长开会（乔木、家英和我都参加了），宣布会议延长（原拟开到 15日、16 日），再从山下找些人来参加，小组混合编（即不以大区为单位）。少奇同志要求大家好好讨论《会议纪要》初稿，方针还是成绩讲够、缺点讲透。起草小组将根据大家意见修改。

15 日夜，毛主席将彭老总给他的信（14 日写的），批上"印发各同志参考"几个字，印发会议（17 日发出）。各小组开会时，开头几天，大家发言集中在《会议纪要》初稿上，特别对"形势与任务"部分意见很多，议论彭老总的信的人不多。

我和家英、乔木和陈伯达，看到彭老总的信后曾一起议论过。我记得 17 日午饭时，我们四人在餐厅谈到在上午收到的彭老总的信，都觉得写得不错，同我们起草的《纪要》思想一致。我和家英都觉得由彭老总出面说话，有分量，作用大。但乔木说了一句话："也可能适得其反。"他没有加以解释。大家只感到，信中个别词句有些刺眼，如"小资产阶级狂热性"等，但总的来说还没有我们起草的《纪要》初稿那样尖锐。

各小组的讨论，从 19 日起对彭老总的信的意见逐渐多起来，对《纪要》初稿的意见反而越来越少了。乔木、家英和陈伯达在小组的发言中，着重解释起草《纪要》初稿时的设想，乔木着重谈了形势与任务，说明还可以根据大家的意见把成绩讲充分些，把缺点和错误讲得更清楚些。家英结合他在四川的调查，着重谈了农村工作中的群众路线等问题。他们都没有谈及彭老总的信。

7 月 20 日和 21 日，我们根据少奇同志 19 日的指示，对《会议纪要》初稿加以修改，作为第二稿，于 7 月 22 日提交由彭真同志主持的书记处会议讨论。

会后彭真同志要求我们尽快根据会议的意见加以修改，由他送交少奇同志。

不料 7 月 23 日庐山风云突变。毛主席这天在会议上讲话，虽然仍作了自我批评，也劝做错了事的人（他说的"左派朋友"）也作自我批评，分担责任，但重点批评那些把大跃进和人民公社的错误"讲多了的人"，说他们"方向不对"，对总路线"动摇"，"距离右派只差三十公里"。毛主席的讲话，震动全场，鸦雀无声，空气像凝固了似的。一日之间，庐山会议发生了一百八十度的大转弯，从纠"左"变成反右了。

这有若晴天霹雳，乔木、家英、我和陈伯达愕然、茫然。会后乔木独自径回住处，家英、我和陈伯达等一起沿河东路西行，走过仙人洞，一路上默默无语。家英非常激愤，在亭子上写了一副对联："四面江山来眼底，万家忧乐到心头。"

当天午饭是一顿闷饭，没有人说一句话。胡、陈饭后各自回住所。家英和我坐在客厅里相对无言，达半个多钟头之久。后来，家英忍不住跳起来大声说："准是有人捣鬼。"原来他想的是毛主席为何突然转了一百八十度。

在 23 日以前，家英和我都知道，毛主席前一段一直强调纠"左"。彭德怀的信印发出来的当天晚上，毛主席同乔木、家英谈话时，仍然说，现在"右倾机会主义"的头子就是我。我嫌"右倾"的朋友太少了。"现在事实上就是反冒进。反冒进的司令就是我。"少奇同志在 16 日的中午召集各组长开会宣布会议扩大、小组重新混编时，亦重申"成绩讲够、缺点讲透"的方针。直到 7 月 18 日，毛主席还说过，欠债是要还的，去年犯了错误，每个人都有责任，首先是我。现在缺点还没有完全改正，腰杆子还不硬，这是事实。浮夸风、瞎指挥、贪多贪大这些"气"还是要泄。他准备同那些不愿意听别人讲缺点错误的"左派"谈谈，叫他们要听取各方意见。

家英追述这些情况后问我，是否注意到毛主席在 23 日讲话开头的说明。家英指出，毛主席说，他前一天同各协作区区长（即后来成立的六个中央局的第一书记）谈话，劝他们听各种的不同意见。但他们说，已经听了好多天了，现在主席再不出来说话，"左派"的队伍就要散了。毛主席说，看来他今天不来讲话不行了，家英说，这说明毛主席 23 日的讲话是受有些"左派"怂恿的。

家英和我进一步谈到，有人"怂恿"是一个原因，但毛主席自己的思想恐怕是更重要的原因。我们以农村公共食堂"吃饭不要钱"为例谈到，"吃饭不要钱"是柯庆施在北戴河会议之前提出来的。毛主席在北戴河会议上提高到理论上"破除资产阶级法权"加以论证，会后又要《人民日报》转载张春桥根据主席的论点加以发挥的文章，并展开讨论。

家英说，主席在武昌跟我们谈话，提到东汉时张鲁搞的"五斗米道"，很同情农民追求温饱。主席这种心理状态，由来已久，早在合作化时期他就多次谈过。赶快实现民富国强的理想，在主席思想中是根深蒂固的，也是近百年来中国无数志士仁人为之舍身奋斗的，无可非议。但其中也包含着一种危险，即过急、过快、过大的要求可能带来严重的祸害。我们列举了合作化时期的过快推广高级社、提前实现农业发展纲要、十五年赶超英国、"大跃进"、人民公社等事例，指出它们都程度不等地反映了一种"左"的思想倾向。但最早发觉这种倾向并最先作自我批评的都是毛主席。

当时，家英和我的认识，只达到这样的水平。

毛主席23日讲话后，家英一直处于困惑和愤懑交杂的心情之中。加之小组会上群言啧啧，有所谓"质问"，有所谓"揭发"，还有所谓"批判"。家英对我说，"安之若素可也"。所幸家英在中央领导同志身边工作多年，严守纪律已成习惯，在正式会上素不随便发言。家英在小组会上谈过在四川调查中发现的浮夸，后来被人指责为"攻击大跃进和人民公社"，也仅此而已。我们平时围绕起草《会议纪要》的议论，也没有拿到小组会上或跟别人乱讲。因此会上别人抓不到什么辫子。但家英仍担心会下议论泄露出来会引起不必要的麻烦，曾在我们起草人中间声言："好汉做事好汉当，谁乱讲谁负责。"

24日吃晚饭时，我告诉胡乔木和家英，小组会上有人批评我替彭老总说话。他们两人赶忙问我说了什么。我说，彭老总的信出来以后，小组会上有人批评彭老总的信时，我曾三次为彭老总辩护。于是在24日小组会上就有人说我犯了路线错误，也有人说秀才们和彭老总一个鼻孔出气。一位老同志温和地说我"迷失方向"。

家英说我不应在小组会上那样辩护，但说了也不是错误。乔木则认为我应当作个检讨。我问怎么检讨？他们两人都默然沉思。最后我提出，如果要检讨，我只能表个态，即按那位老同志批评的口径，"一时迷失方向"。乔木说还是作个检讨为好。

乔木还没有说完就得到毛主席要他去开会的通知，走了。我和家英一直等候乔木回来。大约是深夜11点多，乔木回来了。他劈头就对我说，赶快写一个书面检讨，由他交给小组长。他要我不要去开小组会，他代我请假，我在家里修改《会议纪要》。因为少奇同志要求赶快改出第三稿来，争取形成中央文件下发。他和家英都赞成我按那位老同志说的口径"一时迷失方向",话不要多,几百字即可。我当夜写出,第二天交给乔木,后来登在《简报》上。

乔木还谈到毛主席在政治局常委会议结束时把他留下,批评他前一段乱说话,并说,秀才们(点了乔木、家英、我和陈伯达的名字)表现不好,要夹着尾巴做人。

庐山会议自23日起越来越紧张。28日晚,毛主席找家英和陈伯达谈话。家英很晚才回来,赶忙到我房中告诉我:毛主席同他们两人谈话时,一面批评说前一段秀才们表现不好,方向有些不对头,一面要他们不要过分紧张。

家英说,主席批评他时,他激动地为自己辩白。他在小组会上说过四川的罗世发大队的事,后来有人批评他反对三面红旗,他接受不了。他说着说着,边流泪边诉说他发言有根有据,可以当面对质,中央可以派人去四川调查。主席说,你说了人家一些坏话,人家反过来批评你,这是常情。紧张一下有好处,可以反过来想想自己有什么不妥之处。但也不必太紧张。过两天我会向他们打招呼,下"停战令",对秀才们挂"免战牌"。你们也不要尾巴翘到天上去,还是要学会夹着尾巴做人。人的世界观改造不容易,活一辈子要改造一辈子。你们前一段说的话基本上是对的,但有些话不对,有些方向不对,有些说过了头。要不断进步。

家英还说,从今晚的谈话看,主席并不是从一开始就要批判彭老总。我问为什么?家英说,主席今晚谈到彭老总时说,他开始并没有觉得彭的信有什么问题,所以批了几个字印发给大家参考,当时并没有别的意思。因为既然有这些意见,而且他在小组会上的发言也登在会议简报上了,把这信印给大家看看也是可以的,并没有什么特别的想法,更没有打算在23日讲那番话。主席说,那番话是在22日听了大区区长汇报时想到的。当时有两位区长都说,现在小组会反对三面红旗的话多了,有些人开小差了。我该出来讲话了,否则队伍就散了,没有兵了。这才使我感到问题严重。想了一夜,第二天(23日)才讲了那么一篇话。

我听了家英这番话,马上提出我们一起去告诉乔木。乔木听时很冷静，好像胸有成竹。大概是 24 日夜里毛主席同他单独谈话时也说过这类的话，他心中有数。家英谈完以后，乔木说，我们四个秀才的问题，在这次会上可能告一段落。主席同他以及同家英、陈伯达的谈话都着重谈到"要夹着尾巴做人"。我们这些在中央领导同志身边工作的人，今后要格外小心谨慎。

以后几天，家英照常参加小组会，乔木在家休息（主席要他休息几天，准备起草八中全会文件），陈伯达仍请病假，我则根据少奇同志的意见（讲成就部分加强；讲缺点错误部分要压缩文字，要点仍保留；纠偏问题从正面讲，只谈应该如何如何，不谈不应该如何如何），在家中改出《会议纪要》第三稿，交给乔木同志。

7 月 30 日上午，杨尚昆同志到我们住处来，说主席要他给会议各组组长打招呼：以后再不要提胡乔木、陈伯达、田家英和吴冷西的事情了。要各组组长关照一下参加会议的同志，集中力量开好八中全会。尚昆同志说，这是主席下"停战令"，你们可以放心了。这样我们四人好像得到了解放，一起往仙人洞那边散步。这时我们的情绪同一周前有所不同，个人挨批评可以免了，但喜中有忧：八中全会要大批"右倾机会主义"，会议纪要恐怕搞不成了。更大的担心是从去年底郑州会议开始的纠"左"进程可能就此中断。这是党和国家的大事。

从 8 月 2 日开始的八届八中全会，不幸而言中。还没有真正形成气候的神仙会，变成了唇剑舌枪、硝烟弥漫的斗争会。家英忧心忡忡。

家英是个胸怀耿直、忧国忧民的人，面对庐山会议后期颠倒是非、急风暴雨的斗争，其激愤与抑郁交集、自励与自馁并存，可以想见。乔木和我见此情景，曾先后建议他参加八中全会文件起草工作。家英宁愿帮我起草会议公报（主要谈经济形势和任务），而不愿参加乔木负责的八中全会决议（内容为反对右倾机会主义）的起草。他很少参加小组会，大会也只参加同我们有关的几次，闲时则漫无边际地同我"摆龙门阵"。他喜欢听我谈我访问过的东欧、西欧和非洲、亚洲的观感，而他则大谈清代名人和他所收藏的墨迹，并由此而道出他准备写一部比萧一山的《清代通史》更成熟的新清史的心愿。

有一次家英谈到毛主席推荐他看贾谊的两赋两论。他很欣赏《吊屈原赋》，喜欢背诵其首段。他觉得中国目前的情况隐约显出《治安策》中历陈的弊端，他赞成 1954 年中央撤销六大中央局，不赞成现在又设六大协作区（后来又形成六大中央局的建制）。他认为，汉初罢诸侯是英明的，唐代建藩镇是自乱天下。秦始皇是历史上第一个建立中央集权的皇帝，功不可没，可惜焚书坑儒，留下把柄，遭后世人咒骂。历代所谓圣明君主，大体都既能治国又能治家，两者兼备不易，但非如此不可。家英这些议论，看似纯属论史，实则有所谓而发。

历时半月的八中全会，大批所谓"军事俱乐部"，自然比 7 月 2 日至 16 日的神仙会使人难过，也比 7 月 17 日至 8 月 1 日的揭批会难过。家英虽然在毛主席 8 月 11 日讲话时说"秀才是我们的人"之后，情绪不再那么低沉，但依然不那么振作。个中因由，是乔木、家英、我和陈伯达四人被揭发，中央在立案审查。

八中全会最后几天，大雨倾盆，乌云低迷，自然气候与政治气候给人双重压迫。大会一结束，17 日当天下午，许多人不顾天雨路滑，都纷纷下山了。我记得第一个下山的是彭涛（他当时是化工部部长）。家英和我因有些会务未了，推迟到第三天（19 日）下山。临行匆促，我连会议简报全部留在抽屉里，被中央办公厅通报批评。

家英和我下山后从九江乘船到南京改乘专列回京。在船上我为家英拍了一张照片，那神态我自认为恰如其分地反映了家英当时的心境。

我们"四人案"一直审查到 10 月，彭真同志两次找我们谈话，我们给中央写了检讨和申辩，最后毛主席 10 月 17 日找乔木、家英、我和陈伯达谈话。他说，你们在庐山表现不好，但不属于敌对分子和右倾机会主义分子这两类人，而是属于基本拥护总路线，但有错误观点或右倾思想这两类人。这样"四人案"至此才算结案。从毛主席那里出来，家英和我回到他的书房，一进门他手舞足蹈，猫身在地板上翻了一筋斗，大声说："主席是了解我们的。"

（六）再上庐山

整个 1960 年，我同家英来往不多，因为从年初到年底，我的工作主要在国际方面，家英则集中力量编辑《毛选》第四卷。

1961 年，从毛主席提倡"大兴调查研究之风"开始，我国实际上进入了调整时期。家英根据毛主席的指示，先去浙江调查人民公社情况，后到广州参加毛主席主持的讨论人民公社问题的会议，并参加起草《农村人民公社工作条例（草案）》（通称《农业六十条》）。这时，我正随陈毅同志率领的我国政府代表团参加关于老挝问题的日内瓦会议。

一个偶然的机会，使我和家英重上庐山再度合作。

那是我在日内瓦会议休会时回国，去北戴河休假。当时小平同志正在那里主持讨论由薄一波同志负责起草的《工业七十条》，要我也参加听听。后来中央决定在庐山召开中央工作会议（8 月 23 日至 9 月 16 日），我和家英都接到参加会议的通知，先后到了庐山。小平同志预先告诉我，他可能在大会期间率代表团参加朝鲜劳动党的代表大会，由彭真同志接替他主持《工业七十条》的修改工作，要我、田家英、胡绳负责修改，还可请一波同志指派一些秀才参加。我同家英商量此事时，他坦率地说他对工业情况不熟悉，一定要请熟悉情况的同志参加修改。后来同一波同志商量，由他指定原来也参加起草工作的梅行、马洪、杨波、张沛等同志参加。

家英告诉我，毛主席上山前说过，这次庐山会议要开好，要开成一个心情舒畅的会。主席虽然仍认为上次庐山会议反右没有错，但又说，那次庐山会议本来该继续纠"左"，后来反右，把反"左"冲掉了。高指标、高征购、高分配、共产风比过去更严重。家英说，主席的看法已有相当大的变化，这次可能比上次要好。因为今年以来中央已作了一系列有关调整的决定，这次会议除工业问题外还有财贸、教育等问题要作出调整的决定。

家英和我以及参加修改小组的同志，认真研究会议中各小组提出对《工业七十条》的意见，其中主要有四个问题：（一）对当前工业形势的估计，有些同志不赞成《工业七十条》草案的前言讲工业情况不好的话太多，认为工业形势已走出了"沟底"，开始上升。（二）对草案规定的党委领导下的厂长负责制有不同意见，认为不能给厂长那么大的管理权，对设立会计师制度也不理解。（三）对草案中强调按劳付酬、奖勤罚懒也有意见，认为应强调政治挂帅，职工收入不能悬殊过大（其实根本不存在"过大"，而是仍搞平均主义，后来叫作"吃大锅饭"）。（四）对草案中只强调群众路线而不强调群众运动有异议，仍然主张强调技术革命和破除"不合理的"规章制度。

对这四个问题，家英和我请参加起草的同志摆实际情况。他们认为所以制定《七十条》就是工业管理中存在严重弊端和混乱，情况远比草案前言中所说的要严重得多。有的同志详细谈了工厂中当时实行的党委集体负责制的种种弊端，厂长根本无法指挥和管理生产。听了他们所谈的情况，我和家英商量，这样的重大原则问题要请示小平和彭真同志，他们拿出主意我们才好修改。

于是我们向他们汇报了各组的意见和我们的看法。小平同志听后斩钉截铁地指示：草案已定原则均不能改变，文字修改可以商量。至于工业形势，看来《前言》讲得还不透，可考虑单独写一个指示，明确重申"调整、巩固、充实、提高"八字方针，并强调今后三年以调整为中心。彭真同志要我们按小平同志的意见，一面修改《七十条》，一面另行起草中央关于工业问题的指示。家英在回住处的路上对我说，历朝乱世要有一个善断的宰相，当今亦是如此。

小平同志赴朝后，彭真同志主持《工业七十条》（草案）的修改和中央《关于当前工业问题的指示》的定稿，坚持既定原则。其中仍然强调群众路线，尽量不写"群众运动"，只写"依靠群众"或"发动群众"；仍然强调"按劳分配"，同时也提政治挂帅；强调技术革新，尽量不提"技术革命"，而且强调尊重科学，把它同"破除迷信"并提，指出不能把科学当作迷信来"破"，强调规章制度的相对稳定是保证生产正常运行所必需。特别是《指示》一稿，把问题讲透了，会中主张不多谈当前弊端的意见反而少了。

家英虽不熟悉工业问题，但虚心倾听专家意见，从善如流，见异析疑，反复商榷，终于完成了交托的任务。

家英对形势的估计很有见地。他认为，不能笼统地说现在已到"沟底"（即困难到顶点，而后即为上升）。以调整为中心的调整、巩固、充实、提高的方针已定，计划指标已降低，农村有了《六十条》，工业有了《七十条》等等，从这些方面看，形势已向好的方面变化。但是目前粮食供求差额很大，秋收可能减产，明春可能发生饥荒，工业生产秩序混乱，大批工厂停工待料，市场供求差额很大，困难还没有达到顶点，如果工作得不好，还有可能进一步恶化。家英特别对农村情况不乐观。他说，现在同 1959 年相比，过去一些省大讲增产，现在则大喊困难，国家进口几百万吨粮食（这是建国以来没有的）还不够分配，有些省力争中央多调进粮食，一些省则力保少调出粮食。多数省都发生饿死人，情况可能进一步恶化。他谈到农村干部相当普遍不敢讲真话，害怕"一手高指标，一手右倾帽"。他认为，现在困难比第一次庐山会议时更严重，证明那次会议中我们的观点是符合实际的。

依我看，在第二次庐山会议上，家英比之第一次庐山会议时更为成熟，风采不减当年，心情是愉快的。这不仅因为他在草拟《农业六十条》中受到毛主席的高度重视，而且因为他在《工业七十条》修改中也充分发挥才华，他两年前赞成的以调整为主的方针正逐步实行。家英和我在工作之余，还像上次庐山会议前期那样，游山玩水，特别同胡绳同志（他没有参加上次庐山会议）再一次参观植物园，也同样议论风生，只是这次因乔木同志没有上山，谈锋不如过去强劲就是了。

（七）七千人大会

庐山会议下来后，家英即为中央讨论人民公社基本核算单位问题准备文件，我则准备起草原定年底前召开的第二届人大第三次会议的政府工作报告。但是，鉴于赫鲁晓夫在 10 月苏共二十二大上发起新的反华、反阿尔巴尼亚运动，中央政治局常委当机立断，推迟召开人大会议（后来在 1962 年 3 月至 4 月召开），改为召开中央工作会议，动员全党力量，加强调整工作。家英和我的工作重点也随之转移。

中央常委是在周总理中断出席苏共二十二大而提前离苏回国后、10 月下旬决定召开中央工作会议的。少奇同志在 11 月 5 日主持的中央政治局会议上宣布：根据毛主席和常委的意见，这次会议要总结"大跃进"的经验教训，统一全党思想，以便集中力量做好调整工作。政治局要为这次会议准备一个报告。少奇同志指定由陈伯达牵头，我和家英、胡绳参加，负责起草工作报告。我当场同富春、先念、一波和安子文（当时为中央组织部长）等同志商量，从他们主管的部门抽人组成起草班子，初步确定调来梅行、杨波、马洪、廖季立、赵汉、潘静远、张沛等人，后来又请吴波和段云同志帮忙，集中在钓鱼台八号楼和十五号楼工作。

第二天，小平同志即来钓鱼台八号楼召开会议，提出起草报告的框架为四部分：（一）形势和任务：农村情况开始好转，工业生产下降基本稳定；应坚持三面红旗，贯彻八字方针，争取三年调整好；（二）关键是加强中央的集中统一领导，加强民主集中制，克服分散主义；（三）改进党风，贯彻实事求是的工作作风和群众路线的工作方法，加强党内民主；（四）基本经验教训。他要我们先分工起草，然后由陈伯达主持修改。

我们的分工是，我负责第一、二部分，由梅行、杨波、马洪、廖季立、张沛协助；家英负责第三部分，由赵汉、潘静远协助；胡绳负责第四部分。我们起草初稿后，由陈伯达修改，12 月中旬拿出第一稿。

12 月 21 日，小平同志主持讨论第一稿，富春、先念、一波、谭震林、安子文等参加。会上讨论的意见主要是对第一、二、四这三部分的，认为对形势的估计不能助长过分乐观，要保留一点，因为目前情况还没完全摸透，尤其是工业、财贸；十五年超英的口号是否仍提值得考虑；对集中统一还强调不够，没有把分散主义的种种弊端写得触目惊心；经验教训要根据中央书记处给政治局常委的检查报告加以阐述，而且要联系党的历史教训写。会议对家英起草的党内问题部分意见较少，只提了一些要加强正面阐述，并突出纠正当前不正之风。

上面所说的中央书记处检查报告是小平同志亲自主持起草的，其中讲到这几年的主要错误为：总路线提出后未及时制定具体政策，已决定的政策有些是错误的；计划指标过高，而且多变；不是实事求是、因地制宜，全国搞了许多"大办"，这是违反群众路线的"群众运动"；中央权力下放过多，而且级级下放。

过了几天，少奇同志从南方回来后，专门到钓鱼台找陈伯达、我、家英和胡绳谈话。少奇同志劈头就说，报告的起草，还是1959年庐山会议上讲的那两句话，一是成绩讲够，二是缺点讲透。具体意见主要有：（一）过去四年的缺点、错误要摆开讲，有多少讲多少，放开手讲，不要吞吞吐吐，重病要用猛药，要使人出一身大汗，这才能接受教训。（二）这几年的错误，中央负主要责任，要在报告中代表政治局作自我批评，否则下面不服。一年来中央逐步改正错误，要求各地、各部门也改正错误，不能自行其是。（三）关于分散主义要列举表现事实，每个省、每个部都要有例子，一个也不能缺，这种现象太多、太普遍了。（四）这几年的错误，同党内过火斗争，特别是1959年庐山会议只反右不反"左"、后半段否定前半段、会后又在党内普遍进行反右倾斗争，有很大关系，党内民主不够，使许多错误不能及时改正。少奇同志特别嘱咐我们：秀才们不要怕这怕那、束手束脚，要敢讲老实话，讲过头了也没有关系，反正是草稿，中央政治局还要讨论，错了政治局负责。少奇同志走后，我和家英议论，上次庐山会议少奇同志就态度鲜明，直到八中全会还想把《会议纪要》下发，可惜终于落空了。这次七千人大会，少奇同志还是这样的胆识，我们可以放心了。我告诉家英，一个星期前在毛主席家里开常委会讨论会议如何开时，毛主席讲道，书记处的检讨承担了这几年错误的责任，而且说没有很好贯彻他的指示，把他当做圣人。其实这几年错误首先应由他负责，因为他是党中央主席，重大决策是他作出或同意的。主席还说，我的错误你们不讲我讲。

家英说，他也有这样的感觉。1961年，毛主席一直抓调查研究，从《农村人民公社六十条》开始，一步深一步地纠正"左"的偏向。这一年他的调查材料和起草的文稿都受到毛主席重视或采用。他认为这次开七千人大会，中央常委意见相当融洽，原来小平同志建议中央工作会议为三级（中央、省、地）干部会，后来毛主席建议扩大为四级（增加县级并包括相当于县级的工矿企业和军队的负责人）干部会，还在"中央工作会议"之前冠以"扩大的"三个字。

家英还认为，少奇同志这次更加强调讲透缺点，而且措词尖锐，我们是做文字工作的，报告是少奇同志作的，我们起草时只能照他说的写，要改由他改。我们两人商定，并征求了胡绳同志的意见，要原原本本地按照少奇同志的意见修改第一稿。

12 月 25 日至 26 日，少奇同志和小平同志共同主持讨论我们的第二稿。会上提了很多意见，主要的有：（一）要科学分析当前严重经济困难的原因，主要不是天灾，也不是赫鲁晓夫撕毁全部协议和合同，而是我们工作中的错误。这点报告中要讲清楚，使干部群众有信心，只要我们能改正错误，就必定能够克服困难。（二）批判分散主义还要加强；要把各地方、各部门的分散主义加以分类，强调其危害性。《红旗》杂志社和《人民日报》、新华社的负责人（指陈伯达、胡绳和我）参加报告的起草，也应写上自己的错误事例。分散主义不克服，只有分权，没有集权，就不成为社会主义了。（三）我们这几年犯的错误，有些同苏联相类似，别人的错误自己也会重犯，这点应引以为训。（四）原来把经验教训单独写一部分，现在的整体结构不合适，应合并到第一部分中去，而且要重写。

家英负责的党的问题部分，一般认为写得较好，只需再加改进即可，即进一步阐述毛主席关于实事求是、群众路线、党内民主的一贯思想，而且要针对当前党内不正之风。

会后，起草班子重新调整，我只负责形势与任务部分修改，其中经验教训由陈伯达重写；第二部分由梅行、马洪、廖季立、杨波等修改，因为他们对分散主义的情况比较熟悉；家英和胡绳修改党的问题部分。

家英在修改中强调了实事求是作风是党性的第一个标准，着重批评了"谁老实谁吃亏"的思想，提倡"说老实话、办老实事、当老实人"。他在阐述群众路线时，特别针对那些把群众运动当做实行群众路线的唯一形式，热衷于表面上轰轰烈烈、实际上脱离群众和违反群众利益的所谓"群众运动"，加以严肃的批评。这些后来在大会上，特别是在县委一级干部中反响很热烈。

家英在修改过程中多次同我和胡绳同志谈到，党的问题部分中最关键的是党内民主问题，而党内民主的核心又是开展批评和自我批评。他说，中央组织部的同志（协助家英起草的同志赵汉、潘静远都是来自中央组织部的）在这方面有许多典型调查材料，有的地方党委作风很不好，但又不宜和盘托出。他认为需要认真研究，根据八大通过的党章，有针对性地拟出党内生活的纪律、守则或要求若干条，便于各级党组织，特别是基层党支部执行。

1月3日至6日，少奇同志和小平同志又主持会议讨论和修改第三稿。会议是按读一段议一段的方式进行，论述上和文字上的意见很多，有些当场修改，有的指定一位秀才下去修改然后再拿到会上讨论。四天的时间，上下午作业，终于完成。

少奇同志于1月7日将修改好的稿子（后来通称书面报告的第一稿）送毛主席看。他和小平同志本来设想，一俟毛主席看完，认为大致可用，再召开政治局全体会议正式讨论、修改、通过，然后再向大会报告。

1月10日，小平同志通知我，他昨天晚上同少奇同志、周总理在毛主席家里开了一个小会。毛主席说，报告稿子很长，他还没有看完。不要等他看完，也不等中央政治局通过，索性现在就发给已经到京参加大会的所有同志，征求意见。同时组织一个起草委员会，根据大家意见。再加修改，然后提交政治局，通过后正式作报告。小平同志要我只作几处小的文字改动，就交中央办公厅印发给大会讨论。这样，扩大的中央工作会议1月11日就以分头召开小组会的形式开始工作了。

七千人大会开始后，对报告第一稿的讨论，大会各小组和常委指定的起草委员会同时进行。起草委员会由少奇同志主持，共21人，包括常委、政治局委员、各大区书记，我和家英、胡绳都参加了。大会各组的意见也反映到起草委员会中来。大家基本同意报告中三大部分的论述，但也提出许多意见，有正确的，也有不正确的。起草委员会从1月17日起经过历时一周的热烈讨论，终于完成了修改任务。

起草委员会的讨论集中在分散主义问题，有的认为这个问题强调过分，有的认为举例太多，而且有些与事实有出入。少奇同志和小平同志再三说明：马克思主义讲时间、地点、条件，不同的情况有不同的主要矛盾。在中央已经提出一系列调整方针、政策之后，关键就在于各级党委贯彻执行，不容许各行其是。目前贯彻全面调整方针的最大障碍是分散主义。至于举例，少奇同志提出，如认为举例不当的可各自拿出恰当的来替换。后来，当主要问题已经基本解决，少奇同志提出举例可以全部删去，因为类似的事例不是一地一部所独有。少奇同志、周总理、陈云同志和小平同志通力合作，对修改稿的圆满完成发挥了重大作用。

家英和我，对中央常委如此坚持原则的魄力，而又如此循循善诱的耐心，至为敬佩，深受教育。

对于大会和起草委员会中讨论的问题，家英认为成绩可以多讲几条，但四大错误（高指标和瞎指挥、"共产风"、分散主义倾向和城市人口增加过快过多）不能含糊。他坚决赞成少奇同志提出的目前困难主要（最后定稿时含蓄地写成"在很大程度上"）是由于我们自己在工作上和作风上的错误所引起的。他引证他在过去一年中农村调查的材料来阐明这个道理。

家英对争论最激烈的分散主义问题，深恶痛绝。他指出，一年来中央逐步改正过去的"左"的错误，实行全面调整，但中央的指示仍然贯彻不下去。原因是许多地方和部门对中央指示或各取所需，或阳奉阴违，或用不学习、不传达、不执行的"三不主义"加以抵制。这种分散主义的恶劣倾向，是建国以来所未有，任其发展下去，不但"左"的错误难以纠正，而且党和国家的统一有被破坏和肢解的危险。家英又说起他对毛主席要他读的贾谊《治安策》深有体会。他说，汉高祖刘邦称帝之初，分封诸侯，结果诸王拥兵自重，割据自大，威胁中央政权，以致前有燕王臧荼等四王谋反，后有"七国之乱"，只得大动干戈，讨而平之。他又举唐代边将弄兵为例，自安史之乱起，藩镇跋扈，宦官专横，以致外患日深，唐室因以衰亡，史足为鉴。家英纵论今古，都是会下同我和其他同志谈的。

起草委员会结束后，我们又根据少奇同志的指示将报告全篇统改一道（起草委员会开会时已边讨论边修改过一道），经毛主席核阅，1月25日政治局会议上正式通过。

1月27日七千人大会全体会议时，少奇同志没有宣读这个报告（亦称报告第二稿），而是把它作为书面报告提交大会讨论。他在全体大会上根据前一天（1月26日）晚上毛主席的建议而通宵草拟的提纲

（在大会开始前经毛主席和其他常委传阅同意）作补充讲话。这篇著名的讲话，那实事求是的精神与坦率的批评和自我批评，那锋利的观点和无可辩驳的论证，全场反应热烈。普遍认为，少奇同志讲的两个"三七开"切中要害，解开了各级干部中长时期以来的思想疙瘩。（全文见《刘少奇选集》下卷）

三天之后，1月30日，毛主席在大会上作了长篇讲话，主题是民主集中制，着重讲发扬党内民主，提议大家在北京过春节，开"出气会"。这就掀起了七千人大会后半期的高潮。所谓"出气会"，就是毛主席在大会前半程中觉察各小组内部很不容易展开批评和自我批评，各地委、县委（主要是县委，每县有两位负责同志参加大会）对省委很少提意见，于是在1月30日讲话中大讲发扬党内民主，要各省委书记让人讲话，甚至疾言厉色地提出"偏要摸摸老虎屁股"。从这以后，各小组展开批评和自我批评，坦率、尖锐、紧张而热烈。

家英当时已兼任中央办公厅副主任，曾多次同我参加中办派往各组旁听人员汇报会。家英对我说，各小组讲出来的意见，看来还是比较温和的，还不如中央办公厅平时收到的人民来信中说的那样严重和激烈。他深有感触地说，如果不是毛主席亲自号召大家"出气"，各组中那些批评省委（也有直接批评中央部门的）的意见肯定说不出来，不少省委也难得在这样的场合作这样恳切的自我批评。有的省委书记亲自到县委书记身旁，为自己出过坏主意和作风粗暴而赔礼道歉，双方都感动得流泪。这是全国解放后开得最成功的领导干部交心会。当时有首打油诗传遍各会场："白天出气，晚上看戏，两干一稀，皆大欢喜。"

家英根据以上情况又对他主持起草的少奇同志报告的第三部分党内民主问题作了许多修改，内容更加丰满而有针对性。这也就是报告最后定稿中的关于党的干部"三大纪律、八项注意"和关于加强党性的"八大要求"的由来。

大会结束前，小平同志指定：家英整理毛主席的讲话，我整理少奇同志讲话。由于少奇同志讲话长于用词造句，前后有序，逻辑分明，我几乎全部按照速记稿整理，只有个别文字改动。家英原想把毛主席的讲话按编辑《毛选》的惯例略加调整，但毛主席觉得还是他原来讲话的速记稿更能表现他当时的思想情绪和语言风格，后来家英也是完全按照速记稿整理，尽量少作修改。我们秀才们议论这两个讲话时，有的同志曾提出，少奇同志强调集中，毛主席强调民主，如何理解。家英当时哈哈大笑说，"相得益彰"。他解释少奇同志着重解决中央同各省、部的关系，毛主席着重解决省委同县委的关系，少奇同志解决了前者，毛主席马上抓住解决后者，两者都是全党性的问题。家英的解释，大家都觉得有理。

七千人大会虽然没有完全彻底清理过去三年中的"左"倾错误，但在当时历史条件下，开得这样成功，全党四级干部统一思想，同心协力，带领群众，艰苦奋斗，终于克服重重困难，用不到三年的时间，提前完成全面调整的任务，使全国形势全面好转。

（八）挫折北戴河

七千人大会后不久，家英按照毛主席的指示去湖南农村调查《农业六十条》贯彻的情况，主题是如何恢复农业生产。少奇同志在北京主持政治局常委（毛主席已去南方，周、朱、陈、邓都参加）的二月扩大会议和五月扩大会议（两者均通称"西楼会议"，因都在少奇同志住处旁边的中办西楼会议厅举行），讨论新发现的严重的经济困难（赤字又增加30亿元，农村中饿死人的现象仍然没有停止，日用品供应奇缺，企业关停并转落实不下去，城市人口减不下去），指出当时我国处于类似经济危机的非常时期，并坚决采取非常措施来解决。家英没有参加这些会。

6月底，家英从南方回到北京，打电话约我到他家中去。他首先问我北京两次会议的情况，然后告诉我，他在湖南农村调查时发现农民普遍要求包产到户。近40%已自动实行包产到户或称扩大"口粮田"，其余60%左右还在犹豫观望，做做工作可能仍然搞集体经济或半集体经济。他说，在上海汇报时陈云同志赞成他的看法。回京后，少奇、小平同志听取他的汇报时也认为，在困难的地方，包产到户作为权宜之计

（渡过困难时期），势在必行。

我告诉他，陈云2月26日在国务院扩大会议（副部长级干部参加）工作报告时提出非常时期非常措施，全场多次响起了真正暴风雨般的掌声。对城市居民每天增加配给一两大豆（可做半斤豆腐），每月配给半斤鱼，每年配给两双尼龙袜子（当时百货商店中货架空空如也），卖高价糖果回笼货币，反应尤其热烈。家英连声叫好，说陈云同志真有办法，大得人心。

家英说，他正等待毛主席回京，尽快汇报调查的情况。

在这中间，中央办公厅组织了几个调查组分赴全国各地调查包产到户的情况。尚昆同志和家英同志要人民日报也派人参加，我派几位同志去了，同时也派一个调查组去京郊房山。我还同家英商量，新华社和人民日报的内部参考刊物，也发表一些有关包产到户的材料。

我派去房山的调查组的报告还没有写出来，家英又打来电话，要我赶快到他家里去。我一进门，家英劈头一句是"大事不好"。他说，他向毛主席汇报包产到户的情况后，毛主席满脸不高兴，当时未置可否，但第二天接连同河南、山东、江西的省委书记谈话，提出中央要作一个关于巩固农村集体经济的决定，并且指定陈伯达负责起草，没有要他参加。

家英对我说，内部参考中不要再登包产到户的材料了，派出去的调查包产到户的调查组要尽快抽回来。我回来后赶紧照办，要去房山的调查组把调查报告重点放在如何巩固集体经济，只附带提及包产到户。

因为这样，8月间北戴河会议时，有人告人民日报的状，说人民日报调查组在房山煽动搞包产到户，我拿出会前印出的调查报告，才没有挨批；但毛主席在讲话中还是指出新华社《内部参考》登出了许多包产到户的材料不妥。他说，要登就登赞成和反对两方面的意见，不要只登一方面的意见，把《内部参考》办成谴责小说。但是可以考虑办一个《记者通讯》，允许发表不同意见。

家英的遭遇比我困难得多。他不但不能参加当时在北京起草《关于农村人民公社巩固集体经济的决定》（历来关于农村人民公社文件的起草工作他都参加，甚至是主要起草人），而且在北戴河会议（7月25

日至 8 月 24 日是中央工作会议，8 月 26 日至 9 月 23 日是十中全会预备会议）期间，在中心组（只有政治局成员和各大区组长以及少数有关同志参加，家英和我都参加了）会上，一开头就被毛主席点名批评，说他在七千人大会后，不去修改《农业六十条》，反而赞成搞包产到户。

毛主席还再三点名批评邓子恢同志（他从 1961 年 3 月即赞成安徽搞"责任田"，后称包产到户，1962 年五六月间又在北京中央党校等单位作报告宣传包产到户的优越性）。邓老在会上作了检讨。家英没有在会上检讨，因为他只在内部向中央负责同志汇报调查情况而已。

家英告诉我，陈伯达现在主持起草《决定》，神气得很，碰到家英不说话，不打招呼，装作没看见。家英说，陈本人在毛主席没有表态之前，原本也是赞成包产到户的。但此人一贯狡猾，从不在主席面前提出新意见，只有在主席表态之后才顺着说话。

家英告诉我，他原本并不赞成邓老的意见，1961 年春在广州起草《农业六十条》时他就反对安徽搞责任田。但今年在湖南调查，去的是毛主席和少奇同志家乡的、政治觉悟向来比较高的生产大队，意外地发现大队干部和社员都要求包产到户，言之成理，并且说一旦渡过困难，还是要恢复集体经济。有些地方搞了包产到户，农业生产的确恢复很快。接触到这些实际情况，他感到群众面对灾荒还是千方百计生产自救，包产到户确实是可行的，很快见效的。他认为，有领导地搞包产到户，集体经济还可能保留相当一部分，也许可达 60%，否则放任自流，让农民自己搞，集体经济可能被搞垮，集体财产损失会更大。他明确表示，现在搞包产到户，是经济困难时期发动农民生产自救的好办法，一旦形势好转，集体经济还是方向。领导艺术是能进能退，退是为了更进一步。家英在会议后期也同我一样被中央指定参加修改《关于巩固集体经济的决定》草案，但由于陈伯达把持，木已成舟，难于有所作为，始终闷闷不乐。

可以说，北戴河会议是家英政治生涯中的重大挫折，其严重性远远超过 1959 年的庐山会议。在这以后，据家英告诉我，毛主席便很少找他起草有关农村人民公社以至其他问题的中央文件了。家英曾引用唐代韩愈《进学解》中说的"投闲置散，乃分之宜"，其心情可以想见。他对当时会议讨论的中心问题（阶级、形势、矛盾）沉默不言。有时我提到这些问题向他质疑，他不是摇摇头，就是笑一笑。当我告诉他，经少奇同志和小平同志一再强调，抓阶级斗争不能影响调整经济，毛主席作结论时表示同意，明确指出调整是第一位工作。他对我连说了两句："这就好，这就好。"

（九）从《十条》到《二十三条》

进入 1963 年，家英同我在一起的时间越来越少了。从 1962 年 12 月起，苏共领导纠合一班追随者，先后在欧洲一些兄弟党的代表大会上，公开攻击我们党和阿尔巴尼亚党，挑起了国际共产主义运动中的公开论战，我党被迫应战，我和一班搞国际问题的秀才们，日夜忙于起草答复信件和答辩论文。

1963 年 5 月，毛主席在杭州召开常委扩大会议，议程一个是讨论北京起草的和杭州起草的对苏共中央来信的答复信草案（后来改称《中共中央关于国际共产主义运动总路线的建议》）；另一个议程，我到杭州才知道，是关于农村社会主义教育运动若干问题的指示（后来通称四清运动的第一个《十条》或叫《前十条》）。这两个文件的起草工作，家英都没有参加。前者属国际问题，家英不参加可以理解。奇怪的是后一个关于农村人民公社问题，一向是家英的本行，这次却没有参加。他根本没有被通知到杭州来开会，留在北京。是陈伯达起草《前十条》，不过内容是毛主席口授的，有的段落还是毛主席自己写的。

毛主席委托小平同志主持关于总路线建议两个草案的讨论，并派林克旁听，详细记录向他汇报。会上，北京来的同志指出陈伯达在杭州起草的稿子的主要缺点，争论很激烈。毛主席最后召集只有常委加陈伯达、康生和我参加的小会，表示支持北京来的同志的意见，并指示重新起草。

回到北京，我第二天就到家英家中，把《前十条》起草的情况告诉他。他说他也知道了，反正是试行，试试看吧。我然后又将总路线建议两个草案讨论的结果告诉他。家英笑着说，陈伯达本来就是专搞空洞理论的人，这次碰钉子毫不奇怪。不过他马上严肃地对我说，你这次闯祸了，脱不了手了。陈此人历来受不得半点批评，而且记仇。目前他正在独占鳌头，乔木病了，我也赋闲，他更不可一世。这次你得罪了他，特别在毛主席面前他输了，你准备他报复就是了。家英这番话出自肺腑，而我当时自以为这样辩论在钓鱼台起草班子中习以为常，完全为了工作，别无他意，不致招陈毒手，因而并未十分在意。

1963 年 9 月间，小平同志为防止四清运动中发生"左"的偏向，讨论起草第二个《十条》，又称《后十条》，家英是主要起草人之一。那时我正在忙于起草评苏共中央公开信的论文，连书记处和政治局讨论《后十条》也没有参加。只是在 1964 年夏初的一次见面中，家英告诉我：毛主席已指定少奇同志负责领导四清运动，少奇同志认为，《后十条》需要修改。家英说他为此犯愁，又不能下去搞调查研究，如何修改没有把握。1964 年 8 月，家英随少奇同志去南方修改《后十条》。回京后家英告诉我，在广州修改时少奇同志提出要在运动中摧垮"反革命两面政权"，搞比土地改革更深入的革命运动。而且有关方针和工作方法写得相当详细，如组织工作队、扎根串联等，比前两个十条长多了，很可能不合毛主席的意思（这个文件于 9 月 18 日发出，称为《后十条》修正草案）。

这一年的年底，中央决定在召开第三届全国人民代表大会第一次会议的同时，召开中央工作会议。这次工作会议的主要议程是根据毛主席的建议，重新搞一个关于农村社教运动的文件。我当时正起草周总理在人大会议上的政府工作报告，没有参加社教运动文件起草工作。家英参加了，但主持人是陈伯达。经过半个月的反复讨论，搞了一个《十七条》，工作会议准备结束，有些省委书记已启程回家了。

但是，12 月 27 日下午，毛主席在人民大会堂召开常委会，中央局第一书记参加。毛主席提出中央工作会议不要匆忙结束，要把已走的省委书记都接回来，重新起草农村社教运动的决定。会后我赶忙回人民日报给家英打电话，把毛主席召开紧急会议的情况告诉了他。

元旦过后不久，家英打电话告诉我，他仍然参加起草工作。陈伯达天天到毛主席那里去听取意见。决定草案差不多是毛主席口授一条，陈整理一条，会议通过一条。

第三次人民代表大会第一次会议结束后，我准备去京郊通县参加四清运动。出发前我专门去看家英，向他请教。因为前后四个文件的起草工作我都没有参加，对中央几次修改的来龙去脉不甚了了。

家英告诉我，《前十条》本来没有什么大问题，原可以照此试点。三个月后搞了一个《后十条》，原意是防止搞得过火、打击面过大。但主席不高兴，曾说才搞了三个月，哪有那么多经验好总结的呢。其后主席让少奇同志挂帅指导四清运动。少奇同志尽力想把运动搞好，特别强调这次运动比土地改革（在解放战争时期，少奇同志主持中央土改工作委员会的工作）还要深刻。毛主席当时也联系国际反修斗争来考虑国内防修。少奇同志在广州修改《后十条》时用了很大功夫。现在看来主要毛病是把基层四不清估计得过于严重，因而方针和方法都规定得同土地改革差不多。

家英说，《后十条》修改草案出来后，各地都有些不同意见，主要是实际工作中对基层干部打击面过宽，方法也过于繁琐，束缚地方干部按照不同情况作不同处置的创造性。

家英说，12月间中央工作会议起草的《十七条》（起初名为会议纪要）原想纠正《后十条》修正草案的缺点，不料毛主席又认为言不及义，没有强调两个阶级、两条道路的斗争，要重新起草。后来起草的《二十三条》，在保护大多数基层干部方面有些规定比较稳妥，但全文的关键提法大大超过了《后十条》修正草案。

家英要我特别注意：《二十三条》强调党的十几年的基本理论和基本经验，是整个过渡时期存在着无产阶级和资产阶级、社会主义和资本主义这两个阶级、两条道路的斗争。当前的社会主义教育运动（不再称为"四清运动"）的根本性质是社会主义和资本主义的矛盾。《二十三条》特别指出，"这次运动的重点是整党内那些走资本主义道路的当权派"，并且说这种当权派不仅下面有，上面也有，地方有，中央也有（最后定稿时，在"中央"之后加了"部门"两字）。家英说，你这次下乡在基层搞四清，照《二十三条》做还不至于出大问题，但运动发展下去，从下而上，问题就越来越大。望好自为之。

家英谈到他自己的工作说，他自北戴河会议后，即全心校订《毛选》第一至四卷注释，至今尚未完成，还有工作可做，不致荒废光阴。

这次辞行叙话，无形中有一种压抑感，最后相对默然而别。

（十）暴风雨前夕

《二十三条》以后，家英继续重新整理《毛选》第一至第四卷的全部注释，并为编辑《毛选》第五卷做准备。我则去京郊通县参加社教运动。但是不久，因苏共要召开国际会议，我又回京随小平同志秘密赴朝磋商。之后，又因国内文艺学术批判愈演愈烈，书记处决定我不去参加社教运动，留京掌握《人民日报》和新华社，力求沿着学术讨论的轨道稳妥进行。

为此，我于1965年6月间找家英商量。我告诉他，江青曾找中宣部五位副部长要求全国展开批判十部影片，并特别指责《人民日报》发表赞扬新编京剧《李慧娘》的文章。学术界也因康生插手中央党校发起批杨献珍、孙冶方、冯定，正在酝酿批翦伯赞以至范老和郭老。

家英对我说，哲学、经济学和史学等方面早就有不同看法，这些学术问题上百家争鸣是允许的，也是要提倡的。问题是不要弄成个人意气之争，更不能把学术问题扯到政治上去，搞成政治批判。

家英说，江青不是搞艺术的人，或者说她是不安于只搞艺术的人。此人心术不正，有政治野心，她当了政治秘书还不满足，经常在主席面前吵吵闹闹，不知她到底想干什么？

我们在议论中感到这场从学术讨论到政治批判有些不正常。从毛主席在1964年初批评《人民日报》不抓学术问题到这年6月进一步批评《人民日报》不抓阶级斗争，一路下来全国展开了一浪又一浪的批判，同毛主席抓四清运动一波高过一波，差不多是平行发展。所幸中央书记处不断采取"降温"措施，尚未造成大灾难。家英对此并不乐观。

到了11月，震动文坛的一声闷雷打响了。上海《文汇报》发表了姚文元的《评新编历史剧〈海瑞罢官〉》，硬说此剧是为1962年的"单干风"和"翻案风"张目。我不赞成《人民日报》转载此文，不但因其中也批评了《人民日报》1959年发表的赞扬海瑞的文章（这是乔木约请吴晗写出并亲自作了修改的），而且主要是认为此文超出了文艺评论范围，从政治上批判此剧借古喻今。

我马上找家英商量。我说，上海报纸（不以市委机关报《解放日报》出面，而以《文汇报》出面）批判北京市的副市长，所为何来？家英说，《文汇报》此文涉及的"单干风"、"翻案风"是1962年北戴河会议的主要批判对象，这不能看做是京沪两市的事。他提到我谈过江青曾想要《人民日报》批判《海瑞罢官》，说此事很可能是江青策划的，她过去同上海的人熟悉，现在也在上海。内幕可能要复杂得多。对此我将信将疑。我说，此事我已经请示中央书记处如何处理，彭真同志说要商量商量。小平同志已去三线视察，彭可能是要跟少奇同志和总理商量。主席当时在杭州。

家英说他日内去杭州，因毛主席已通知他同陈伯达、艾思奇、胡绳等去杭州，商量读马列经典著作并写序的事。此事在当年夏天决定，并已用大字印出若干部著作，包括《共产党宣言》、《社会主义从空想到科学》、《国家与革命》等。家英说，毛主席现在要读马列主义经典著作，这是我党的一件大事。我党无论在革命或建设方面都积累了丰富的经验教训，国际共产主义运动近五十年来也有了很大的变化，毛主席如果能把这些加以总结，上升到理论，不但对中国而且对全世界都是极其宝贵的贡献。家英说，关于《文汇报》批判《海瑞罢官》一事，他到杭州可能打听到一些情况，到时将打电话告诉我。

后来，从上海庆祝斯特朗八十大寿回到北京后，周总理通知《人民日报》转载《文汇报》批判《海瑞罢官》的文章。转载时《人民日报》加了编者按语，是经过总理和彭真同志修改的，还是倾向作为学术讨论来处理。

12月7日，我得到通知要去上海参加中央政治局常委扩大会议。当晚我打电话到杭州，问家英是否得到开会通知，会议内容是什么。家英说，他和胡绳、艾思奇都没有得到开会的通知，只有陈伯达跟毛主席去上海。他也不知道会议内容是什么，只知道前两天叶群突然到杭州来，跟毛主席谈了两个下午。之后毛主席才决定召开会议。是凶是吉，他也说不清楚。

我12月8日到上海，会议开始，才知道是林彪搞的诬陷罗瑞卿同志的大冤案。

月底，家英从杭州回到北京，马上告诉我：毛主席从上海回杭州后找他们谈过一次话，主要是谈哲学问题，但其中附带地说到姚文元的文章没有打中要害，要害是明朝嘉靖皇帝罢了海瑞的官，我们在庐山罢了彭德怀的官。这使我大吃一惊：这么一来，学术批判已经上升到政治斗争，意识形态领域的斗争上升到政治领域以至党的高层内的斗争了。

（十一）东湖永诀

1966年2月8日，家英同我一起随彭真同志离京去武汉。同机的还有陆定一、康生（周扬因病未去），以及胡绳、许立群、姚溱等五人小组办公室成员。这是根据在京的常委（刘、周、邓）的决定去向毛主席汇报的。汇报的主题是学术批判。

因为自从上海发起批判《海瑞罢官》后，北京空气相当紧张。所谓"学术讨论"（实则政治批判）紧锣密鼓，郭老、范老均闭门谢客。在京的中央常委为了把这场批判运动置于中央的直接领导下，指示五人小组加以讨论并提出意见。

五人小组原是1964年7月间毛主席主持政治局常委会议时决定成立的。彭真为组长，陆定一为副组长，成员有康生、周扬和我。当时规定这个小组的任务是指导文化部和文联各协会整风，后来又增加管学术讨论的任务。

五人小组2月初开会，研究学术讨论的当前情况，重申"双百"方针，提出真理面前人人平等，防止学阀作风，并规定严格控制公开点名批判的措施。彭真同志要许立群和姚溱同志写出向中央常委汇报的提纲。2月6日少奇同志召开常委会，总理和小平同志出席，还有彭真、陆定一、康生和我、许立群、胡绳等人。在京常委同意五人小组的《汇报提纲》（后来通称《二月提纲》），并嘱咐向毛主席汇报，由他最后决定。第二天，少奇同志又召开一次常委会，讨论当前外事工作中几个较重要的问题和编辑《毛选》第五卷问题，参加人数较前一天少一些，增加了陈毅同志和家英。主要由家英汇报编辑《毛选》第五卷的设想和准备工作。会议同意家英的意见并指定他也去武汉向毛主席汇报。至于外事工作几个问题，周总理指定由我向毛主席汇报，并在毛主席决定后立即打电话回京向他报告。

我们一行飞抵汉口机场后，即接到通知，要我们立即去武昌东湖宾馆向毛主席汇报。我们来到东湖南岸的百花别墅，毛主席早在会议厅等着，汇报当即开始。先由彭真同志说明在京向常委汇报的情况，然后由许立群和胡绳（他们两人都是五人小组办公室主任）分别介绍情况和汇报提纲的主要内容。毛主席一边听一边插话或提出问题。一切进行得依我看来相当顺利，从上午11点开始到下午1点半结束。

第二天没有再议论《汇报提纲》，改由家英汇报编辑《毛选》第五卷的设想和收集文稿的情况。家英特别说明，少奇同志等在北京讨论时都主张早点出第五卷，但也表示一切均看主席的意见而定。主席开始时表示对那些"老古董"兴趣不大，后来又说大家既然觉得有用，不妨动手做准备，先编出一个选目来再说。他还说，乔木还在养病，陈伯达又另有任务，家英熟悉这一工作，可以先搞起来，将来再扩充班子。主席还说，他在七千人大会上的讲话除当时发给各省一个记录稿供传达用之外，他又修改了多次，请我们在此再读一遍，看还有什么要修改的，然后发给党内讨论之后，再公开发表。

接着，我根据在京常委的意见，汇报了有关苏共二十三大、印尼政变、同越南劳动党会谈、古巴问题以及周总理访问巴基斯坦和罗马尼亚等问题。对多数问题毛主席当场表示了意见，只对个别问题说还有时间从容计议，不必马上作决定。最后，我谈到国际上对毛泽东思想有多种多样的提法，国内最近也有新提法，如"毛泽东思想是马克思列宁主义的顶峰"、"毛泽东思想是最高最活的马克思主义"。我说，在京常委都不同意上述两个新提法，请毛主席考虑是否仍然按照1960年3月天津会议的提法，即"马列主义、毛泽东思想"。毛主席说，外国人怎么说法，我们管不了，由他去，但我们自己仍然按照天津会议的决定办，林彪的两个提法都不妥。毛主席还指定彭真和康生离武汉时先去苏州跟林彪当面说清楚。以上汇报情况，我当晚即打电话报告周总理。

第三天，我们几位秀才包括家英一起，把经过毛主席多次修改的他在七千人大会上的讲话细读了一遍，读一段议一段。据家英谈，这修改稿毛主席每修改一次都要家英校订一次。因此我们读来流畅，既保持主席讲话的风格，文字也很洗练，提不出多少意见，只觉得有些措词，是七千人大会后主席说的。主持通读的康生还嫌不够，提出要把1962年9月八届十中全会公报中关于社会主义社会阶级斗争的提法增加进去。当时家英认为不妥，但康生坚持己见，说九评苏共中央公开信的文章中的提法比这还重得多。最后还是加上了。

当晚，我同家英在东湖百花宾馆二号楼我的住房中交谈。家英谈到毛主席终于同意《毛选》第五卷先搞选目，这样他手里也有事做了。他说，毛主席原先对读马列著作有兴趣，准备每本书读一部分，就讨论一部分，全书读完之后由主席自己动手写一篇序言，把中国革命以至近半个世纪来国际共产主义运动中同本书有关的经验教训加以总结。家英为此事去年（1965年）忙了大半年，布置赶印马列名著的大字本。11月主席把他们找到杭州，开始谈读书的事。谈了两次，主要是主席谈哲学问题。家英说，主席对哲学问题兴趣很大，一贯如此，经常从哲学的高度来议论各种事物，对马克思主义的辩证思想可谓行家里手，运用娴熟自如。这次主席谈了许多哲学问题，谈到辩证法的基本规律是对立的统一，谈到分析和综合的辩证法，谈到继承与扬弃，谈到辩证法与形式逻辑，谈得海阔天空，但都是理论联系实际，毫无书卷气。这是主席一贯的作风，他一贯反对学究式的哲学研究和教学。提倡联系实际和接触实际。可惜谈了两次，还没有开始读书，又停下来了。

家英说，看来毛主席现在仍然心在政治，像战争时期专心军事一样。《毛选》第一卷至第四卷是他一生军事生涯和政治斗争的理论总结。他从来就不是从事纯理论研究的，即使是《实践论》和《矛盾论》，也可以看到政治斗争和军事斗争的深深烙印。

家英说，他希望主席能在晚年集中精力搞理论，总结中国革命和世界革命的经验。斯大林晚年有不少错误，但他主持编了《联共党史》、《政治经济学》等著作，自己还写了《苏联社会主义经济问题》一书。虽然其中有错误，但毕竟是世界上第一个社会主义国家的经验总结。主席在苏共二十大后曾多次说过斯大林的书还是要学习，用分析的态度去学习。

家英说，这次毛主席同意搞《毛选》第五卷是大好时机。过去出版了四卷后，毛主席只同意将第一卷至第四卷的注释重新校订，未同意编辑第五卷。现在校订工作已差不多，正好接上编第五卷。从建国开始，主席的文稿和讲话内容非常丰富，是我党完成民主革命、进入社会主义革命和建设时期的历史记录。在这个历史新时期中，我党一直在思考社会主义如何搞。毛主席的著作反映了这个时期党在实践上和理论上的尝试，有许多精彩的文章，其中带有阶段性的代表作，如《为争取国家财政经济状况的基本好转而斗争》、《关于农业合作化问题》、《论十大关系》、《关于正确处理人民内部矛盾的问题》以及其他一些已经整理的（包括这次通读的《在扩大的中央工作会议上的讲话》）和未经整理的讲话、谈话，都有许多发展了马克思列宁主义的精辟思想。家英还说，毛主席同外国朋友的谈话，除了一些礼节性的以外，还包含着许多闪烁着辩证唯物主义和历史唯物主义光芒的观点，少数整理了，多数尚未整理，这些都是我党的宝贵财富，应当精心地编辑出来。家英还说，当然，第五卷比前四卷的编辑难度较大。前四卷历时较长，已经过历史检验，编辑起来较易把握。第五卷时间较近，实践证明有正确的也有不正确的，或不完全正确的。因此分期、开篇和末篇要认真考虑，选目也要费心斟酌。家英说，少奇同志特别要求早点搞出来，他将尽力而为，同时也希望乔木疗养早日痊愈。陈伯达很滑头，一直没有参与，最近也不表示意见。

谈话一直持续到深夜。第二天我即随彭真同志去上海。孰料东湖一夕长谈，竟成家英和我的最后诀别！

一个月后，我又奉召去杭州开会，毛主席严厉地批评我是半马克思主义，也批评了当时不在场的乔木和家英。我心情沉重，路过上海时未敢告诉养病中的乔木，回到北京也不敢告诉家英，唯恐给他刺激太大，只想稍缓时日向他细说根由。想不到时不我待，4月间又赴上海，5月回京即参加大批彭、罗、陆、杨的中央政治局扩大会议。会议还未结束，久为江青、陈伯达看作眼中钉的家英于5月22日突然被抄家，23日即含冤离开人间。

家英离开我们整三十年了，但他那勤奋好学、强记博识、调查研究、实事求是、刚正不阿、坦诚仗义、才华横溢、不骄不躁，为宣传毛泽东思想贡献毕生精力的光辉榜样，深深印在人们心中！

1996年4月4日　清明节

十一、怀念姚溱同志*

（一）毛泽东思想宣传家

姚溱同志离开我们三十五年了。他含冤去世时年仅 48 岁，盛年早逝，我党痛失一位才华横溢的马列主义、毛泽东思想宣传家！

我最初认识姚溱同志是 1950 年秋在上海，那是一次由舒同、夏征农、恽逸群等约集的新闻界人士的聚会上。恽逸群同志向我介绍这位"秦上校"。我当时是新华社总编辑，到上海视察华东总分社和上海分社。我们初次会面，见他才气英发，但没有深谈，只知道他在解放前曾以"秦上校"笔名在上海报刊上撰写有关解放战争的军事述评，名噪一时。

直到 1954 年姚溱同志从上海调到北京中央宣传部工作，我们才开始比较了解。特别是从 1959 年起，我们经常合作，居同楼，餐同桌，志同道合，水乳交融。姚溱同志的忠诚、坦荡、才思敏捷、敢想敢作、

---

* 姚溱同志曾任中共中央宣传部副部长、中央国际问题宣传小组成员，中央反修文稿起草小组成员，国际问题专家。1966 年 7 月在"文革"中遭到政治迫害悲愤自尽。本文原载于作者所著《回忆领袖与战友》一书，新华出版社 2006 年出版。

勇于争论、善于求同、交游广泛、能团结人……我至今仍深深怀念。

姚溱同志是在 1954 年日内瓦会议后，我国国际地位发生历史性的飞跃的重要时刻，到中宣部国际宣传处工作。当时中央决定大力开展国际活动，既要加强国际问题的宣传，又要扩大对外宣传。姚溱同志在中宣部开始同杨刚同志一起、随后独立主持这两项工作，为使中国了解世界、也使世界了解中国，作出了贡献。

1959 年初，周总理决定成立国际问题宣传小组，直接归总理领导。姚溱同志是小组成员，其他成员有乔冠华（时任外交部部长助理）、张彦（国务院外事办公室副主任）、熊复（中联部秘书长）、浦寿昌（周总理外事秘书）和我。这个小组由我牵头在人民日报社开会（一般每周一次，有时每周两三次，依情况而定），讨论当前国际形势特别是重大事件，研究报道方针和组织评论，讨论和修改国际评论，重要的送周总理审定。我记得这个小组第一次起草的评论是《西藏革命和尼赫鲁哲学》的初稿，后来经毛主席主持中央政治局会议讨论，主要由胡乔木同志修改，经毛主席最后定稿（见 1959 年 5 月 6 日《人民日报》）。这个小组在 1962 年中苏论战升级后即逐渐为中央反修文稿起草小组所代替，前者可以说是后者的雏形。

1964 年夏起，姚溱同志和我是首都各新闻单位负责人联席会议的召集人。这个联席会议是中央书记处决定的不定期会议（一般每两周一次），主要是传达中央的宣传意图和反映各新闻单位宣传中的疑难问题。

由于我经常参加中央书记处会议、政治局会议、政治局常委会议，了解中央意图较多较快，毛主席决定我为召集人，为此并决定我兼任中宣部副部长（我当时虽是《人民日报》总编辑和新华社社长，但不宜凌驾其他新闻单位之上），但不参加中宣部日常会议。我在中央书记处会议上建议姚溱同志也担任召集人，小平同志同意。因为我不参加中宣部日常工作，姚溱同志当时是中宣部副部长，主管新闻宣传，他作为召集人之一可以传达中宣部的意图。因此开会时除了我传达中央意见外，各新闻单位提出的问题先由姚溱同志根据中宣部的意见解答，需要请示中央的问题由我带到中央书记处会议或政治局常委会议上去。

这样的联席会议，一直延续到 1966 年初，直到陈伯达在《人民日报》和新华社夺权后，才在六月间他召集的有文革小组成员参加的首都各新闻单位负责人碰头会上，正式宣布撤销。这时姚溱同志已被剥夺一切职权而遭到批斗了。

姚溱同志一生中最光彩夺目的时期是 1960 年至 1966 年。这六年中他倾全力做了两件大事，生动地表现了他的才华与品德。

第一件大事是从 1960 年起他投身于中苏论战。

第二件大事是从 1965 年初起，他参加关于文化革命的中央五人小组的工作。

（二）投身中苏论战

在赫鲁晓夫发动反华运动之后，我党中央决定在纪念列宁诞辰九十周年的时候发表三篇文章，阐明我党对当代国际共产主义运动中几个重大原则问题的立场和观点，批判现代修正主义。这是中苏论战中批判赫鲁晓夫修正主义的开始。姚溱同志参加了这一批判的全过程，充分表现他是马克思列宁主义、毛泽东思想的忠诚卫士。

最初的写作班子

中央当时决定发表三篇文章，这就是：陆定一同志在北京举行的纪念列宁大会上的讲话，《红旗》杂志的社论《列宁主义万岁》和《人民日报》的社论《沿着伟大列宁道路前进》。这三篇文稿分别由中共中央宣传部、《红旗》杂志编辑部和《人民日报》编辑部起草，经少奇同志主持的中央政治局讨论、修改、审定的。姚溱同志参加了陆定一同志讲话的起草工作。讲话的题目是《在列宁的旗帜下团结起来》。这个讲话着重讲了列宁的革命精神，批判修正主义者反对革命。讲话中的警句是："修正主义者自己不想革命，也反对人家革命。"

接着，姚溱同志参加起草中共中央对苏共中央的反华《通知书》

的答复书。苏共《通知书》是 1960 年 6 月间在布加勒斯特召开的各国
共产党会议前夕，苏共中央给各国党的信，对中国共产党进行放肆的攻
击。布加勒斯特会议后，我党中央决定给予答复，并指定小平同志率领
一批秀才草拟复信。

这年夏天，中央在北戴河召开中央工作会议，起草复信的秀才们也
到那里。这个写作班子包括许立群、姚溱（以上两人均为中宣部副部
长）、邓力群、胡绳（以上两人均为《红旗》杂志社副总编辑）、熊复、
王力、张香山（以上三人为中联部秘书长和副秘书长）、范若愚（中央
党校副校长）、乔冠华（当时任外交部部长助理）和我。陆定一、陈伯
达、胡乔木参加小平同志主持的书记处会议讨论修改。最后执笔通改一
道的是胡乔木。

姚溱同志和起草班子的秀才们都住在北戴河西区中央直属机关招待
所，他同我合住两室一厅的套间。我们在北戴河忙了一个多月，回北京
后又根据政治局常委会议的多次讨论修改，直到 9 月初才最后定稿，整
整忙了两个多月。

在起草《答复书》过程中，姚溱同志以他突出的政治家的眼光，
紧紧抓住苏共《通知书》中前后矛盾、漏洞百出的十几个论点（我和
他曾列出四五十个论点），提出逐一加以揭穿和批驳。例如《通知书》
中一会儿说帝国主义本质未变，一会儿又说艾森豪威尔"同我们一样
爱好和平"。起草小组根据他的提议，加以发展，扩大到《通知书》以
外的苏方种种反华活动，痛加驳斥。《答复书》中原先由他起草的部分
（关于赫鲁晓夫在布加勒斯特会议中对我党的突然袭击）显示了他述评
结合、理情兼备的政论才华。

在这之前，我知道他常同乔冠华、王力合作为《红旗》杂志写国
际评论，署名于兆力，即乔（笔名于怀）、姚、王各取一字或半字拼
成，他们三位都是江苏人。有一次还约我参加修改他们的评论，内容好
像是关于帝国主义什么的。

列宁山上的"快马"

1960 年 9 月间，中苏两党为筹备八十一党会议举行会谈，我党派

出以邓小平同志为团长的代表团去莫斯科。姚溱同志作为代表团顾问随行，主要是协助陆定一同志。会谈中各讲各的，还是《通知书》和《答复书》中争论的问题，无结果而散。接着，10月间在莫斯科召开八十一党会议文件起草委员会，姚溱同志也参加代表团的工作。这两次会谈，我都没有去，根据毛主席的指示，留在北京做后方支援。

八十一党莫斯科会议1960年11月在莫斯科举行。我党派代表团参加，团长为刘少奇、副团长为邓小平。姚溱同志为代表团顾问。临行前才仓促决定我参加代表团。原因是估计少奇同志在会议后要作为国家主席在苏联进行国事访问，要我同姚溱同志对调，我去前方，他留后方支援，后来还嫌人手不够，姚仍然去了。

姚溱同志在八十一党会议期间，同其他秀才们一起分担我党代表在会上发言的起草和修改工作。这个工作很费力、很累人。一个发言稿要反复修改多次，紧张时连续作战有达36小时的。他承担的部分经常完成得比较快，我们称他为"快马"（他生肖属马）。

他有时也参加起草委员会的争论，协助彭真同志及时识破苏方玩弄文字游戏，揭穿苏方对我党的含沙影射的攻击，表现他具有很强的政治敏感。整个会议历时三周，最后互相妥协，达成了协议。

姚溱同志在我党代表团少奇同志、小平同志和彭真同志的直接领导下，同代表团其他同志一起，出色地完成了任务。

1960年八十一党莫斯科会议后，中苏关系缓和一段时间。我党中央决定全力抓国内调整工作，同时也要求理论宣传工作方面要对当代国际共产主义运动的重大问题加强基本理论研究工作。为此中央书记处责成中宣部、中联部、中央编译局、中央党校等有关单位，一方面系统研究马、恩、列、斯关于科学社会主义的基本理论，另一方面收集研究国际共运历史上关于重大理论问题的各种不同论点。

我记得陆定一同志和王稼祥同志联合召集有关单位负责人的会议，专门讨论如何执行中央交代的任务。许立群、姚溱、熊复同志在会上提出，要从19世纪末出现机会主义攻击马克思主义的论战开始，直到二次大战后各国党代表人物的著作，系统地收集翻译出版。这就是1962年起陆续出版"灰皮书"系列的由来。

姚溱同志对此特别热心，他认为，水有源，树有根，各有各的祖宗，我们的祖宗是马克思，别人也有他们的祖宗。批修要联系历史，要挖祖坟。这批系列丛书，包括伯恩斯坦的《社会主义的前途和社会民主党的任务》、考茨基的《无产阶级专政》、托洛茨基的《不断革命论》、直到德热拉斯的《同斯大林的谈话》等等，作为内部参考之用。印刷时都用灰色的封面，大家惯称之为"灰皮书"。

钓鱼台的日日夜夜

从 1962 年底中苏论战升级时起，姚溱同志即按照中央的指示，同写作班子的同志们一起进驻钓鱼台国宾馆八号楼，直到 1966 年春，起草一系列的反对赫鲁晓夫主义的文件和文章。姚溱同志日夜操劳，经常接连好几个星期都不回家。

这个时期，中苏论战从不指名批判转到公开指名道姓的攻击，是赫鲁晓夫亲自发动的，我党中央不能不回答这些攻击。这些攻击是在东欧几个兄弟党的代表大会上公开进行的。我们写作班子根据中央的指示，事先为参加这些大会的我党代表团起草发言稿，并在大会过程中紧急拟定回答会上的反华叫嚷的声明。

由于预先没有料及而且时间匆促，上述发言和声明只作简明表态，并未详细答辩。中央决定要在每次会后回答他们的主要反华言论，展开公开论战。

从 1962 年 12 月 13 日起，姚溱同志和写作班子其他同志一起，陆续起草了《全世界无产者联合起来，反对我们的共同敌人》、《列宁主义和现代修正主义》、《在〈莫斯科宣言〉和〈莫斯科声明〉的基础上团结起来》等七篇评论，分别在《人民日报》和《红旗》杂志上发表，比较详细地回答对我党的攻击。这次历时三个月的对赫鲁晓夫修正主义的批判，是公开论战的第一个回合，姚溱同志作出了贡献，备受称赞。

1963 年 3 月，中央正式决定成立反修文稿（包括文件和文章）起草小组，姚溱同志是小组成员。

从 1963 年 3 月起，姚溱同志参加党中央为举行中苏两党会谈的准备工作。因为在苏共中央给我党中央来信，建议中苏两党会谈讨论国际共产主义运动的总路线问题，并为此提出了有关这个总路线的一系列原则。党中央决定我党也相应提出关于总路线的建议，以便中苏两党会谈时讨论。

从我党建议初稿的草拟，经征求朝、越两党和亚洲其他兄弟党的意见，反复修改，由毛主席主持政治局常委会议审定，最后在6月间政治局会议上正式通过，姚溱同志参与了全过程，夜以继日地辛勤劳作，卓越地完成了这个历史性文献的起草任务。这就是曾经震动世界的中共中央《关于国际共产主义运动总路线的建议》（1963年6月17日《人民日报》发表）。

从7月上旬到7月中旬，姚溱同志作为我党代表团顾问，到莫斯科参加中苏两党会谈。他除了参加起草发言稿外，还兼理代表团内部事务，奔波于代表团住地（列宁山上苏共中央贵宾馆）和我驻苏大使馆（顾问们住处）之间，倍加辛劳，乐此不倦。我们戏称他为"事务长"。

九《评》的起草人

由于苏共中央7月9日发表公开信，指名攻击中共中央和毛泽东同志、刘少奇同志、周恩来同志、邓小平同志等中共中央领导人，中苏两党莫斯科会谈中断。中央决定公开答复苏共中央公开信，指名批判赫鲁晓夫。

姚溱同志从此埋头执笔，同写作班子的同志们一起起草答复苏共中央公开信的评论，用《人民日报》和《红旗》杂志编辑部文章的形式发表，从"一评"到"九评"，发表时间从1963年9月6日到1964年7月14日，历时十个月。这九篇评论是毛主席直接指导下撰写，邓小平同志主持修改，最后由毛主席定稿，提交中央政治局通过的。

秀才们在起草过程中尽了力，但都是集体创作。初稿是分工起草的，在修改过程中，每逢遇到需要大改（主要是改变思路，由此而导致改变框架），往往更换起草人，即使不换人，经过翻来覆去的修改，七搞八搞（我们惯称"七稿"、"八稿"），实际上九篇中半数是十易其稿，"八评"搞了十五稿，"九评"搞了十八稿。所以这些评论到最后定稿，已与初稿面目全非，很难说是谁起草的。

但我记得，这九篇中有两篇的初稿，是以姚溱同志为主起草的，即《苏共领导同我们分歧的由来和发展》（二评）和《两种根本对立的和平共处政策》（六评）。

本来，按中央原先预定计划，"九评"之后还要写两三篇。但是"九评"发表（7月14日）后三个月，10月14日赫鲁晓夫垮台了。苏共关于此事的公报16日发表，恰好在这一天，我国第一颗原子弹爆炸成功。10月17日的《人民日报》，同时刊出了我国政府关于首次核试验成功的声明和赫鲁晓夫下台的消息。全国和全世界都把这两件大事联系一起，议论纷纷。我国政府声明是周总理亲自指导下由姚溱、乔冠华和我起草的。

在苏共新领导上台后，我党中央冷静观察了一段时间，决定暂停公开论战，对苏共中央的公开信不再继续评论，待苏共新领导重新发动公开攻击再进行论理，但收集材料和调查研究的工作仍应继续，只是不像过去那样集中许多人全力以赴，而由各有关部门按分工进行，有必要时才集中处理。因此，姚溱同志和写作班子的其他主要负责人，虽然仍住在钓鱼台八号楼，但更多的是在原来工作部门正常上班了。

好辩与随和

姚溱同志在从1962年底开始的这一时期内，参加中苏论战的文稿起草和会谈，备尝辛劳，工作出色，甚为中央领导同志和同事们称道。他在工作中最突出的是擅长标新又善于立异。我们写作班子中在小平同志领导倡导下实行百家争鸣，且不说一篇文稿的框架反复辩论，就是一节、一段、一句以至一字也争得面红耳赤。姚溱同志经常独树己见，反复申辩。许多情况下，他爱质疑，挑毛病，抠字眼，经常引发争议。但只要有根有据，摆事实讲道理，他还是乐于求同，接受不同意见的。因此大家敢于同他辩论，敢于顶撞他，不怕他生气。他有时甚至成为众矢之的，但也不觉得难堪。谁有理服从谁，写作班子的这条通则，姚溱同志表现得最突出。

姚溱同志还有一个突出的优点，这就是他广交游、讲团结。

他虽然以争论出名，但同各方面同志关系很好，没有那种骄横跋扈、盛气凌人或者孤芳自赏、语出伤人的坏习气。逢人都是一见如故，交游很广，对工作很严格，对同事很宽厚，善于团结人。我虽然主持写作班子，但日常事务完全由他全权处理。他处理人际关系以至生活管理都有板有眼。我们都惯称他为"秘书长"。写作班子来自不同部门，有二十多人长住钓鱼台达三年之久，同中央党政军机关以及学者名流关系众多，无论公关或内务，有这样的"秘书长"是必不可少的。

好辩与随和这两种很不易相容的品格，姚溱同志兼而有之，恰到好处，实在难能可贵。

（三）参加五人小组的工作

姚溱同志一生中最光辉的时期做的第二件大事，就是参加五人小组的工作。

五人小组是 1964 年 7 月中央政治局常委决定成立的，特定任务是协助中央指导文化部和全国性文艺团体重新整风，直接向常委负责。组长是彭真同志，副组长是陆定一同志，成员有康生、周扬和我。这是毛主席在 1964 年 6 月 27 日批示各文艺协会"跌到修正主义的边缘"之后不久的事。这个小组开始只管布置文化部和各文艺协会重新整风（原来开始于 1964 年初的整风，本来于 6 月已告一段落，但在毛主席批示后又重新进行），听取和讨论汇报。

姚溱同志开始没有参加五人小组工作。后来整风涉及问题越来越广，康生领头的学术批判又插了进来，这就牵动了新闻宣传的方方面面。姚溱同志在中宣部副部长中分工主管新闻宣传，随着也卷了进来。

早在 1964 年 12 月间，我接到中宣部办公室的通知，要我参加周扬同志主持的几位副部长的小会。我到了会上，姚溱同志才告诉我，这个会是江青提议开的。到会的还有许立群、林默涵，一共五位副部长。江青最后才到来，一开始就提出，要中宣部通知全国报刊批判 10 部电影，其中有《不夜城》、《林家铺子》、《舞台姐妹》、《红日》、《逆风千里》、《兵临城下》以至《白求恩》等。当时没有一位副部长同意。大家认为，这些电影不是没有缺点，但其严重性是否已到非公开批判不可，要慎重考虑，而且这样大范围的批判，会使群众感到电影界一塌糊涂，对全国电影界是一大打击。大家就江青点名的几部电影逐个评头品足，有的很受欢迎，有的反映不错，你一言，我一语，议论纷纷。姚溱同志特别提出，如果在全国报刊上这样大张旗鼓地搞电影批判，加上学术批判，宣传其他方面工作的版面都被挤掉，四年调整的伟大成就就无法突出宣传了。我特别支持这个理由，因为当时我正在主持一个写作班子起草周总理政府工作报告。按照毛主席和其他中央常委的意见，应大写特写四年调整的成就。江青最后一无所得，悻悻而去。后来才知道，江青随即到上海密谋发动文艺大批判。

抵挡首次冲击波

1965 年 11 月 10 日，上海《文汇报》发表姚文元的《评新编历史剧〈海瑞罢官〉》一文（以下简称"姚文"）。第二天上午，姚溱同志打电话给我，说出了大事，问我知道不知道。我问什么大事。他说《文汇报》发表了"姚文"，上海打了北京一棒。我当时还没有看到《文汇报》，他扼要地说了"姚文"内容，并着重说文中也点了《人民日报》1959 年发表过吴晗称赞海瑞的文章，也打了《人民日报》一棒。我马上找《文汇报》来看，真的吃了一闷棍，非常生气，《文汇报》怎么可以这样胡来。

我随即同姚溱同志交换了意见。我说，海瑞是毛主席在 1959 年 5 月在上海举行的中央工作会议上称赞过的，这以后胡乔木才请明史专家吴晗写海瑞的文章。文章发表在庐山会议之后，乔木修改时特别加了一段讲要无产阶级海瑞、不要资产阶级海瑞的意思。毛主席在庐山会议上这样说过。"姚文"把《人民日报》扯上毫无道理。《海瑞罢官》一剧如何我没有看过，但"姚文"把文艺批评扯到庐山会议这样严重的政治问题上，扯到 1962 年的所谓"翻案风"和"单干风"上，简直太离谱了。

姚溱同志一再要我不要只看到《文汇报》和姚文元，要考虑可能有什么"来头"。当时我不以为然，过后回想，真佩服他的政治敏感。

由于姚溱同志提出"来头"问题，几天后我见到彭真同志（当时代理总书记主持书记处工作，小平同志去西南三线视察），向他请示《人民日报》对"姚文"如何处理，是否转载，是否也组织文章加以评论。彭真同志说要跟中央同志商量商量。我也乐得暂缓处理。毛主席对我说过，《人民日报》归中央常委管，日常工作可请示中央书记处。

过了两个星期，姚溱同志和我陪美国名记者斯特朗飞上海庆祝她的八十大寿。行前，他同我商量，说许立群（当时因周扬生病他接任中宣部常务副部长）向上海宣传部询问姚文元文章的情况碰了钉子，对方回答说"不知道"，这次我们去上海，会遇到他在上海工作时好多熟人，是否再打听一下。我犹豫好久，同他反复考虑：这次为斯特朗祝寿，是周总理特意安排的，给斯特朗准备了专机，要我们先陪她去，总理随后也去主持祝寿会，毛主席可能接见斯特朗，我们是否也可以当面向毛主席请示，同时也向上海的同志打听。我们两人最后商定：

（1）如果上海方面不提"姚文"一事，我们也不主动打听，因为许立群已经碰壁了。如果上海有人问我们如何处理，可据实告以已经向中央书记处请示，尚未获答复。

（2）在毛主席接见斯特朗时，不主动向主席请示对"姚文"如何处理。因为当时我认为，此事与主席无关，毛主席对地方报刊中他认为较好的文章甚至新闻，从来都向我招呼在《人民日报》上转载。此事既已请示书记处，就不必打扰主席。而且当着许多外宾的面提出此事，也不妥当。

11 月 23 日从京飞沪，我们同斯特朗住在锦江饭店北楼，还有廖承志（外办副主任）、唐明照（中联部局长、斯特朗的老友）以及马海德、爱泼斯坦等美国专家。

第二天上午 10 时，毛主席接见斯特朗，在锦江饭店南楼顶层大厅。

江青在大门口迎接斯特朗,随即退出,其后又出席毛主席为斯特朗举行的午宴。斯特朗以她名记者特有的敏捷风格,一开始就直截了当地把话题引向国际形势。毛主席也顺势而谈。他说,从第一次同斯特朗谈话(指1946年秋在延安的谈话)时起,至今快二十年了。那时我对你说,原子弹是纸老虎,蒋介石是纸老虎,美帝国主义也是纸老虎。现在看来,赫鲁晓夫也是纸老虎。秀才们才写了九篇指名批评的文章,他就垮台了。我和中央政治局常委的所有同志都还没有公开批评他。我不是怕吵架,我同赫鲁晓夫也大吵过,一次是1958年,一次在1959年,都在中南海当面大吵一阵,那是内部会谈时吵的,把他顶了。毛主席接着问在场的几位美国专家对国际形势怎么看。他们你一言我一语,谈笑风生。姚溱和我偶尔也插一两句话。随后午宴气氛亦热烈而轻松。斯特朗的侄孙特雷西·斯特朗撰写的《纯正的心灵》一书中,谈到此次会见时说我们"闷闷不乐",事实不是这样。会见中完全没有提到"姚文"的事。

在上海三天中,我两次碰见张春桥。他当时是上海市委宣传部长,1950年我在上海见到他时任新华社上海分社社长。本来很熟,可这次他绝口不提"姚文"的事,我也无意谈及。姚溱也见到几位上海熟人,彼此都王顾左右而言他。明显的是严密安排,封锁得滴水不漏。

周总理从上海回到北京,当天就指示《人民日报》要转载《文汇报》"姚文",并要我草拟一个编者按语,转载"姚文"时刊出。我起草了按语,送彭真同志审阅。他要我到他家中商量修改,然后送周总理审定。此时已是11月底。姚溱同志在《人民日报》转载此文的当天,打电话给我,说了两个字:"晚了。"

后来姚溱同志又同我谈及此事,特别提醒我,虽然毛主席接见斯特朗时没有提到"姚文",但江青出席午宴,值得注意。她可能与上海发动批吴晗有什么关系。周总理从上海回来才指示转载,可能是在上海得到什么消息。我对他说,已经转载了,但从周总理修改过的编者按语看,还是学术讨论范围内的问题。我要他不要过分担心。

学术与政治

从此，《人民日报》和全国各报刊都先后开始了对《海瑞罢官》评论的评论，有赞成，有反对。在这以前已有对电影的评论，还有学术评论，一时百花齐放、百家争鸣。姚溱同志经常和我一起参加彭真同志召集的有关当时学术讨论的小会。北京市委搞宣传理论工作的邓拓、范瑾等同志也参加。许立群、胡绳、林默涵负责汇报文艺学术界的动态。这样的会大体每星期有一次，人数时多时少，议论风生，主要倾向是不大同意"姚文"把学术问题政治化，坚持文艺评论和学术研究实行百花齐放、百家争鸣的方针，但公开点名的批评要慎重，特别是对全国著名专家学者的批评要加以控制。许、姚两人说起来特别激烈。

这种学术讨论空气被随后发生的两件大事冲散了。第一件是我参加上海会议（12月8—15日）得知林彪诬告罗瑞卿同志，回京向秀才们传达时，大家大吃一惊；第二件是胡绳同志从杭州回京向秀才们传达：毛主席从上海回到杭州后向陈伯达、艾思奇、田家英和他谈到姚文元评《海瑞罢官》的文章没有打中要害。要害是罢官，明朝嘉靖皇帝罢了海瑞的官，我们在庐山罢了彭德怀的官。大家更加震动，从讨论限于学术范围内的梦中惊醒。

姚溱同志对此特别沮丧。他神情忧郁地对我说，中宣部原定首都各报不要同一天转载"姚文"，要分个先后。原定日期是《北京日报》11月29日，《人民日报》11月30日，《解放军报》和《光明日报》同为12月1日。但军报擅自提前于11月29日转载了，而且自己写编者按语，称吴晗的《海瑞罢官》是"一株大毒草"，同《人民日报》不一样。据说是请示罗瑞卿同志（他当时是中央军委秘书长兼总参谋长）决定的，怎么现在又说他阴谋篡夺军权呢？现在学术讨论变成政治批判，宣传部不好办事了！他要我留心军报的动向，《人民日报》要审时度势。此君真是敏感而又好心！

这以后，彭真同志召开两次五人小组会议，讨论如何组织学术讨论。康生在会上再三说毛主席已指出《海瑞罢官》有政治问题，学术讲座不能只谈学术，不谈政治。但许立群和姚溱则认为这个问题应当慎重。姚溱同志提出怎样区别学术问题和政治问题。他说，他对这个问题宣传上很难掌握。一谈历史，究竟影射什么，会有各种猜测，甚至对号入座。彭真同志说，北京市委已作过调查，吴晗同彭德怀没有任何关系。会上还有好些同志就此发言，各抒己见，莫衷一是，无结果而散。

会后，彭真同志请示少奇同志和周总理，他们商定由彭真同志和康生去杭州当面向毛主席请示如何组织讨论，因为当时全国报刊已在文艺、历史、哲学、道德、经济学等问题展开讨论，形势要求中央确定方针，使这场讨论能在中央领导下进行。彭、康12月22日在杭州见了毛主席，谈了一次，彭真犹感不足，又于24日单独请示毛主席。

彭真同志回来后先向刘、周和小平同志汇报，1月2日召开五人小组会。会上彭真同志宣布请示毛主席后中央作出两点决定：（1）这次学术讨论继续采取"放"的方针；（2）政治问题两个月以后再谈。康生在会上突出地讲了《海瑞罢官》的要害是罢官。陆定一同志则系统地讲了意识形态领域谁胜谁负的问题还有许多事情要做。文化革命要长期进行下去。会议决定成立五人小组办公室，主任为许立群，副主任为胡绳和姚溱，任务是整理学术讨论中已经发生争论的问题，收集学术界的思想动向，根据五人小组的决定，指导各报刊的宣传。

从此，姚溱同志更加经常地积极参加了五人小组的工作，特别负责指导各报刊的宣传了。他随后同许立群召集三报三刊（即《人民日报》、《光明日报》、《北京日报》和《红旗》、《哲学研究》、《前线》）负责人开会宣布：为加强对学术讨论的指导，三报三刊的学术文章都要经过中央宣传部审定。《红旗》暂不组织学术讨论文章。据姚溱告诉我，这是主持《红旗》的陈伯达的意见。陈伯达当时不在北京，又没有参加五人小组，但他遥控《红旗》，一切听他安排。《红旗》实际上已放了一炮，12月发表了戚本禹的《评历史主义》，不指名批评著名历史学家翦伯赞，现在则按兵不动。后来才知道，他躲在杭州搜罗王力、关锋、戚本禹等人为他工作。

起草《二月提纲》

2月3日，彭真同志召开五人小组会议，讨论当前学术界的情况和报刊组织讨论的情况，连汇报和发言，上下午都在进行。姚溱同志谈到报刊组织讨论时说，关锋和戚本禹正在写文章谈庐山会议，已有报刊批评邓拓，有的还点了郭老的名。五人小组应有态度，否则一点突破、全线动摇。他特别赞成我的一个意见，就是现在有些人想踏在别人的肩膀往上爬，老想批倒著名学者，拿名人当自己的垫脚石，而且以权威自居，不许报刊编辑部改动他的文章一个字，否则不给发表，像个"学霸"、"学阀"。我当时指的是关锋不许《人民日报》改动他的文稿，姚溱也举了几个事例。姚溱还指出，有的党员把持一个刊物，不听中宣部打招呼，闹独立性，例如《哲学研究》，已办成他们一伙人的"同人杂志"，这就是学阀。

2月4日上午，彭真同志在他家中召集许立群、姚溱、胡绳和我等人，商谈要向在中央常委汇报学术讨论情况和问题。他说昨天开完五人小组会议后，晚上打电话向少奇同志作了扼要汇报。少奇同志说他想召集在北京的中央常委听汇报，要彭真准备在5日下午汇报。彭真同志谈了他设想汇报的几点意见，大家讨论了一下。这几点意见是：

（1）文化革命是在长时期无产阶级与资产阶级在意识形态领域解决谁胜谁负的大事。

（2）目前学术讨论采取"放"的方针，让各种不同观点充分发表，经过争论达到一致。

（3）学术讨论人人平等，以理服人，不能以势压人。报刊上公开点名批评要加以控制，要经过党委批准。

（4）组织队伍，把各方面的力量组织起来，依靠左派，团结中间派，向资产阶级意识形态进攻，不搞宗派主义。

（5）左派要团结互助，用整风方式在小范围内开展批评和自我批评。

会议结束时，彭真同志指定许立群和姚溱起草汇报提纲。他们两人和我一起回到钓鱼台八号楼后，姚溱问我如何起草，我说按彭真同志的几点意见稍加梳理、充实即可，写了要点就行，不必过多展开，由彭真同志汇报时口头展开。许立群认为有困难，说五人小组会上就有不同意见。我说应按彭真同志的意见写，因为是他本人汇报，他是五人小组的组长。许、姚都说："好吧，宁可犯政治错误也不犯组织错误。因为中央有一条不成文的规定，对于中央文稿的草稿，有缺点、错误可以指正，但起草人不承担政治责任。"

他们两人吃过午饭，不睡午觉，就在会议厅干起来了。从下午到晚上10时才完稿。我晚上看完电影回房看到一份清样稿。彭真秘书来电话征求我意见。我修改完了已到午夜，送到彭真同志手中时他已亲自修改完毕付排。这就是后来被无理批判时称之为《二月提纲》的《五人小组汇报提纲》。在这个提纲中，五人小组第一次正式定名为"文化革命五人小组"。

2月5日下午，少奇同志主持有周总理、邓小平、陈毅、李富春、彭真、陆定一、康生等同志参加的在京政治局常委扩大会，先听彭真同志汇报，后听取许立群、胡绳的汇报。姚溱和我都参加了。会议结束时少奇同志要彭真率五人小组成员到武昌向毛主席汇报。他说，大家同意《汇报提纲》，但到会只有三位常委，不过半数，对学术问题并不熟悉。毛主席熟悉学术问题，一切由他定夺。

2月8日，彭真同志一行从京飞汉，直奔毛主席处汇报。姚溱同志没有去。我回京后把汇报情况告诉他。他说，放的方针已定，事情好办了，但还要谨慎，要防备再出什么事。

为《人民日报》担心

我回到北京后，由于在武昌汇报时毛主席批评了林彪关于毛泽东思想的两个提法（即"毛泽东思想是马克思列宁主义的顶峰"和"毛泽东思想是最高最活的马克思列宁主义"），我想重新起草一篇《人民日报》社论，澄清前一段时间关于这个问题宣传上的混乱（《人民日报》原在1月间起草一篇论毛泽东思想的社论，根据小平同志的意见暂不发表）。恰好这时《解放军报》连续发表几篇关于"突出政治"的社论。我想以这个问题为由头阐述毛主席和刘、周、邓中央常委的观点。

为此我征询姚溱同志意见。他一贯反对宣传上把毛泽东思想庸俗化和绝对化，更不同意林彪的"顶峰"、"最高最活"。他当时正在同许立群、田家英等合作，编一本不同于流行一时的《毛主席语录》的较为详尽地表明时间、地点、条件的语录。但他对《人民日报》是否发表社论一事一再认为要慎重。后来我们商量结果，为避免使问题复杂化，《人民日报》自己做主，而且以小平同志在工交工作会议上讲话为基调，正面论述政治要落实到业务的观点。据此，《人民日报》从2月中旬起分几个题目起草社论稿。第一篇我改了两遍，还不满意。这时毛主席突然提出在杭州召开中央常委扩大会。我只好暂且搁下此事。

3月18—20日，常委会在杭州召开。七位常委中只有毛、刘、周三位到会，小平同志在西北三线视察，请假未到，未过半数，改为非正式的碰头会。毛主席在会上对文化革命问题谈了一些意见，但意犹未尽，欲说还休。他明确主张不参加苏共二十三大，并说，"若欲别人不动摇，首先自己不动摇"。毛主席在18日他住处召集只有两位常委（刘、周）参加，彭真、陈伯达、康生和我列席的小会上，突然批评我是"半马克思主义"，"不进步就要垮台"，还批评了胡乔木和田家英同志（他们两人没有在场）。

我回北京后立即向还住在钓鱼台八号楼的姚溱等几位秀才传达。姚溱听完了默默无言，半个小时后到我房中，心事重重似的对我说，大事不好，大势已去，此地不可久留，望你好自为之。我问他何以见得？他一字一句地说，你还看不见？主席狠批你一顿，连随他多年而又不在场的两位大秘书也扫得不轻，只剩下个陈伯达安然无事，这不只是几个人的事，而是事关全党的大局，关乎党的最高层的大事。后果难以预料，不过很可能凶多吉少。当然你也得小心行事。你1963年夏在杭州驳得陈伯达下不了台，当心他报复就是了。我很自信地告诉他：无事不怕鬼拍门。我是明来明去的人，从来只按党的规矩办事，从来不搞小动作，在毛主席面前从来不说别人的坏话，从来不打小报告，别人说我坏话我不在乎，也不怕。姚溱最后说，也是，为人问心无愧就是了。

这以后不到三天，姚溱同志断然搬出钓鱼台回沙滩去了。临别依依，相对凄然。我等在钓鱼台八号楼为邻达三年有余，朝夕相处，休戚与共，如今这般分手，能不悲伤?!

（四）最后诀别

我仍住钓鱼台，相继参加中日两党会谈、小平同志主持的有周总理出席的书记处特别会议（讨论毛主席批评北京市委和中宣部的谈话，决定由陈伯达和我起草撤销《二月提纲》的通知）、到上海参加修改后来惯称为《五一六通知》的初稿、回京参加周总理和阿尔巴尼亚总理谢胡的会谈等等。

这中间姚溱同志同我没有什么联系，唯一的一次也是最后一次，他给我打电话，那是4月6日《人民日报》发表第一篇论"突出政治"的社论之后。姚溱同志在电话中劈头冲着我说，你吃了豹子胆是不是？这是什么时候了，还硬着头皮往墙上撞？我告诉他，这是三个月以前的准备，不是心血来潮。你也知道，我有些固执，认准的理不让人，这口气非出不可。

姚溱同志再三劝我"好自为之，善自保重"，长叹一声挂断了电话。我还是固执己见，还续发了第二、三篇关于"突出政治"问题的社论，回答军报的七篇社论（2月3日至4月5日），这三篇论辩式的社论，基调仍然是小平同志在工交工作会议上的讲话，只是加浓了理论色彩，由我个人定稿签发，未送任何中央同志审阅。因为2月间刘、周、邓连同毛主席也不同意林彪对毛泽东思想的提法，我有恃无恐。第四篇尚未定稿就由于政局突变而作罢。

我同姚溱同志最后见面，是在5月间召开的中央政治局扩大会议上。姚溱同志、许立群同志、胡绳同志和我都参加这次非常紧张又非常特别的会议。我们四人分别编在不同小组里，但多次开大会时都见面。在那种特殊的气氛下，我们四人十分紧张，互不来往，会场相遇，偶尔微微点头，多数直目相视，甚至有若路人。谁也未料到，这竟然是我同姚溱同志的永诀！

就在这次会议上，传达了毛主席3月底三次谈话。姚溱同志和许、胡第一次听到毛主席说：北京市委是独立王国，中宣部是阎王殿，包庇右派，压制左派，是大党阀，这样下去要解散，要攻到底……在会上，少奇同志、周总理、小平同志被逼相继检讨，甚至年事已高的朱总司令也未能幸免。唯独林彪大讲"政变"。对于林的声色俱厉的架势及其亲笔证明书，许多老同志都感到愤慨和羞辱，姚、许、胡反应当然是愕然、惶然、愤然！

会议诬陷彭真、罗瑞卿、陆定一、杨尚昆四人为"反党集团"，决定撤销《二月提纲》，撤销"文化革命五人小组"及其办事机构，成立新的"文化革命小组"，展开"无产阶级文化革命"。

这样，我们四人，许、姚双重身份，他俩和我都是阎王殿的台柱，许、姚和胡是五人小组办公室的党阀，算是一网打尽了。姚溱同志早已靠边站，事实上处于无权状态，会后即被批斗。我在5月31日被陈伯达夺权，亦遭批斗、劳动改造，不久入狱。

（五）悲烈辞世

我最初知道姚溱同志含冤自尽，是在我被批斗和劳动改造过程中，监督我的工人同志偷偷告诉我的。我震动得连一块铅版也搬不起来（我是在印刷厂劳动，专门搬洗报纸铅版）。在此之前，在五月政治局会议期间我已得知邓拓同志含冤自尽，其后我又得知我的老同事王宗一同志（在中宣部宣传处工作，1956年"反冒进"社论的起草者，原来同我一起在新华社编辑部工作）同样离开人间，新闻界何其多灾多难！

后来我从好多方面了解姚溱同志含冤逝世前的情况，我理解他为什么走此极端。

他是《二月提纲》的起草人，《五一六通知》对此强词夺理的批判，我想他肯定不服。

他又是各报刊学术批判的文章的审查人，这是执行中央决定，无可指责。

可是，批斗他的人，其中最恶劣的是当时中宣部造反派的那个小头头阮铭，抓住这两条不放，狠批狠斗。此人在"文革"后借"解放思想"之名行资产阶级自由化之实，在 1989 年春夏之交的北京风波中上蹿下跳，事后逃亡美国。

这些造反派还受康生指使，把姚溱同志上海解放前被捕入狱（五十年代审查干部时已审定没有任何问题）诬陷为"叛徒"施加最大压力，打倒在地还要踏上一只脚，必欲置于死地。姚溱同志在批斗中被折磨到何等程度！

姚溱同志素患失眠症，我同他住在钓鱼台时经常看见他的司机为他拿来安眠药水。他还告诉我，他在解放前被捕时用跳楼的方式，惊动四邻，给地下党组织发出警报，跌伤了脊椎骨，经常疼痛。他在那些被批斗的日子，想必彻夜未眠，痛苦万分。姚溱同志一生忠诚、聪敏、激情、坦荡，最终走此殊途，实悲烈难已，真莫大冤屈！

姚溱同志的冤案终于在 1978 年初得到平反昭雪！

可惜我当时并不知晓，似因我已非中宣部之人，其后即去医院动眼部大手术，术后南下从化疗养。由此以及种种原因，迄未提笔寄托哀思！呜呼！

去岁闻姚君家乡计划出版纪念文集，我欲趁机为文纪念，以偿多年心愿。孰料 5 月动笔，6 月即心脏病发作，入医院治疗两个半月，出院后续笔，11 月又旧病复发，住院四周，元旦过后复轻度中风。为此写写停停，断断续续，老骥伏枥，无复往昔风采，烈士暮年，只叹力不从心，拖拖拉拉，竟然跨了两个世纪！

完稿之日，我举目苍空：

姚溱同志站在高山之巅，并非委于一抹黄土！

2001 年 1 月 15 日

责任编辑：马长虹
特约编辑：吴丽元
封面设计：胡欣欣

图书在版编目(CIP)数据

回忆主席与战友/吴冷西 著. —北京：人民出版社，2016.1(2025.4 重印)
ISBN 978－7－01－015245－5

Ⅰ.①回… Ⅱ.①吴… Ⅲ.①回忆录-中国-当地 Ⅳ.①I251

中国版本图书馆 CIP 数据核字(2015)第 222912 号

回忆主席与战友

HUIYI ZHUXI YU ZHANYOU

吴冷西 著

人民出版社 出版发行
(100706 北京市东城区隆福寺街 99 号)

北京中科印刷有限公司印刷 新华书店经销

2016 年 1 月第 1 版 2025 年 4 月北京第 3 次印刷
开本:710 毫米×1000 毫米 1/16 印张:19 插页:8
字数:300 千字 印数:11,001-16,000 册

ISBN 978－7－01－015245－5 定价:68.00 元

邮购地址 100706 北京市东城区隆福寺街 99 号
人民东方图书销售中心 电话 (010)65250042 65289539